装丁　柴田淳デザイン室
扉写真　Freepik

目次

序章　太宰治にとっての暴力・滑稽・読者　7

第一章　暴力を無効化する笑い　29



第二章　救いとしての綻び――『新釈諸国噺』の方法　89

# 序章　太宰治にとっての暴力・滑稽・読者

## 暴力の時代に小説を書き続けること

太宰治は小説を書くことと戦時下を生きることとが相互に活力を与え合うという経験を重ねた。山内祥史の推定によれば、昭和二十年三月六日頃に執筆したとされる随想「春」[1]に、太宰はこう書いた。

もう、三十七歳になります。こなひだ、或る先輩が、よく、まあ、君は、生きて来たなあ、としみじみ言つてゐました。私自身にも、三十七まで生きて来たのが、うそのやうに思はれる事があります。戦争のおかげで、やつと、生き抜く力を得たやうなものです。[2]

戦争末期、〈銃後〉の日常にも生命の危機は迫っていた。生き続けること自体が切実な課題だった。しかし、「或る先輩」の感慨はそうした状況への認識から生まれたものではない。いくたびか死に接近した「私」の過去を思い起こす「或る先輩」は、「私」が今生きていることに心を動かされている。

「私」も生き延びられたことが不思議なようだ。「春」の語り手「私」は、生死をめぐるきわどいやりとりの中に、同時代の文脈から逸れた自虐的なおかしみを漂わせた。

ここでいう「戦争」の起点がどこを指すのかは定かではない。〈満洲事変〉の勃発から、後の呼称による〈日中戦争〉期を経て〈太平洋戦争〉に至る〈アジア・太平洋戦争〉の時代は、「春」が書かれた時点において、第一創作集『晩年』（昭和11・6 砂子屋書房）に始まる創作活動の全期を包含する。小澤純が「太宰はその始まりから、長い〝戦争〟に立ち会い続けていた[3]」と総括するように、太宰治はまさしく戦争の時代の作家だった。その激化にともなって、書くことを見送った多くの作家たちとは対照的に、太宰治の創作活動は勢いを増した。「戦争は太宰治を多産ならしめた[4]」と捉える奥野健男は、敗戦後間もない「本屋」の様子を次のように回想する。

戦争が終わった年の秋、どこの本屋をのぞいても、戦後向きの新しい本がまだ出版されないため、ガランとした空の本棚に、太宰治の「新釈諸国噺」と「惜別」と「お伽草紙」だけが並んでいたのを、ぼくは印象深くおぼえている。それは戦争末期の苛烈な空襲のさなか、太宰治だけが執筆をやめず、純文学の灯を絶やさなかったことの象徴のようにも思えたのだ。[5]

敗戦前後、太宰治の小説本は、「純文学」の枯渇期における例外の一つだった。たとえば、奥付に「昭和二十年一月二十七日発行」とある『新釈諸国噺』（生活社）の場合、同年十月二十日には、表紙を初版とは異なる意匠に改め、三版が増刷発行されている。部数は、二つの「出版会承認」番号が記載された初版が合算すれば一万五千部、三版は一万部だった。相前後して、「戦争が終わった年の秋」、『惜別』（朝日新聞社）は九月五日に、『お伽草紙』（筑摩書房）は十月二十五日に初版が世に出た。いずれも太宰が戦時中に書き上げた作品である。

　そののち、敗戦の残響の中、太宰治の戦後の文業は三年に満たない期間になされる。「世の大人たちの道徳と、一切の権威ありげなものに不信を表明せねばならならなかった」[6]（本多秋五）時代に、太宰は非合理な「権威」に依存した戦争の経験を味わい返しながら、戦後を生きる人々の姿を見つめた。戦争の経験によって人間のどこが変わったのか、あるいは、空前の惨禍を経ても人間のどこは変わらないのか、太宰の関心は、歴史の必然性でも、あるべき社会のしくみでもなく、ただ人間の本性に向けられていた。そこにこそ、戦争の時代に露呈した人間の弱さやずるさ、愚かしさや暴力性を自明の前提として、しかも悟り澄ましたり居直ったりすることなく、人間とは何かを問う太宰治の〈戦後〉文学の真価がある。

　仮に、随想「春」で打ち明けた「戦争」と「生き抜く力」という結びつきを、剥き出しの暴力がのさばる時世と小説を書き続けることとの親和性と読み換えるならば、太宰治の創作に活力を与えたのは、日常の隅々にまで幅を利かせる暴力に誘い起こされ、人間の本質の一面をさらけ出す時代の気分だったといえるのかもしれない。非合理にも、「権威ありげなもの」を後ろ盾にする暴力はいつの世にも遍在するが、とりわけ戦時下に際立つのは、その非合理性を擁護し補強するための暴力が繰り返されることだろう。いわば、暴力の正当性を暴力によって証明するという循環的な倒錯がまかり通るのである。だが、それを〈狂気〉と名指し、非難するだけで何かが変わるわけではない。暴力の効果を削ぐには、〈狂気〉に加担する暴力性が人間の本質の一部であることを認め、それがどのような発言や行動となって表れるのかを対象化しなければならない。太宰の創作が自ずと照らし出すのは、そのような暴力と無縁ではあり得ない人間の素顔なのではないか。

なお、本書では、〈暴力〉の指し示すところを物理的な力の行使に限定しないで用いることとする。飯野勝己が「多元論――いくつもの暴力――」[7]と呼ぶ、「日常に根を下ろした」[8]概念として暴力を捉える。その拡張された語義の中には、他者の尊厳を侵害する〈言葉の暴力〉も含まれる。自他の心身が傷つくことを苦痛に感じる心性を〈可傷性〉と呼ぶとすれば、太宰治の虚構作品には、鋭敏な可傷性を抱える人々が頻繁に登場するという特徴がある。そのような傷つきやすさは往々にして他者からの攻撃を誘発する〈被撃性〉を伴う。戦時下の多様な暴力にさらされながら、可傷性・被撃性とともに生きる人々の苦しさは常態化していたのだろう。暴力との折り合いの付け方、傷を最小化するための予防策、攻撃を回避する方法、それらの戦争期に尖鋭化する課題に対して小説家・太宰治は、前近代的な趣向を駆使して事態を滑稽化することに、自らの人間理解に基づく応答の手法を見出したのではないか。本書の試みは、その仮説を検証するために、同時代の歴史的・社会的文脈に注意しながら、小説内の言葉の質を探ろうとするものである。

## 西鶴にならい人間のおかしさを描くこと

昭和十九(一九四四)年、太宰治は井原西鶴の浮世草子から題材を借りた五編の短編小説を、以下のとおり相次いで雑誌に発表した。

「新釈諸国噺」（「新潮」41－1　昭和19・1　後に「裸川」と改題）
「武家義理物語（新釈諸国噺）」（「文藝」12－5　昭和19・5　後に「義理」と改題）
「貧の意地――新釈諸国噺」（「文藝世紀」6－9　昭和19・9）
「人魚の海――新釈諸国噺」（「新潮」41－10　昭和19・10）
「仙台伝奇／髭候《ひげさふらふ》の大尽《だいじん》」（「月刊東北」1－3　昭和19・11　後に「女賊」と改題）

当初、太宰は「西鶴の全著作の中から、私の気にいりの小品を二十篇ほど選んで、それにまつはる私の空想を自由に書き綴り、「新釈諸国噺」といふ題で一本にまとめて上梓しようと計画してゐ[9]」た。しかし、その計画どおりには執筆は進まず、「十二篇書いたら、へたばつた[10]」という。結局、すでに発表していた五編に七編の書き下ろし短編小説を加え、西鶴の著述年代順に編纂して、昭和二十年一月、『新釈諸国噺』として生活社から出版することになる。

「この際、読者に日本の作家精神の伝統とでもいふべきものを、はつきり知つていただく事は、かなり重要な事のやうに思はれて、私はこれを警戒警報の日にも書きつづけた[11]」と「凡例」に述べた太宰治は、「この仕事を、昭和聖代の日本の作家に与へられた義務と信じ、むきになつて書いた、とは言へる[12]」と書き留める。西鶴の作品から流露する「日本の作家精神の伝統」を「昭和聖代」の作家が受け継ぐことは「義務」にほかならないとする、大仰な正統派継承宣言である。その言挙げを額面どおりに受け取ってよいかどうかの判断はひとまず措く。ただ、「自著を語る」（「月刊東奥」7－1 昭和20・1）に「出版会で計画した『空襲よみもの』の一として正月頃『新釈諸国噺』が出ることになつてゐますが、これは西鶴から題材を借りて創作したものです[13]」と近刊を紹介したあと、この文章を次のような一段落で結んでいることは、戦争末期における太宰治の気概を表しているものと考えてよいだろう。

> 今迄の日本の文学はどつちかと云ふとやはり欧米第一主義でしたが、日本文学には日本文学としての他の追従を許さないよさがあるのです。日本文学の伝統に根ざしたもの――其処に私の目標を置いて行きたいと考へてゐます[14]。
>
> （傍点は本文による）

いかなる特質も、日本固有の「伝統」であるはずはなく、また、それだけが「伝統」のすべてではない。また、「日本の作家精神の伝統」や「日本文学の伝統」の内容を明証することは不可能である。そのことをふまえたうえで、『新釈諸国噺』における十二編の短編小説に表象しようとした「日本の作家精神の伝統」とは何かを考えるとき、人間の不完全さ、わからなさと辛抱強く付き合い、それを笑いとともに受け容れる「伝統」が浮かび上がるのではないか。

太宰治は『新釈諸国噺』で、井原西鶴の散文作品を土台に据え、その隙間に人間の抑えがたい情のはたらきや、こだわりがもとで生じる綻びを滑稽な表現に変形して盛り込んだ。原典となった西鶴の俳文的表現は、〈うがち〉や〈ちゃかし〉[15]のような、後に戯作者たちが駆使する諧謔的手法の萌芽でもあった。それらの手法によって正統な在り方は通俗化される。西鶴作品の翻案という〈もどき〉[16]の過程で、太宰は笑いに引き寄せられる「私の空想を自由に書き綴」ることができたといえよう。たとえば、西鶴による原典には書かれていない次のような場面を描くとき、太宰治の筆致はどこまでも伸びやかになる。

他の職人たちも、人を救つたといふしびれるほどの興奮から、ふだん一滴も酒を口にせぬ人まで、ぐいぐいと飲み酒乱の傾向を暴露して、この酒は元来わしが持参したものだ、飲まなければ損だ、などとまことに興覚めないやしい事まで口走り、いきな男は、それを相手にせず、からだを前後左右にゆすぶつて小唄をうたひ、鬚面の男は、声をひそめて天下国家の行末を憂ひ、また隅の小男は、大声でおのれの織物の腕前を誇り、他のやつは皆へたくそ也とののしり、また、頬被りして壁塗り踊りと称するへんてつも無い踊りを、誰も見てゐないのに、いやに緊張して口をひきしめいつまでも呆れるほど永く踊りつづけてゐる者もあり、[17]（「赤い太鼓」）

あれあれ、いやらし。男のくせに、そんなちぢれ髪に油なんか附けて、鏡を覗き込んで、きゆつと口をひきしめたり、につこり笑つたり、いやいやをして見たり、馬鹿げたひとり芝居をして、いったいそれは何の稽古のつもりです。[18]（「破産」）

観客がいなくても、素人演者はあるべき姿を真剣に探りつづける。見返りは何もない。だが、その非生産性は芸事やひとり芝居を中断させる理由とはならないのだ。語り手や作中の妻がいくら呆れたところで、小唄も壁塗り踊りも鏡を前にしての百面相もやめられるものではない。酔いにまかせて、吝嗇・慨世・腕自慢という本性や本音をさらけ出す他の者たちと同じく、彼らは気ままに「からだを前後左右にゆすぶ」り、「口をひきしめ」ているだけのことである。

そのような容易には共有しがたい嗜好性のことを、かつては〈数奇〉と呼んだのだろう。平安時代末期成立の歌学書『袋草紙』[19]が伝える能因と藤原節信《ときのぶ》との邂逅説話は、理解の範囲を超えた「数奇者」の心性を鮮やかに照らし出している。懐中の錦の小袋から「長柄の橋造る時の鉋くづ」を取り出した能因に、節信はやはり懐中の紙包みから「かれたるかへる」を取り出し、「これは井堤《ゐで》の蛙《かはづ》に侍り」と語ったという。互いに秘蔵の宝を披露し悦に入る二人には、「数奇」で通じ合う回路が開かれている。『袋草紙』の作者、藤原清輔は「今の世の人、嗚呼と称すべきや」と、能因・節信に肩入れしてみせた。

柳田國男は「嗚滸人又はヲコの者が此世に居なかつたならば、多数のをかしい話は世に伝はらずにしまったらうとは言へる」[20]と、「人間の不覚」[21]を体現する「ヲコ」が「世を楽しくする技芸」[22]だったことを強調した。たしかに、鉋くずや干からびた蛙に〈雅〉の名残りを感受し珍重する者も、誰も耳を傾けない小唄を口ずさんだり、観る人もいない壁塗り踊りに興じたり、鏡中の己のしぐさに気を取られたりする者も、「嗚呼と称すべき」人々なのだろうが、彼らの揺るぎないこだわりが醸すおかしさこそ、人間固有の「人を愛する技術」[23]（柳田國男）の所産であることを忘れてはならない。程度の差はあれ、人は誰が何と言おうと譲れない執着心を持ちつづけ、時にそれを生きる糧とすることがある。人間のおかしさを対象化した太宰治による笑いの文芸は、そのような人間のどうしようもなさへの慈愛に支えられているのではないか。西鶴がいう「世の人心[24]」と戯れる太宰の滑稽小説は、人間のわからなさに惹かれ、それをいとおしむところに形作られたのである。

## 小説内の作家として読者とともにあること

発行部数のような量的指標で傾向を推し測る場合を除いて、ある時代の読者たちを均質な集団と見なすことはできない。境遇をはじめとする所与の条件や生活経験の違い、思潮の変化などさまざまな要因が個人の価値観や好みに影を落とすからである。戦時下に太宰治の小説を読んでいた読者たちの捉え方も一色でまとめることには無理がある。〈世代論〉にも限界がある。たとえば、一九五〇年代後半に定着した用語でいえば〈戦中派[25]〉の二人、橋川文三と吉本隆明は互いに相容れぬ読者としての基盤をそれぞれに持っていた。大正十一（一九二二）年生まれの橋川文三は、二歳年下の吉本隆明が語る「戦争中」の読書体験に違和感を隠せない。

**吉本**　ぼくは小説っていうのは、太宰治と横光利一しか戦争中は読まなかった。ほかの作家は面白くないと思ってたんです。あんまり時局向きすぎてて。そのなかでは横光利一の小説、その頃『旅愁』という長篇を書いてたと思いますけどね、それと太宰治のはそういう匂いがなくて、それで読んだっていうのを記憶してるんです。

**橋川**　横光に惹かれて、一方太宰に惹かれるっていう気持は、どういうふうにいま分析されますか。

**吉本**　いや、ほかに理由はなくて、ぼくはその頃、同時代の作家の小説をそのつど雑誌が出ると読んで、というような時だったですからね。とにかく小説が好きで、いろいろ読んでも太宰治と横光利一ぐらいしか、なんか文学的に読めなくて、つまり戦時臭ってのが割合に少なかったという記憶があるんです。そのためにきっとそれを読んだので、とくに選んだってことじゃないと思います。ほかのは面白くないと思ったんじゃないかな。

**橋川**　吉本さんの仲間の連中も、そういう傾向ありましたか。

**吉本**　大体文学好きな奴が二、三人はいて、それはもうおんなじでしたよ。その二人を読んだように思いますけどね。

**橋川**　ぼくの記憶では、ぼくなんかより、二、三年ぐらい先輩か同級生ぐらいで、そのなかの文学青年タイプの連中が、まず太宰でしたね。そして横光はもう少し古い感じでそれにダブってね、横光の家へ訪ねて行くというふうな、かなり熱心な連中がいたという記憶があるんですがね、ただ、ぼくなんかの体験では、太宰があらわにしている文学世界、これがまさにわれわれの世界だというふうな、のめり込んだという記憶はないんです。それはむしろ、そういう熱心なファンたちの世界だという、ちょっと離れたような形で見ていたという記憶ですね。[26]

吉本隆明にとって、太宰治と横光利一の小説は、「戦時臭ってのが割合に少な」い、「文学的に読める」作品だった。もちろん、太宰・横光の小説に「戦時臭」が皆無だったわけではない。一例にすぎないが、「散華」（「新若人」5－3　昭和19・3）や「東京だより」（「文学報国」33　昭和19・8）には、難局を生きる人間の姿勢を正視しようとする太宰の眼差しがあり、横光は小説内の時間が昭和十一年から翌年を流れる未完の長篇『旅愁』（昭和12～21）に、戦渦の火種となりかねない東西文明の分断を描いた。「『旅愁』という長篇」と距離をとって吉本が語るのは、「対話」がおこなわれた昭和五十（一九七五）年の時点で、この小説をさほど評価していないことをほのめかしているのだろう。

一方、橋川文三はまず、横光・太宰という意外な取り合わせに着目し、その二人に「惹かれ」た吉本の内面を探ろうとする。確かにそれまで、横光・太宰に通底するところを視点とする批評はなかったといってよい。しかし、橋川が求める「分析」をいなすかのように、吉本の答えは素っ気なかった。「文学的に読めない」ものを除くと、二人の小説しか残らなかったというのである。

橋川文三のように「ちょっと離れたような形で見」れば、〈太宰治〉の読者集団は、「横光の家へ訪ねて行く」人々と同様に、〈作家〉の虚実を混同する「熱心なファンたち」にすぎなかった。その浮薄さへの違和感が、吉本への問いかけの根底にはあったのだろう。だが、橋川にもまた、「ある時期に殆んど呪術的な魅力をもって一世を風靡した[27]」保田與重郎の文体に心酔し、「日本ロマン派＝保田にいかれた[28]」経験があった。読者に「われわれの世界」と思わせる近さによって太宰作品が受け容れられたのに対して、保田の文章はその難解さも含めて、読者との遠さに「呪術的な魅力」があったといえよう。

戦時下の統制や支配的な思想に呼応した、「時局向きすぎ」た小説が大勢を占めていた状況にあって、吉本やその周囲の「文学好きな」人々のように、太宰治は「文学的」な「面白」さを小説で表現する希有な作家だ、と考える読者がいた。太宰の小説に目立つ対読者意識の表明は、「文学的」表現を求める読者の期待に依存することで発展した手法だったと考えられる。

第三章で考察する「トカトントン」（「群像」2－1 昭和22・1）の「私」は、橋川の記憶にある「これがまさにわれわれの世界だというふうな、のめり込んだ」読者の代表といえるだろう。語り手に「無学無思想の男」と紹介される「某作家」とは、名は明かされないものの、〈太宰治〉のことだと読めるように「私」の手紙は書かれていた。太宰は、作家〈太宰治〉の虚像を小説内に置いて、同時代の「熱心なファン」のひとりと交わされた往復書簡を創作したことになる。そうした虚構としての読者との交流は、後に論じる「水仙」（「改造」24－5 昭和17・5）でも描かれる。

太宰は「熱心なファンたち」の〈作家〉への関心を、読者たち自身の表現活動への欲求とつなげて捉えていたのではないか。太宰が試みた多くの翻案は、読むことと書くこととが相互に作用する場に成り立つ。原典を読む太宰も、太宰の小説の読者たちも、読むことをとおして文学が生成する場に立ち会い、そこに書くことの手がかりを求めている。その意味で、太宰が終生手放さなかった小説を書く〈私〉への執着というモチーフは、生きることと書くこととの、生身の人間であることと〈作家〉であることとの、現実と虚構との間を、読者を巻き込みながら行き来するための方法だったと考えられる。

## 本書の構成と論考の概要

【第一章】暴力を無効化する笑い

「畜犬談」――ユーモアの陰翳

尾崎一雄が「一人角力の面白さ」[29]を賞讃して以来、滑稽小説として高く評価されている作品だが、そのおかしさを生む仕掛けは多様である。「畜犬」にまつわる同時代の小説や戦時下に支配的な理念とのずれを確かめ、作中における笑いの質的な変化について考察する。

「十二月八日」――ナショナリティにまみれる／おくれる笑い

太平洋戦争開戦の日の描き方をめぐって、太宰の戦争への向き合い方が問われ続けている。「私」はなぜナショナリティに過剰なまでの適応を試みる「主人」の様子を日記に書き留めようとしたのだろうか。本来の目的からは逸脱する日記に豊かな笑いがもたらされるしくみを明らかにする。

【第二章】救いとしての綻び――『新釈諸国噺』の方法

「大力」――越境者たちの本懐

生来の怪力ゆえに孤独な才兵衛は、酒田公時（坂田金時）にとっての源頼光のような、その異能を善用の道へと導く人物に出会えなかった。「角力」に没頭し暴力的な勝利に酔う、〈規律権力〉への反逆者のゆくえから、〈越境〉の陰に隠された欲望を読み取る。

**「猿塚」——不憫という隠れ家**

原典は、旅僧が土地の墓守から猿塚の由来を聞き取るという設定で語られる発心譚である。太宰はその仏教的無常観を引き継ぐ代わりに、古典の〈もどき〉を展開してはそれを差異化するという方法で滑稽化を図った。『新釈諸国噺』では唯一「作者」が顔を出し、原典の表現に不満を漏らすことの意味を〈不憫〉という言葉を鍵に読み解く。

**「人魚の海」——困難／希望としての「信」**

斎藤理生による『新釈諸国噺』第四版本文における改稿の分析[30]が、「信」をめぐる従来の議論に新たな視点をもたらした。小説末尾の「信ずる力の勝利」という表現が小説内の現実とどのようにかかわるのかを、小説外の「信」をめぐる状況と照らし合わせながら掘り下げる。

**「破産」——〈内証〉の行方**

商家の〈二代目没落談〉である原典への大幅な加筆が認められる本作は、〈悋気〉〈蕩尽〉〈内証〉という三題ばなしの形式を持つ笑話に仕立て上げられている。人間のこだわりが醸し出す笑いと悪化する戦局との隠微なつながりから生まれる笑いに着目する。

**「裸川」——〈うがち〉で開かれる／閉じられる物語**

『太平記』以降広まった青砥藤綱の逸話の数々は、〈倹約〉〈公平〉〈慈悲〉などの美徳を備えた理想的な人物像を作り上げてきた。それを土台にして新たに西鶴が創作した〈騙される賢者〉という趣向を生かし、太宰は〈うがち〉によってさらに変形を試みる。節操を守る者に訪れる果報の物語が、「下々の心」が躍動する滑稽小説に書き換えられる手法について論じる。

**「義理」――反響する〈卑怯〉**

暗愚の若殿が最悪の決断をするにあたって口にした「卑怯」という言葉が、その父・荒木村重の徴表でもあったことを手がかりとして、「義理」ゆえの死の同時代的な意味を、戦時における「卑怯」の取り上げられ方から捉え直す。

**「女賊」――承認のための執着**

山賊の姉妹が悪行の果てに無常を観じ、母親もろとも出家を遂げるという典型的な発心譚の型を踏襲しつつも、「如来」による救済への疑いを結末に記し、原典を差異化している。仏教語としての「女賊」の意味や「戦時生活ノ明朗化」[31]を目指す政府方針を視野に入れ、その差異化の効果を測る。

**「粋人」――決戦下の〈虚栄〉**

浪花の茶屋で、通人気取りの主人公が〈粋ごかし〉に遭うという筋立てはそのままに、虚栄心から発する嘘に自らがからめ捕られていくおかしさが強調される。戦意昂揚のために流布されていた情報を参照しながら、この小説の批評性に目を向ける。

**「遊興戒」——転位する依存**

原典の完成度の高さには定評があり、それとの比較で本作の評価は概ね低い。太宰の翻案によって減殺された要素を探り、それが主人公の人物形象にどのような変化をもたらしたのかを、依存の対象を転位させることの困難という視点から探究する。

**「吉野山」——期待はずれの連鎖**

池内紀が「哄笑戯画化のきわまった[32]」と形容したとおり、軽はずみな出家を遂げ、吉野山に庵を結んだ眼夢が里人から受ける仕打ちは苛烈でおかしい。その笑いを増幅していたのが、出家遁世や吉野山をめぐる歴史的・文化的文脈だったという仮説を提起する。

**【第三章】**作家／読者の相互依存

**「水仙」——〈徳〉の不在証明**

本文中に見られる〈芸術家〉や〈天才〉に関する議論に加えて水仙の絵の意味を中心に置く刺激的な論考が重ねられてきた。「夫人」が「私」の小説の読者だったことをきっかけとする交流が、〈友情〉の不可能性を両者に突きつける物語へと転じる過程を検証する。

**「トカトントン」——贈与としての〈かたり〉**

苦悩する若者の告白をとおして、敗戦を境として人々を襲った心的な失調状態を表象している、という安定した読解の枠組みを相対化し、「私」・語り手・「某作家」による語りの示差的な特徴を洗い直すことで、〈虚脱〉をめぐる〈かたり〉の仕掛けに焦点を当てる。

**「断片の織りなす〈座〉」――太宰治・昭和一六年の〔アンケート回答〕四篇**

雑誌が企画する「アンケート」への回答から、表現にまつわる何かを探りあてることは可能だろうか。断簡零墨から垣間見える太宰による応答の特質について考える。

[注]

1　山内祥史『太宰治の年譜』（平成24・12　大修館書店　二七七頁）における昭和二十年の「三月六日頃」の項に、「「春」三枚を、女性文芸誌「藝苑」四月号のために執筆脱稿したが、戦災のため同誌が発行されず、歿後の昭和三十三年六月二十四日付発行の「東京新聞」第五千七百十二号の夕刊に、「未発表遺稿」として、奥野健男「『春』について」とともに掲載された」と解説されている。

2　太宰治「春」の本文は、『太宰治全集』11（平成11・3　筑摩書房　三〇〇頁）による。

3　内海紀子・小澤純・平浩一編『太宰治と戦争』（令和1・5　ひつじ書房　小澤純「まえがき――〝戦争〟に立ち会い続けた言葉」Ⅸ頁）小澤純は、太宰治の筆名で発表された最初の小説作品「列車」（「サンデー東奥」２０３　昭和8・2・19）において出征兵士が描かれていることに着目する。

4　奥野健男『太宰治論　増補決定版』（昭和43・11　春秋社　八九頁）

5　同前　一七六頁

6　本多秋五『物語戦後文学史（全）』（昭和41・3　新潮社　二七四頁）

7　飯野勝己「ひとつの暴力、いくつもの暴力――「場所への暴力」試論」（飯野勝己・樋口浩造編著『暴力をめぐる哲学』平成31・2　晃洋書房　二二三頁）

8　同前　同頁

9　太宰治『新釈諸国噺』「凡例」の本文は、『太宰治全集』7（平成10・10　筑摩書房　二四四頁）による。

10　同前　二四五頁

11　同前　同頁
12　同前　同頁
13　太宰治「自著を語る」の本文は、『太宰治全集』11（平成11・3　筑摩書房　五〇九頁）による。
14　同前　同頁
15　諏訪春雄『江戸文学の方法』（平成9・4　勉誠社　七八頁）によれば、「「うがち」のもとの意味は穴をあけることである。したがって戯作用語となってからも、このもとの意味の規制をうけ、人目につかない裏、陰の部分をひきだすことに描写の力点があるのにたいし、「ちゃかし」は、ごまかし、はぐらかしなどの原義が生きているために、表裏、陽陰、前後を等分に視野におさめて、その落差を際立たせることに力点がおかれている」という質的な違いがある。
16　亀井秀雄「〈もどき〉の方法――作者の出現と自滅」（『国文学　解釈と教材の研究』27－7　昭和57・5）は、〈もどき〉を「近世の作家が好んで用いた、古典の分かりやすいリライトの方法で、それを意図すると否とにかかわらず、結果的には古典のパロディを生んでしまうのである」と捉え、「女の決闘」（『月刊文章』6－1～6　昭和15・1～6）に登場する作者「私（DAZAI）」の〈もどき〉に「物象化された作家的関心をもう一度人間化したいモチーフが秘められていた」と論じる。
17　太宰治『新釈諸国噺』「赤い太鼓」の本文は、『太宰治全集』7（平成10・10　筑摩書房　三四一頁）による。
18　太宰治『新釈諸国噺』「破産」の本文は、『太宰治全集』7（平成10・10　筑摩書房　二九八頁）による。
19　『袋草紙』の本文は、藤岡忠美校注『袋草紙』（平成7・10　新日本古典文学大系29　岩波書店　八七頁）による。
20　柳田國男「嗚滸の文学」（『不幸なる芸術』昭和28・6　筑摩書房　初出は「芸術」3　昭和22・4　本文は『柳

田國男全集』第十九巻 平成11・4 筑摩書房 六五五頁による）
21 同前 六六四頁
22 同前 六七七頁
23 同前 六八五頁
24 井原西鶴『西鶴織留』（元禄七・一六九四年三月刊）「序」に見える、「生涯人間探求を続けた西鶴の晩年特に大きく掲げたテーマであった」（麻生磯次・冨士昭雄訳注『西鶴織留』平成5・5 決定版 対訳西鶴全集14 明治書院 二一五頁）とされる。
25 福間良明「「戦中派」とその時代――断絶と継承の逆説」（蘭信三・石原俊・一ノ瀬俊也・佐藤文香・西村明・野上元・福間良明編『シリーズ 戦争と社会 4 言説・表象の磁場』令和4・2 岩波書店 一〇八頁）は、「一九五〇年代後半になって、当時三〇歳代で、かつて戦場に最も多く動員された一九二〇年代前半生まれの世代を「戦中派」として括る認識が生まれてきた」ことを論証する。
26 吉本隆明・橋川文三「対話 太宰治とその時代」（「ユリイカ 詩と批評」7－3 昭和50・4）
27 橋川文三『日本浪曼派批判序説』（昭和35・2 未来社 本文は、『橋川文三著作集 1』増補版 平成12・10 筑摩書房 三二頁による）
28 同前 一九頁（傍点は本文による）
29 尾崎一雄「一人角力の面白さ――太宰治「畜犬談」＝文学者十月」（「帝国大学新聞」779「遮断機」昭和14・9・25）
30 斎藤理生「『新釈諸国噺』――第四版の「凡例」と「人魚の海」」（安藤宏・斎藤理生編著 小澤純・吉岡

真緒著『太宰治 単行本にたどる検閲の影』令和2・10 秀明大学出版会 五四〜六九頁）

31 「戦時生活ノ明朗化ニ関スル件」（情報局第二部放送課「大東亜戦争放送指針彙報」36 昭和19・5『現代史史料』41「マス・メディア統制2」 昭和50・10 みすず書房 五一六頁）

32 池内紀「『新釈諸国噺』について」（「ユリイカ 詩と批評」7－3 昭和50・4）

# 第一章　暴力を無効化する笑い

## 「畜犬談」——ユーモアの陰翳

### はじめに

映画評論家の双葉十三郎は、「大正昭和娯楽文化小史」と副題がついた自伝『ぼくの特急二十世紀』に次のような回想を記している。

それにしても、ぼくが大学を出て社会人になるあたり〈一九三四（昭和九）年……引用者注〉から、軽演劇もステージ・ショウも映画もダンスホールも、あらゆる方面でにぎやかになったのに、一方で軍靴の音も着々と高まっていた。満洲事変が起こったのは一九三一（昭和六）年、ぼくがまだ大学一年生のときですからね。だけど、ぼくのまわりは満洲事変なんかどこ吹く風だった。今から思うと不思議だけど。

今の若い人たちの中には、満洲事変が始まって世の中真っ暗になった、というようなイメージを持っている人がいるけど、そうじゃない、まるで逆なんだ。

ただし、そうした「どこ吹く風」も一九三九（昭和十四）年くらいまでです。それ以後は、ぼくたちとは関係ないところで大政翼賛会なんかができて、苦々しいことにそれに同調するやつなんかもいて、世の中が険しくなってきた。[1]

「満洲事変」を起点とする〈アジア・太平洋戦争〉の時代について筆者は、一部で考えられているように全期を通して「世の中真っ暗」だったわけではなく、「軍靴の音」をよそに「娯楽文化」が「にぎやか」な時期もあったことを強調する。固着しがちな戦時観に再考を促す貴重な証言といえよう。無論それは、東京の一定点から見た限定的な文化状況論ではある。しかし文芸を例にとれば、戸坂潤が「最近のわが国に於ける文学界では、ユーモア文学が中心の問題になつて来てゐるやうである」[2]と書いたのは昭和八年だった。その後、「現代ユーモア小説全集」（昭和10～11 アトリヱ社）、「新喜劇叢書」（昭和11 西東書林）、「新版ユーモア小説全集」（昭和13～14 アトリヱ社）、「ユーモア文庫」（昭和15～18 東成社）と、ユーモアや笑いを主題にした小説・戯曲作品集が相次いで出版されていたという事実もある。また、雑誌「新潮」は「ユウモア文学に就いて」（昭和8・3）に続いて「文化現象としての笑ひ」（昭和11・3）と題する特集を組んだ。〈エノケン・ロッパ〉の軽演劇・喜劇映画や〈エンタツ・アチャコ〉による漫才が隆盛を極めた〈アジア・太平洋戦争〉期は、多様なジャンルの〈笑い〉が競い合うように表現された時代でもあった。

太宰治の「畜犬談――伊馬鵜平君に与へる。」は、双葉十三郎が「どこ吹く風」の終わりと振り返った昭和十四年十月、「文學者」（1－10）に発表された滑稽小説である。戦後、太宰は副題について、「書き終へて読みかへしてみたら、まるでもう滑稽物語になつてしまつてゐたので、これは当時のユウモア小説の俊才、伊馬鵜平君に捧げる事にしたのである」[3]と説明している。太宰にとって親しい友人のひとりだった伊馬鵜平は、昭和六年、新宿に誕生した軽演劇劇場〈ムーラン・ルージュ〉の座付脚本家で、「募金女学校」、「レヴユウ男爵座」などの諷刺的な「ユウモア小説」作家としても知られていた。太宰治も戦時下にあって〈笑い〉をもたらす数々の小説作品を創作した。それは、「文化現象としての笑ひ」の時代に適合した表現手法だったのである。

本論では、これまでユーモアやペーソスを湛えた佳編という安定した評価を得てきたこの小説のおかしさの質について、同時代の思潮や言説を視野に入れながら掘り下げてみたい。先行研究が論じる「自虐的で戯画化された滑稽味」[4]（渡部芳紀）や「心底から他愛なく笑っていられない、沈痛なペーソスに似た笑いを堪えざるを得ない、愉快一方でない笑い」[5]（今西幹一）が醸成される背景には、はたして何があるのだろうか。

## 一

「畜犬談」（以下、副題を省略する）の語り手である「私」はまず、「犬に就いて」の「自信」、すなわち「いつの日か、必ず喰《く》ひつかれるであらうといふ自信」を述べた後、世の人々が気づいていない犬に関する〈真実〉を激しい語調で訴え、警戒を呼びかける。

諸君、犬は猛獣である。馬を斃し、たまさかには獅子と戦つてさへ之を征服するとかいふではないか。さもありなむと私はひとり淋しく首肯してゐるのだ。あの犬の、鋭い牙を見るがよい。ただものでは無い。いまは、あのやうに街路で無心のふうを装ひ、とるに足らぬものの如く自ら卑下して、芥箱を覗きまはつたりなどして見せてゐるが、もともと馬を斃すほどの猛獣である。いつなんどき、怒り狂ひ、その本性を曝露するか、わかつたものでは無い。犬は必ず鎖に固くしばりつけて置くべきである。少しの油断もあつてはならぬ。世の多くの飼ひ主は、自ら恐ろしき猛獣を養ひ、之に日々わづかの残飯を与へてゐるといふ理由だけにて、全くこの猛獣に心をゆるし、エスや、エスやなど、気楽に呼んで、さながら家族の一員の如く身辺に近づかしめ、三歳のわが愛子をして、その猛獣の耳をぐいと引つぱらせて大笑ひしてゐる図にいたつては、戦慄、眼を蓋はざるを得ないのである[6]。

「畜犬談」が発表された昭和十四年、「東京中央放送局」においては、「講演・講座」は、「学校放送」や「演芸」、「実況中継」などの他のジャンルを抑え、ラジオ番組編成の中心だったという[7]。当時の人々は頻繁に、ラジオから語りかける他者の主張に耳を傾けていたのだろう。この小説の書き出しは、そのようなメディアの有り様に照応しつつも、そこから逸脱する特異な語り口で読者に近づく仕掛けを内蔵していた。斎藤理生はこの冒頭部分に、「聞き手に自分とは異なる犬観の持ち主を想定している」[8]ことを指摘する。「私」と「聞き手」との距離は、この演説に啓発的な価値をもたらす可能性があった。

犬の暴力から我が身を守る術はないという倒錯した「自信」の表明は、その絶望感を逆手にとった、世の〈非常識〉の糾弾につなげられ、「さもありなむと私はひとり淋しく首肯」する。こうして、犬の本性を知る者の孤立が演出されるのである。訴えかけの内容とは裏腹に「私」の恐怖心の強さばかりが際立つこの演説は結局、その恐怖の由来は誰にも理解されないという「私」の不遇をかこつための長口上にすぎない。その芝居がかった物言いの冗長さ、〈犬が怖い〉という本音を隠すために費やされる言葉の効率の悪さが笑いをもたらしている。

佐藤信夫は「誇張法」を分析する過程で、「過剰実証性あるいは過剰論理性が言語自体への自己パロディーとなる特殊な誇張表現[9]」に言及していた。「もともと馬を斃すほどの猛獣である」という前提へのこだわりは、「私」の訴えの非論理性を照射する「特殊な誇張表現」にほかならない。その「過剰実証性」は、「昨年の晩秋、私の友人が、つひに之の被害を受けた」ことを実例として、犬の「無礼、狂暴の仕草」を非難する訴えにも表れていた。

> 注射を受けながらの、友人の憂慮、不安は、どんなだつたらう。友人は苦労人で、ちやんとできた人であるから、醜く取り乱すことも無く、三七、二十一日病院に通ひ、注射を受けて、いまは元気に立ち働いてゐるが、もし之が私だつたら、その犬、生かして置かないだらう。私は、人の三倍も四倍も復讐心の強い男なのであるから、また、さうなると人の五倍も六倍も残忍性を発揮してしまふ男なのであるから、たちどころにその犬の頭蓋骨を、めちやめちやに粉砕し、眼玉をくり抜き、ぐしやぐしやに噛んで、べつと吐き捨て、それでも足りずに近所近辺の飼ひ犬ことごとくを毒殺してしまふであらう。

紅野謙介は「富嶽百景」(「文體」2―2・3　昭和14・2〜3)を、「数字の無根拠性をあらわにしながら、にもかかわらず数字にこだわりつづけた小説」[10]と評した。「畜犬談」もまた、数字が面白いはたらきを見せる作品である。例えば、「恐水病」の「防毒の注射をしてもらはなければならぬ」期間として示される「三七、二十一日」は、この後もほぼ同様の形で二度繰り返される。なるほど、三週間にわたって毎日通院しなければならない「被害者」の心労への共感は深いのだろうが、この繰り返しは九九のリズミカルな響きを浮き立たせ、元々の深刻さを退けてしまわないだろうか。語り手と読者の合い言葉となりかねない、遊戯性を帯びた言葉の無駄遣いがそこにはあるのだ。

また、「三倍も四倍も」から「五倍も六倍も」へと一つずつ漸増する整数には、客観的な根拠や確たる意味はない。擬似的な客観性の装い、「過剰論理性」がもたらすおかしさを振り撒きながら、「たちどころに」以下のグロテスクな妄想に到達するまでの、怒りの階段を上る「私」の心の荒れが定量化されているのである。

太宰治は後に「畜犬談」にふれて、「憤慨もまた度を越すと、滑稽に止揚するものらしい[11]」と振り返ったが、内実としては、滑稽に止揚するような憤慨の表現法が周到に選び取られていた、といえるのではなかろうか。対読者意識を明示する〈演説〉は、〈モノドラマ〉[12]における演技さながらに、自ら発した言葉に刺激されて高揚していく〈漸層法〉(クライマックス)[13]によって統御されている。もちろん、聴衆としての読者が、演技者である語り手の興奮に共鳴するとは限らない。むしろ、演技者の孤立が一人称戯曲の見せ場となって、その常軌を逸した語りの愉楽に享受者は浸るのであろう。そうした話芸・文芸は、気がつけば憤慨が滑稽に転じていたかのように、事態の意味するところを横滑りさせる自在さによって支えられている。

ことしの正月、山梨県、甲府のまちはづれに八畳、三畳、一畳といふ草庵を借り、こつそり隠れるやうに住み込み、下手な小説あくせく書きすすめてゐたのであるが、この甲府のまち、どこへ行つても犬がゐる。おびただしいのである。

「私」が犬に対して抱く「青い焔が燃え上るほどの、思ひつめたる憎悪」とは、極度の恐怖心が姿を変えたものであった。「犬がうようよゐて、どこの横丁にでも跳梁し、或ひはとぐろを巻いて悠然と寝てゐる」という「甲府のまち」で「私は実に苦心」する。「すね当、こて当《あて》、かぶとをかぶつて街を歩」くことは諦めた。「いかにも異様であり、風紀上」許されるはずはないと判断したからである。そこで「人間に就いては」「いささか心得があ」った「私」は「犬の心理を研究し」はじめる。だが、それも容易ではないことを悟った「私は、ほとんど絶望した」のだった。

さうして、甚だ拙劣な、無能きはまる一法を案出した。あはれな窮余の一策である。私は、とにかく、犬に出逢ふと、満面に微笑を湛へて、いささかも害心のないことを示すことにした。夜は、その微笑が見えないかも知れないから、無邪気に童謡を口ずさみ、やさしい人間であることを知らせようと努めた。（中略）にこにこ卑しい追従笑ひを浮べて、無心さうに首を振り、ゆつくりゆつくり、ゆつくりゆつ内心、脊中に毛虫が十匹這つてゐるやうな窒息せんばかりの悪寒にやられながらも、くり通るのである。（中略）髪をあまりに長く伸してゐると、或ひはウロンの者として吠えられるかも知れないから、あれほどいやだつた床屋へも精出して行くことにした。ステッキなど持つて歩くと、犬のはうで威嚇の武器と感《ママ》ちがひして、反抗心を起すやうなことがあつてはならぬから、ステッキは永遠に廃棄することにした。（傍線は引用者による）

「いつの日か、必ず喰《く》ひつかれるであらうといふ自信」がある「私」の編み出した作戦とは、傍線部の行動のように、犬への「害心」を持たない「やさしい人間」を精一杯自己演出することだった。一人芝居は続いている。そもそも、見えない微笑の代わりに童謡を口ずさむことが、犬にとって「やさしい人間」のしるしとなる保証はどこにもない。「微笑」は「卑しい追従笑ひ」へと転じ、犬に「ウロンの者」や敵対者と見られぬための過剰な行動変容を自らに強いる。こうして、万全を期すつもりの術策がことごとく不自然な演技を招来してしまうのである。

評論「茶番に寄せて」（「文体」2－4　昭和14・4）で坂口安吾は、「笑ひは不合理を母胎にする」と書いた。

だから道化の本来は合理精神の休息だ。そこまでは合理の法でどうにか捌きがついてきた。ここから先は、もう、どうにもならぬ。——といふ、やうやつと持ちこたへてきた合理精神の歯をくひしばつた渋面が、笑ひの国では、突然赤褌ひとつになつて裸踊りをしてゐるやうなものである。それゆえ《ママ》、笑ひの高さ深さとは、笑ひの直前まで、合理精神が不合理を合理化しようとしてどこまで努力してきたか、さうして、到頭、どの点で兜を脱いで投げ出してしまつたかといふ程度による。[14]

「あはれな窮余の一策」は、犬の視線を擬人化して、それにさらされる己の姿を想像した結果たどり着いた「合理精神」の所産なのだった。「私」の涙ぐましい努力の数々が、真剣に考え抜いた末の試みが切実であればあるほど、「ここから先は、もう、どうにもならぬ」ときの「笑ひの高さ深さ」は確かなものとなるのである。そのときはあっけなく訪れた。「ここに意外の現象が現はれた。私は、犬に好かれてしまったのである」。過剰な演技が生じさせた思わぬ副作用に「私は、地団駄踏」み、犬に対する悪口雑言を書き連ねるが、万策は尽きた。後に残ったのは、一つの教訓だった。「何事によらず、ものには節度が大切である。私は、未だに、どうも、節度を知らぬ」。「節度」とは日常生活を維持させる「合理精神」のことであろう。

二

「早春」のある日、「私」は「ひどく執拗で馴れ馴れしい」、「真黒の、見るかげもない小犬」に「慕はれ」る。「小犬」は「ずるずる私の家に住みこんでしまつた」。

私は仕方なく、この犬を、ポチなどと呼んでゐるのであるが、半年も共に住んでゐながら、いまだに私は、このポチを、一家のものとは思へない。他人の気がするのである。しつくり行かない。不和である。お互ひ心理の読み合ひに火花を散らして戦つてゐる。さうしてお互ひ、どうしても釈然と笑ひ合ふことができないのである。

先行研究では、「畜犬談」と他の作家が既に発表していた作品との緊密な関係を追究した優れた諸論[15]が積み重ねられている。それらの研究によれば、志賀直哉の「畜犬に就いて」（『志賀直哉全集』第九巻 昭和13・6 改造社）や川端康成「わが犬の記」（「改造」14－2 昭和7・2）、「愛犬家心得」（「婦人世界」28－3 昭和8・3）、「禽獣」（「改造」15－7 昭和8・7）などの随想や小説作品に描かれた「畜犬」に関する叙述をふまえたうえで、それを意図的に差異化する太宰治の創作意識は明らかである。志賀や川端の作品に表現された、迷いや屈託を感じさせない飼い主としての〈強さ〉の対極に、「下手な小説あくせく書きすすめ」る「私」の演じる「軟弱外交」は在る。もっとも、言説の差異化はその対象を文学作品に限るわけではない。「畜犬談」の創作手法には、同時代において多くの人々に知られていたであろう〈忠犬ハチ公〉の物語が影を落としているように思われる。

昭和七年十月、「いとしや老犬物語　今は世になき主人の帰りを　待ち兼ねる七年間[16]」の見出しとともに新聞に紹介された一匹の秋田犬が、戦時下という時局に乗って〈忠犬〉と讃えられ、その二年後には『尋常小学修身書』巻二に「オン　ヲ　忘レル　ナ」の題目で教材化される。

ハチ　ハ、カハイイ、犬　デス。生マレテ　間モナク　ヨソ　ノ　人　ニ　ヒキ取ラレ、ソノ　家ノ　子　ノ　ヤウ　ニ　シテ　カハイガラレマシタ。ソノ　タメ　ニ、ヨワカッタ　カラダ　モ、大ソウ　ヂャウブ　ニ　ナリマシタ。（中略）

ヤガテ、カヒヌシ ガ ナクナリマシタ。
ハチ ハ、ソレ ヲ 知ラナイ ノ カ、毎日 カヒヌシ ヲ サガシマシタ。（中略）
一年 タチ、二年 タチ、三年 タチ、十年 モ タッテ モ、シカシ、マダ カヒヌシ ヲ サガシテ ヰル 年 ヲ トッタ ハチ ノ スガタ ガ、毎日、ソノ エキ ノ 前 ニ 見ラレマシタ[17]。

昭和九年四月、渋谷駅頭に建設された「忠犬ハチ公銅像」の除幕式で、当時の文部省社会局長は「純情無垢、報恩に一生を捧げし可憐なる姿は、見るものをして深く涙せしむるであらう。而してその衷情は永く我が国民思想を善導し、世道人心を深く戒むるものがあるであらうことを確信するものである[18]」と祝辞を述べた。翌年の〈告別式〉後も忠義の犬としての「ハチ公」物語は衰えることなく、〈帝国〉の美談と化した感がある。

一方、「畜犬談」の「私」と「ポチ」は美談とは無縁の主従を演じる。「真黒の、見るかげもない小犬」として現れた「ポチ」は、犬嫌いの「私」にとって「きまぐれ」な「駄犬」にすぎなかった。

私のおかげで、このポチは、毛並もととのひ、どうやら一人まへの男の犬に成長することを得たのではないか。私は恩を売る気はまうとう無いけれども、少しは私たちにも何か楽しみを与へてくれてもよささうに思はれるのであるが、やはり捨犬は駄目なものである。大《おほ》めし食《くら》つて、食後の運動のつもりであらうか、下駄をおもちやにして無残に嚙み破り、庭に干して在る洗濯物を要らぬ世話して引きずりおろし、泥まみれにする。
「かういふ冗談はしないでおくれ。実に、困るのだ。誰が君に、こんなことをしてくれとたのみましたか?」と、私は、内に針を含んだ言葉を、精一ぱい優しく、いや味をきかせて言つてやることもあるのだが、犬は、きよろりと眼を動かし、いや味を言ひ聞かせてゐる当の私にじやれかかる。なんといふ甘つたれた精神であらう。私はこの犬の鉄面皮には、ひそかに呆れ、之を軽蔑さへしたのである。

(傍線は引用者による)

「今はかすむ老いの目をみはつて」ひたすら待ち続ける「ハチ公」と「大切な育ての親だつた駒場農大の故上野教授[19]」との麗しい交流を知る同時代の読者は、「畜犬談」をその陰画として受け取ったであろう。実線部のように「オンヲ忘レ」果てた振る舞いを嘆き悲しむ「カヒヌシ」のおかしさは、時代の文脈のなかで増幅されるのである。当時版を重ねていた犬の飼育指南書には「全然《ぜんぜん》鞭《むち》を用《もち》ゐないと云《い》ふ事《こと》も考《かんが》へものでありませう[20]」と犬の教育における体罰の必要性が説かれていた。ところが、反撃を恐れて体罰などできない「私」のしつけは、いきおいきわめて手の込んだものとならざるを得ない。波線部の「いや味」は、「ポチ」が「私」の優しい表情や語調という外面を反語と感受してくれなければ、ただの愚痴になってしまう。「私」によるそうした一方的な「心理の読み合ひ」の仮構が、「ポチ」をいよいよ人間に近づけていくことになる。

その後、「長ずるに及んで」、「喧嘩格闘を好む」、「醜い形をし」た「猛獣」となった「ポチ」は、美談の要件を尽く欠いたまま、「私」の言動から真意を読み取る「薄気味わるい」犬に変貌する。「小牛のやうなシエパアド」との喧嘩に完敗することで身につけたその「卑屈なほど柔弱な態度」は、「ハチ公」の「も一つの美徳」、すなわち「弱いもの虐め」を見過ごさず、「喧嘩の仲裁」に割って入るもののの逃げる者は追わないという「親分[21]」かたぎとも対照的である。

## 三

「畜犬談」に「一人角力の面白さ」を見出したのは尾崎一雄だった。

地平線でも水平線でもいいが、――つまり常識線と云つていいだらう――その線から突飛にはね上つたり、また、無下に沈下したりする「私」に対し、その「私」の「家内」が、凝つと、常識線を固守してゐる、全然動かない、その対比が、明らかな誇張と判つてゐながら（むしろその故に。いや、これは一寸問題だが）無類に面白いのだ。「『ええ。』家内は、浮かぬ顔をしてゐた。」そして、また、「家内は、やはり浮かぬ顔をしてゐた」のだ。「私」の一人角力の面白さ、そしてそいつをしつかりととらへて描いてゐる面白さだ。[22]

この小説には夫婦が演じる笑劇という一面がある。尾崎一雄の批評はその面白さの源を見事に照らし出していた。萬歳における才蔵と大夫（太夫）の関係がそうであるように、「私」と「家内」が各々受け持つ役柄の違いを「誇張」するところに「無類」の面白さが生まれる。「私」の右往左往の激しさを示すために、不動の基準となるのが「家内」の役柄なのである。つまり、「一人角力」とは、両者の相異なる様相を「誇張」する共同的演技なのだった。

「誇張」はときに、同時代の論者も難じた「なんともいへぬ空虚なひびき」[23]を伴うこともあるだろう。しかし、小説を読む愉しみのひとつは、現実からは遊離した「空虚なひびき」をも包含する、非日常的な言葉のはたらきに出会うことにあるのではないか。

「一つも、いいところないぢやないか、こいつは。ひとの顔色ばかり伺つてゐやがる。」
「あなたが、あまり、へんにかまふからですよ。」家内は、はじめからポチに無関心であつた。洗濯物など汚されたときはぶつぶつ言ふが、あとはけろりとして、ポチポチと呼んで、めしを食はせたりなどしてゐる。「性格が破産しちやつたんぢやないかしら。」と笑つてゐる。
「飼ひ主に、似て来たといふわけかね。」私は、いよいよ、にがにがしく思つた。

「家内」の批評眼は鋭い。とりわけ、「卑しい追従笑ひをするかの如く」媚びを売るようになった「ポチ」を〈性格破産者〉に見立て、遠回しに「私」との酷似を揶揄する一言は、読者を巻き込む機智に富む。「家内」のとぼけた呟きは、「畜犬談」と同年に発表されていた「富嶽百景」の一場面を思い起こさせるからだ。「昭和十三年の初秋、思ひをあらたにする覚悟で」旅に出た「富嶽百景」の「私」は、「井伏鱒二氏」のはからいで「御坂峠」頂上の「天下茶屋」に逗留することになった。ある日そこに「新田といふ二十五歳の温厚な青年」が訪ねてくる。

二階の私の部屋で、しばらく話をして、やうやく馴れて来たころ、新田は笑ひながら、実は、もう二、三人、僕の仲間がありまして、皆で一緒にお邪魔にあがるつもりだつたのですが、いざとなると、どうも皆、しりごみしまして、太宰さんは、ひどいデカダンで、それに、性格破産者だ、と佐藤春夫先生の小説に書いてございましたし、まさか、こんなまじめな、ちやんとしたお方《かた》だとは、思ひませんでしたから、僕も、無理に皆を連れて来るわけには、いきませんでした。こんどは、皆を連れて来ます。かまひませんでせうか。[24]

当時の読者の多くは、「新田」が読んだという「佐藤春夫先生の小説」が、「芥川賞——憤怒こそ愛の極点（太宰治）」（「改造」18－11 昭和11・11）であると気付いていただろう。「自分は太宰といふ人物がどれほど主観的で我儘な性格かといふ一例を、伝聞のままではあるがここで紹介して置きたい」と佐藤春夫はその発表の意図を述べたが、先行研究がすでに明らかにしているとおり、その本文中に「デカダン」や「性格破産者」という言葉は見出せない。つまり、「富嶽百景」という〈実名小説〉における虚構が、「畜犬談」の「家内」の呟きに事実として引用されているのである。それは〈性格破産者〉という言葉で表象される〈「私」—「太宰」〉像のはたらきを計算に入れた創作方法であった。「富嶽百景」で「多少の困難があつても、このひとと結婚したひものだと思」い、ついに婚約した「私」が、「畜犬談」では「家内」から皮肉混じりの呟きを聞かされる家庭生活を送っている。そうした〈連作小説〉の外貌も、おかしみを生み出す虚構の方法といえよう。

当の〈性格破産〉という言葉は、一九一〇年代に広津和郎が同時代人の傾向を映し出す表現として使いはじめていたものである。

昔から性格の弱い人間は、いつの時代にも必ずあったに違いない。それは何も現代ばかりの特産ではないに違いない。けれども、その性格の弱さが現代ほど複雑極まる形を取って現れて来た事は、我日本では今までに例がないであろうと思う。（中略）こういう性格の破産の状態が何処から来たか。そして又こういう性格の破産を如何にすべきか。これは現代のにほんに取って、最も重要な問題であると私は信じる。（中略）みな此現代に生きて行く上には、余りに弱過ぎる。此人生にあって、彼等は事毎に『間の悪さ《オークワードネス》』を感ずる。手を一本上げても、此手の上げ方は、これで間違つていないだろうか、と云ったような事を一々反射的に感ずる。[25]

現実世界に順応しようと努めるものの、その方法や適切な度合いがつかめず、その結果、自己の一貫性を守ることが難しくなる。広津はそのような「性格にほんとうの底力のない点」を憂うべき時代の特徴と考えた。「畜犬談」の「家内」は〈性格破産者〉の心弱さを「私」に見ているのだ。内心と言動の不一致、感情に左右され揺れ動く文体（語調）、危機回避のための過剰適応と、「私」の非一貫性や「間の悪さ」は際立っている。しかし、その心弱さこそ、この小説の面白さを支えるしたたかな土台であることを忘れてはならない。一人芝居を終えて「家内」と「ポチ」という他者を登場させた後半は、「私」を軸にした応答関係の機微が笑いの源泉となる。

ところで、「ハチ公」物語が始動する直前、井伏鱒二は「畜犬」を素材に「眠れない夜」(「婦人サロン」4－9 昭和7・9)という短編小説を書いた。小説内の「私」は「前隣りで飼つてゐる四ひきの犬」の「騒ぎ声」に日々悩まされていた。そのうえ、「私」をそれら「がらくた犬」の飼い主と勘違いする近隣の何者かから怒りに満ちた苦情の手紙を二度にわたって受け取り、対応に苦慮する。手紙の差出人を特定できない「私」のうろたえぶりもさることながら、この小説のおかしさを作り出しているのは、語り手である「私」が繰り返し「家庭争議の相手」と呼ぶ妻とのかみ合わない会話だった。


「これぢやあ、うるさくてやりきれない！　明日、夜があけたら直ぐ交渉に行つて来るんだね。」

　私は腹立ちまぎれに部屋のなかを歩きまはりながらひとりごとを言つた。そしていつもの私の家庭争議の相手に、

「お前、明日の朝早く交渉に行つといで！」

　といひつけた。けれど私の家庭争議の相手は、

「あたしは厭です。」

　さういつて彼女は菓子鉢のドロップスを一握り手のひらに載せ、犬の機嫌をとるつもりらしく雨戸を明けてドロップスを庭に投げ、

「ジヨンや、ジヨンや……」

　と囁き声で出鱈目に犬の名前を呼んだ。[26]

「私」の怒りは「家庭争議の相手」には共有してもらえない。せっかちな「私」の言動を鷹揚にいなし、「出鱈目に犬の名前を呼」ぶ「家庭争議の相手」は、小説に内在するおどけた批判者としての確固たる存在感を有している。犬という第三者をめぐってこのような滑稽味を醸し出す夫婦劇は、太宰治が師と仰ぐ井伏鱒二のユーモア溢れる小説にすでにその先蹤があったのである。予想を覆す新しい事態に見舞われるたびに空騒ぎを演じる「畜犬談」の「私」と「眠れない夜」において度はずれな感情表現を見せる「私」はともに、身近な他者に理解されることの困難を刻みつける〈どたばた喜劇《スラップ・スティック》〉の主役なのだった。

## 四

「畜犬談」の「私」と「家内」は「東京の三鷹村に、建築中の小さい家を見つけ」、「移転の仕度をはじめ」る。

ポチは、やはり置いて行かれることに、確定した。すると、ここに異変が起つた。ポチが、皮膚病にやられちやつた。これが、またひどいのである。さすがに形容をはばかるが、惨状、眼をそむけしむるものがあつたのである。折からの炎熱と共に、ただならぬ悪臭を放つやうになつた。こんどは家内が、まゐつてしまつた。

「ご近所にわるいわ。殺して下さい。」女は、かうなると男よりも冷酷で、度胸がいい。

「殺すのか?」私は、ぎよつとした。「も少しの我慢ぢやないか。」

「異変」に動揺したかのように、「私」の文体も変調を来す。「ポチが、皮膚病にやられちやつた」というくだけた話体は、この小説が題名通り、「談」、すなわち語り口の技を読みどころとする作品であることを改めて印象づける。豹変する文体の面白さも含めて、「畜犬談」は〈うつす/うつる〉ことをめぐる小説という一面を持っているのではなかろうか。「ウッシ(現し)・ウッツ(現)のウツと同根。ウツはこの世に目に見えて確かに存在しているもの」であることから、「ウッス(移す)は物の存在・形をそのままそっくり他の所に現す意。「写す」「映す」の漢字で表されるものも同一の語[27]とされる。〈うつす/うつる〉は、ある特定の状態や位置、時間に止まることなく、何かが他なるものに変転する様相を捉えた動詞といえよう。他者の目に自己がどのように映るかを過剰に意識し、文体(話体)ともろともに感情が移りゆく「私」の心弱さは、「ポチ」の「卑屈なほど柔弱な態度」に複写される。「家内」という冷静な観察者には、飼い犬に情が移った「私」の言動にその原因があると見えるだろう。東京への移転が決まると間もなく始まった「ポチ」の皮膚病が悪化し、元々あった犬への激しい憎悪の念は「私」から「家内」に移る。「或る夜、私の寝巻に犬の蚤が伝播されて在ることを発見するに及んで」、「私」は「ひそかに重大の決意をし」、「薬屋に行き或る種の薬品を少量、買ひ求めた」のである。

私は立ちどまり、ぽとりと牛肉の大片を私の足もとへ落して、

「ポチ、食へ。」私は、ポチを見たくなかつた。ぼんやりそこに立つたまま、「ポチ、食へ。」足もとで、ぺちやぺちや食べてゐる音がする。一分《いつぷん》たたぬうちに死ぬ筈だ。
私は猫脊になつて、のろのろ歩いた。霧が深い。ほんのちかくの山が、ぼんやり黒く見えるだけだ。南アルプス連峯も、富士山も、何も見えない。朝露で、下駄がびしよぬれである。私は一そうひどい猫脊になつて、のろのろ帰途についた。橋を渡り、中学校のまへまで来て、振り向くとポチが、ちやんとゐた。面目無げに、首を垂れ、私の視線をそつとそらした。
私も、もう大人である。いたづらな感傷は無かつた。すぐ事態を察知した。薬品が効かなかつたのだ。うなづいて、もうすでに私は、白紙還元である。

この箇所にはいくつかの言説が影を落として、「畜犬談」の笑いに陰翳を与えている。一つは、小説「姥捨」(「新潮」35-10 昭和13・10)の連想である。「薬品が効かなかつたのだ。」という一文に、「姥捨」後半の「薬のことは、私でなくちやわからない」と自慢げに語った「嘉七」と「かず枝」の心中未遂の場面が想起される。心温まる再生の物語にノイズのごとく他の虚構作品の文脈が浸潤してくる。安堵の笑いに翳りをもたらすこのようなテクスト間の相互的な関係は、情景描写においても作用していた。

見よ東海の空晴れて　旭日高く輝けば
天地の正気《せいき》溌剌《はつらつ》と　希望は躍る大八洲《おおやしま》

お丶晴朗の朝雲に　聳ゆる富士の姿こそ
金甌《きんおう》無欠《むけつ》揺ぎなき　我が日本の誇なれ

（森川幸雄作詞「愛国行進曲」）

昭和十二年五月、文部省は、「国体を明徴にし、国民精神を涵養振作すべき刻下の急務に鑑みて編纂した」『国体の本義』を全国の教育機関や社会教化団体に配布していた。そこに説かれた「惟神《かむながら》の国体」や「国民性」としての「清き明き直き心」を称揚する「愛国行進曲」は、同年十二月に、〈内閣情報部撰定〉の〈国民歌〉として発表され、百万枚を超えるレコード売り上げが示すように、まさしく時代を映し出す一曲となった。その「晴朗の朝雲に聳ゆる富士の姿」を写したレコードジャケットを見ていると、「畜犬談」のこの情景描写がそうした当時の理想を反転させた、ことさら陰気な空間を提示していることに気づく。「霧が深く」、「富士山も、何も見えない」「朝露」の中を「私」は、「猫脊になつて、のろのろ歩」く。〈日本精神〉を表象する「正気潑剌」や「金甌無欠」との甚だしいずれが、きわどいユーモアとなって立ち現れる。

「私」は「ポチ」の「面目無げ」な表情を、主人の意向に従えなかったことへの謝罪と解釈したのだろう。「白紙還元」は主従関係に劇的な変化をもたらすはずだった。だが、皮膚を病む「ポチ」も時代の苛酷な要求とのずれを体現していた。昭和十四年七月、商工省は「革のストック減少に対応して皮革の統制を強化」し、「不要不急方面に使用され」ていた犬皮も「配給統制品目」[28]に加えた。「犬の皮もクロームなめしを施して靴の甲皮に転用することになつた」[29]のである。前年、流行語となった〈代用品〉の潮流は、軍事体制下にあって常態と化す。「犬皮ハ軍需用品トシテ必要欠クベカラザル資源ナルト他面節米ノ一助トモナルニ鑑ミ」、甲府市長名で市内町内会長に「犬皮献納」への「格別ノ御協力[30]」が要請されるのはこの二年後のことだった。人間化と物化という対極を往還する「ポチ」の姿には、猟奇的なアイロニーがつきまとう。


「だめだよ。薬が効かないのだ。ゆるしてやらうよ。あいつには、罪が無かつたんだぜ。芸術家は、もともと弱い者の味方だつた筈なんだ。」私は、途中で考へて来たことをそのまま言つてみた。「弱者の友なんだ。芸術家にとつて、これが出発で、また最高の目的なんだ。こんな単純なこと、僕は忘れてゐた。僕だけぢやない。みんなが、忘れてゐるんだ。僕は、ポチを東京へ連れて行かうと思ふよ。友達がもしポチの恰好を笑つたら、ぶん殴つてやる。卵あるかい？」

「ええ。」家内は、浮かぬ顔をしてゐた。

「ポチにやれ。二つ在るなら、二つやれ。おまへも我慢しろ。皮膚病なんてのは、すぐなほるよ。」

「ええ。」家内は、やはり浮かぬ顔をしてゐた。

（傍線部は引用者による）


「芸術家」は「弱者の友」としてあるべきだ、という「私」の主張が招き寄せる笑いに着目し、斎藤理生は「その〈笑い〉とは、発言内容を完全に骨抜きにしてしまうものではなく、言葉にすれば途端に硬直してしまうたぐいの主張を表現するために施されたしかけであった[31]」と論じる。「私」の言葉を、尾崎一雄のように「一人角力の面白さ」を生み出す装置と捉える見方と、「そのまま作者の主張であることは明らかだ[32]」と主題をそこに見る鈴木邦彦の解釈を統合、発展させた魅力的な立論といえよう。ただし、〈笑い〉を主題提示のための手法とすると、あまりにも主題そのものを実体化してしまうことになるのではないか。

「ア、秋」（「若草」15－10 昭和14・10）で「本職の詩人ともなれば、いつどんな注文があるか、わからないから、常に詩材の準備をして置くのである」と書き出し、「あきの部のノオトを選び出し」た語り手は、「また、こんなのも、ある」として次の一文を書き取る。

> 芸術家ハ、イツモ、弱者ノ友デアッタ筈ナノニ。
> ちつとも秋に関係ない、そんな言葉まで、書かれてあるが、或ひはこれも、「季節の思想」といつたやうなわけのものかも知れない[33]。

読者はしばしば、〈太宰治〉という署名がある虚構作品間で響き合うこのような表現に戸惑うことになる。「ア、秋」の叙述の干渉を受けるとき、「畜犬談」の〈芸術家論〉は「季節の思想」程度の気まぐれな思いつきにすぎないようにも見えてくる。そうすると傍線部は、その場しのぎの警句で「家内」を煙に巻こうとする「私」の浅薄さを示唆するものとなるだろう。〈芸術家論〉は主題への還元を無意味なものにする〈言葉遊び〉としても機能しているのである。

## おわりに

この作品の結末と響き合う別のテクストとして、志賀直哉の随筆「犬」（「改造」21－5 昭和14・5）を挙げることができる。後に「クマ」と改題されるこの文章に志賀は、「迷児になつて了つた」飼い犬との再会を描いた。「あきらめてゐた所だつたから、自家の者の喜びは非常だつた」ことや、発見できたことを「単に偶然と云つて了つていいものかどうか、分らない気がした」と、犬との奇縁について語る。この作品と「畜犬談」は、飼い犬との奇跡的な関係再生の物語という枠組みにおいて通底する。しかも、「犬」は子どもたちにせがまれて、「畜犬談」は復讐を恐れてと、ともに語り手「私」にとっては不本意ながら飼うことになったという経緯も似ている。「此雑種の駄犬をいつまでも飼つて置く気はしなかつた」（「犬」）「私」の侮蔑の入り交じった無関心と、「恐れ、憎んでこそゐるが、みぢんも愛してはゐない」（「畜犬談」）という恐怖に由来する嫌悪は、作品終盤に用意された関係再生の物語を劇的に演出するための仕掛けとなり得る。しかしながら、「畜犬談」は「犬」との違いを顕示するかのように、奇縁に心動かされる「いたづらな感傷」を打ち消し、「私」の高揚感に共鳴する、「自家の者」にあたる他者を置かなかった。

「家内」にとって、上調子な〈真理〉を説く「私」は、「鳩首して小声で相談した」固い誓いをあっさりと反故にする〈性格破産者〉という「弱者」以外の何ものでもない。それは、「まことの言葉、言霊たる以上は、必然に行はるべきである。かく言葉が行となり得る根柢にはまことが存する」と『国体の本義』が説く「まこと」の時代にも背馳する心弱さであった。こうして、「犬」と同じく明朗さと情味に彩られてもおかしくはない関係再生の劇は、「弱者」による浮かれ騒ぎのおかしさにたどりつくのである。[34]

塚越和夫は「畜犬談」に「太宰の体験や世界観の裏づけなしには成立しない仕組み」を読む一方で、「ただの犬のお話として、その語り口を楽しむべきなのかも知れない」[35]と、読解とは別の鑑賞の在り方を示した。前者に関して本論は、「太宰の体験や世界観」の実体化を避けてきた。虚構は実体の影である、とは必ずしもいえない。太宰治が作品を通して織り上げてきた人生上の筋立ては、あくまでも虚構としての個人史だからである。

その前提に立って、塚越和夫のいうように「語り口を楽しむ」とき、この作品の魅力が〈性格破産者〉の心弱さに起因していることがわかる。「節度を知らぬ」「私」はすべての事象の意外な成り行きにうろたえ、現実に過剰適応しようとする。モノドラマとして展開する前半は、擬似的な合理精神が破綻するところに〈笑い〉が生まれる。〈誇張〉の面白さは、非合理な世界に浮遊する言葉のはたらきに負っていた。

それに対して、「私」をめぐる応答関係の機微に〈笑い〉の中心が移る後半では、同時代における言説からのずれが表現され、異なる文脈が交響し合う様相が描かれる。[36]それは、井伏鱒二の「眠れない夜」と同様に、「家内」という身近な他者に理解されることの難しさを基底とする夫婦劇でもあった。「節度を知らぬ」言動はここでも、主題と見紛う友愛に満ちた〈芸術家論〉や〈関係再生譚〉の安定した物語の枠組みを相対化する〈笑い〉の源泉となる。〈心弱さ〉とは、時代の要請とはかけ離れた「弱者」としての「私」の狼狽を誘い出し、ユーモアに陰翳を与えるためのしたたかな創作手法だったのである。

［注］

1　双葉十三郎『ぼくの特急二十世紀――大正昭和娯楽文化小史』（平成20・3　文春新書627　一六三～一六四頁）
2　戸坂潤『思想としての文学』（昭和11・2　三笠書房　第二部13「笑ひ・喜劇・及びユーモア」三「ユーモア文学とユーモア」一五五頁　文末に「（一九三三・五）」という記載がある）
3　太宰治『玩具』「あとがき」（昭和21・8　あづみ書房　一三九～一四〇頁）
4　渡部芳紀「畜犬談」（『国語展望』別冊4　昭和48・4）
5　今西幹一「太宰治「畜犬談」の文芸構造――太宰治の甲府（二）」（山梨英和短期大学日本文化コミュニケーション学会編『日本文芸の表現史』平成13・10　おうふう　三〇六～三〇七頁）
6　「畜犬談」の本文は『太宰治全集4』（平成10・7　筑摩書房）による。なお、他の引用文も含め、仮名遣いおよびルビば原文のままとし、漢字は新字体に統一した。
7　芳賀綏『言論と日本人　歴史を創った話し手たち』（平成11・10　講談社学術文庫1399　一六二頁）
8　斎藤理生「太宰治『畜犬談』論――方法としての〈笑い〉――」（『阪大近代文学研究』1　平成15・3『太宰治の小説の〈笑い〉』第一部「方法としての〈笑い〉」第一章「〈笑い〉と深刻――『畜犬談』論」平成25・5　双文社出版　三二頁）
9　佐藤信夫『レトリック感覚――ことばは新しい視点をひらく』（昭和53・9　講談社　二〇一頁）
10　紅野謙介「『富嶽百景』における数の思考」（『太宰治研究』4　平成9・7）

11　注3　一三九頁。なお、本文には「度を起すと」とあるが、『太宰治全集11』（平成11・3　筑摩書房）にしたがって「起」を「越」に改める。

12　「モノドラマ（英 monodrama）〔演〕一人劇。独演劇。観客をして自ら劇中の主人公とまで意識せしめられるやうに創作された自我本位の劇。エフレイノフの主唱にかゝる。」（『最新百科社会語辞典』昭和7・5　改造社　三一三頁）

13　「Climax《漸層法》（修）「はしご」を意味するギリシア語を語源にもつ。はしごを上がるように、一段一段表現を強めていき、最後に一番力強い語句で締めくくって、読者または聞き手の心に深い印象を与えようとする修辞法。」（田中春美編集代表『現代言語学辞典』昭和63・2　成美堂　九〇頁）

14　本文は『坂口安吾全集』03（平成11・3　筑摩書房　六〇頁）による。

15　鈴木邦彦「太宰治『畜犬談』と志賀直哉『畜犬に就いて』」（「静岡近代文学」6　平成3・8）、濱川勝彦「「畜犬談」試論」（「太宰治研究」5　平成10・6）、三谷憲正「太宰治における〈川端康成〉という補助線——断崖の錯覚・佐渡・東京八景・畜犬談を中心として」（「京都語文」4　平成11・10）

16　「東京朝日新聞」（昭和7・10・4　第一六六八一号　八面　黒三角の圏点は記事の見出しによる）

17　文部省『尋常小学修身書』巻二　児童用（昭和9・11　日本書籍株式会社　七四〜七七頁）

18　『渋谷駅一〇〇年史・忠犬ハチ公五〇年』（昭和60・3　日本国有鉄道渋谷駅　一九四頁）

19　注16に同じ。

20　高橋虎雄『犬の飼ひ方』（大正15・10　文化生活研究会　一三五頁）

21　注16に同じ。

22 尾崎一雄「一人角力の面白さ――太宰治「畜犬談」＝文学者十月」（「帝国大学新聞」779「遮断機」昭和14・9・25）
23 浦島太郎「創作月評」（「文芸」7－12 昭和14・12）
24 「富嶽百景」の本文は『太宰治全集3』（平成10・6 筑摩書房 一三〇頁）による。
25 広津和郎『二人の不幸者』「序」（大正7・10 新潮社 本文は『広津和郎全集』第四巻 昭和63・9 中央公論社 五〇二～五〇四頁による）
26 本文は『井伏鱒二全集』第三巻（平成9・5 筑摩書房 五一九頁）による。
27 『古典基礎語辞典』（大野晋編 平成23・10 角川学芸出版 一九二頁）「うつす【移す・写す・映す】」の解説の執筆者は依田瑞穂。
28 「大阪朝日新聞」（昭和14・7・25「皮革統制強化 品目追加八月から実施」「神戸大学新聞記事文庫」皮革工業［1－117］による）
29 「報知新聞」（昭和14・8・22「皮革（二）残るは猫と鼠だけ 配給統制一段と強化」「神戸大学新聞記事文庫」皮革工業［1－118］による）
30 「犬皮献納ニ関スル件」（昭和16・5・26 甲府市市史編さん委員会編『甲府市史』資料編 第六巻 近代 平成元・3 甲府市役所 八七二頁）
31 注8 斎藤理生『太宰治の小説の〈笑い〉』四八頁。
32 注15 鈴木論文。
33 「ア、秋」の本文は『太宰治全集4』（平成10・7 筑摩書房 五四頁）による。

34　芦田祐季「太宰治「畜犬談」論――再生する〈笑い〉――」（「百舌鳥国文」21　平成22・3）は、ポチを毒殺しようとしたことで「消失した〈笑い〉は、生命感に基づく〈笑い〉として再生され物語は完結する」と捉える。

35　塚越和夫『評釈 太宰治』（昭和57・8　葦真文社　一八〇頁）

36　岡村知子「太宰治「畜犬談」論――林信一「愛犬譚」・チェーホフ「カメレオン」を補助線として」（「論潮」9　平成28・7）は、「皮膚病を患う〈畜犬〉の〝負性〟は、「私」の〝負性〟に容易に転化」することを「悟った」「「私」は今こうして生きているすべてのものを脅かす暴力に対する抵抗の主体へと転生する」と読み解く。「畜犬談」が戦争という暴力が支配する時代にあって、それと対峙する生命への希望を宿すという一面があるとすれば、それもまた全編に散りばめられたユーモアがもたらす陰翳といえるのではないか。

# 「十二月八日」——ナショナリティにまみれる／おくれる笑い

## はじめに

昭和十六（一九四一）年十二月八日、日本軍による英領マレー半島上陸および真珠湾への空爆によって、その二日後に大本営政府連絡会議で呼称が決定されることになる〈大東亜戦争〉が始まった。成田龍一が「十二月八日の画期」[1]と表現するように、〈満州事変〉に端を発する〈十五年戦争〉の連続性とは別に、この日が国民の戦争に対する認識を変える画期であったことは、戦時下の史料が証明するところである。開戦後、雑誌・新聞等の活字媒体には、「十二月八日」をめぐる数多くの体験記・印象記が掲載された。それらの記録を貫くのは、長引く大陸戦の混迷や日米交渉の隘路から一気に解放された人々の明るさを伴った気負いにほかならない。文芸にあっては、詩歌がいち早く「十二月八日」に感応した。

宣戦の大詔を拝《はい》す雲たちまち開くがに国の行く道ぞ照る[2]　　前川佐美雄

来るべきとき来れりとうなづきあひ我が隣組さわやかなるも[3]　齋藤史

「雲」とはこの日、内閣総理大臣・東條英機がラジオ放送を通じて語ったような「今日まで隠忍と自重との最大限を重ねた[4]」日々の鬱屈を表象している。高村光太郎が、「この世は一新せられた。／黒船以来の総決算の時が来た。[5]」と自らの詩のなかで絶唱したとおり、十二月八日、「国の行く道」は豁然と目の前に示された、と多くの国民は感じたのだろう。それに先立ち、開戦前から「日米の未来戦を記述した書物は、汗牛充棟もただならぬまで市場に氾濫して[6]」おり、人人はそれを避けがたい宿命として受け容れてもいた。「来るべきとき来れり」という表現の根底には、そうした予覚に沿って形作られた覚悟があった。

太宰治の「十二月八日」（「婦人公論」27－2　昭和17・2）は、その〈大東亜戦争〉開戦の日における ある主婦の日記の形式を借りた短編小説である。この作品はこれまで主に、太宰治の戦争に対する態度を測るためのテクストとして読まれてきた。〈大東亜戦争〉との際会を肯定的に受けとめ、自らの揺るぎない戦意を確かめる語り手「私」の叙述に戦時体制への加担を指摘し、「国策文学の典型[7]」、「戦争に協力する立場から執筆された時局小説[8]」と見なす論者がいる一方で、それらを巧妙な「仮装[9]」と捉え、「私」による違和感の表象や「主人」の反時代的な逸脱ぶりに、戦争を「背いつつ逸れることばの有り様[10]」を読む評者もいる。また、そのいずれをも包摂する、「戦争批判と受容という矛盾が共存・併存している作品[11]」であるとする論考も提出され、この論点をめぐる評価は未だ定まらない。今後も評価はおそらく揺れつづけるであろう。そもそも、作家主体の思想をその作品から析出するという方法論には懐疑的にならざるをえない。書かれたことと思想との間には外在する諸文脈が必ず介入し、双方向に干渉して両者を別様に変形させるものだからである。

では、花田俊典が示した、「太宰治の戦時下のスタンス」を「反戦か否かと一元的に問いつめること自体に無理がある」[12]という至当な認識を基点として、「十二月八日」に新たな読解の可能性を探ることはできないだろうか。本稿においては、先行研究がたどってきた評価の振幅をふまえつつ、この小説が放散するおかしさ、滑稽な筆致に着目し、同時代の文脈のなかでそのユーモアや笑いの問題がどのような意味を帯びるのかを検証する。さらには、〈大東亜戦争〉の開戦直後における〈日本〉を表象する在り方として、「十二月八日」がどのような特異性を持ち、そこにいかなる価値を見出すことができるのかという点についても考察したい。

## 一

これから書かれる「けふの日記」が目指していたのは、百年後の人々にとって「歴史の参考」になるような「十二月八日」の事実の記録だった。そのため、事実に反する「嘘だけは書かないやうに気を附ける」ことを「私」は自らに言い聞かせる。したがって、「言ふ事は、いつも嘘ばかり」という「主人」の日常は予め隠然と差異化され、そのエピソードは日記の真剣な叙述を妨げる不真面目さのしるしとなるはずだった。

けふの日記は特別に、ていねいに書いて置きませう。昭和十六年の十二月八日には日本のまづしい家庭の主婦は、どんな一日を送つたか、ちよつと書いて置きませう。もう百年ほど経《た》つて日本が紀元二千七百年の美しいお祝ひをしてゐる頃に、私の此の日記帳が、どこかの土蔵の隅から発見せられて、百年前の大事な日に、わが日本の主婦が、こんな生活をしてゐたといふ事がわかつたら、すこしは歴史の参考になるかも知れない。だから文章はたいへん下手でも、嘘だけは書かないやうに気を附ける事だ。なにせ紀元二千七百年を考慮にいれて書かなければならぬのだから、たいへんだ。でも、あんまり固くならない事にしよう。主人の批評に依れば、私の手紙やら日記やらの文章は、ただ真面目なばかりで、さうして感覚はひどく鈍いさうだ。センチメントといふものが、まるで無いので、文章がちつとも美しくないさうだ。本当に私は、幼少の頃から礼儀にばかりこだはつて、心はそんなに真面目でもないのだけれど、なんだかぎくしやくして、無邪気にはしやいで甘える事も出来ず、損ばかりしてゐる。慾が深すぎるせゐかも知れない。なほよく、反省をして見ませう。[13]

「紀元二千七百年まで残るやうな佳《よ》い記録を書き綴る事」という目的から考えれば、「主人」の逸脱ぶりを描くそれらの逸話は所詮、〈余剰〉でしかない。時局柄不謹慎というほかない「主人」の言行は、「私」にとっては自らの表現動機の正統性を確かめるための他山の石なのだった。ところが、語り手である「私」の眼差しは意に反して、「十二月八日」のみならず「主人」にも引き寄せられながら、あたかもそれら二つの焦点を持つ楕円上を経巡るがごとく転調を繰り返し、終始落ちつくことはない。この小説の特異性は、このような両睨みの叙法によって生成する。「十二月八日」は開戦の日の記念碑《モニュメント》化を目指す主調音と、「主人」の周りに発生する挑発的な雑音とが織りなす、異種混淆性を持ち味とした小説なのである。

　同時代評を見てみよう。伊藤整との「対談文藝時評」で、「十二月八日といふのを、一つの区割りにしてそこに意味をもたせてすぐ書くといふことはどうですかね」と疑義を呈した平野謙は、「太宰氏の小説そのものは面白いことは面白かつたのですけれども、やはり普段の太宰治まるだしで、そこにギヤツプが感ぜられる気がした[14]」と割り切れぬ読後感を語っていた。「小説を書いて生活してゐる」、いかにも〈太宰治〉を投影した「主人」の妻である「私」に語り手を務めさせ、「十二月八日」の記録を「主人」の逸話とともに飽きることなく読ませようとするこの小説に、手の込んだ趣向の内在を読み取った平野謙は、開戦の日の厳かさとそれをすかさず「小説体」に変形してしまう作家・太宰治の機知との間に「ギヤツプ」を覚える。「面白いことは面白かつた」ことがかえって、そうした趣向に見え隠れする手練手管を看過しがたいものと感じさせたのだろう。

　しかし、「十二月八日」はかかる「ギヤツプ」を感受させるためのテクストとしてあった。〈大東亜戦争〉と〈太宰治〉という取り合わせから発する不協和音は、『婦人公論』の目次に「短篇 十二月八日 太宰治」と記されたときからすでに響きはじめていた。世に溢れかえっていた「〈十二月八日＝転機《パラダイム》〉」[15]（松本和也）とは異なる言語作品の挑発に、「何か背負ひ投げを喰つたやうな気がちよつとした」という平野謙は確かに、「十二月八日」の戦略の核心に触れていたのである。その「ギヤツプ」は、「十二月八日」に〈滑稽小説〉としての面貌を与える。

「主人のお友だちの伊馬さんが久し振りで遊びにいらつしやつ」た日のこと、およそ百年後に巡り来る「紀元二千七百年」の読み方をめぐって、「伊馬さん」は「本当に、心配さうな口調で」、「どうも、ななひやく、では困る」、「何とかして、その時は、しちひやく、と言つてもらひたいのだがねえ」と「主人」に苦しい胸の内を語る。「伊馬さん」の「心配」、「煩悶」の吐露に「さう言はれると、非常に気になる」と応じた「主人」は、相手の苦悩の深刻さを正面から受け止め、それを増幅することで期待どおりの響応を試みた。この響応は「紀元二千七百年」問題の提議者「伊馬さん」へのもてなし、つまり饗応でもあった。

「しかしまた、」主人は、ひどくもつたい振つて意見を述べる。「もう百年あとには、しちひやくでもないし、ななひやくでもないし、全く別な読みかたも出来てゐるかも知れない。たとへば、ぬぬひやく、とでもいふ――。」

私は噴き出した。本当に馬鹿らしい。主人は、いつでも、こんな、どうだつていいやうな事を、まじめにお客さまと話合つてゐるのです。センチメントのあるおかたは、ちがつたものだ。

「ひどくもつたい振つ」た間合いも、憂慮すべき問題の深さを共有することの非言語的な表明となり得るだろう。ところが、現前する出来事に即してその意味を「主人」なりに補強するつもりが、過度の適応の結果、あらぬ方向に問題の核心をずらしてしまうのである。「主人」が「ぬぬひやく」と発言するに至って、当初提起されていた危惧の重大さや価値は反転し、「私」のいう「どうだつていいやうな事」と成り果てる。

「センチメントのあるおかた」のたわけた日常を書くことで、「手紙やら日記やらの文章」に「センチメントといふものが、まるで無い」と「主人」に酷評されていた「私」は溜飲を下げたことになる。とはいうものの、些末なこだわりを持つ不可解な者たちの振る舞いをこきおろしたところで、それは「佳《よ》い記録」を「出鱈目《でたらめ》な調子」に貶める「脱線」にしかならなかった。日記から排除することもできたこれらの〈雑音〉を混入させたのはほかならぬ「私」である。「主人」とのいわば共犯関係のなかで「私」は、「ただ真面目なばかり」と評された自己の表現を差異化し、「噴き出」すような逸話を語り出してしまっているのである。[16]ここにも「ギヤップ」の効果は現れていた。

## 二

十二月八日早朝、開戦の第一報を承け、「さすがに緊張の御様子」の「主人」は「私」にあることを質問する。「大本営陸海軍部発表。帝国陸海軍は今八日未明西太平洋において米英軍と戦闘状態に入れり」というラジオ放送が伝える「西太平洋」が腑に落ちないのである。

「西太平洋つて、どの辺だね？　サンフランシスコかね？」
私はがつかりした。主人は、どういふものだか地理の知識は皆無なのである。西も東も、わからないのではないか、とさへ思はれる時がある。つい先日まで、南極が一ばん暑くて、北極が一ばん寒いと覚えてゐたのださうで、この告白を聞いた時には、私は主人の人格を疑ひさへしたのである。

去年、佐渡へ御旅行なされて、その土産話に、佐渡の島影を汽船から望見して、満洲だと思つたさうで、実に滅茶苦茶だ。これでよく、大学なんかへ入学できたものだ。ただ、呆れるばかりである。

「西太平洋といへば、日本のはうの側の太平洋でせう。」

と私が言ふと、

「さうか。」と不機嫌さうに言ひ、しばらく考へて居られる御様子で、「しかし、それは初耳だつた。アメリカが東で、日本が西といふのは気持の悪い事ぢやないか。日本は日出づる国と言はれ、また東亜とも言はれてゐるのだ。太陽は日本からだけ昇るものだとばかり僕は思つてゐたのだが、それぢや駄目だ。日本が東亜でなかつたといふのは、不愉快な話だ。なんとかして、日本が東で、アメリカが西と言ふ方法は無いものか。」

おつしやる事みな変である。主人の愛国心は、どうも極端すぎる。

「西も東も、わからないのではないか」という「私」の痛烈な評言の矛先は、「地理の知識」の不足という事実だけではなく、日頃から何によらず分別に欠ける「主人」の言動全般にも向けられているのだろう。「主人」は「地理」に代表される一般常識を持たぬ者として「人格を疑」われ、「実に滅茶苦茶だ」と呆れられる。「伊馬さん」の苦悩への響応と同じく、筋道の立たない理屈で「どうだつていいやうな事」に真剣になる「主人」ではあったが、はたしてそれは、「おつしやる事みな変である」と斬り捨てれば済むような、ただの痴れ言であろうか。ここでは、同時代において「地理」が担っていた役割を概観し、「主人」の無知が含意するところを検証しておこう。

昭和十三年、東京高等師範学校教授・山本幸雄は『地理教授原論』のなかで、「小学校の地理教育に於て国家の要求してゐる処」として「地球上に於ける自然及び人文現象に就ての智識の収得」、「本邦国勢の理解」のあとに「愛国心の養成」を挙げ、「児童各人が本来有する愛郷心を培養拡充し、以て祖国にまで及ぼすのは地理教育を措いて外にはない[17]」と論じる。「国土」は「愛国心」涵養のためのまたとない教材でもあった。次いで昭和十五年に制定された「国民学校教則」には、「国民科地理ハ我ガ国土国勢及諸外国ノ情勢ニツキテソノ大要ヲ会得セシメ国土愛護ノ精神ヲ養ヒ東亜及世界ニ於ケル皇国ノ使命ヲ自覚セシムルコト[18]」とその目的が明記された。「愛国心」は「国土愛護ノ精神」へと姿を変えて、その上位に「東亜及世界ニ於ケル皇国ノ使命」が置かれることになる。このように地理教育に負託されていた「皇国」の期待はきわめて大きかったといわねばならない。同じ頃、京都帝国大学教授・小牧實繁は「皇道の開顕」という「理想の実現」のために、「時間の軸に従ひ縦に過去・現在を貫き以て未来を指向する歴史と、空間の軸に沿ひ横に中心・外辺を連ね以て世界を一体とする地理」とがなす「一如の学」としての「日本地政学[19]」を提唱し、「地政の根拠としては先づ正しき地理の認識が必要である[20]」と述べていた。同時代におけるそうした「地理」の位置づけをふまえるとき、「どういふものだか地理の知識は皆無」だという「主人」の逸脱は、単なる無知というだけで済ますわけにはいかない由々しき事態となって浮かび上がる。

「主人」が言及した「日出づる国」という「日本」表象には、「万国の東頭にありて、朝陽始めて照すの地、陽気発生の最初、震雷奮起の元土なり[21]」（西川如見『日本水土考』）、「神州は太陽の出づる所、元気の始まる所にして、天日之嗣《あまつひつぎ》、世々宸極《しんきょく》を御《ぎょ》したまひて、終古易《かは》らず、固《もと》より大地の元首にして、万国の綱紀なり」[22]（会沢安『新論』）、と記述されるような国粋思想と容易に結びつく一面がある。戦時下にあっては、『臣民の道』が説く「世界の新秩序建設」という「世界史的使命」[23]を負った日本の絶対的優越性を言挙げする際、矜恃を込めた自称として多用された。だがその一方で、「日出づる国」＝「日本」という呼称を、アジア大陸側から見て太陽の昇る方角、〈東方〉に向けられた眼差しを反映する、「中国大陸の帝国を強く意識した国号」[24]として疑念を抱く見方もあった。「わが国から見ればわが国は決して東方にはない」[25]ことが明らかである以上、「日本」はほかならぬ「日出づる国」であるという認識への拘泥がかえって、他者の基準に繋縛されつづける「日本」の両価値的な有り様を照らし出してしまうかもしれないのである。その意味において、「太陽は日本からだけ昇るものだ」と思い込んでいたという「主人」の「極端すぎる」「愛国心」もまた、ことによると〈鼎肩の引き倒し〉となりかねない危うさを抱えたものだった。

傍線部にも注目してみたい。この小説においては数少ない改稿箇所である。初出では「極東」と表現されていたが、単行本『女性』（昭和17・6 博文館）収載にあたって、「東亜」と置き換えられる。開戦から一週間後の昭和十六年十二月十五日、次官会議の席上、奥村喜和男情報局次長から、今後あらゆる文書において「極東」という表現を「撃滅したいとの提議があり満場一致」[26]で承認された。「情報局次長談」によれば、「極東」（Far East）という「英国およびアングロサクソン秩序の世界においては当然とされた」「国辱的語辞を日本から一掃する」ことがその目的であった。国民に向けては、「一般の会話にも使用せざることを希望する」という呼びかけが付け加えられる。

言葉の背後に存する〈見る／見られる〉という眼差しの権力関係に着目し、「極東」なる名詞に西洋中心主義の表象を指摘すること自体は論理的に正しい。「日本」が潜在的に蔵していた、他者から〈見られる〉ことへの過敏な意識は、「極東」という翻訳語に対する意趣返しとして〈大東亜〉を以て代補するに至ったといえるだろう。確かに、他者からの眼差しを排除しても存立可能な自己という幻想は、擬似的な自尊感情をもたらす甘美な仕掛けではあった。だが、他者基準の呼び名を短慮にも「国辱」と決めつけ、「極東」を拒絶して新たな地政学的用語〈大東亜〉の中心に自国を据えたとき、「日本」は他者の価値を不当に引き下げたうえで、その上位にあまりにも純化された脆弱な自己を祭り上げることになったのかもしれない。

小説内の「主人」の言葉はあくまでも「十二月八日」に発せられたものであり、その時点では咎められるいわれはなかったものの、「十二月八日」初収本文における改稿は、雑誌掲載時には看過されていた「極東」の文字に反時代的な逸脱を見出し、それを回避した結果と考えられる。このような細部にも、同時代の要請には即応せざるをえない事情があったことがわかる。そうした本文の成立過程をふまえ、ここで確かめておきたいのは、「東亜」よりも「極東」という西洋中心の地図法に則った呼称のほうが、「主人」の「極端」さはより増幅され、深いアイロニーやユーモアを湧出させる、はるかに豊かな表現になるのではないか、ということである。「日本が極東でなかつたといふのは、不愉快な話だ」という初出本文の逆説的な毒は、「主人」の無知を方便として、同時代の文脈でいえば奥村喜和男の談話の上にも撒き散らされる。

「日出づる国」という実は相対的な位置関係を示す呼び名の由来を字義通りに解釈し、「太陽は日本からだけ昇るものだ」と、「日本」に世界の開闢を夢想すること、ヨーロッパから見た東方の果てを意味する「極東」を「朝陽始めて照すの地」の根拠とするかのような言説、ここに並べられた呼称をめぐる倒錯に潜む、自国をどのような実体として認識するかという難題が、「主人」の太古的とも幼稚ともいえる二次元的な世界認識をとおして透き見えてくる。度を越した礼賛の言辞がいやみとなって他者を苛むことがあるように、「極端すぎる」「主人の愛国心」は思わぬ副次的効果を生み、〈想像の共同体〉[27]への信奉自体を逆なでして、その価値を失墜させかねない。「東」であることに固執する「主人」の発言は、「日本」というナショナリティの不可触領域に踏み込む、際どい笑いを誘発するのである。


主人も今朝は、七時ごろに起きて、朝ごはんも早くすませて、それから直ぐにお仕事。今月は、こまかいお仕事が、たくさんあるらしい。朝ごはんの時、

「日本は、本当に大丈夫でせうか。」

と私が思はず言つたら、

「大丈夫だから、やつたんぢやないか。かならず勝ちます。」

と、よそゆきの言葉でお答へになつた。主人の言ふ事は、いつも嘘ばかりで、ちつともあてにならないけれど、でも此のあらたまつた言葉一つは、固く信じようと思つた。


「いつも嘘ばかり」つく「あてにならない」「主人」がことさら「あらたまつ」て述べる戦捷の確信は、「よそゆきの言葉」を使わねばならぬ程度に胡乱なものであった。それを「固く信じ」る「私」に、藁にもすがりたいほどの開戦時の不安を読み取ることもできるだろう。だが、「かならず勝ちます」など

と力んで言えば言うほど空々しく聞こえてしまう無根拠な断言の話者として、「主人」という「ちっとも役に立たないかも知れない」、「何も出来ない」「不精なお方」は形象化されていた。実のところ信じるに足りない「主人」の大見得は、日頃の役柄とは程遠い芝居気ばかりを際立たせ、笑うに笑えぬおかしさを醸し出すことになる。

## 三

「主人の愛国心は、どうも極端すぎる」と批評する「私」の認識にもそうした偏狭なナショナリズムは浸潤していた。ジョン・W・ダワーは、日米両国の宏闊な史料に基づく歴史研究書『容赦なき戦争』のなかで、戦時下の日本人が抱いていたアメリカ人に対する敵意を代弁する表現として、「十二月八日」における二箇所の断片をつなぎ合わせる形で引用していた。

作家太宰治は、真珠湾攻撃の報に接して歓呼の声をあげ、広く引用されている一文で次のように述べた。「けだものみたいに無神経なアメリカの兵隊どもを、滅茶苦茶に、ぶん殴りたい」。この激情のほとばしりは、有名な作家によって書かれたという理由だけではなく、きわめて多くの日本人にとって様々な形で表明されたので興味深い[28]。

もちろん、小説内の出来事は、ダワーが述べるほど単純なわけではない。「作家太宰治」は「日本のまづしい家庭の主婦」である「私」の感懐として「激情のほとばしり」を表象したのであって、それを以て太宰治の実感なり思想なりを転写したものと確言することはできないからである。言語表現は表出者の認識をそのまま反映するものではなく、必ずそこに変形が施された痕跡を留める。〈真意〉なるものも言語表現を解釈する過程で事後的にその都度発見される仮説にすぎない。だが、〈大東亜戦争〉期における日本の言説や図像によるアメリカ表象の特徴はやはり、「私」の「激情のほとばしり」と絶妙な釣り合いを見せていた。

台所で後かたづけをしながら、いろいろ考へた。目色、毛色が違ふといふ事が、之程までに敵愾心を起させるものか。滅茶苦茶に、ぶん殴りたい。支那を相手の時とは、まるで気持がちがふのだ。本当に、此の親しい美しい日本の土を、けだものみたいに無神経なアメリカの兵隊どもが、のそのそ歩き廻るなど、考へただけでも、たまらない。此の神聖な土を、一歩でも踏んだら、お前たちの足が腐るでせう。お前たちには、その資格が無いのです。日本の綺麗な兵隊さん、どうか、彼等を滅《め》つちやくちやに、やつつけて下さい。

『容赦なき戦争』でも繰り返し例証されるように、〈敵性国家〉の人々を醜悪な異形の者として形象化することは、日米共通の画一的な描法であった。「けだものみたいに無神経なアメリカの兵隊ども」に対置された「日本の綺麗な兵隊さん」という幻像は、この小説の終盤に描かれる、生後半年ほどの愛児「園子」の「裸身の可愛さ」という身体の無垢性によって補完される。そこには、「純潔は日本化され、同質性の根拠になった」[29]とダワーが論じるような、「清き明き直き心」[30]を日本人の特質であるとする国家イデオロギーとの交響が認められよう。「此の親しい美しい日本の土」を媒介として、「日本の綺麗な兵隊さん」といとけない乳児の身体とは、その「神聖」さにおいて通底するのである。

「支那を相手の時とは、まるで気持がちがふ」と述べたのは、高坂正顕が「日支事変の「真理」は、古き英米的世界に対する東亜の解放にあつたのである」と改めて規定しなおし、対英米戦を「世界史の意志を実現する戦争」[31]と論断したごとく、戦争の目指すところが、「三世紀の永きに亘り世界をその経済力《けいざいりょく》によつて掌握し来つた金権国《きんけんこく》」[32]を打ち破り、「大東亜建設《だいとうあけんせつ》否世界新秩序建設の大使命」[33]を遂行することに一元化されたことによる。「私」の「気持」はここでも、同時代に生きる人々のそれと限りなく類同的であったといえよう。「十二月八日」という〈現代〉に繋がる叙述の現実感をさらに吟味してみよう。

> ラジオは、けさから軍歌の連続だ。一生懸命だ。つぎからつぎと、いろんな軍歌を放送して、たうとう種切れになつたか、敵は幾万ありとても、などといふ古い古い軍歌まで飛び出して来る仕末なので、ひとりで噴き出した。放送局の無邪気さに好感を持つた。私の家では、主人がひどくラジオをきらひなので、いちども設備した事はない。また私も、いままでは、そんなにラジオを欲しいと思つた事は無かつたのだが、でも、こんな時には、ラジオがあつたらいいなあと思ふ。ニユウスをたくさん、たくさん聞きたい。主人に相談してみませう。買つてもらへさうな気がする。

「十二月八日」を振り返り、宮原誠一が「ラジオを通じて一億の心は瞬間に一となり、火の玉となつて燃え上つたのである」[34]と記したように、ラジオは戦時にあっては最も即時的な情報媒体として、国民の全一的認識の形成を促す装置であった。「私」の感受性はまたしても、そうした戦時下の潮流と軌を一にする。吉見俊哉が分析するとおり、「ナチズムの場合と同じように、ラジオを国家的な声の拡声器として捉える視点が、戦中期の日本のラジオ政策のなかにもさかんに取り入れられ[35]」、国民はその放送に聴き入った。「こんな時には、ラジオがあつたらいいなあと思」わせることが「ラジオ政策」の目当てにほかならなかったのである。

しかし、「放送局の無邪気さに好感を持つた」という「私」には、潜在的な〈邪気〉の自覚があるらしい。「無邪気にはしやいで甘える事も出来」ないという「私」の眼は、外界の様相を「無邪気」には捉えられない。「決戦生活[36]」の細部にその批判的な眼差しが向けられるとき、「主人」の場合とは異質な逸脱の痕跡を残すことになる。

御主人は、ジヤンパーなど召して、何やらいさましい恰好で玄関に出て来られたが、いままで縁の下に蓆《むしろ》を敷いて居られたのださうで、

「どうも、縁の下を這ひまはるのは敵前上陸に劣らぬ苦しみです。こんな汚い恰好で、失礼。」

とおつしやる。縁の下に蓆など敷いて一体、どうなさるのだらう。いざ空襲といふ時、這ひ込まうといふのかしら。不思議だ。

でも亀井さんの御主人は、うちの主人と違つて、本当に御家庭を愛していらつしやるから、うら

やましい。以前は、もつと愛していらつしやつたのださうだけれど、うちの主人が近所に引越して来てからお酒を呑む事を教へたりして、少しいけなくしたらしい。奥様も、きつと、うちの主人を恨んでいらつしやる事だらう。すまないと思ふ。

　亀井さんの門の前には、火叩きやら、なんだか奇怪な熊手のやうなものやら、すつかりとのへて用意されてある。私の家には何も無い。主人が不精だから仕様が無いのだ。


「列強《れつきやう》と開戦すれば空襲《くうしふ》は必ず受けるものと覚悟《かくご》しなければならない[37]」時代、「亀井さんの御主人」の行動は「防空精神[38]」を体現する至極真っ当な対応だった。「室内待避所《しつないたいひじよ》や防空壕《ばうくうがう》の位置《ゐち》を研究《けんきう》して置く[39]」という勧奨に従う「御主人」は銃後の備えを着々と進める。「不精」な「主人」と比べるとき、その心がけの正しさは際立つ。

　ところが「私」は、「本当に御家庭を愛していらつしやる」「亀井さんの御主人」の準備の周到さに感心しつつも、「何やらいさましい恰好」、「不思議だ」、「なんだか奇怪な熊手のやうなもの」という表現でわずかな違和感を表明してもいた。こうした「十二月八日」に見聞される出来事との不協和の表象は、「古い古い軍歌」まで流すラジオ放送に「噴き出し」たことのほか、「相変らず、品が乏しい」と食料事情に愚痴をこぼすこと[40]、新たな増税を知って、「先月末、買へばよかつた」と後悔すること、さらには「少し暗すぎるのではあるまいか」という燈火管制への不満のなかにも顔をのぞかせていた。

　ただし、それらのことを取り上げて、「主婦」である「私」のささやかな戦時体制批判であるとするのには無理があるだろう。むしろ、「心はそんなに真面目でもないのだけれど」と自己の隠された一面を分析していた「私」の率直さの表れと捉えるべきではなかろうか。世には、「燈管の師走の闇に決意固し」[41]（加宮貴一）、「いまはもう。たつた一人もたじろがない。たつた一人も躊躇しない。」[42]（草野心平）というような戦意高揚を促す定型的な表現が溢れていた。「十二月八日」の「私」が洩らす不平にはそうした枠組みを相対化するはたらきがある。[43]外面的には「礼儀にばかりこだはつて」、与えられた枠組みを素直に受け容れ、遵守する「私」を演じてはいるものの、「慾が深すぎるせゐ」なのか、合点がいかぬ状況への不満も心底には湧き上がってくる。その両面に引き裂かれる「私」だからこそ、公的な性質を担わせようと試みた〈十二月八日〉の日記に、「呆れた主人」の反時代的な逸話を招き寄せてしまうのである。「その多重性が「主人」の逸脱に表象の可能性を与え、「十二月八日」を数多ある〈十二月八日〉言説から遊離させる。

四

背後から、我が大君に召されえたあるう、と実に調子のはづれた歌をうたひながら、乱暴な足どりで歩いて来る男がある。ゴホンゴホンと二つ、特徴のある咳をしたので、私には、はつきりわかつた。

「園子が難儀してゐますよ。」

と私が言つたら、

「なあんだ。」と大きな声で言つて、「お前たちには、信仰が無いから、こんな夜道にも難儀するのだ。僕には、信仰があるから、夜道もなほ白昼の如しだね。ついて来い。」

と、どんどん先に立つて歩きました。

どこまで正気なのか、本当に、呆れた主人であります。

小説の最後に置かれたこの場面もまた、「主人」の反時代的な逸脱が目を引く。「主人」が歌っていたのは、昭和十四年十一月、キングレコードから発売された「出征兵士を送る歌」の冒頭の一節である。陸軍省と提携した大日本雄弁会講談社が懸賞募集し、歌詞には十二万八千通、楽曲には一万八千通を越える空前絶後の応募数を記録した公募軍歌として知られている。それまでの古色漂う「日本陸軍」や哀調に包まれた「露営の歌」に代わって、「出征する兵士を壮行するのにふさわしい[44]」、詞・曲ともに勇壮な軍歌として広く歌われることになる。繰り返し朗唱されるのは、「いざ往けつわものの日本男児」という歌詞であった。酔いに任せて「我が大君に召されえたあるう」と乱れた調子で高吟する「主人」は、開戦の日における最も場違いな「日本男児」を演じていたといえよう。

「私」は燈火管制による暗闇の中を帰路につくことの苦労を「主人」に訴えているのではない。背中の「園子」が、騒々しい酔漢となって現れた父に眠りを妨げられ迷惑していることを伝えているのである。「難儀」という言葉をめぐる「主人」のこうした取り違えも、「放歌」・「高声[45]」と同じく、状況への応答や他者とのやりとりにおける〈ずれ〉の出来が常態化していることを物語る。世を挙げて〈一億一心〉を呼号するとき、その〈ずれ〉は自ずから危うい批評性を帯びることになるだろう。

ところで、ここで「主人」がいう「信仰」とは何を指すのだろうか。暗い夜道に難儀するというような、置かれた状況との弱気な関わり方を非難し、「信仰」があれば「夜道もなほ白昼の如し」であると「主人」は豪語する。そこに「心頭滅却すれば火もまた涼し」と同工異曲の精神主義を読むことは容易であろう。しかし、精神の在り方を示すにしても「信仰」という言葉は不釣り合いに重く響くのではないか。

この「信仰」という発話と遠く響き合うのではないかと考えられるのは、『マタイ福音書』に描かれた奇蹟譚「イエス海上を歩み給ふ」の後半部分である。洗礼者ヨハネの死と「五千人のパン」の奇蹟を記した『マタイ福音書』第十四章は続いて、海上を歩行するイエスの姿を伝える。「変化の者なりと言ひて懼れ叫ぶ」弟子たちに向かって、「心安かれ、我なり、懼るな」と、イエスは語りかけた。

> 二八ペテロ答へて言ふ『主よ、もし汝ならば我に命じ、水を踏みて、御許に至らしめ給へ』二九『来れ』と言ひ給へば、ペテロ舟より下り、水の上を歩みてイエスの許に往く。三十然るに風を見て懼れ、沈みかゝりければ叫びて言ふ『主よ。我を救ひ給へ』三一イエス直ちに御手を伸べ、これを捉へて言ひ給ふ『ああ信仰うすき者よ、何ぞ疑ふか』三二相共に舟に乗りしとき、風やみたり。三三舟に居る者どもイエスを拝して言ふ『まことに汝は神の子なり』[46]。

『新約聖書』に収められた〈四福音書〉の内、ペテロが海中に沈みかけたことの記事は『マタイ福音書』以外には見られない。塚本虎二は「ペテロの失敗」の原因について、「風に狂ふ波を見た為に怖気附き、それ迄の純なる信頼、単一なる信仰を失つたからである」[47]と説く。「ああ信仰うすき者よ、何ぞ疑ふか」

という嘆きの言葉における「信仰」とは「イエスに対する信頼」のことだ、というのが塚本の解釈であった。

「十二月八日」の「主人」は自らを、闇中にあっても「白昼の如」く自在に歩くという〈奇蹟〉を体現する者に見立てているのではないだろうか。「私」ばかりか理不尽なことに「園子」の「信仰」のなさまでも面詰する「主人」にとって「お前たち」は、イエスにとってのペテロ同様、導く必要のある「信仰うすき者」でなければならなかった。[48] しかし、舟中の弟子たちがイエスの奇蹟に驚愕し、〈神の子の告白〉をしたのとは対照的に、「私」はというと、「どこまで正気なのか、本当に、呆れた主人であります」とまともに「主人」の相手をする気配はない。『マタイ福音書』を下敷きにした「主人」の仰々しい擬態は、「純なる信頼」を得るきっかけとはならなかったのである。

さて、遡って早朝の一場面を取り上げてみたい。開戦の第一報に接し、「私の人間は変つてしまった」と語るほどの深い回心の経験をした「私」は、その新たな心の有り様を「聖霊の息吹《いぶ》きを受けて、つめたい花びらをいちまい胸の中に宿したやうな気持ち」に喩える。「聖霊」(Holy Spirit) という言葉をキリスト教への信仰と切り離して考えることはできない。鈴木敏子はこの比喩に、「聖書に傾倒していた彼にしてはじめて表現可能な逆説、反語として」の「受胎告知」[49]を読み取る。「私」が紡ぎ出した詩的言語も、キリスト教という西洋における信仰の根幹をなぞる形となっていたことがわかる。それらは、「私」と「主人」とによる協働的な引用であった。つまり、「十二月八日」に描かれた開戦の日は、聖書の記述をふまえた表現によって開かれ、そして閉じられるのである。「信仰」に纏わるこの仕掛けには、百年後のために〈十二月八日〉を記録するという表向きの目的を覆しかねないアイロニーが秘められていた。

## おわりに

ジャンルは異なるが、「十二月八日」と同時期に発表された保田與重郎の随想「象に乗つて帰つてきた航空兵」は、ナショナリティをめぐる笑いの問題について考えるうえで興味深い作品である。「十二月九日のペナン空襲からの帰りに、敵弾のため燃料タンクを壊され」、そのまま消息を絶った「石塚曹長」は、「ジヤングルの梢をかすめつゝ、懸命の方法で不時着をし」、一週間後、「親切なタイ人の道案内を得」て、「象にのつて悠々と」飛行基地に帰還した。「石塚曹長」は二年前の「ノモンハンの戦ひ」でも「敵の飛行機に空中で衝突され」、落下傘で脱出し、やはり一週間後に「味方の陣地」に帰ってきたという。

これは朝日新聞社の入江特派員が、○○基地から正月の一日に打電した奇談である。元旦にこのめでたい話を伝へた特派員も国の武夫の愉快の情を解した人物であらう。この皇威輝くばかりの物語は、最も清らかな少年小説の傑作のやうに見える。しかも今日の日にふさはしいやうな、大へん浪曼的な話である。また石塚曹長といふ勇士は、心の底に何ものにもめげない国の丈夫の詩の魂を持つた人にちがひない。(中略)けふはまだ理窟でいはれるもののみの尊ばれてきた堕性に住んでゐる。だから心の正しい素直な人たちが、この物語から欣びを思ひ、誠実の勇士の運命の中に描かれる愉快を感ずるのみでよいであらう。[50]

本文中に何度も躍る「愉快」という気分が、この文章の基調を成している。ひとりの「丈夫」が起こした「皇威輝く」奇蹟の物語に接して、保田與重郎はこみ上げる笑いを抑えきれない。その笑いは、〈日本〉というナショナリティの絶対的な優越性を信じて疑わない者の哄笑と考えてよい。「我国は神の国だから、どんな英雄でも」「神のまゝに現れたにすぎない」と書く保田は、「石塚曹長」が「悠々と象に乗つて帰つてきた」ことに〈御稜威《みいつ》〉の示現を見たのだろう。〈合理〉（「理窟でいはれるもの」）のみが幅をきかせてきた時代は終わりを告げ、〈清明心〉の持ち主（「心の正しい素直な人たち」）、すなわち〈日本人〉としての〈国民性〉を正統的に受け継ぐ者たちだけが欣然と喜び合うときが来たという、勝ち誇る主体の非合理な確信がこの哄笑を支えている。

こうしたナショナリティに文字どおりまみれる笑いと、「十二月八日」におけるナショナリティに関わる笑いとを比較すると、何が見えてくるであろうか。〈日本〉の位置や呼称にこだわる「主人」も、ナショナリティにまみれることで、その絶対的な価値を明らかにしようとしてはいた。だが、「象に乗つて帰つてきた航空兵」のように、既に確定した原理への信憑から現実世界の事実を眺め、そこに「愉快」を覚えるということができない。逆に「主人」はナショナリティにとって「不愉快」な事実を発見しては苦悩し、「私」に呆れられてしまうのだ。ナショナリティにまみれようとしてそれが果たせぬところに、「十二月八日」の笑いの本質はある。言い換えれば、その笑いは〈日本〉におくれをとることで発生するのである。

「私」の語りに即して考えるならば、そうしたナショナリティにおくれる笑いは、後の世の「すこし」は歴史の参考になるかも知れない」という生真面目な表現動機が「主人」によってかき乱され、「脱線」していくことのなかにもあったことがわかる。日記は書き手のひとり語り、モノドラマの舞台である。チェーホフの戯曲「煙草の害について」で、恐妻家・ニューヒンが「通俗講話」[51]の場を借りて個人的な鬱憤を聴衆にぶつけるように、「十二月八日」の「私」も公的なひとり語りにおいて、日頃「主人」に対して抱いている不満を吐き出す。こうして、「私」の語りもナショナリティにまみれることを志向しながらもそれはかなわず、はからずも「主人」の言動にまみれていく。いきおい、開戦の日の記録というナショナリティに寄り添う日記は変質せざるをえない。しかし、その変質に伴って当初の表現動機からは排除されてしかるべき言説は呼び寄せられ、この小説の異種混淆性という豊かさが生み出された。「十二月八日」は、「私」の〈謹直〉から出発し、「主人」にまみれる〈笑い〉＝〈日本〉というナショナリティにおくれる〈笑い〉へと到達する小説なのである。

〔注〕

1 成田龍一「戦争像の系譜――状況・体験・証言・記憶」（岩波講座 アジア・太平洋戦争1『なぜ、いまアジア・太平洋戦争か』平成17・11 岩波書店 一〇頁）

2 前川佐美雄「開戦」（『頌歌 日本し美し』昭和18・2 青木書店）表記は『前川佐美雄全集』第一巻 平成14・9 砂子屋書房 四〇五頁による。

3 齋藤史「みいくさ」（「文藝」10－1 昭和17・1）

4 東條英機「大詔を拝して」（大政翼賛会宣伝部編『大東亜戦争とその前途』昭和16・12 五頁）開戦を報じる新聞各紙は、十二月九日付（発行は八日）の夕刊に、「詔書」および「政府声明」とともに、この演説原稿を載せる。

5 高村光太郎「鮮明な冬」（「改造」24－1 昭和17・1）

6 矢部周「長期戦体制への進軍譜――政治時評」（「文藝春秋」20－1 昭和17・1）

7 高木知子「太宰治――抵抗か屈服か」（西田勝編『戦争と文学者 現代文学の根底を問う』昭和58・4 三一書房 一七七頁）

8 都築久義「戦時下の太宰治――「十二月八日」をめぐって――」（「太宰治研究」8 平成12・6）

9 矢島道弘「昭和十六年」（「国文学解釈と鑑賞」58－6 平成5・6）

10 鈴木雄史「背いつつ逸れよ――太宰治『十二月八日』のことばと「生活」」（「語文論叢」23 平成8・1）

11 鈴木敏子「「十二月八日」（太宰治）解読」（「日本文学」37－12 昭和63・12）

12 花田俊典「太宰治の戦時下のスタンス」（「文學論輯」38 平成5・3）

13 太宰治「十二月八日」の本文は『太宰治全集』6（平成10・9 筑摩書房）による。他の引用文も含め、仮名遣いとルビは原文のままとし、漢字は原則として新字に統一した。文中の傍線は引用者による。

14 伊藤整・平野謙「対談文藝時評」（「文藝」10－3 昭和17・3）

15 松本和也は「〝十二月八日〟をいかに書くか――「十二月八日」」（『昭和一〇年代の文学場を考える 新人・太宰治・戦争文学』第Ⅱ部 第13章 平成27・3 立教大学出版会 初出：「小説表象としての〝十二月八日〟――太宰治「十二月八日」論」「日本文学」53－9 平成16・9）で、「十二月八日を一大転機（断絶）とした時間軸・認識枠組み」を「〝十二月八日―転機《パラダイム》〟」（三二二頁）と呼び、「十二月八日」を、それを「核」としつつも、「相対化」し「撹乱」（三三四頁）する小説であると読み解く。

16 松本和也は前掲15の論文で、「十二月八日」は「日記」でありながら、「「私」が書き綴る言葉があまりにも多くの時間軸を呼び込んでいる」（三三二頁）ことを指摘している。

17 山本幸雄『地理教授原論』（昭和13・5 中文館書店 三一～三三頁）

18 『文部省国民学校教則案説明要領及解説』（日本放送協会編 昭和15・10 日本放送出版協会 四三頁）

19 小牧實繁『日本地政学宣言』（昭和15・10 弘文堂書房 本文は『日本地政学宣言（増補訂正版）』昭和17・5 白揚社 七七～七八頁による）

20 同前 九六頁

21 西川如見『日本水土考』（元禄一三・一七〇〇年成立 享保五・一七二〇年刊 本文は飯島忠夫・西川忠幸校訂『日本水土論・水土解弁・増補華夷通商考』昭和19・8 岩波文庫 二〇頁による）

22　会沢安『新論』（文政八・一八二五年成立 本文は塚本勝義訳註『・迪彝篇』昭和49・9 岩波文庫 九頁による）
23　『臣民の道』（文部省教学局編纂 昭和16・7 一九頁）は、「日独伊三国同盟」調印（昭和15・9）を受けて発せられた詔書を引用し、「日本の世界史的使命は実にこの聖旨に拝して昭らかである」としたうえで、「八紘を掩ひて宇となす我が肇国の精神こそ、世界の新秩序建設の基本理念たるべきことが益々明確になったのである」と高調する。
24　網野善彦『歴史を考えるヒント』（平成13・1 新潮社 二一頁）
25　岩橋小弥太『日本の国号』（昭和45・9 吉川弘文館 一七四頁）
26　「朝日新聞」夕刊「「極東」の字句を抹殺 けふ次官会議で一致」（昭和16・12・16 ただし、一面枠外に「十二月十五日発行」とあり、記事タイトルにいう「けふ」が指すのは十二月十五日である。第二〇〇一五号 一面）
27　ベネディクト・アンダーソンは『増補 想像の共同体 ナショナリズムの起源と流行』（白石さや・白石隆訳 平成9・5 NTT出版 二六頁 増補版 原著一九九一年）で、「国民は一つの共同体として想像される。なぜなら、国民のなかにたとえ現実には不平等と搾取があるにせよ、国民は、常に、水平的な深い同志愛として心に思い描かれるからである」（傍点は本文による）と述べる。「国民」は、原著の表現では“nation”である。
28　ジョン・W・ダワー『容赦なき戦争 太平洋戦争における人種差別』（猿谷要監修 斎藤元一訳 平成13・12 平凡社 原著一九八六年 四〇六頁）
29　ジョン・W・ダワー「ふたつの文化における人種、言語、戦争」（『昭和 戦争と平和の日本』明田川融監訳 平成22・2 みすず書房 原著一九九三年 二一四頁）

30 『国体の本義』（文部省 昭和12・5 九六頁）は、「我が国は肇国以来、清き明き直き心を基として発展して来たのであつて、我が国語・風俗・習慣等も、すべてこゝにその本源を見出すことが出来る」と、日本人の「国民性」の筆頭に「清明心」を挙げる。

31 高坂正顕「大東亜共栄圏への道」（「改造」24－1 昭和17・1）

32 『大東亜戦争とその前途』（大政翼賛会宣伝部編 昭和16・12 大政翼賛会 四二頁）

33 同前 四八頁

34 宮原誠一「決戦体制下の文化政策」（「科學思潮」1－1 昭和17・1）

35 吉見俊哉『「声」の資本主義 電話・ラジオ・蓄音機の社会史』（平成7・5 講談社 本文は、平成24・5河出文庫 三〇二頁による）

36 「戦時の家庭雑誌」を標榜していた「主婦之友」は、昭和十七年二月号（26－2）で「大東亜戦争特輯」を組み、表紙に「決戦生活号」の文字を掲げた。「十二月八日」が掲載された同月の「婦人公論」の「特輯」もまた、「決戦下の国民生活」であった。

37 各省・企画院・防衛総司令部『時局防空必携』（昭和16・12 大日本防空協会 一頁）

38 同前 七頁。「防空精神」の第一項には「全国民が「国土防衛の戦士である」との責任《せきにん》と名誉《めいよ》とを充分《じゆうぶん》自《じ》覚《かく》すること」とあり、「此の防空精神《ばうくうせいしん》は即ち日本精神である」（八頁）と明記されている。

39 同前 一〇頁。なお、同書の「昭和十八年改訂」版（内務省『時局防空必携』昭和18・8 大日本防空協会 一〇～一一頁）では、「待避所《たいひじよ》」に関して「木造住宅《もくざうぢうたく》に設《まう》けるものは出易い床下の地下か屋外《をくぐわい》の地下がよい」という指示が書き加えられている。

40　「婦人之友」昭和十七年二月号（37－2）の特集記事「戦時家庭生活読本」のなかで、澤崎梅子は「少い種類の材料を工夫して」と題して「烏賊料理」、「めざし料理」の調理法を紹介する。「やつぱり、また、烏賊と目刺を買ふより他は無い」と嘆く「私」は「少い種類の材料」に頭を悩ませる「戦時家庭生活」者としての確かな現実感を「十二月八日」に刻み込んでいる。

41　加宮貴一「肉弾機」（「三田文學」17－1　昭和17・1）

42　草野心平「われら断じて戦ふ」（「文藝」10－1　昭和17・1）

43　花田俊典は前掲注12論文で、「彼の作品のことごとくは、いつも同時代のアクチュアルな関心とそっくりかさなりながら、その同時代的な表現のマンネリスムを撃ち、そこからより同時代的な表現への変容を企図している」と論じる。

44　小村公次『徹底検証・日本の軍歌　戦争の時代と音楽』（平成23・3　学習の友社　一二九頁）

45　『文部省制定　昭和国民礼法要項　図解説明』（昭和16・5　冨文館）「社会生活に関する礼法」第十九章「公衆の場所」（六五～六六頁）には、「高声《かうせい》の談話《だんわ》、放歌《はうか》その他《た》、人《ひと》に迷惑《めいわく》になる振舞《ふるまひ》は慎《つゝし》む」とある。

46　日高善一『新約聖書註解　マタイ伝福音書』第十四章「耶穌湖上を歩まる」（昭和6・12　日曜世界社　二〇五頁）

47　塚本虎二「イエス伝研究　第七十四講　イエス海上を歩み給ふ——ペテロ海中に沈まんとす——マタイ伝第十四章二二—三六節」（「聖書知識」60　昭和9・12）

48　竹越幸夫「太宰治『十二月八日』・注釈と鑑賞——実名作品の陰翳」（「静岡近代文学」34　令和1・12）は、「十二月八日」の「主人」が口にする「信仰」を、太宰治がこの日脱稿したとされる短編小説「新郎」（「新潮」39－1　昭和17・1）の冒頭に引用された『マタイ伝』第六章の一節（「明日のことを思ひ煩ふな。明日は明日みづから思ひ煩はん。」）とのつながりで捉える。
49 注11に同じ。
50 保田與重郎「象に乗つて帰つてきた航空兵」（「コギト」11－2 昭和17・2 本文は、『保田與重郎全集』第十九巻 昭和62・5 講談社 一八五～一九二頁による）。
51 アントン・P・チェーホフ「煙草の害について」（『チェーホフ一幕物全集』米川正夫訳 昭和14・2 岩波文庫 七五頁）

# 第二章

# 救いとしての綻び——『新釈諸国噺』の方法

# 「大力」——越境者たちの本懐

## はじめに

貞享二（一六八五）年十月、京都の儒者・藤井懶斎は、日本史上から古今七十一人の親孝行者の逸話を収集し、全七巻にまとめて上梓した。『本朝孝子伝』である。「天子」「公卿」「士庶」「婦女」「今世」という五部に分類されたこの書物は、漢籍の『二十四孝』にならい、孝子たちの列伝を漢文体で綴って、当時、多くの読者に迎えられた。

『本朝孝子伝』刊行の翌年、井原西鶴作の浮世草子『本朝二十不孝』は世に出た。「『二十四孝』や『本朝孝子伝』のアイデアを縦糸に、地方色や当代風俗を横糸にして」[1]（勝又基）創作された読み物である。西鶴はその自序で、「生きとし生ける輩《ともがら》、孝《かう》なる道を知らずんば、天《てん》の咎めを免《のが》るべからず」[2]と、「孝」の実践を人の「常《つね》」とする倫理を説く一方で、「此常の人稀《まれ》にして悪人多し」と現実を直視する。そこで、「孝を勧むる一助《いちじよ》」となることを願い、「不孝の輩《ともがら》」を描こうというのである。以来、この作品を額面どおりに人倫を説く教訓の書とするか、当時の将軍・綱吉による孝道奨励への批判と捉えるか、はたまた不孝者にかき乱される状況を笑い飛ばす戯作と見るかという創作意図をめぐる議論は尽きない。

本論が取り上げる「大力」は、太宰治が『本朝二十不孝』巻五の第三話「無用《むよう》の力自慢《ちからじまん》」を主な原典として翻案を試みた短編小説である。西鶴がいう「孝《かう》なる道」に背いた「悪人」たちの中から太宰が選んだのは、「力ばかりを自慢して」家業を忘れ、相撲に没頭した果てに大怪我をし、「勿体《もつたい》なくも親達に足を摩《さす》らせ、大小便取られ」る「両替店《れうがへみせ》」丸亀屋《まるがめや》の総領息子・「才兵衛《さいべゑ》」の物語だった。『孝経』の冒頭に、孔子の言葉として記される「身体髪膚は之を父母に受く、敢て毀傷せざるは、孝の始なり」[3]という教えの対極を才兵衛は生きた。親の意見に耳を傾けず、「相撲より外に楽み無し」と鍛錬を重ねた結果、「四国一番の取手《とりて》」となったものの、「今は恐らく我に立ち並び、手合せする人もや」と驕りの頂点にあったとき、「夜宮相撲《よみやずまふ》」で対戦した村里の「強力《がうりき》」に「何んの手も無く宙《ちう》に差し上げ落《おと》」され、再起不能の重傷を負ったのである。両親に「大小便取られ」るという結末は、母の大小便の器を手ずから洗ったという、『二十四孝』における黄山谷（黄庭堅）の逸話の逆用であった。熱中から増長を経て失意に至る「取手」としての浮沈と才兵衛の関心を相撲以外のことに向けさせるために画策する人々の苦心とが織りなす悲喜劇を、太宰はどのような小説に変形しようとしたのだろうか。

『新釈諸国噺』に収められた十二の短編の中でも「大力」[4]はとりわけ、太宰による加筆が目立つ作品である。『本朝二十不孝』以外の西鶴作品からも表現を借りて、才兵衛が置かれた状況を設定し直している。なかでも、「無用の力自慢」にはいなかった「角力」の指南役・鰐口の存在や原典以上に戯画化された両親の描写、さらには才兵衛に致命傷を負わせた相手の違いは、この小説における翻案の特質を考察するうえで重要な示差的特徴といえる。本論は、その特徴を分析し論じた先行研究に学び、問題点を整理しながら、「怪力」、「遊芸」、「角力」にまつわる言説を広く掘り起こして、新たな読みの可能性を探る。一見、親不孝者の応報譚と映る「大力」に描かれた「悪人」は、何を以て「常の人」と区別されるのか。「悪」の質を見極めることで、「常」をそのように見せている仕組みについて考えてみたい。

一

「本朝二十不孝の番附の大横綱」、主人公・才兵衛の幼少期は次のように語り出される。太宰が「大力」で加筆したのは、才兵衛につきまとう異能ゆえの孤独だった。

むかし讃岐の国、高松に丸亀屋とて両替屋を営み四国に名高い歴々の大長者、その一子に才兵衛とて生れ落ちた時から骨太く眼玉はぎよろりとしてただならぬ風貌の男児があつたが、三歳にして手足の筋骨いやに節くれだち、無心に物差しを振り上げ飼猫の頭をこつんと打つたら、猫は声も立てずに絶命し、乳母は驚き猫の死骸を取上げて見たら、その頭の骨が微塵に打ち砕かれてゐるので、ぞつとして、おひまを乞ひ、六歳の時にはもう近所の子供たちの餓鬼大将で、裏の草原につながれてある子牛を抱きすくめて頭の上に載せその辺を歩きまはつて見せて、遊び仲間を戦慄させ、それから毎日のやうに、その子牛をおもちやにして遊んで、次第に牛は大きくなつても、はじめからかつぎ慣れてゐるものだから何の仔細もなく四肢をつかまへて眼より高く差し上げ、いよいよ牛は大きくなり、才兵衛九つになつた頃には、その牛も、ゆつたりと車を引くほどの大黒牛になつたが、それでも才兵衛はおそれず抱きかかへて、ひとりで大笑ひすれば、遊び友達はいまは全く薄気味わるくなり、誰も才兵衛と遊ぶ者がなくなつて、才兵衛はひとり裏山に登つて杉の大木を引抜き、牛よりも大きい岩を崖の上から蹴落して、つまらなさうにして遊んでゐた。

才兵衛は幼時から牛を高く差し上げることを日課としていた。生まれながらの腕力に磨きがかかる所以である。民間伝承や説話集にも見られるその鍛錬法の叙述は、『西鶴諸国咄』[5]（貞享二・一六八五年一月刊）巻四の第六話「力《ちから》無しの大仏《おほぼとけ》」から借りたものだった。[6] その挿絵には、牛を頭上に掲げる「九歳の時」の「鳥羽の小仏《こぼとけ》」と竹馬や風車を手にした同年代の子どもたちが描かれている。「見る人興を覚ましぬ」と語られるように、そこまでの怪力を目の当たりにしては、周囲の人々もあきれるほかない。「大力」の才兵衛の孤独は、その力自慢に起因していたのである。

『本朝二十不孝』では取り上げられることがなかった才兵衛の異様な子ども時代は、民俗学でいう「異常誕生・生育譚」の型を想起させる。たとえば、鳥居フミ子による研究が鮮やかに記述した「金太郎」をめぐる物語群は、才兵衛の特異な幼少期と重なる面がある。[7] 十七世紀後半に成立し広く読まれた通俗史書『前太平記』[8]（藤元元《ふじもとげん》撰著）巻第十六に「未だ童形《ドウギヤウ》なる」姿で登場したのは、二十一年前、「夢《ム》中に赤龍《シヤクリヨウ》来つて」感応した「老媼《ラウオウ》」が生んだ子だった。山中に日を送り、「長《ヒトヽナル》に及んで、山嶽《サンガク》をも難しとせず、磐石《バンジヤク》をも重《オモ》しとせず、而も其意《コヽロ》豁如《クワツジヨ》たり」と、怪力と度量を兼ね備えた好漢に成長していたところを源頼光に見出され、「酒田公時《サカタノキントキ》」と名付けられる。こうして頼光四天王に列せられ、大江山の酒呑童子退治で活躍するのはその後のことである。

　謡曲「山姥」や古浄瑠璃の金平物、さらには前述の『前太平記』に想を得て、近松門左衛門が時代物の浄瑠璃「嫗山姥《こもちやまうば》」[9]を書いたのは、正徳二（一七一二）年のことだった。『前太平記』の「老嫗」はここでは「山姥」となり、「未だ童形《ドウギヤウ》なる」二十過《はたち》ぎの青年に代わって、「五六歳《さい》の童《わらんべ》、五体《たい》の色は朱《しゅ》の如《ごと》く、蓬《おどろ》の産髪《うぶがみ》四方《しはう》に乱《みだ》れ」る「快童丸《くわいどうまる》」が「例《ためし》なき強力《がうりき》」ぶりを披露して頼光を喜ばせる。後に草双紙や赤本、浮世絵の題材として親しまれることになる「金太郎」または「怪童丸」の原型がここに誕生した。

　人の世の平安を乱す「悪」と対峙し、これを懲らしめる英雄たちの伝説はしばしば、その不遇な幼童期から語り起こされる。貴人であるがゆえに避けがたい数々の試練の始まりである。「金時」の「異常誕生・生育譚」は、後の怪物退治を頂点とする英雄譚の序曲にすぎない。「大力」の才兵衛に与えられた怪力と孤独も、そのような英雄の聖痕となる可能性があった。だが、俗世間から距離を置かざるを得ない孤独な怪童の人生は、その実力を見出す者の違いによって大きな隔たりを見せる。未だ世に知られぬ怪力の持ち主を発見し、「悪鬼退治」という広益に資する善用の機会を授ける頼光のような存在に、才兵衛は出会えなかった。

　その代わりに才兵衛の異能に気づいたのは、讃岐に巻き起こった「角力」の流行に合わせるかのように「上方から落ちて来た本職の角力取り」の「鰐口」という人物だった。原典にある「上方《かみがた》の手《て》取《とり》、在郷《ざいがう》の力業《ちからわざ》見て面白さ是れぞかし」から着想した「技術を以て勝れた力士」[10]という設定である。

こうして、「一五、六の時にはもう頰に髯も生えて三十くらゐに見え」たという才兵衛に転機が訪れる。鰐口には自慢の「馬鹿力」が全く通用しなかったのである。

才兵衛は松の木を引き抜いて目よりも高く差し上げ、ふと座敷の方を見ると、鰐口が座敷で笑ひながらお酒を飲んでゐるので、ぎよつとして、これは鬼神に違ひないと幼く思ひ込み、松の木も何も投げ捨て庭先に平伏し、わあと大声を挙げて泣いて弟子にしてくれよと懇願した。

才兵衛は鰐口を神様の如くあがめて、その翌日から四十八手の伝授にあづかり、もともと無双の大力ゆゑ、その進歩は目ざましく、教へる鰐口にも張合ひが出て来るし、それにもまして、才兵衛はただもう天にも昇る思ひで、うれしくてたまらず、寝ても覚めても、四十八手、四十八手、あすはどの手で投げてやらうと寝返り打つて寝《ね》言《ごと》を言ひ、その熱心が摩利支天にも通じたか、なかなかの角力上手になつて、もはや師匠の鰐口も、もてあまし気味になり、弟子に投げられるのも恰好が悪く馬鹿々々しいと思ひ、或る日もつともらしい顔をして、汝も、もう一人前の角力取りになつた、その心掛けを忘れるな、とわけのわからぬ訓戒を垂れ、ついては汝に荒磯といふ名を与へる、もう来るな、と言つていそいで敬遠してしまつた。

原典の「無用の力自慢」で才兵衛ははじめから、「爰に高松《たかまつ》の荒磯《あらいそ》と名乗りて、力ばかりを自慢して、昨今《さくこん》取《とり》出《で》の男」と、売り出し中の相撲取りとして登場していた。語り手は荒磯を名乗る以前の才兵衛について何も触れようとしない。讃岐に名高い大店の総領息子と相撲道楽という奇妙な取り合わせを出発点として、その綺談の展開をひたすら加速させる。一方、「大力」の才兵衛には師に就いて技を磨いた修業時代があった。この加筆がもたらす効果は作品の結末にまで及ぶ。

才兵衛にとって師匠の鰐口は「鬼神」であり「神様」だった。もはや帰依に近い心酔は自ずと伝わり、鰐口は本職ならではの角力の奥義を進んで教えはじめる。周りから疎まれる原因だった「無双の大力」が初めて役に立つ予感に包まれ、才兵衛は「ただもう天にも昇る思ひで、うれしくてたまら」なかった。大黒牛を高く差し上げ、大岩を崖の上から蹴落としたところで他人はあきれるだけだが、地元に「はやり」の土俵上の戦いに勝てば、周囲の評価は変わるはずだ。武神・摩利支天に導かれたかのように、ひたすら角力の稽古に励み、ついには師匠をも凌ぐ「角力上手」となった才兵衛はしかし、そのことでまた、孤独な「大力」に戻るのである。

鰐口が口にした「心掛け」は、語り手もからかうように、その場をしのぐための空疎なはなむけにすぎない。実のところ、「敬遠」という本心をごまかしたかっただけなのである。木村小夜が指摘するように、「鰐口のこの「敬遠」ゆえに、才兵衛の角力への誤解は放置され、周囲に危害を撒き散らすことになった[11]」ことは事実で、取り口に関する禁戒も伝えずに、「素人相撲、玄人相撲といった二面性を理解[12]」(須田千里)するはずもない「角力上手」を野に放つことは無責任の極みというほかない。しかし、才兵衛改め荒磯にしてみれば、その「訓戒」は「角力取り」としての免許皆伝を意味する、師から贈られた全肯定の言葉だったのだろう。才兵衛が抱き続ける師恩はやがて、この小説を破局に向けて誘導することになる。

二

師匠の鰐口から「荒磯」という四股名を付けてもらった才兵衛は、「どこの土俵に於いても無敵の強さを発揮し」ていよいよ増長する。「讃岐の大関天竺仁太夫を、土俵の砂に埋めて半死半生にしたのをはじめ、情け容赦ない取り口で相手に怪我を負わせては「にくしみの的になつ」たのである。だが、「なあに、角力は勝ちやいいんだ、と傲然とうそぶ」く荒磯こと才兵衛には反省の色は見られない。「かねてよりわが子の才兵衛の力自慢をにがにがしく思」っていた「丸亀屋の親爺」が「おつかなびつくり」息子に意見したのはそのようなときだった。

「才兵衛さんや、」とわが子にさんを附けて猫撫声で呼び、「人は神代から着物を着てゐたのですよ。」遠慮しすぎて自分でも何だかわからないやうな事を言つてしまつた。

「さうですか。」荒磯は、へんな顔をして親爺を見てゐる。親爺は、いよいよ困つて、

「はだかになつて五体あぶない勝負も、夏は涼しい事でせうが、冬は寒くていけませんでせうねえ。」と伏目になつて膝をこすりながら言つた。さすがの荒磯も噴き出して、

「角力をやめろと言ふのでせう?」と軽く問ひ返した。

要領を得ない弱腰の説諭が荒磯に通じるはずはない。「あの馬鹿力で手向ひされたら」と想像するだけで、親爺はすでに怖じ気づいてしまっている。「無用の力自慢」の「親仁」が「何んぞや、裸身《はだか》

と成りて五体危《ごたいあぶ》なき勝負《しやうぶ》、さりとは宜《よろ》しからず。自今《じこん》是れを止めて、良き友に交はり、四書《ししよ》の素読《そどく》習へ」と型どおりではあるが「分別らしき意見《いけん》」を述べたのとは違って、「大力」の親爺は息子の心証を気遣うあまり言葉を選びそこねる。底意を見抜かれている親爺は、何を言おうが荒磯の後手に回らざるを得ない。こうした対話以前の不均衡な権力関係は、鰐口との師弟のつながりにおいても重要な意味を持つ。原典には書かれていない父親のおびえや鰐口の存在は、「大力」における翻案の特質を照らし出す設定と見なすことができる。

　才兵衛に「相撲」を断念させる目的で、「無用の力自慢」の「親仁」は「夫《そ》れ人の玩弄《もてあそび》には琴碁書《きんきしよ》画《ぐわ》の外に、茶の湯、鞠《まり》、楊弓《やうきう》、謡《うたひ》など聞き好し」と、いくつかの無難な遊芸を挙げる。「両替店《れうがへみせ》」の主人として世間体を気にするのは当然のことだった。太宰はその苦衷を戯画的に増幅するため、『西鶴織留』（元禄七・一六九四年三月刊）巻三の第二話「芸者《げいしや》は人をそしりの種《たね》」の一節を変形し[13]、さらには才兵衛に道理を語らせて親爺を追い詰めていく。「芸者は人をそしりの種」の語り手は、「諸芸」を「年月手練《ねんげつしゆれん》して何か世のたすけ身の為にもなら」ない無用の技として切り捨てる。

　殊更楊弓官女の業《わざ》なり、いかにしても大男の慰み事にはぬるし。なほまた諸職人の鎚鋸《つちのこぎり》を持ちたる手には似合はず、よし又百筋ながら当り、あるひは大金書《おほかながい》の看板に付てから何、此矢自然の時の用に立ち、せめて盗人《ぬすびと》を射とめるにもあらず、肴引く猫にあて〻も更におどろく事なし。[14]

ここでは楊弓の軟弱さや非実用性が槍玉にあげられている。江戸後期の風俗考証、喜多村筠庭《きたむらいんてい》『嬉遊笑覧』[15]（文政一三・一八三〇年序）によれば、「大金書《おほかながい》」とは、「二百筋」を射たうち的中した矢数が「百八十以上」の「上手」を指し、楊弓場の看板にはその射手の名が掲げられたという。「芸者《げいしゃ》は人をそしりの種《たね》」の語り手が揶揄するのは、そうした無益な功名心を競い合う「大男」たちの見苦しさであった。その皮肉を込めた眼差しは、「大力」の才兵衛に引き継がれる。

「いやいや、決してやめろとは言ひませんが、同じ遊びでも、楊弓など、どうでせうねえ。」
「あれは女子供の遊びです。大の男が、あんな小さい弓を、ふしくれ立つた手でひねくりまはし、百発百中の腕前になつてみたところで、どろぼうに襲はれて射ようとしても、どろぼうが笑ひ出しますし、さかなを引く猫にあてても猫はかゆいとも思やしません。」
「さうだらうねえ。」と賛成し、「それでは、あの十種香とか言つて、さまざまの香を嗅ぎわける遊びは？」

才兵衛の語りには、傍線を付した箇所のように、「芸者《げいしゃ》は人をそしりの種《たね》」の表現を身体や感情の領域に引き寄せ、その質感を取り出す工夫が見られる。大弓や半弓とは違い、長さ二尺八寸の弓に同じく九寸の矢をつがえ、七間半、約十四メートル先の的を狙う遊芸に実用性がないことは明らかだった。「あんな小さい弓」に血道を上げる者への嘲りは、才兵衛の鍛錬された身体を根拠にするとき、より辛辣なものとなる。それは同時に、腰が据わらぬ親爺を嘲笑する気分と釣り合ってもいた。「笑ひ出し」、「かゆいとも思やし」ないのは、「どろぼう」や「猫」だけでなく、父親を見下す才兵衛自身でもあったのである。「角力は勝ちゃいいんだ」と勝利に異常な執着心を持ち、親の意見を侮る「無双の大力」は、道義性に反し、常人を越える能力を有するという意味での非行性を徴表とする。それは、角力の慣習を、孝という倫理を、身体の標準を踏み越える〈越境者〉のしるしでもあった。

三

「角力」に代わり得るものを提示しようとする親爺の思いは、讃岐一の力士・荒磯＝才兵衛の心に響くことはない。ところが、父はこのあと性懲りもなく、「十種香」「蹴鞠」「茶番の狂言」「活花」と次々に「遊び」を勧めては、「言ふ事がいちいち筋道がちやんと立つてゐる」才兵衛の反論に遭う。その「筋道」もやはり「芸者《げいしゃ》は人をそしりの種《たね》」から借用したものだった。芸道に通じた者（「芸者」）が陥りやすい虚栄心の罠を取り上げる原典に即して、才兵衛は高みから諸芸の弊害を論じる。能力の無駄づかい、無益、興醒め、分不相応といった、自らの立場を弁え、世間体にも配慮した功利的な見識には隙がなく、そのため対話の芽はその都度摘み取られてしまう。

「やつぱり角力が一ばんいいかねえ。大いにおやり。お父さんも角力がきらひぢやないよ。若い時には、やつたものです。」などと、どうにも馬鹿らしい結果になつてしまつた。

初めから説得するつもりなどなかったかのような撤退であった。確かに、子が放つ理路も整っていれば威圧的でもある反論に抗えない父の姿は、滑稽で情けない。だが、不首尾に終わったとはいえ、丸亀屋の当主としての務めを果たそうとしたその意図を掘り下げておく必要はあるだろう。父の願いは無論、跡取り息子の才兵衛が角力への執着を捨て、家業に励むようになることだったはずである。家督を継がせるためには、両替商・丸亀屋に伝わる商売の秘訣を授けることはもとより、大店の主人にふさわしい物腰や言葉遣いを身につけさせなければならない。築き上げ、守ってきた身代を譲ることだけではなく、後継者が商人としての身のこなしに慣れ、その態度を支える心根をも内面化してはじめて、代替わりは完了する。

そうした業務上の引き継ぎと並んで、利害関係者との付き合い方もまた相伝すべき処世術の一つであろう。見境のない交際は浪費や驕りの元だが、かといって無骨一点張りでは角が立つ。だとすれば、父が勧めたような遊芸の趣味を持つことは、それが素人芸の愛嬌をのぞかせるかぎり、社交の幅を適度に広げるたしなみとなり得るのだった。そこでは、「玄人はだし」と呼ばれるほどの技量の高さは必要とされない。むしろ、周囲の和やかな笑いを誘う未熟さこそ好ましい。所詮は真似事ゆえの気楽さが共有される場に、旦那芸のゆとりは醸し出されるのである。

江戸期の商家の家訓には、遊芸の禁止または制限という条目が散見される。その多くは、本業の妨げとなりかねない遊芸の弊害を説くものだった。三井総本家三代目・三井高房が享保年間（一七一六～三六）にまとめたとされる『町人考見録』[16]には、一時は繁栄を極めながらも没落した五十ほどの商家について、その転落の経緯が綴られている。たとえば、「京一番の薬や」と評判だった播磨屋の破産は、二代目・長右衛門が「家業をわすれ」、「歌鞠《ウタマリ》諸事のあそびに日をくらし」たことが原因だという。初代の播磨屋は「随分無芸」な堅物だったが、相場を読むことが難しいとされる「薬種」の商いに精励し、同業者からも一目置かれる存在となった。人柄はともかくとして、商人としての堅実な経営手腕によって「下座にもおかれず」という世間の評価を手にする。

一方、その父とは対照的に、二代目は「立ふるまひもよく、一言《イチゴン》いはせてもさつぱりと申なし、しかも諸芸《ゲイ》をはぢか丶ぬほど覚て、人には親に似ぬ公義者といはれ」るような社交性に富んだ好人物だったらしい。しかし、いくら人当たりがよくても「かんじんの商売にうと」ければ身代は続かない。しまいには、大和「金峯山《キンプセン》」での金鉱採掘の儲け話に乗せられ、先代が築き上げた家産を傾ける結果となった。このような播磨屋の末路を描く筆者は、「凡一芸《イチゲイ》ある者といわる丶もの、大かた身躰を持くづすもの也」と結論づけ、「世上のならひ」の一例とする。

三井家に伝えられた『町人考見録』は、商家が没落するときに現れる兆しを捉え、その原因を分析して、自家にとっての他山の石とするための家訓である。本業に専念することを旨とし、その妨げとなることを油断なく排除するというのが、近世における商家の家訓を貫く理念であった。したがって、「遊芸」のような家業以外の活動は概ね、害悪として禁じられたり、制限を設けられたりすることが多かった。

一、茶湯《チャノユ》、連誹《レンパイ》、蹴鞠《ケマリ》、楊弓《ヨウキユウ》、立花《リツカ》、碁将棋、並《ナラビ》に謡舞《ウタイマイ》、うち囃子《ハヤシ》等、惣《ソウジ》て遊芸之義は、世間之交りにも可相成《アイナルベク》候得ば、少々心懸け候ても可然《シカルベキ》歟《カ》。古より家を興《オコ》し身躰を引立《ヒキタテ》候人々、其身家職にあらずして、此等之遊芸に上達被致之由《イタサルルノヨシ》、不承之《コレヲウケタマワラズ》。

（『子孫制詞条目』[17]）

摂津・鴻池家の始祖である山中新六幸元は、『子孫制詞条目』で、「茶湯《チャノユ》」から「うち囃子《ハヤシ》」までの諸芸を列挙し、それらが「世間之交り」の機会となること、すなわち社交の効用をもたらすことに触れていた。遊芸をとおして同好の人々と交流することは、人間関係を円滑にし実利を生むことにつながる商業活動の一環でもあったのだろう。ただし、過度の集中は禁物である。その意欲は「少々心懸け」る程度に抑えるべきであり、商家として栄えている家にこれらの遊芸を極めるほどの人が出たためしがない、と芸道の深みにはまらぬよう戒めている。

才兵衛の角力が親たちの悩みの種となっているのは、対戦相手に大怪我を負わせる非道な取り口もさることながら、それが商家として加わる「世間之交り」に何ら資するところのない遊芸だからだった。才兵衛に「百害あって一利なし」の道楽を諦めさせるために、父は恐る恐る世に愛好者が多い「慰《ナグサミ》」を勧める。それは、一般的な商家の家訓からは逸脱した遊芸の奨励だった。父もまた才兵衛と同様に、商人としての矩《のり》に背く〈越境者〉なのである。

角力に勝つための身体が錬成されるにつれて、それと引き換えに才兵衛は、商家の後継者に求められる従順で効用のある身体を作り出す「規律・訓練《ディシプリーヌ》」[18]（ミシェル・フーコー）から遠ざかっていった。その規格外の大力は「規律権力」を無効化しかねない。鰐口が与えた「荒磯」という四股名は的確なことに、そうした「規律権力」がはたらく人間世界の外部である荒ぶる自然を表象してもいたのだった。

説得に失敗した「親爺の無能を軽蔑」する母（「お内儀」）が考え出した懐柔策も常軌を逸していた。京都・島原で「茶屋遊び」に耽ることを勧めるのである。母は色道を角力よりよほど魅力的な遊興だと考えているらしい。しかし、この認識も夫である才兵衛の父が若い頃「道楽の仕放題」だったことを根拠にした推測にすぎない。過度に太っ腹な母の意見の内実は、資産を恃み自らの思い込みを押しつけるだけの甘言なのだった。

まあ、お前も、花見がてらに上方へのぼつて、島原へでも行つて遊んで、千両二千両使つたつて、へるやうな財産でなし、気に入つた女でもあつたら身請して、どこか景色のいい土地にしやれた家でも建て、その女のひとと、しばらくままごと遊びなんかして見るのもいいぢやないか。お前の好きな土地に、お前の気ままの立派なお屋敷をこしらへてあげませう。

才兵衛に角力を断念させられるのであれば、むしろ安上がりな投資だと母は考えていたのだろう。このあと母は才兵衛に衣食の援助から使用人の手配にまで及ぶ詳細な計画案を示し、用意万端整える腹づもりを伝える。書簡体の浮世草子『万の文反古』（元禄九・一六九六年一月刊）巻一の第二話「栄華の引込所《ひきこみどころ》」の一節を参考にした[19]、過度な具体性を伴った饒舌が笑いを誘う語りである。色欲を目覚めさせようとするその戦略は、悪所通いがもとで破産した多くの商人の例を無視した、遊芸への誘い以上に危うい賭けに見える。金満家の特権とばかりに、母は切り札を出したつもりでいる。ところが、母が「懸命に説けば」説くほど、才兵衛の角力への執着ばかりが目立ってくるのだった。

「上方へは、いちど行つてみたいと思つてゐました。」と気軽に言ふので、母はよろこび膝をすすめ、

「お前さへその気になつてくれたら、あとはもう、立派なお屋敷をつくつて、お妾でも腰元でも、あんま取の座頭でも、――」

「そんなのはつまらない、上方には黒獅子といふ強い大関がゐるさうです。なんとかしてその黒獅子を土俵の砂に埋めて、――」

「ま、なんて情無い事を考へてゐるのです。好きな女と立派なお屋敷に暮して、酒席のなぐさみには伝右衛門を、――」

「その屋敷には、土俵がありますか。」

母は泣き出した。


相手の発言が終わらぬうちに語り出すという会話の妨害行為はもれなく、「聞く耳を持たない」ことに加えて、その場のやりとり自体が不本意であることの表明として機能する。ダッシュを用いて表現された、相手への否定的な感情の交換によって、対話の不成立という事実だけは相互に確かめ合えるのである。才兵衛は、相手の底意を読み取り、それを無効化するための言語運用に長けている。したがって、「その後、才兵衛に意見をしようとする者も無く」なるのは必定であった。

落語の「明烏」であれば、世間知らずで生真面目な若旦那「時次郎」が不本意ながら足を踏み入れた吉原で「浦里」に見初められ情愛を知るところだが、才兵衛は「時次郎」になることをかたくなに拒み、母を悲しませる。栄華の象徴である「立派なお屋敷」と力比べの場としての「土俵」という対比は、両者の思惑のずれを鮮やかに浮き立たせる。母が自信満々に切り出した色欲に火を付けようとする誘いにも、金にものを言わせる豪勢な「ままごと遊び」の勧めにも、才兵衛はなびこうとしない。角力以外のことはまさしく眼中にないのである。

# 四

才兵衛にとって角力とは、天賦の怪力と鍛え上げた技術を駆使し、対戦相手を屈服させることを目的とした遊芸なのだろう。

才兵衛いよいよ増長して、讃岐一国を狭しとして阿波の徳島、伊予の松山、土佐の高知などの夜宮角力にも出かけて、情容赦も無く相手を突きとばし張り倒し、多くの怪我人を出して、角力は勝ちやいいんだ、と憎々しげにせせら笑つて悠然と引き上げ、朝昼晩、牛馬羊の生肉を食つて力をつけ、顔は鬼の如く赤く大きく、路傍で遊んでゐる子はそれを見て、きやつと叫んで病気になり、大人は三丁さきから風をくらつて疾走し、丸亀屋の荒磯と言へば、讃岐はおろか四国全体、誰知らぬものとて無い有様となつた。才兵衛はおろかにもそれを自身の出世と考へ、わしの今日あるは摩利支天のお恵みもさる事ながら、第一は恩師鰐口様のおかげ、めつたに鰐口様のはうへは足を向けて寝られぬ、などと言ふものだから、鰐口は町内の者に合はす顔が無く、ゐたたまらず、つひに出家しなければならなくなつた。

原典には見当たらない「角力は勝ちゃいいんだ」という露骨な勝利至上主義には、世間一般の義理人情をあざ笑う虚無的な思想が映し出されている。その身も蓋もない定見は、師の鰐口から相伝された勝負観であったのかもしれない。少なくとも、そうした偏狭な思想の兆しを咎めることなく、勝つことにこだわる技術の習得に専念させていたとはいえよう。「恩師鰐口様のおかげ」で「出世」できた才兵衛の身体は、師弟が協同で作り上げた非情な暴力装置にほかならなかった。小泉浩一郎は、「太宰が終始才兵衛批判の基盤に据え[20]た「人間としての偏向性」と「残虐な行動」に注目し、そこに「独自の主題」を見出し、作品の時代性を重視する。そうした才兵衛の属性を尖鋭化させたのは角力との出会いだった。鰐口を導き手とした心身の順応において才兵衛の角力はあり、その属性が形作られた。才兵衛が執着する角力が持つ意味も語られた時代に置き直して考える必要がある。

　では、「大力」が書かれた昭和十九年、「相撲」をめぐる言説とはどのようなものだったのだろうか。この年、増補訂正版が刊行された『相撲道教本』は、大正期に幕内力士として活躍した「阿久津川」が、「修心、養気、斉体の三者を以て修練の要諦とする」「正しい相撲道の普及徹底」を目的に著した指導者向けの教則本だった。

> 元来我が国の武は「礼に始まり礼に終る」と、又「儀礼に遵はざる者は角力也、相撲に非らざる也」とある如く、礼の源を神事に発し、よく大義を弁へ、名分を正して、礼節に終始することが本髄である。尚、其の稽古振りも礼節に適つてこそ、国民精神を昂揚するのみならず、体力も増大し、健康も維持せられるのである。徒らに勝負に囚はれた所謂角力なる邪道に陥らぬやう戒め励まし、

よく其の本義を明識して道場生活に徹し、基礎稽古を重んじ、更に進んで時・処・位に則した国民生活を誘導すべきである。斯くしてこそ純正高邁にして忠勇義烈の風尚を招来し、以て皇国民の錬成に貢献することが出来るのである。[21]

礼節を尊び、日々の稽古に意義を見出す「相撲道の要諦」が述べられている。「国民精神を昂揚する」ことや「体力」の「増進」は、当時の「健民運動」[22]が標榜していた「皇国民族の量的、質的の飛躍的増強」[23]という目標とも一致する。ここで見逃してはならないのは、傍線を付した「角力」を「相撲」と分けて考える見解である。「儀礼に遵は」ず、「徒らに勝負に囚はれ」ることが「角力なる邪道」として括り出され、「相撲道」の本義と区別される。この見方に照らせば、「角力は勝ちやいいんだ、と憎々しげにせせら笑つて悠然と引き上げ」る荒磯こと才兵衛は、「相撲道」に反する邪道の「大力」だといわねばならない。この小説が一貫して「相撲」ではなく「角力」という表記を採るのは、「相撲道」の理念に適っていたことになる。『相撲道教本』には、「訓練及び風儀上の注意」として、「常に自戒し、力自慢になつて粗暴な振舞や野卑な言動に陥らぬやう注意すること」[24]という一項が掲げられていた。

大日本産業報国会厚生部長・野津謙はその著『産業体育』の中で、「産業人の体力向上と生産拡充とを目標とし」た運動競技の好例に相撲を挙げる。

相撲は我が国民のみのもつ民族的正大、武勇、廉潔等の美はしき精神をも内在して発展し来つた国技である。言ひ換へると裸一貫の姿が示す如く明朗にして素朴、その勝負たるや公明正大、しかもその中に士風の横溢してゐるところに日本国民の気性に合致するものがある。[25]

相撲はまず、数々の美徳を体現する「武道としての本質」を備えた国技でなければならなかった。ここに見られる国粋主義は戦時下の言説に通有の思想であるが、相撲の心性を「日本国民の気性」と同一視する見方もまた、常套的な認識の型だった。そのため、相撲と戦争との親和性の高さは自明の理であったといえる。当時の新聞によれば、昭和十九年一月、陸軍予科士官学校「振武台」で、「大東亜戦下真の体当り肉弾戦法を鍛へ、相撲道特有の電撃的攻撃精神の涵養につとめる[26]」目的で相撲が「鍛錬課目」に採用され、また、同年四月、「双葉山、照国以下幕内力士二十余名」が陸軍航空士官学校を訪問し、「猛訓練の若鷲たちに一丁胸を貸して激励錬成を行つ[27]」ている。戦争遂行のための心身を作り上げるうえで、相撲は重要な役割を果たしていたのである。

翻って、才兵衛の相撲ならぬ角力は、自らの勝利だけを目的としていた。そのための鍛錬においてはひたすら、「正大」や「明朗」、「士風」というような心性とは切り離された、個人に帰属する身体の強靭化が図られる。「孝道」、「商人道」、「相撲道」さらには「人道」という枠組みからも外れる〈越境者〉の根拠はそこにしかなかったのである。高田知波がいう、この小説の内部に「〝正しい〟と認定できる人物が一人も見あたらない[28]」という状況は、本論の捉え方に沿って換言すれば、それぞれに程度の差はあれど、語り手が登場人物のたちの〈越境者〉としての一面を拡大して見せてきたことを指している。

「無用の力自慢」で才兵衛に瀕死の重傷を負わせたのは、「在所」の「強力」すなわち、村里に暮らす一人の力持ちだった。名は書かれていない。浦田義和は、その「無名」性に「神仏のなり変わりを想像させ[29]」る効果があるとする。確かに、「夜宮相撲」は本祭前夜に催される神前相撲であり、神罰が下ったと見なす条件は整っていたといえよう。思い上がった「四国一番の取手」が無名の「強力」に惨敗するという展開は、才兵衛に冷酷な現実の非合理性を突きつける。

「大力」に鰐口を登場させたときから、太宰はおそらく、原典とは異なる形で才兵衛の最後の一番を描こうとしていたにちがいない。

その時、鰐口和尚は着物を脱ぎ、頬被りをしたままで、おう、と叫んで土俵に上つた。荒磯は片手で和尚の肩を鷲づかみにして、この命知らずめが、とせせら笑ひ、和尚は肩の骨がいまにも砕けはせぬかと気が気でなく、

「よせ、よせ。」と言つても、荒磯は、いよいよ笑つて和尚の肩をゆすぶるので、どうにも痛くてたまらなくなり、

「おい、おい。おれだ、おれだよ。」と囁いて頬被りを取つたら、

「あ、お師匠。おなつかしゆう。」などと言つてる間に和尚は、上手投げといふ派手な手を使つて、ものの見事に荒磯の巨体を宙に一廻転させて、ずでんどうと土俵のまん中に仰向けに倒した。その時の荒磯の形のみつともなかつた事、大鯰が瓢簞からすべり落ち、猪が梯子からころげ落ちたみたいの言語に絶したぶざまな恰好であつたと後々の里の人たちの笑ひ草にもなつた程で、

鰐口は弟子の「悪評」に耐えられず、「身を百姓姿にかへて山を下り」てきた。その姿から、「才兵衛を油断させ、今まで彼に怪我を負わせられた人々に代わって成敗しようと企図していた」[30]と、須田千里は推測する。こうして仏門の戒律を破る〈越境者〉の一人に鰐口も加わることになる。まさしく応報刑主義に基づく公開の身体刑が、私刑の形で執行された瞬間であった。「身体刑の儀式では中心人物は民衆なのであって」[31]（ミシェル・フーコー）、夜宮に捧げられるように、荒磯の巨体は公衆の面前にその醜態をさらけ出した。「顔は鬼の如く赤く大きく」と描かれていた荒磯は、丹波・大江山の「鬼神《きじん》」[32]酒呑童子と見紛う怪物として退治される。荒磯の度重なる不行状を知る「里の人たち」は喝采を送った。悪意に満ちた傍線部の比喩が代弁するのは、せっかくの「夜宮角力」を興醒めなものにしてきた大力・荒磯の退場を祝い、「笑ひ草」として語り継ごうとする人々の冷ややかな執念である。

致命的な油断の元となった師恩を支えていたのは、師匠の鰐口のおかげで「四国全体」に荒磯の名を轟かせる「出世」がかなったという認識だった。それとは対照的に、道理に合わない誘いで角力から目をそらさせようとした親たちのことを才兵衛は侮っていた。鴇田亨が論じる「弟子の師匠に対する愛が裏切られるという話と残忍な男が破滅する話とが、複雑に絡み合」[33]う構図に、鰐口が「才兵衛の親の代行を務めた」[34]（木村小夜）とする見方を重ね、さらにその背後に「里の人たち」の欲望を置くならば、鰐口が親および世間という二者の代理人として才兵衛の〈越境〉に制裁を加えることで、才兵衛はやっと、自身の「出世」が幻像にすぎなかったことを思い知らされた、と捉えることができる。「さしもの大兵肥満も骨と皮ばかりになつて消えるやうに息を引きとり」という、同時代の喫緊の問題だった栄養失調死[35]を連想させる凄惨な叙述には、処罰権力の苛酷さが映し出されている。

## おわりに

戦時下の力士たちは、自らの強靱な身体を土俵上での勝負よりもまず公的な任務に使うことを余儀なくされた。昭和十九年の「朝日新聞」から相撲や力士に関連する話題を拾うと、人気力士たちの応召の報知と並んで、五月以降、「増産に振ひ起つ相撲人[36]」の奉仕活動の様子を取り上げ、その「敢闘」を讃える記事が目立つようになることがわかる。それまでにも行われていた慰問のための地方巡業や主に重量物運搬の「勤労報国」に加えて、戦況に即応し、「土俵よりまづ増産[37]」に取り組むことが急務とされたのである。

コラム「青鉛筆」欄はしばしば、「増産戦士」となった力士たちの活躍を紹介し、「相撲《すまふ》道は生きる、日本は勝つ[38]」、「炭礦《くわう》が戦陣の剃る暇《ひま》もなき双葉の髭《ひげ》ではなかつたか[39]」というような感傷的な文章を載せた。「帝都の罹《り》災地復旧《きう》活動へ連《れん》日力士連《れん》が出動して能率《のうりつ》をあげてゐる[40]」と報じたのは十二月六日のこと、六日前の東京空襲による罹災からの復旧にも、力士たちはその怪力を期待されていた。非常時の規範を体現し、その規範をめぐる権力関係を補強することこそ、彼らの務めだった。

そのような時代に書かれた「大力」の主人公・才兵衛こと荒磯は、師の導きのまま、角力に勝つことだけをめあてに持ち前の怪力を鍛え上げた。幼少期からの孤独をもたらした天賦の異能を自分だけのために使おうとした。その当然の帰結として、勝利への欲望を満たすことだけが目的となり、「角力は勝ちゃいいんだ」と挑発以外の効果を持たない暴言を吐いて周囲からは憎まれ、親が意見をしても相手にせず、父をおびえさせ母を泣かせる。いくつもの〈越境〉を重ねる才兵衛は、「相撲」が公共の福祉や戦意昂揚という国策に協力していた同時代において、特異な孤独の中にある。

婚礼での子どもじみた振る舞いの後、才兵衛が花嫁にぶつけた「女ぎらひ」宣言も戦時下の「健民運動」の趣旨に反していた。同衾を戒めた鰐口の教えは、一説によれば生涯にわたって情事と無縁だったとされる、怪力無双の僧・武蔵坊弁慶の伝説に連なるものだろう。師匠の言葉に忠実な才兵衛はここでも、作品の内外で〈越境者〉となっていた。

「大力」は規律権力に逆らう者が咎を受ける物語である。〈越境者〉の非行は処罰されなければならない。だが、『本朝二十不孝』の自序で西鶴が「常の人稀にして悪人多し」と嘆いてみせたように、「常」と「悪」との境界をつい踏み越えてしまうところに人間の本質はあるのかもしれない。とすれば、「常の人」でありつづけることには苦しみや困難が伴うだろう。戦時体制下にあって、人々は〈越境者〉を見つけ出し、〈非国民〉と名付けることでそこに働く規律権力を守り強化した。隣人は常に告発の対象となり、自分も告発される恐れの中で「常の人」を演じるよりほかなかった。「悪」を名指すことでしか「常」が成り立たないことは、暗黙の了解事項だったと考えられる。

しかし、〈越境者〉にも誰かに伝えたい本懐はあるのだろう。説明することが難しい感情や志向性、錯綜する事情、明かすことがはばかられる欲望など、「常の人」の装いの陰にあるそうした真意を表現するとき、〈越境〉は始まる。太宰治の翻案小説「大力」は、〈越境者〉たちがそれぞれに異なる本音や意図を抱えながら、相互に通じ合うことなくすれ違う様相を戯画的に描き、才兵衛という典型的な〈越境者〉への身体刑執行とその影響による衰弱死を以て閉じられる。本懐の表明を相互に抑制していた戦時下にあって、自らの欲望のまま、身体の個人的な運用を貫く非行者・才兵衛は罰せられなければならない。〈越境者〉たちの非行は、戦争の時代、国境を越え、生死の境を越えるほかなかった多くの者たちの伝えられなかった本懐の陰画としてあったのである。

［注］

1 勝又基『親孝行の江戸文化』（平成29・2 笠間書院 五九頁）

2 『本朝二十不孝』の本文は、『西鶴全集』第六（與謝野寛・正宗敦夫・與謝野晶子編纂校訂 昭和2・8 日本古典全集刊行会）による。

3 『孝経・曾子』（武内義雄・坂本良太郎訳註 昭和15・7 岩波文庫 一九頁）

4 太宰治「大力」の本文は『太宰治全集』7（平成10・10 筑摩書房）による。原則として、他の引用文も含め、仮名遣いおよびルビは原文のままとし、漢字は新字に統一した。文中の傍線は引用者による。

5 『西鶴諸国咄』の本文は、『西鶴全集』第三（與謝野寛・正宗敦夫・與謝野晶子編纂校訂 大正15・7 日本古典全集刊行会）による。なお、書名は外題のまま、『西鶴諸国はなし』と表記されることが多い。

6 山田晃「西鶴と現代作家　治」（『国文学解釈と鑑賞』22－6 昭和32・6）

7 鳥居フミ子『金太郎の誕生』（平成14・1 勉誠出版）、『金太郎の謎』（平成24・12 みやび出版）

8 『前太平記』（『物語日本史大系』第二巻 昭和3・2 早稲田大学出版部 一七一～一七二頁）

9 近松門左衛門「嫗山姥」（『近松門左衛門集 上』近代日本文学大系6 昭和2・2 国民図書株式会社 八三四～八三六頁）

10 藤村作「無用《むよう》の力自慢《ちからじまん》（西鶴・本朝二十不孝）」（『国文学解釈と鑑賞』4－12 昭和14・12）

11 木村小夜「太宰治『新釈諸國噺』試論――「貧の意地」「大力」「猿塚」」（『福井県立大学論集』16 平成12・2『太宰治翻案作品論』第二章『新釋諸國噺』論 第二節「大力」平成13・2 和泉書院 六八頁）

12　須田千里「「大力」論」（「太宰治研究」12　平成16・6）

13　寺西朋子「太宰治「新釈諸国噺」出典考」（「近代文学試論」11　昭和48・6）

14　『西鶴織留』の本文は、『西鶴全集』第八（正宗敦夫編纂校訂　昭和3・1　日本古典全集刊行会）による。

15　喜《き》多《た》村《むら》筠庭《いんてい》『嬉遊笑覧』（二）（長谷川強・江本裕・渡辺守邦・岡雅彦・花田富二夫・石川了校訂　平成16・2　岩波文庫　三六一頁）

16　三井高房「町人考見録」（『近世町人思想』中村幸彦校注、昭和50・11　日本思想大系59　岩波書店　二一〇〜二一一頁）

17　「子孫制詞条目」の本文は、『家訓集』（山本眞功編註、平成13・4　東洋文庫687　平凡社　二五九頁）による。三好信浩「江戸時代商家家法の教育条項」（「広島大学教育学部紀要　第1部」33　昭和60・3）によれば、「手習」「算盤」に次いで「芸能（芸事、遊芸）」に関する規定を持つ家法が多い。

18　ミシェル・フーコー『監獄の誕生　監視と処罰』〈新装版〉田村俶訳　令和2・4　新潮社　一五九頁　原著一九七五年刊）

19　注13に同じ。

20　小泉浩一郎「『新釈諸国噺』論――「大力」「裸川」「義理」をめぐり――」（「日本文学」25－1　昭和51・1）

21　永井高一郎『相撲道教本』（増補訂正版　昭和19・10　有朋堂　七頁　初版の著者名は佐渡ケ嶽高一郎、昭和16・8刊行、出版社は大日本教化図書）

22　権学俊《くおんはくじゅん》『スポーツとナショナリズムの歴史社会学　戦前＝戦後日本における天皇制・身体・国民統合』（令

和2・3 ナカニシヤ出版 一一七〜一一八頁）

23 「大阪毎日新聞」（昭和17・4・10 第二一二〇〇号 三面）の記事「一億揃って 明るく健かに 来月一日から〝健民運動〟を実施」は、「同運動の徹《てつ》底を計るため特《とく》に」として、「皇国民族精神の昂揚▽出生増加 と結婚の奨励▽母子保健の徹底▽体力の錬成▽国民生活の合理化▽結核および性病の予防撲滅」の六項目が「重点」であることを明記する。

24 注21 永井高一郎『相撲道教本』一二九頁。

25 野津謙『産業体育』（労務管理全書第十七巻、昭和19・9、東洋書館 一八七〜一八八頁）

26 「朝日新聞」（昭和19・1・12 第二〇七六六号 三面）「相撲で磨く〝体当り〟〝振武台〟で鍛錬課目に採用」

27 「朝日新聞」（昭和19・4・16 第二〇八六一号 三面）「双葉山も「隼」には負け」

28 高田知波「「大力」——角力と戦争」（「太宰治研究」22 平成26・6）

29 浦田義和『太宰治 制度・自由・悲劇』（『大力』昭和61・3 法政大学出版局 一五四頁 初出：「太宰治『新釈諸国噺』論」「沖縄国際大学文学部紀要」13－1 昭和59・10）

30 注12に同じ。

31 注18 ミシェル・フーコー『監獄の誕生 監視と処罰』六八頁。

32 「酒呑童子」（『御伽草子』（下）市古貞次校注 昭和61・3 岩波文庫 一八九頁）

33 鴇田亨「太宰治「大力」論——不孝者の形成をめぐって——」（「文藝研究」145 平成10・3）

34 注11 木村小夜『太宰治翻案作品論』七〇頁。

35 高岡裕之『総力戦体制と「福祉国家」戦時期日本の「社会改革」構想』（シリーズ 戦争の経験を問う 平

成23・1　岩波書店　二七五頁)

36　「朝日新聞」(昭和19・5・14　第二〇八八九号　二面)「社説　増産に振ひ起つ相撲人」

37　「朝日新聞」(昭和19・5・13　第二〇八八八号　三面)「土俵よりまづ増産　陣頭に起つた　双葉・玉の海　一門百五十名　炭鉱へ造船へ」

38　「朝日新聞」(昭和19・6・6　第二〇九一二号　三面)「青鉛筆」

39　「朝日新聞」(昭和19・8・25　第二〇九九二号　三面)「青鉛筆」

40　「朝日新聞」(昭和19・12・6　第二一〇九五号　二面)「青鉛筆」

# 「猿塚」――不憫という隠れ家

## はじめに

親に結婚を許されなかった相思相愛の男女が駆け落ちする。しかし、その先には貧苦と我が子の死という悲劇が待っていた。井原西鶴『懐硯』（貞享四・一六八七年三月序）巻四の第四話「人真似は猿の行水《ぎやうずゐ》」は、そうした悲話を発心譚が包み込む作品である。

> 心猿《しんゑん》飛んで五慾の枝に移り、風は無常を告《つぐ》る鐘が崎、筑前の国の浦里を過ぎて、遙なる山添《やまぞひ》の野をわけて行くに、煙は愁の種なる三昧《しやみ》を見しに、多くは少年の塚、其の中に新しき塔婆《たうば》を削りなして折節《をりせつ》の花菊を手折り、前なる竹の筒に水をむすび、子細有り気に竹垣の有様、是なん猿塚《さるづか》と記せり[1]。

歌枕「鐘が崎」を導き出す冒頭には、意馬心猿そのままに煩悩尽きぬ人間の常とはいえ、執着してやまない何かを手放すことの苦しみが予示されていた。西鶴は「人真似は猿の行水」を「無常」で覆った後、筑前の国でたまさか足を踏み入れた墓地の「新しき塔婆《たうば》」を見て「子細有り気」と直感した旅僧・伴山に、墓守の「隠坊《おんぼう》」が語る「猿塚由来記」（三田村鳶魚[2]）を聞き取らせる。「隠坊此事を語りけるに」という説き起こしから「と語りぬ」と閉じられる末尾まで、伴山はその語りに一切口を差し挟まない。全編を貫く諦念の調べはすでに、伴山の行路の描写で奏でられているからである。こうして隠坊の語りは、作中の聞き手伴山の経験に取りこまれる。

一方、太宰治は「人真似は猿の行水」を主たる原典とする翻案小説「猿塚」（『新釈諸国噺』）で、この西鶴による予示的な手法を採らなかった。それはなぜか。語りの仕組みに着目すれば、杉本好伸が指摘するとおり、「『懐硯』全体を翻案しようとするのではない」ことを理由に、太宰が「伴山の行脚的な部分を除き、隠坊が語った内容だけを翻案する形[3]」を選択したからだと考えられる。「人真似は猿の行水」から、猿塚をめぐる物語の端緒へと誘導し、その価値を立ち上げる作中の聞き手・伴山を消し去り、物語の実質的な表現主体である隠坊に代わって、「猿塚」の語り手はその顛末を饒舌に語り、時に批評する。伴山や隠坊が持つ因縁への感受性や共感性とは距離を置く気ままな語りが生成するのはそのためである。

そうした奔放な語り手を内在させる「猿塚」はこれまで、その翻案の特徴や効果、さらには創作意図を論点として考察されてきた。同時代評では、岩上順一が「信教についての封建的束縛と、それからの人間性の解放の必要」と「人間の自由な結合の保持のためにはとくに知識や科学が前提されねばならぬといふテーマ」[4]を指摘している。第一の主題は、宗旨の違いから親に結婚を許されなかったことが、第二の主題は、「猿の無知のために悲惨な結末をあたへられ」たことがその根拠となる。「人間性」や「自由」を語ることが可能になった戦後、岩上順一の不満は「猿塚」の語りに見られる饒舌が「歴史的矛盾の探求」に向かわず、そのため「現代社会の実情探求のコースからも逸脱[5]」する結果を招いたことに向けられていた。岩上にとって「探求」は歴史的必然としてあったのだろう。

本論は先行する諸論考に学びながら、「猿塚」の語り手が仕掛けた「探求のコースからの逸脱」に注目し、その意義を探る試みである。

## 一

西鶴は「隠坊」の語りを、「当国太宰府の町に、白坂《しろさか》徳右衛門とて沙汰ある分限」がおり、その家に美しい娘がいたことから始めさせる。その美貌は、「殊更息女《むすめ》お蘭《らん》美形亦比《ならび》なく、今年十に六つ七つ余り、名は国に香《かぐは》しく、見ぬ恋に沈みぬ」と、簡潔に描写される。蘭の花やその香りの異名である〈国香《こっこう》〉[6]を分かち、名詮自性、名が表すところを想像せよ、という謎かけなのだろう。「見ぬ恋」もまた、『古今和歌六帖』の分類でいえば「しらぬ人」、すなわち「見知らぬ、まだ逢ったことのない人[7]」への恋心という伝統的な歌題を連想させる。いずれも和漢の古典をふまえた詩的な表現で恋の予感を告げていたのである。それに対して、「猿塚」の語り手は滑稽な逸話を交え、〈俗〉の要素を加味する。

むかし筑前の国、太宰府の町に、白坂徳右衛門とて代々酒屋を営み太宰府一の長者、その息女お蘭の美形ならびなく、七つ八つの頃から見る人すべて瞠若し、おのれの鼻垂れの娘の顔を思ひ出してやけ酒を飲み、町内は明るく浮き浮きして、ことし十に六つ七つ余り、骨細く振袖も重げに、春光ほのかに身辺をつつみ、生みの母親もわが娘に話かけて、ふと口を噤んで見とれ、名花の誉は国中にかぐはしく、見ぬ人も見ぬ恋に沈むといふ有様であつた。[8]

お蘭の容姿を捉えた箇所は「骨細く振袖も重げに」のみで、その美しさは「やけ酒」で憂さを晴らす者や言葉を失う母親の様子によってほのめかされる。このような日常という〈俗〉を志向する翻案は、西鶴が選び取った〈雅〉による類型的な形容を差異化し、登場人物により奇矯な性質を与えることになる。そこには、安定した詩的様式である〈雅〉による抑制が働かないからである。「見る人すべて瞠若」する美貌というお蘭の特異なしるしは、その父が堅持する信仰へのこだわりと照応していた。法華宗に帰依する徳右衛門は、他宗の家に娘を嫁がせるつもりはないという。

桑盛様が浄土宗ならば、いかほど金銀を積んでも、またその御総領が御発明で男振りがよくつても、私は、いやと申します。日蓮様に相すみません。あんな陰気くさい浄土宗など、どこがいいのです。よくもこの代々の法華宗の家へ、娘がほしいなんて申込めたものだ。

中世に成立した画巻『七十一番職人歌合』（明応九・一五〇〇年成立）における六十五番目の取組では、

「念仏宗」と「法花宗」という僧職が左右に分かれ歌を詠み合う。月の歌題で詠まれた、それぞれの宗旨を反映した歌が置かれたあと、判詞には「法の勝劣を論ずべからず[9]」とある。「宗論はどちら負けても釈迦の恥」という警句の心である。それほどまでに、両宗派の確執は万人の知るところだった。江戸前期の俳諧付合語集『俳諧類船集』は世の習いとして、「仏者は儒者をそしり。法花家は浄土家をあざけり。姑は嫁をにくむ[10]」と解説する。「猿塚」で徳右衛門が見せる徹底した浄土宗嫌いは、個人的な感情ではなく、開祖日蓮以来、信仰集団が共有していた積年の憎悪なのだった。

狂言「宗論」はそのような対立を笑いとばす劇として知られる[11]。シテの浄土宗の僧侶から見れば法華宗の信者は「例の情強者」、排他的な頑固者であり、アドの法華宗の僧侶の目に浄土宗の信者は「例の黒豆かぞへ」、法華経以外の「余経」に囚われ念仏に耽る人々と映る。この劇では、「情強者」が蛇蝎のごとく「黒豆かぞへ」を嫌っていることを承知の上で、浄土僧が法華僧につきまとい、相手の感情を逆なでして面白がる。こうした非対称的な憎悪の表現が笑いを創り出している。その根底には、宗派間で優劣を争うのは無益なことだという経験知があるのだろう。「情強者」の反応を楽しむ底意地の悪い笑いが続いた後、相手の大音声につられて、法華僧が念仏を、浄土僧が題目を唱えるというあらぬ入れ替えが起こる。こうして狂言「宗論」は、対立自体の瓦解がもたらす哄笑の中、終曲を迎える。

宗旨にこだわる徳右衛門は、娘が「余経」を信仰する家に嫁ぐことを許さない。「黒豆かぞへ」を罵倒し、「根抜きの法華」と覚しき「本町紙屋彦作」との縁談を進める。「猿塚」には「宗論」における結末のような突破口が用意されることはなく、お蘭・次郎右衛門の二人は駆け落ちを決意する。この小説の語り手は、原典には「次郎右衛門法華宗にあらず」とあった曖昧な表現を採らなかった。次郎右衛門の実家の宗旨を浄土宗と特定し、読み手に狂言「宗論」を想起させる一方で、その笑劇的世界との差異を際立たせる。そこでは、「法の勝劣を論ずべからず」というような実践的な仲裁の理路は通用するはずもなかった。

　こうした膠着した状況にあって、この小説に滑稽な味わいをもたらすのが次郎右衛門だった。徳右衛門の息女・お蘭の「美形」が周囲の人々の「瞠若」の様子をとおして詳述されるのとは対照的に、次郎右衛門の形象が原典のそれに比べ著しく「矮小化、卑小化」[12]されていることについては、つとに小泉浩一郎による指摘がある。「人真似は猿の行水」で「色好みなる男」と書かれる典型的な男性表象が、「猿塚」では「醜男ではないけれども、鼻が大きく目尻の垂れ下つた何のへんてつも無い律儀さうな髭男」という凡庸な「若旦那」として描かれる。お蘭・次郎右衛門の非対称的な容姿の設定は、「美形」と「色好みなる男」の組み合わせという「伝統的な文学的パターン」に基づく「理想的恋愛」[13]（小泉浩一郎）から遠ざけ、二人を〈俗〉の領域に引き込むようはたらく。

「猿塚」における次郎右衛門の形象は、山東京伝が書き、絵も北尾政演の名で自ら筆を執った黄表紙の傑作『江戸《えど》生《うまれ》艶気《うわきの》樺焼《かばやき》』（天明五・一七八五年刊）の主人公・仇気屋艶二郎を彷彿とさせる[14]。その特徴は、三角形を無造作に描いたかのような、後に〈艶二郎鼻〉とも呼ばれる獅子鼻だった。艶二郎は「新内節《しんないぶし》の正本《しょうほん》」に見られるような「浮気《うわき》」、色恋のもつれに身を焦がすことを夢見ていた。仇気屋の金力を後ろ盾にいくつかの「浮気」の型をなぞった艶二郎はついに、「嘘心中《うそしんじゅう》」の準備に取りかかる。先行文芸が教えてくれる「浮気」の行き着くところを擬似的に体験しようというのである。しかし、その計画は父・弥二右衛門によって阻止され、「褌《ふんどし》ながき春《はる》の日の、日高の寺《てら》にあらずして、裸《はだか》の手合急ぎ行《てやいいそ》」（「道行興鮫肌《きょうがさめはだ》」）と、身ぐるみ剥がされてしまう。

艶二郎の、「色好みなる男」とは懸け離れた外貌の設定は、文学表現の型をふまえたうえで、それを差異化する試みに読者を誘うための手法だった。その趣向は、「お蘭に慕はれるといふ飛んでもない大果報を得た」ものの、思惑どおりには事は運ばず右往左往する「醜男ではないけれども、鼻が大きく目尻の垂れ下つた何のへんてつも無い律儀さうな髭男」の不完全さを前景化する語りと通うところがある。本来であれば、艶二郎・次郎右衛門はともに恋愛物語の主人公とはなり得ない者たちだった。その彼らは、すでに語り尽くされた感のある恋愛の枠組みに接近し手痛い目に遭うことで、思うに任せない、物語のようには事が進まない現実を変形的に体現する。二人の特徴的な鼻には、物語の型から〈俗〉へとこぼれ落ちる滑稽な役割が刻印されていたといえよう。

## 二

お蘭が手紙で「あなたはいつもお鼻や目尻の事を気にして自信が無く、何のかのと言つて私を疑ふので困つてしまひます」と嘆いたように、次郎右衛門の頼りなさや猜疑心の強さは繰り返し描かれていた。宗旨変えの甲斐なく、徳右衛門に「いやいや根抜きの法華でなければ信心が薄い、お蘭ほしさの改宗は見え透いて浅間し」とそれなりに筋の通った理由で拒絶されると、次郎右衛門はお蘭に恨みがましい手紙を書き送る。

お前がよその法華へ嫁ぐさうだが、畜生め、私はお前のために好きでもないお題目を称へて太鼓をたたき手に豆をこしらへたのだぞ、思へば私の次郎右衛門といふ名は、あづまの佐野の次郎左衛門に似てゐて、かねてから気になつてゐたのだが、やはり東西左右の振られ男であつた、私もかうなれば、刀を振りまはして百人斬りをするかも知れぬ、男の一念、馬鹿にするな、

脅迫と見紛う錯乱した文面に、次郎右衛門の人となりが表れている。お蘭が徳右衛門の決めた縁談を受け容れるかどうかを確かめもせず、次郎右衛門は捨て鉢な気分にまかせて、裏切られた「男の一念」の暴走を予告する。「かねてから気になつてゐた」という「あづまの佐野の次郎左衛門」は、三世河竹新七作の歌舞伎「籠《かご》釣《つる》瓶《べ》花街《さと》酔醒《のえいざめ》」（明治二一年五月「千歳座」初演）の主人公である。劇中、兵庫屋の花魁・八ツ橋に愛想づかしをされた上州佐野在住の大百姓・次郎左衛門は逆上の果てに、村正が打った妖刀・籠釣瓶で手当たり次第に人を殺める。俗に〈吉原百人斬り〉と呼ばれるこの凄惨な場面は、元禄九（一六九六）年十二月に吉原江戸町の茶屋で起こった殺傷事件に基づいて創作された。[15]

「猿塚」の語り手は次郎右衛門に「百人斬り」を引き合いに出させ、「振られ男」の無念をぶちまけさせる。ここでは、次郎左衛門・次郎右衛門という因縁と見なすには無理がある連想とは別に、同時代のメディアが書き立てたもう一つの〈百人斬り〉との暗合の可能性を忘れてはならない。昭和十二年十一月から翌月にかけて、東京日日新聞は「百人斬り競争」の記事を四回に分けて掲載した。南京攻略を目的とした戦闘において、二人の陸軍少尉が日本刀で殺害した中国兵の人数を競い合う模様を

取材したものだった。そのおぞましさとは裏腹に、「東日」は発行部数を伸ばし、翌年にかけて他の活字メディアも追随して「百人斬り」は同時代の通用語となった。ベンジャミン・ウチヤマは、「東日」の報道が端を開いたメディアの熱狂に「文化産業が近代戦争の残酷性をモダンライフのスリルへと変換させ[16]」る過程を読み取る。次郎右衛門が発した「百人斬り」という表現には、芝居じみた虚勢の文脈と混線するかのように、「カーニバル戦争[17]」（ベンジャミン・ウチヤマ）における血塗られた「競争」の記憶が影を落としていたのである。

性役割《ジェンダー・ロール》と名指されるものは仮構であり、男性性なるものも幻想にすぎない。ジェンダー研究が明らかにしたそうした事実を土台にして〈男らしさ〉という言葉を用いるとすれば、「猿塚」に描かれた次郎右衛門は、〈男らしさ〉の体現を免除された人物だった。肝の据わり方において、お蘭・次郎右衛門の〈性役割〉を逆転させることにより、語り手は二人の非対称性を拡大して見せる。

私が今更どこへ行くものですか、安心していらつしやい、もしもお父さんが私をよそへやるやうだつたら私はこの家から逃げてもあなたのところへ行くつもり、女の一念、覚えていらつしやい、

次郎右衛門の「男の一念」に寄りすがる恨み言を叱りつけ、お蘭は二人の未来を切り拓く「女の一念」に懸ける。父の徳右衛門から「本町紙屋彦作様と縁談ととのつた」と告げられても、「ぎよつとしたが色に出さず」退室し、即座に、「私は逃げるつもりです、今宵のうちに迎へたのむ」と、次郎右衛門に駆け落ち決行の急信を送る。冷静さと果断を兼ね備えるお蘭は迷うことなく、家の束縛から

脱け出すことだけを考えている。それは、お蘭からの「手紙をざつと一読してがたがた震へ」、「もう眼に物が見えぬ気持で」、「歩きながら男泣きに泣いて」しまう次郎右衛門との間に、〈男らしさ〉という役割の入れ替わりが生じたことを意味していた。

中村江里が論じるところによれば、十九世紀後半から二十世紀初頭にかけて欧米で展開された「科学的性差論」を根拠として、日本でも「男女二元論」が流布していった。その中で「〈男性＝理性的／女性＝感情的〉という知が構築され」ると、「男子の本分」と見なされた軍人を「男の中の男」とする言説が支配的となる。「男子青年たち」に「「感情」をコントロールできるようになることが求められ」、軍隊教育の目標の一つが「恐怖・不安[18]」の克服に置かれるようになるのはこのためだった。

その意味で、「猿塚」の次郎右衛門が戦時における「男の中の男」からは遠く離れた人物として描かれていることは明らかだろう。むしろ、父・徳右衛門から縁談の告知を受ける場を「理性的」に乗り切り、相手の真心を読みきれず「感情的」になる次郎右衛門に「安心していらつしやい」とその「不安」を鎮めるお蘭のほうに男性性は付与されている。とすれば、ほかならぬ軍人が注目の的となった〈百人斬り〉への言及は、「男の中の男」を装うための逆説的な演技だったといえよう。笑いを誘う取り乱しの描写には、〈男らしさ〉の欺瞞性が隠されていたのである。このような「男女二元論」の逆用はさらに続く。

やうやく隣町の徳右衛門の家の裏口にたどりつくと、矢のやうにお蘭は走り出て、ものも言はず次郎右衛門の手を取りさつさと自分からさきに歩き出し、次郎右衛門はあんまの如く手をひかれて、ぺたぺたと歩いて、またも大泣きに泣くのである。ここまでは、分別浅い愚かな男女の、取るにも足らぬふざけた話であるが、もちろん物語はここで終らぬ。世の中の厳粛な労苦は、このさきにあるやうだ。

原典には「裏門に待ちあはせて、夜半《よなか》に連れ立ち出で」とだけ書かれる駆け落ちの始まりが、「猿塚」では引き続き性役割の逆転という趣向によって戯画化されている。それは、近松門左衛門の心中物に綴られた、文飾の限りを尽くす道行文の叙情性や悲壮感とも断絶していた。「さつさと自分からさきに歩き出し」たお蘭に「手をひかれ」る次郎右衛門という構図は、『曽根崎心中』（元禄16・一七〇三年初演）でおはつ・徳兵衛《とくびやうゑ》が「漸《やうや》う二人《ふたり》手《て》を取《と》り合《あ》ひ、門口《かどくち》までそつと出《い》で」[19]、辛うじて天満屋を脱け出す緊迫した名場面の裏返しなのかもしれない。よろず〈俗〉に徹する語り手はこれまで、「或る日の雨宿りが縁」で恋仲になったお蘭・次郎右衛門の言動を、周囲の人々の思惑も絡めながら、面白おかしく描写してきた。そこには、登場人物の人となりを詳しく書き込むことに加えて、歴史的・文化的な文脈を呼び覚まし、それらの型に近づいては離れる差異化の手法が見られる。西鶴の表現を枠組みとして引き継ぎながら、〈うがち〉と引用によって「分別浅い愚かな男女の、取るにも足らぬふざけた話」を演出したのは、誰あろう「猿塚」の語り手だった。

ところが、その語り手は一転して、「もちろん物語はここで終らぬ」と、浮かれ騒ぎに終始した前半に区切りをつけ、本題に移ろうとする。語り手が「もちろん」と弁解を兼ねて断言できる根拠は、これまで語ってきた「物語」の同伴者、読者が抱いていると想像される期待にあった。こうして、「物語」

の転調を告げる一文は、「世の中の厳粛な労苦」という分別臭い言い回しに引き継がれ、「あるやうだ」と、あえて婉曲に述べることで、読者を「このさきに」あるらしい別の「物語」へと誘うのである。

三

さて、この小説について論じる者は決まって、「世の中の厳粛な労苦」の意味するところに囚われざるをえない。今は、その問いを横目に見やりつつ、二人の道行きを追うことにしよう。

二人はその夜のうちに七里歩み、左方に博多の海が青く展開するのを夢のやうに眺めて、なほも飲まず食はず、背後に人の足音を聞くたびに追手かと胆をひやし、生きた心地も無くただ歩きに歩いて蹌踉とたどりついたところは其の名も盛者必衰、是生滅法の鐘が崎、この鐘が崎の山添の野をわけて次郎右衛門のほのかな知合ひの家をたづね、

何不自由ない暮らしを放棄して出奔した二人にとって、眼前に広がる眺望は〈家〉に庇護されていた過去との断絶を迫る自然の未知性を湛えていた。「人真似は猿の行水」には、「夜の中に七里歩み、明日の八つ時分に、此の里に縁《ゆかり》薄きを頼み」とあるが、太宰はここで原典の書き出しを借りて道行きに仕立て上げていた。すなわち、「心猿《しんゑん》飛んで五欲の枝に移り、風は無常を告《つ》ぐる鐘が崎、筑前の国の浦里を過ぎて、遥なる山添《やまぞひ》の野をわけて行くに」という冒頭の一節の主語を、旅僧の伴山ではなく、

お蘭・次郎右衛門とすることで、「世の中の厳粛な労苦」の幕開きを告げるのである。

原典における「風は無常を告る鐘が崎」の「無常」・「鐘」は、『平家物語』を媒介として「盛者必衰」に、そして「諸行無常」と対をなす「是生滅法」に置き換えられる。[20]「盛者」とはここで、相思の帰結として、親の願いに反しても共に生きることを決めた二人を指す。このときこそが恋情という熱狂の頂点であると同時に、「無常」を観じる起点でもあった。その境界的な時点を明示する位置に、太宰は「鐘が崎」を据え直したことになる。それはまた、駆け落ちに至る「分別浅い愚かな男女の、取るにも足らぬふざけた話」までは、「無常」の覆いを掛けなかったということを意味する。

語り手は「猿塚」の前半において、「無常」観の「分別」臭さを避けるかのように、「取るにも足らぬふざけた話」を機嫌よく滑稽化してきた。一見、こうした翻案の手法は軽薄にも皮相にも映る。高見順が『新釈諸国噺』を「才気の産物」[21]と評したのは、「猿塚」を例にとれば、その悪達者な語りが鼻についたからだろう。それは度を越した〈うがち〉の副作用ともいえるが、見方を変えれば、この小説がその「才気」によって『懐硯』を覆い尽くす仏教的無常観の枠組みから解放されたことも事実である。それまで「ふざけた話」と戯れてきた語り手が豹変し、「世の中の厳粛な労苦」を云々しはじめることのおかしさを見逃してはならない。急にかしこまって世間苦の深甚さを説き、とってつけたかのように歌枕「鐘が崎」を引用して「無常」観を漂わせることも、語ること自体への諧謔的な介入と考えてよいのではないか。

ところで、そもそも西鶴はなぜ「人真似は猿の行水」の冒頭に「鐘が崎」という空間を置いたのだろうか。この地と作品世界とのつながりを探ってみよう。井原西鶴は地図入りの名所案内『一目《ひとめ》玉《たま》鉾《ぼこ》』（元禄二・一六八九年一月刊）巻四で筑前・鐘が崎について、「南都大仏の鐘此所の沖に沈む、海次良といふかね也[22]」と記していた。銘も明らかな東大寺の梵鐘が鐘が崎沖の海底に沈んでいる、という刮目すべき記事の典拠はわからない。ただ、和歌に「金之三埼[23]」、「かねの御碕[24]」などと詠まれる歌枕で、玄界灘と響灘とを隔てる航海上の難所でもあった鐘が崎には、古くから沈鐘伝説があったらしい。

天正十五（一五八七）年、船路にあった細川幽斎は、「舟人」から「これなん金が御崎」、「昔、鐘を求め、舟に載せて来たり。渚近くなりて取り落して、今にあり[25]」と案内されたという。後に貝原益軒[26]や橘南谿[27]が鐘が崎の沈鐘と竜神にまつわる伝承を書き留めたように、この岬は「水の神の祭場[28]」（柳田國男）として畏敬の対象となっていた[29]。南谿による「鐘は竜神の愛するものなれば[30]」という記述の裏には、海中に沈む鐘を人間が触れてはならない異界の象徴と見る心性があった。

西鶴が「鐘が崎」の沈鐘伝説をふまえて「人真似は猿の行水」を書いたとすれば、沖合に沈むとされる「鐘」の心像は、作品の着想に働きかけその基調となり得る。『俳諧類船集』は「鐘」の付合語として、「祇園精舎」「道成寺」「遺愛寺《イアイ》」「俵藤太」などゆかりのある地名・人名のほかに、「うき別」「まつよひ」「ねざめ」といった恋歌に由来する名詞、「軍」「村猿」のような『太平記』が伝える戦の模様[31]を想起させるもの、そしておそらくは沈鐘伝説とのつながりで「竜宮《リウグウ》」を挙げていた。

かつて「竜宮」は「雨乞」をはじめとする水にまつわる信仰と結びつく想像上の聖域だった。西鶴の散文には、このような連句における付合《つけあい》の技法が溶かし込まれている。ある言葉によって呼び覚まされる事物や感情を共通の資本として詩文は成り立つ。十七世紀後半、「鐘が崎」という歌枕は、多方面に分岐する意味の連鎖のひとつとして、沈鐘・竜神・水・別離という連なりを蔵していたのである。

では、一九四〇年代の言語環境に向けて、太宰はどのような表現を選択したのだろうか。簡潔にいえば、歌枕「鐘が崎」の詩的喚起力を減殺したものと考えられる。「鐘が崎」はもはや、「鐘」が呼び覚ます仏教的無常観と駆け落ちという熱狂からの虚脱とが響き合うこと、また、「鐘が崎」を〈金が先〉、あるいは〈先立つものは金〉と読み換えるとき、二人にとっての「世の中の厳粛な労苦」が貧困の形で現れることを示唆する地名にすぎなかった。西鶴の俳文的表現と太宰が書く小説の言葉との違いは、同時代の読者による鑑賞の仕方と相互に規定し合う、創作方法の特質を照らし出している。

## 四

物語に破局をもたらすことになる猿は、原典と同様に、作品の中盤から登場する。「猿塚」では「吉兵衛」という名が与えられた。「小猿の頃からお蘭に可愛がられて育」った吉兵衛は、出奔した二人の後を追い、「不憫」に思った次郎右衛門の「せつかく慕つて来たのだから仲間にいれておやり」という一言で許しを得て「忠義な下僕」となり、ともに暮らし始める。岡島由佳が述べるように、原典と比べ、太宰による書き換えには、「「猿」に名を付け、一人の存在として扱っている点に、作品全体を通して、本質をとらえながらも一貫して喜劇性が強く出ている」[32]ことは確かである。ここではその「喜劇性」の質を探ることにする。

まず、「人真似は猿の行水」の叙述に沿って形作られた吉兵衛の性質を明らかにしておこう。原典に、「気の毒なる貌して」、「此の女寠れし姿つくぐ〵詠めて涙流し」、「人に同じく気を兼ねたる」と書かれる、他者の情動を察知し同調する能力は「猿塚」においても引き継がれ、主人たちと相互に作用し合う非言語的な交流が成立している。「主人の恩に報いるはこの時」と勇み立ち、吉兵衛は二人の表情が晴れやかになることを喜びとし、自らの行動を選択する。

木村小夜は、「さながら昔を忍ぶ思入」を猿に見ていた原典とは異なり、「猿塚」の吉兵衛が「過去にこだわらず現在の状況に適応していく」という「基本的姿勢」を貫いていることに注目し、主人の二人とは違って、「変節の痛みと無縁」であるのは、「彼が猿であること自体が生かされた」[33]からだとする。吉兵衛の献身的な奉公には、お蘭・次郎右衛門が囚われる過去との比較という影は感じられない。そこから翻って「新たに生き始める」ことが難しい「我々人間の現実」[34]が照射される、と木村小夜は結論づける。

過剰で滑稽な適応ではあるが、吉兵衛の振る舞いはお蘭・次郎右衛門の心を打つ。「二人の淋しさを慰めてやらう」と願う健気な姿を目にした「夫婦は、せめてこの吉兵衛を唯一のなぐさみにして身の上の憂きを忘れ」ることができた。しかし、吉兵衛の意欲ほどには精度が期待できない人真似や善意のこもった「要らないお手伝ひ」は、愛児・菊之助を死に至らしめる惨事への漸進的な過程でもあった。

近くの山に出かけては柏の枯枝や松の落葉を掻き集め、家に持ち帰つて竈の下にしやがみ、松葉の煙に顔をそむけながら渋団扇を矢鱈にばたばた鳴らし、やがてぬるいお茶を一服、夫婦にすすめて可笑しき中にも、しをらしく、ものこそ言はね貧乏世帯に気を遣ひ、夕食も遠慮して少量たべると満足の態でころりと寝て、次郎右衛門の食事がすむと駈け寄つて次郎右衛門の肩をもむやら足腰をさするやら、それがすむと台所へ行きお蘭の後片付のお手伝ひをして皿をこはしたりして実に面目なささうな顔つきをして、

原典にはない傍線部の描写は、吉兵衛の誠意や気遣いにあふれる心根を印象づける。怒りはもとより、怠け心、おどけとも無縁の「忠義な下僕」は、主人の情動にひたすら従属することで貧乏所帯に居場所を確保していた。「猿塚」の語り手はそうした吉兵衛の生真面目な奉仕を丹念に追う一方で、随所に露見する綻びを見逃さない。努力の甲斐なく、「ぬるいお茶」を勧めたり皿を壊したりする事実は、「山から木の実を取つて来て、赤ん坊の手に握らせて、お蘭に叱られ」る挿話とならんで、そのほほえましさの陰に破局の兆しが隠されていたのだろう。こうした吉兵衛の形象は、菊之助の死を未然に防げた事故と認識させる変形と考えられる。その意味で、小泉浩一郎が「猿塚」を「悲劇への内在的要因を、より強く人間そのもののうちに見ようとしている[35]」と分析し、原典の「運命悲劇」に対する「人間悲劇」としての「実質」をそこに認めたことは正鵠を射ていたといわねばならない。

駆け落ちの場面を境とする後半、「太宰が原典に比べ、猿をより人間的に描いたこと[36]」（宮本祐規子）は、「猿塚」を悲劇と喜劇という両方向に発展させる効果をもたらした。

吉兵衛には子供が珍らしくてたまらぬ様子で、傍を離れず寝顔を覗き込み、泣き出すと驚いてお蘭の許に飛んで行き裾を引いて連れて来て、乳を呑ませよ、と身振で教へ、赤子の乳を呑むさまを、

きちんと膝を折つて坐つて神妙に眺め、よい子守が出来たと夫婦は笑ひ、それにつけても、この菊之助も不憫なもの、もう一年さきに古里の桑盛の家で生れたら、絹の蒲団に寝かせて、乳母を二人も三人もつけて、お祝ひの産衣が四方から山ほど集り[37]、蚤一匹も寄せつけず玉の肌のままで立派に育て上げる事も出来たのに、一年おくれたばかりに、雨風も防ぎかねる草の庵に寝かされて、木の実のおもちやなど持たされ、猿が子守とは、と自分たちの無分別な恋より起つたといふ事も忘れて、ひたすら子供をいとほしく思ひ、

吉兵衛の菊之助への深い愛情に偽りはなく、その喜びを祈る姿は人間的であることを突き抜けて敬虔ですらある。かかる至純性と対比的に語られるのが「夫婦」の執着だった。傍線部はいずれも貧家に生まれた菊之助に向けられた両親の感情を捉えている。「いとほしく」は「厭《いと》ふ」と同根の形容詞で、ある対象に接していて辛く思うことを表し、後に、その心持ちから、愛着を感じるという意味が派生したとされる[38]。つまり、お蘭・次郎右衛門は一貫して、我が子菊之助を「不憫」と感じていたのである。では、見ていて辛くなるのはなぜか。「絹の蒲団」「乳母」「お祝ひの産衣」「玉の肌」に表象される、本来であれば手に入れられたはずの〈幸福〉と現在の境遇との差に意識が縛られ、満たされていない自分たちの哀れさだけが前景化するからであろう。自己憐憫の虜となった二人は、菊之助に自分たちの不遇を外在化させ、嘆いているのである。

貧窮の発端である「自分たちの無分別な恋」は不問に付し、他責性を砦にする思考は、吉兵衛との関係においても働いていた。菊之助に対する吉兵衛のまめまめしい世話焼きに「よい子守が出来たと

夫婦は笑ひ」ながらも、菊之助の境遇を憐れむ文脈では、「木の実のおもちゃなど持たされ、猿が子守とは」と、心に渦巻く不満から吉兵衛の価値は急降下する。前者の「笑ひ」には自嘲が込められているのだろう。高田知波は、吉兵衛が「なぐさみ」・「子守」・「世の慰め」の「〈代用〉として扱われ続けてきた」ことに光を当てる。お蘭・次郎右衛門が吉兵衛の気働きに感謝しつつも、所詮は猿真似にすぎないと見なしていたとすれば、にせ（似せ・偽）ものとしての「〈代用〉」に物足りなさを覚え、それを自己憐憫のきっかけに変換していたのだろう。その仕組みは、「猿塚」の語り手が小説の終盤で漏らす「困った事になつたものである」という嘆きと相同的だった。[39]

## 五

吉兵衛が子守にも慣れ、「野の秋草を手折つて来て菊之助の顔ちかく差しのべて上手にあやし、夫婦は何の心配も無く共に裏の畑に出て大根を掘」るほどまでに信頼されようになった頃、惨劇は起きた。お蘭・次郎右衛門が「近所のお百姓から耳よりのまうけ話ありといふ事を聞き」、外出中の出来事だった。

猿の吉兵衛、そろそろお坊ちやんの入浴の時刻と心得顔で立ち上り、かねて奥様の仕方を見覚えてゐたとほりに、まづ竈の下を焚きつけてお湯をわかし、湯玉の沸き立つを見て、その熱湯を盥にちやうど一ぱいとり、何の加減も見る迄も無く、子供を丸裸にして仔細らしく抱き上げ、奥様の真似して子供の顔をのぞき込んでやさしく二、三度うなづき、いきなりずぶりと盥に入れた。

「心得顔」の吉兵衛は、子守という役目に自信を深めていたのだろう。表情の変化を丹念に追う語り手は、吉兵衛による悪意のない愚行にアイロニカルな陰翳を加える。原典が「見覚えし通りに」行動する猿の姿を客観的に捉えたのとは対照的である。木村小夜は「この事故」を「過去とのつながりにおいて現在を生きようとした」二人が利益に気を取られ「吉兵衛に子守を任せたがゆえの過失と」、「過去を放擲して現在にあまりにも適応しようとした吉兵衛の悪意なき過失」[40]が交わるところに発生したとする。「猿の無知のために悲惨な結末をあたへられる」[41]（岩上順一）、「「無分別な恋」から起った「世の中の厳粛な労苦」の必然的展開」[42]（小泉浩一郎）、「真の原因はお蘭次郎右衛門の二人の側にあった」[43]（杉本好伸）などのそれぞれに一理ある見方を批判的に統合する明晰な読解といえる。

西鶴作品における「猿」表象を分析した岡島由佳は、『懐硯』、『新可笑記』（元禄元・一六八八年刊）、『西鶴織留』（元禄七・一六九四年刊）において猿が登場する三話のすべてが子どもの死を取り上げており、「断腸の悲話、また古来の漢詩の詩句に詠まれた「猿」」[44]の叫声がその背景にあると論じる。四世紀の故事「断腸」は、子に向けられる母猿の情愛の深さを伝える逸話として『世説新語』を通じて広く流布し、「三声」や「三叫」と描かれる猿のもの悲しい鳴き声は、漢詩から和歌へと受け継がれた[45]。「猿塚」の吉兵衛もまた、原典における猿のありように規定されるだけでなく、こうした歴史的・文化的文脈を潜在させている。

吉兵衛はお蘭への恩義に報いるため精一杯の気働きを続けてきた。相手の情動を読み取り、粗忽なところはあるにせよ、その求めるところを察知して行動することができた。そのような日常生活に菊之助が加わり、子をめぐる猿の文化的特性が発動する。「猿塚」の語り手は吉兵衛の菊之助に向けられる情愛の深さを強調し、子守という任務が板につきはじめたことを示唆する。だが、ここに油断という陥穽が待ち構えていた。菊之助の死は、文芸の歴史的文脈から見れば必然にほかならない。子の誕生と同時に物語は、「世の中の厳粛な労苦」が包含する別種の破局に向け哀調を帯びはじめる。

原典では「秘蔵是に代ふるものなしと寵愛するに付けても」と類型的にしか語られない菊之助への情愛を、「猿塚」は吉兵衛の行動や表情をとおして細やかに描いた。さらには、浮き立つ家庭や「まるまると太つてよく笑」う、「母親のお蘭に似て輝くばかりの器量よし」と語られる菊之助の描写を散りばめることが、惨事による暗転を演出する劇的な皮肉となっている。

すべては、「断腸」の思いを表現し、読者と共有することを目指した布置だったのではないか。「猿塚」が書かれ発表されたのは、多くの「子」の命が奪われる時代だった。戦地における「子」たちの死は表向きの〈名誉〉に包みこまれたが、遺された親が「断腸」の思いを口にすることははばかられた。空襲や地上戦であっても、「子」の死を嘆く声が公にされることはなかった。「猿塚」の表現には、そうした同時代の文脈への応答がある。戦後、太宰は短編小説「雀」[46]（「思潮」1-3 昭和21・10）で「わが子を傷つけられた親の、あの怒りの眼つき」が忘れられない「僕」に、「戦争は、君、たしかに悪いものだ」と語らせる。戦争末期に創作された「猿塚」は、加害・被害の別を問わず、戦争を「たしかに悪いもの」と認識することの根拠を示してもいたのである。

お蘭・次郎右衛門は留守中の惨事をどのように受けとめたのか。「猿塚」の語り手は「人真似は猿の行水」が描く愁嘆場をほぼそのまま借用する。「ここには、「空想」の余地はなかったようである」[47]（野坂幸弘）と推察し得るほど、原典からの引き写しが目立つ一節である。「とかく汝は我が子の敵《かたき》、いま打殺す」と「薪を振上げ」るお蘭を、次郎右衛門は「もはや返らぬ事に殺生するは、かへつて菊之助が菩提のため悪し」と諭し制止する。情の暴走を理が制止するという構図に、「猿塚」は「女だてらに」「男の度量」と性役割に基づく表現を書き加える。

先に見たように、この小説は〈男らしさ〉の役柄を反転させる手法で、〈心中もの〉の耽美的世界とのずれを滑稽に描き出していた。したがって、お蘭の果断を知る読者は、「いま打殺す」という怒声に違和感を覚えないはずだが、次郎右衛門の説得に表れた「男の度量」はこれまでの描かれ方と矛盾するかに映るだろう。しかし、この肯定的な評価は、「菊之助を葬った後には共にわづらひ寝たきりになつて」、吉兵衛の看護を受けるという展開によってすぐさま相対化されてしまう。そのうえ、語り手の嫌みたらしい買い被りは、「男の度量」という性役割に依存した評言の価値に傷を付けることになるのだった。

猿の吉兵衛は夜も眠らずまめまめしく二人を看護し、また七日々々にお坊ちゃんの墓所へ参り、折々の草花を手折つて供へ、夫婦すこしく恢復せし百日に当る朝、吉兵衛しよんぼりお墓に参つて水心静かに手向け、竹の鉾にてみづから喉笛を突き通して相果てた。夫婦、猿の姿の見当らぬを怪しみ、杖にすがつてまづ菊之助の墓所へ行き、猿のあはれな姿をひとめ見て一切を察し、菊之助無き後は、せめてこの吉兵衛だけが世の慰めとたのんでゐたのに、と恨み嘆き、ねんごろに葬ひ、菊之助の墓

の隣に猿塚を建て、その場に於いて二人出家し、

傍線部は原典の借用と判断される表現である。それらの合間に、吉兵衛の「まめまめし」い看護の様子や最期を遂げる日の「しよんぼり」した姿、「夫婦」が吉兵衛の行方を捜す場面が挿入され、猿塚の縁起は完結する。「猿塚」は、吉兵衛を人間に限りなく近づけた結果、お蘭・次郎右衛門と哀歓を共にする関係が描かれるに至る小説である。猿という対象から呼び覚まされる多様な説話や心像を背景に、吉兵衛と名付けられた猿は人間の特性を帯び、小説世界を攪乱する。「鐘が崎」を境とする前半、古今の物語の枠組みや文脈を呼び寄せてはそこから離れ、〈俗〉化を続けてきた語り手は、後半に入ると、吉兵衛の一途であるがゆえに滑稽でもある情愛表現を中心に据える。原典の筋立てを支える表現には手を加えず、西鶴による省筆の間隙を埋めることに努めている。

## おわりに

出家を遂げた二人に、「猿塚」の語り手はあえて原典とは異なる進路を与えた。

(と書いて作者は途方にくれた。お念仏かお題目か。原文には、かの庵に絶えず題目唱へて、法華読誦の声やまず、とある。徳右衛門の頑固な法華の主張がこんなところに顔を出しては、この哀話も、ぶちこはしになりさうだ。困つた事になつたものである。)ふたたび、庵に住むも物憂く、秋草をわけていづこへ

とも無く二人旅立つ。

括弧書きの注記を施し、「作者」はわざわざ読書行為の流れに割り込む。これから書く述部、すなわち結末への注意を促し、原典との違いに目を向けよ、と呼びかけるかのようである。徳右衛門の法華宗への固執を思い起こさせる「かの庵に絶えず題目唱へて、法華読誦の声やまず」という西鶴の表現を「作者」は受け容れなかった。それはあたかも「哀話」の結構を保つための抵抗のようにも見える。この期に及んでなお「「父」のもとに帰順していく」[48]（高田知波）ことがお蘭たち一家を襲った悲劇と釣り合わないと考えたのだろう、と推測させようとしているのだ。しかし、このような創作の過程に言及した「作者」のねらいは他にあったのではないか。「困つた事になつたものである」という、西鶴への敬慕ゆえの不満を漏らすことこそ、『新釈諸国噺』では他に例を見ない、原典への異議申し立ての目的だったと考える。「作者」がいう「困つた」は、古語「いとほし」の「自分の事について、つらい。困る」[49]と解釈される用法で、心ならずも西鶴の表現に楯突くことの心苦しさを表している。換言すれば、そのような窮地に陥った自分を憐れむ、他責性を前提とした感情表出なのである。こうして、「猿塚」の後半を覆う「不憫」・「いとほし」という憐れみの気分は、皮肉にも、語り手（「作者」）にまで伝播したことになる。贅言としか見えない括弧書きの注記は実のところ、「途方にくれ」る「作者」の苦衷を恨めしそうに語ること自体に意味があったのである。

敗戦からおよそ一年後、映画作家・監督の伊丹万作は、戦後を生きる人々に蔓延する〈自己憐憫〉の愚かさを平明な表現で批判した。

多くの人が、今度の戦争でだまされていたという。みながみな口を揃えてだまされていたという。私の知っている範囲ではおれがだましたのだといった人間はまだ一人もいない。（中略）だまされたということは、不正者による被害を意味するが、しかしだまされたものは正しいとは、古来いかなる辞書にも決して書いてはないのである。だまされたとさえいえば、一切の責任から解放され、無条件で正義派になれるように勘ちがいしている人は、もう一度よく顔を洗い直さなければならぬ。（中略）「だまされていた」といつて平気でいられる国民なら、おそらく今後も何度でもだまされるだろう。いや、現在でもすでに別のうそによつてだまされ始めているにちがいないのである。[50]

誰かを加害者に指名してその責任を追及することと、被害者を装うことで自らの加害性を隠すこととは相補的な関係にある。誰かのせいで、または運悪くつらい思いを重ねてきた自分を憐れむという心性への依存は、自らが責めを負うべき事実からの逃避欲求を満たしてくれる。「猿塚」では、新所帯の頃から、お蘭・次郎右衛門の二人がこの仕組みの中にあった。「自分たちの無分別な恋より起つたといふ事も忘れて」、赤ん坊の「菊之助も不憫なもの」と「ひたすら子供をいとほしく思ひ」、菊之助亡き後は「いかなる前生の悪業ありてかかる憂目に遭ふかと生きる望も消えて」しまう。常態化した被害者意識は、何者かに「だまされた」という論法と通底している。

庵を離れ旅立つ二人の行動について、従来の研究では、否定・肯定両派の見解が対立している。たしかに、原典の「かの庵に絶えず題目唱へて、法華読誦の声やまず」を、吉兵衛の自裁を契機とした真の発心と見なせば、「猿塚」の「旅立」ちは、「無目的であり、空虚な行為」[51]（杉本好伸）、「二人の果てることのない彷徨の姿」[52]（木村小夜）と解釈され得る一方、「題目」・「法華読誦」に影を落とす「父の圏外に「旅立つ」こと」[53]（高田知波）の選択とする見方や、「二人がここで悟り、旅立ち、現実を見据えた生活を始める」[54]（前田秀美）ことを肯定的に捉える考察も理路が整っている。しかし、それらの信仰・発心の質を合理的に見極め、評価することは難しい。それよりも、「困つた事になつた」と惑う「作者」が、意を決して西鶴の表現を差異化する、「旅立」ちの第一歩を読者に見せたことに注目すれば、近づきつつある敗戦後に溢れかえるであろう〈自己憐憫〉へのしたたかな批判をそこに認めることができる。伊丹万作がいう「勘ちがいしている人」を、太宰もまた視界に捉えていたのである。

［注］

1 『懐硯』の本文は、『西鶴全集』第十（正宗敦夫編纂校訂 昭和3・3 日本古典全集刊行会）による。原則として、他の引用文も含め、仮名遣いおよびルビは原文のままとし、漢字は新字に統一した。文中の傍線は引用者による。なお、引用箇所の「三昧《しやみ》」について、諸注釈書は墓所を意味する「三昧《さんまい》」と、また、「折節《をりせつ》」を「折ふし」と翻刻している。

2 三田村鳶魚主宰『西鶴輪講『懐硯』』（竹野静雄校訂・解説 平成17・11 クレス出版 一九三頁）

3 杉本好伸「太宰治と井原西鶴――新釋諸國噺「猿塚」を中心に」（「国語国文論集」20 平成2・3）

4 岩上順一「逸脱・低迷の中から――文芸時評」（「思潮」1 昭和21・3）

5 同前

6 高瀬梅盛『俳諧類船集』「国」の項（延宝五・一六七七年刊 野間光辰鑑修 近世文藝叢刊 第一巻 昭和44・11 般庵野間光辰先生華甲記念会 三〇一頁）には、「蘭之蓋一国則曰国香」と黄庭堅（黄山谷）の文章「幽芳亭記」の一節が引かれている。

7 『古今和歌六帖』下（久保田淳監修 室城秀之著 令和2・11 明治書院 三頁）所収の第五帖で「雑思」と分類される恋歌の先頭には、「しらぬ人」という歌題のもとに十二首の和歌が引用されている。

8 太宰治『新釈諸国噺』の本文は『太宰治全集』7（平成10・10 筑摩書房）による。

9 『七十一番職人歌合』（岩崎佳枝・網野善彦・高橋喜一・塩村耕校注 新日本古典文学大系61『七十一番職人歌合・新撰狂歌集・古今夷曲集』平成5・3 岩波書店 一三二～一三三頁）校注者は岩崎佳枝。

10 『俳諧類船集』「にくむ」の項（注6 前掲書 五七頁）なお、同書「嫌」の項［注6 前掲書 四四六頁］にも「浄土法花」とある。
11 『狂言記』巻第一・六「宗論」（万治三・一六六〇年刊 橋本朝生・土井洋一校注 新日本古典文学大系58『狂言記』平成8・11 岩波書店 二三一～二八頁）
12 小泉浩一郎「『新釈諸国噺』考――「猿塚」をめぐり」（吉田精一博士古稀記念論集刊行会編『日本の近代文学――作家と作品』昭和53・11 角川書店 二二二頁）
13 同前 二二一頁
14 『江戸生艶気樺焼』（小池正胤・宇田敏彦・中山右尚・棚橋正博編『江戸の戯作絵本（二）全盛期黄表紙集』昭和56・6 社会思想社 一四七～一八二頁）
15 稲垣史生編『江戸編年事典』「◇元禄九年（丙子）吉原百人斬り事件」（昭和41・4 青蛙房 二一〇頁）
16 ベンジャミン・ウチヤマ『日本のカーニバル戦争 総力戦下の大衆文化 1937‐1945』（布施由紀子訳 令和4・8 みすず書房 八三頁）
17 ベンジャミン・ウチヤマは注16前掲書で「狭義の「カーニバル戦争」は、一九三七年八月から一二月にかけての上海‐南京攻略戦をめぐるメディアの熱狂ぶりを指す」（三〇頁）と述べている。
18 中村江里「日本陸軍における男性性の構築――男性の「恐怖心」をめぐる解釈を軸に」（木本喜美子・貴堂嘉之編『ジェンダーと社会 男性史・軍隊・セクシュアリティ』平成22・6 旬報社 一七〇～一九〇頁）
19 本文は『近松門左衛門集 上』（近代日本文学大系6 昭和2・2 国民図書株式会社 二四七頁）による。
20 謡曲「三井寺」には、「地 許し給へや人人よ。煩悩の夢を覚ますや法の声も静かに先づ初夜の鐘を撞く時は、

シテ 諸行無常と響くなり。 地 後夜の鐘を撞く時は、シテ 是生滅法と響くなり。」という詞章が見られる。本文は、『謡曲選集』(野上豊一郎編 昭和10・5 岩波文庫 二一五〜二一六頁)による。

21 高見順「創作短評 太宰治『冬の花火』(展望六月号)『春の枯葉』(人間九月号)」(「人間」1・12 昭和21・12)

22 井原西鶴『一目玉鉾』(元禄二・一六八九年刊 本文は、正宗敦夫編纂校訂『西鶴全集』第九昭和3・2 日本古典全集刊行会 一三五頁による)

23 「ちはやぶる金の岬は過ぎぬとも我は忘れじ志賀の皇神」(『万葉集』巻第七(雑歌)一二三〇) 訓み下し文は、佐竹昭広・山田英雄・工藤力男・大谷雅夫・山崎福之校注『万葉集(二)』(平成25・7 岩波文庫二七〇頁)による。『源氏物語』「玉鬘」には、乳母たちがこの歌をふまえ、夕顔を追慕する表現が見られる。

24 「き、あかすかねの御碕の浮枕夢路も波に幾夜へたてぬ 正三位義重」(『新続古今和歌集』巻一〇・羈旅 一〇〇二 本文は、村田秋男編『類字名所和歌集 本文編』昭和56・1 笠間書院 一二八頁による)

25 細川幽斎『九州道の記』(本文は、長崎健・外村南都子・岩佐美代子・稲田利徳・伊藤敬校注・訳『中世日記紀行集』新編日本古典文学全集48 平成6・6 小学館 五五四〜五五五頁による。『九州道の記』の校注者は伊藤敬)

26 貝原益軒『筑前国続風土記』巻第十七(宝永六・一七〇九年)

27 橘南谿『西遊記』(正篇 寛政七・一七九五年刊 続篇 寛政一〇・一七九八年刊 本文は、板坂耀子・宗政五十緒校注『東路記・己巳紀行・西遊記』新日本古典文学大系98 平成3・4 岩波書店 三〇五〜三〇八頁による。『西遊記』の校訂者は宗政五十緒)

28 『日本文学大辞典』「沈鐘伝説 ちんしようでんせつ」（坪内逍遙・上田万年顧問・藤村作編集 昭和8・4）本文は『柳田國男全集』第二十八巻（平成13・7 筑摩書房 五〇五～五〇六頁）による。

29 後世、そのような異界のしるしづけは創作にも生かされる。江戸後期には柳下亭種員が、合巻『白縫譚』初編冒頭に鐘の岬を舞台として若菜姫と青柳春之助という主人公たちを口絵で対峙させ、壮大な長編物語の行方を暗示した。海上には髑髏をくわえ梵鐘を頭上に差し上げる青柳春之助が、空中には巨大な土蜘蛛に乗り浮遊する若菜姫が配された布置は、さまざまな伝承を抱え込む眩惑的な導入となっている。（佐藤至子『幕末の合巻 江戸文学の終焉と転生』令和6・2 岩波書店 一九〇頁）

30 注27 橘南谿『西遊記』三〇八頁

31 『太平記』巻第十七「山門攻の事 附日吉神託の事」

32 岡島由佳「『懐硯』――「人真似は猿の行水」をめぐって」（「青山語文」38 平成20・3）

33 木村小夜『太宰治翻案作品論』（平成13・2 和泉書院 第二章『新釋諸國噺』論 第三節「猿塚」八四頁 初出：「『新釋諸國噺』試論――「貧の意地」「大力」「猿塚」」「福井県立大学論集」16 平成12・2）

34 同前 木村小夜『太宰治翻案作品論』八七頁

35 注12 小泉論文『日本の近代文学――作家と作品』二二〇頁

36 宮本祐規子「西鶴と太宰治『新釈諸国噺』――「猿塚」を中心に」（「国文目白」49 平成22・2）また、同論文は、従来、津島美知子『回想の太宰治』における記述を根拠として推定していた『新釈諸国噺』の原典本文について、その推定どおり、日本古典全集刊行会発行の『西鶴全集』であることを実証した。

37 寺西朋子「太宰治「新釈諸国噺」出典考」（「近代文学試論」11 昭和48・6）は、この一節が『西鶴置土産』

38 巻三の三「算用して見れば一年弐百貫目づかひ」の表現「からの着想であろう」と推定している。
39 『古語基礎語辞典』「いとほし」（大野晋編 平成23・10 角川学芸出版 一三五頁 執筆者は大野晋）
40 高田知波「「猿塚」――〈代行〉と〈代用〉、喪失と解放――」（「太宰治研究」11 平成15・6）
41 注33 木村小夜『太宰治翻案作品論』八五頁
42 注4 岩上論文
43 注12 小泉論文『日本の近代文学――作家と作品』二二六頁
44 注3 杉本論文
45 注32 岡島論文
46 『和漢朗詠集』巻下「猿」には、漢詩の詩句七例と凡河内躬恒の和歌一首が収載されている。
47 「雀」の本文は、『太宰治全集』9（平成10・12 筑摩書房 二七九）による。
48 野坂幸弘「『新釈諸国噺』」（東郷克美・渡部芳紀編『作品論 太宰治』昭和49・6 双文社出版 二二二頁）また、同論文は、「「猿塚」の後半の部分が、その由来を述べる原文の説話的性格、ここでは異様な残酷さとあわれさ、をそのまま活かしている点では、ほかの作品とは異なる雰囲気を感じさせる。」（二二二頁）と、原典の借用が目立つ「猿塚」後半における表現の特異性に言及している。
49 注39 高田論文
50 注38『古語基礎語辞典』一三五頁
伊丹万作「戦争責任者の問題」（「映画春秋」1 昭和21・8 本文は、新装版『伊丹万作全集』1 昭和48・4 二〇五頁・二〇八頁・二一〇頁による）

51　注3　杉本論文
52　注33　木村小夜『太宰治翻案作品論』八七頁
53　注39　高田論文
54　前田秀美「「遊興戒」「猿塚」論」（「太宰治研究」11　平成15・6）

# 「人魚の海」——困難／希望としての「信」

## はじめに

「人魚の海——新釈諸国噺」（「新潮」41－10　昭和19・10）は「此段、信ずる力の勝利を説く[1]」と結ばれる敵討の物語である。松前藩主をはじめ「家中の重役」が列席する場で、ある人物に冷罵されたことがもとで非業の死を遂げた「浦奉行」の仇を、その娘と「召使ひ」の女性が討つ。この典型的な仇討の話材を、太宰は井原西鶴『武道伝来記《ぶどうでんらいき》』（貞享四・一六八七年四月刊）巻二の第四話「命《いのち》取《と》る人魚《にんぎよ》の海《うみ》[2]」から借用した。『新釈諸国噺』（昭和20・1、生活社）の他の十一篇と同様、西鶴の表現を基に太宰独自の〈うがち〉によって変形した短編小説である[3]。

今のところ、この敵討一件に関して原典が何らかの歴史的事実に拠っていたことを示す史料は見つかっていない。「諸国敵討《しよこくかたきうち》」という副題のとおり、西鶴は北辺の蝦夷地を舞台に、恥を雪《すす》ぐことに命を賭け、その思いを遂げられなかった者に代わって仇敵を討つという仮構のなかで、武家の義理の見事さを描き上げていた。それは、「中古武道の忠義、諸国に高名《かうみやう》の敵討《かたきうち》、其の働《はたら》き聞き伝へて」（「序文」）、

「古今武士の鑑《かがみ》、刀《かたな》は鞘《さや》に納《をさ》め、御代《みよ》長久《ちやうきう》、松の風静かなり」（巻八第《だい》四「行水《ぎやうずゐ》で知《し》る人《ひと》の身《み》の程《ほど》」）と、全国津々浦々、徳川の世の安泰を言祝《ことほ》ぐことの一環としてあった。

『武道伝来記』に収められた三十二篇を通観するとき、十指に余る衆道が絡んだ物語の多さに気づく。好色物の浮世草子『男色大鑑《なんしよくおおかがみ》』（貞享四・一六八七年一月刊）と武家物の第一作『武道伝来記』とのつながりは深い。「所謂、好色物は、好きでない。そんなにいいものだとも思へない。着想が陳腐だとさへ思はれる」（『新釈諸国噺』「凡例」）と述べていた太宰ははたして、衆道という濃密な対的関係には翻案化への興味を示さなかったことになる。

原典には、その冒頭に人魚の登場という怪異譚が置かれる。読者を非日常的な世界へと誘う魅力的な書き出しである。しかしその設定は、武士の信義を称賛するための発端をなすに留まるのだった。人魚は半弓の矢に当たり、「其魚忽ち沈みける」とあっさり姿を消してゆく。太宰も人魚には執着せず、「木の葉の如く翻弄せられ」る船中の人々に目を向け、その醜態を戯画化する。怪異譚の魅力に依存することなく、人間の諸相を凝視しようとするのである。

この小説に関する研究はこれまで、寺西朋子による原典の探索[4]のあと、翻案の手法や「信」の評価、さらには結語の解釈をめぐって積み重ねられてきた。例えば、「信」の内実について藤原耕作は他の太宰作品とのつながりを問い、「人魚の海」に「矛盾や混乱」が生じたのは、「作品の「現実」そのものよりも、」「「信ずる力の勝利」を説くことに急[5]」であったためと考え、跡上史郎は「「信ずる」ことが宙づりにされ、脱臼する長文と相同的な結構を有している[6]」点に太宰の創作方法を見る。それらの論考を批判的に引き継ぐ木村小夜は、「一つの「勝利」において本質的に異なる信の結果が重ね合わされている」[7]ことに着目し、登場人物たちが何に依拠して「信」と関わろうとしたのかを追究することで、そこに前時代と現代、原典と翻案との境界を画定する。また、小泉浩一郎は主人公の造型を「ナルシシズムの美学のもつ固有の矛盾を、太宰が意図的に顕在化」させたものだと推しはかり、[8]山田有策は「西鶴本」との比較をとおして、場面ごとに太宰の独創性と限界を探る。[9]

このように、『新釈諸国噺』のなかでも「人魚の海」の研究はとりわけ活況を呈している。本論はそれらの先行研究に学びつつ、意図せずとも出来する〈言《こと》の咎《とが》〉や小説内外の「信」を取り巻く言説の働きをたどり、その後さらに、戦時下において「信ずる力の勝利」という言葉が撒き散らすさまざまな効果について考えてみたい。

## 一

人魚が出現する冒頭の場面は、『武道伝来記』の叙述に沿って書かれている。西鶴が参照したらしい『新編分類本朝年代紀』（貞享元・一六八四年刊）が伝えるところとも符合するのはこのためである。巻一、仁・雑之類の末尾に「人魚」の項が置かれている。「後深草院宝治元年三月二十日ニ人魚死シテ津軽ノ浦ニ流レ寄ル形チ如レク人ノ有二腹ニ四足一先代ニ有レ之兵乱起ルテ因リ有二天下ニ御祈禱一」。[10]宝治元（一二四七）年三月二十日、津軽の海岸に人魚の死骸が漂着した。その姿はあたかも人のようで、腹部には四本の足があった。過去にもこのようなことがあり、その後に戦乱が起こった。そこで大規模な御祈禱を執り行った。人魚のような奇怪な生物が目撃されるのは世が乱れる前兆である、と中世の為政者は恐れていたのであろう。
鎌倉時代末期に成立したと考えられる歴史書『吾妻鏡』は、宝治元年のこの事蹟とそれへの反応を記した後、「大魚」に対する畏れを語る。

此事則被レ尋二古老一之処。先規不快之由申レ之。所謂文治五年夏有二此魚一。同。（○秋脱カ）泰衡誅戮。建仁三年夏又流来。同秋田左金吾有二御事一。建保元年四月出現。同五月義盛大軍。殆為二世御大事一云云。[11]（巻三十八）

鎌倉に幕府が開かれてから約六十年、この間に起こった数々の内乱には、その前触れとして「大魚」がきまって出現していたという。源義経を討った藤原泰衡の追討（文治五年）、比企氏の乱の後、源頼家の幽閉（建仁三年）、和田合戦（建暦三年・十二月改元建保元年）と、政権発足後うち続いた内紛を先例として、この後に起こる、三浦・千葉一族を滅亡へと導いた宝治合戦（宝治元年）の予兆を「大魚流寄」という怪異に見ているのである。[12]

人魚は「大魚」の一種であり、世の乱れの徴候として出現する怪魚と考えられていた。[13] したがって、「命とらるゝ人魚の海」の舞台である松前藩の行く末には自ずからけしからぬ暗雲が漂うことになる。もちろん、そもそも人魚の出現とその後の出来事とはそれぞれが単独の事象にほかならず、両者の間に因果関係を見ることに合理性はない。しかし、結果からいえば、人魚の存否をめぐる言い争いがもとで、藩士二名（「人魚の海」では三名）の命が失われるという凶事が起こるのである。見慣れぬ自然現象や生物の出現を報告し、記録することとその後の日常に生じる異変を観察することとは一対の対象化として相互に補完し合う。

太宰による翻案小説「人魚の海」の設定は、こうした文化的に共有されていた心性に照らして考えておく必要があるのではないか。すなわち、「松前の国の浦奉行、中堂金内《ちゅうだうこんない》」が遭遇した出来事は、それを語ること自体、藩にとって不吉な報告と受け取られる恐れがあった。仮に、それが世の乱れを示唆する神託と解されたとすれば、金内の経験談は遠回しな藩政批判となる可能性すらある。それゆえ、「くつろぎ、よもやまの旅の土産話のついでに」語ったのだとしても、その話柄の選択は軽率の誹りを免れないだろう。少なくとも金内には、人魚の出現という怪異を報告するにあたって、復命を聞き取った「上役の野田武蔵」に他言を控えるよう求める深慮が欠けていた。そうした伝え方を怠ったという意味で、金内にも〈言の咎〉はあるといえよう。つまり、「殿をはじめ一座の者」の前で一方的にいわれのない恥をかかされた悲運の者、とばかりは言い切れぬところが残るのである。

## 二

金内と同様に、〈言の咎〉は野田武蔵にもあった。

武蔵かねて金内の実直の性格を悉知してゐるゆゑ、その人魚の不思議をも疑はず素直に信じ、膝を打つて、それは近頃めづらしい話、殊にもそなたの沈着勇武、さつそくこの義を殿の御前に於いて御披露申し上げよう、と言ふと、金内は顔を赤らめ、いやいや、それほどの事でも、と言ひかけるのにかぶせて、さうではない、古来ためし無き大手柄、家中の若い者どものはげみにもなります、と強く言ひ切つて、まごつく金内をせき立て、共に殿の御前にまかり出ると、折よく御前には家中の重役の面々も居合せ、野田武蔵は大いに勢ひ附いて、おのおの方もお聞きなされ、世にめづらしき手柄話、と金内の旅の奇談を逐一語れば、

金内が語る人魚をめぐる逸話に「古来ためし無き大手柄」という新たな価値を見出したのは野田武蔵であった。『武道伝来記』においては、「人魚射止《いと》めたる事」を聞いた「老中」（家老）たちが「何れも手を打つて、『是れは例《ためし》少なき手柄《てがら》なり。明朝御機嫌を見合はせ、此儀御披露《ごひろう》申し上げん』と云ひ合はされし時」と記述される。この局面ではまだ、「御披露」という提案はその場の自然な成り行きで「云ひ合はされ」たものだった。藩主への「御披露」という提案はその場の自然な成り行きで「云ひ合はされ」たものだった。この局面ではまだ、「大横目野田武蔵《おおよこめのだむさし》」の発言はない。つまり「人魚の海」では、「人魚の不思議」の報告を最初に聞き取り、仇討の発端を作る人物として武蔵が新たに設定されたことになるのである。それは、原典とは違い、これから始まる悲劇と復讐劇の全編を通して、武蔵の有責性が確定したことを意味してもいた。

突然の災厄にもひるまず、冷静な対応で難破寸前の船を救った金内の働きに、武蔵は武士の在るべき姿を見る。その評価そのものに瑕疵はない。金内の日頃の言動からその「実直の性格」に信頼を寄せていたからこそ、人魚退治という「沈着勇武」に感動したのである。次いで武蔵は、あくまでも謙譲の姿勢を崩さない金内に代わって、それを武勇譚の枠組みに移し換えようとする。金内の「大手柄」

の効果を称賛の一点においてのみ予想したのだろう。「家中」という武士集団がこぞって価値を認めるほかない特性を金内は体現している、と武蔵は信じていたからである。

そのため、称賛という承認の一範型を先取りするかのように、「金内の旅の奇談」は存分に劇化されたにちがいない。ところが間もなく、その効果は、聞き手の受け止め方によって異なることが判明する。「殿をはじめ一座の者、膝をすすめて耳を傾ける中」、青崎百右衛門だけは、「勢ひ附い」た武蔵の語りに半畳を入れるのである。この小説の悪役、冷淡な拗ね者として描かれる百右衛門の差し出口は、人魚の存在を疑う立場から発せられる。

> 武蔵の物語を半分も聞かぬうちに、ふふん、と笑ひ、なう玄齋、と末座に丸くかしこまつてゐる茶坊主の玄齋に勝手に話掛け、
> 「そなたは、どう思ふか。こんな馬鹿らしい話を、わざわざ殿へ言上するなんて、ちと不謹慎だとは思はぬか。世に化物なし、不思議なし、猿の面《つら》は赤し、犬の足は四本にきまつてゐる。人魚だなんて、子供のお伽噺ではあるまいし、いいとしをしたお歴々が、額《ひたひ》にはくれなゐの鶏冠《とさか》も呆れるぢやないか。」と次第に傍若無人の高声になつて、

このあとも毒を含んだ言葉が矢継ぎ早に繰り出される。「額《ひたひ》にはくれなゐの鶏冠《とさか》」の一節では、武蔵の調子づいた語り口や身振りを大げさに真似ているのだろう。百右衛門の冷笑的な言動は相手の嫌がる勘所に過たず向けられていた。「落ち窪んだ小さい眼はいやらしく青く光つて、鼻は大きな鷲鼻、

頬はこけて口はへの字型、さながら地獄の青鬼の如き風貌」と描写される百右衛門は、「何かにつけて家中の者たちにいや味を言」う、「一家中のきらはれ者」であった。家老を務めていた父の禄高をそのまま引き継いだうえ、親の七光りで「重役のひとり」に収まり、「育ちのよいのを鼻にかけて同輩をさげす」むという無頼ぶりは、西鶴が「悪人なれば」と簡潔に断言した人格上の欠陥を表象する。横柄、没義道《もぎどう》、酷薄といった、挙措の全てが他に不快感を与えるという徹底した形象は、敵役の条件を十分に満たしていた。

　武蔵との言い争いの後も、「金内殿もお手柄ついでにその人魚とやらを、御前に御持参になればよかつたのに」と、百右衛門は挑発の手を休めない。その聞こえよがしの悪口雑言が金内を傷つけるのは、この場面における百右衛門の言動の全てが、金内の存在を知りながらも無きがごとくになされるからである。それは、アクセル・ホネットが〈承認〉から遠く離れる行為として叙述した、他者が「意図的に見られなかったことを明確にする身振り、ないしは振る舞い方」という「行為遂行的な」「軽視」以外のなにものでもない[14]。言わば、「「承認の忘却」という意味での物象化[15]」（ホネット）を見せつけ、百右衛門は楽しんでいるのだ。

　「人魚の海」の読者は、青崎百右衛門という典型的な「悪人」の形象に、この物語の読みの手がかりを得る。ここまで悪辣な登場人物には何らかの懲罰が待ち受けているはずだと確信し、期待する。そして、その末路を想像しながら、百右衛門の吐き出す毒にさいなまれる金内の悲劇に立ち会うことになるのである。もっとも、厳密には、そのような心持ちを抱くよう誘導され、善人を襲う悲劇とその恨みを晴らす懲悪の場面に立ち会わされる、と言い換えるべきなのだろう。小説の語り手は公平な観察者として振る舞うことを要求されてはいない。多くの場合、作品世界を偏りのある視線で切り取り、読者をその視線に誘い込む。こうして語り手の価値観や好悪の傾向は読者のそれらに隠然と働きかけ、時には支配してしまうのである。「悪人」の形象も、そうした働きかけや支配の結果生じた仮象と考えられる。

そこで、ここではあえて、百右衛門の言葉に一理を探ってみよう。例えば、傍線部はどうだろうか。『武道伝来記』にも「世に化物《ばけもの》無し、不思議無し。猿の面《つら》は赤し、犬には足が四本に限る」とあり、異同はほとんどない。まことに、相手を小馬鹿にした憎々しい物言いではある。しかしながら、谷脇理史が注解するように、この言葉の根底には「体験的合理主義」があり、「近世初期の儒学の影響下にある当時ではむしろ正当な主張[16]」であったという見方を参照するとき、言説の効果は変化する。「子《し》は怪力乱神《かいりきらんしん》を語《かた》らず」と『論語』述而篇に書かれる孔子の行動規範は、儒学の基本理念でもあった。「怪」は怪異、「神」は鬼神のことと解釈される。[17]超常的な出来事をめぐる言説には、この世の条理を揺さぶり、人を惑わす魔力がある。現実の直視を妨げる、その反理性的な言動を孔子は忌避したのだろう。人魚の話題も「怪」と「神」の範疇にある。百右衛門による揚げ足取りは、そのねらいはともかく、武家の慎みを説くという大義を持っていた。体面上ではあっても、「こんな馬鹿らしい話を、わざわざ殿へ言上する」ことの「不謹慎」を論難する百右衛門は、「重役のひとり」としての責務を果たしてもいるのである。

一方、野田武蔵の〈言の咎〉はまず、そのような混ぜ返しを常とする青崎百右衛門が列座する場で、金内への称賛を期待する「手柄話」をしたことにある。木村小夜が論じるように、「相いれぬ他者の存在を軽率にも想定し得ず、同質の人間ばかりがいるという前提で振舞った武蔵の迂闊さ[18]が問題なのである。仮に、満座の称賛を当然のことと考えていたとすれば、武蔵の言表は純真ではあるが、あまりにも世知に疎く、無防備なものといわねばなるまい。懐疑的な態度を示し、集団的な承認の広がりに異を唱えることが百右衛門の得意とする言動の型であることを武蔵が知らなかったはずはない。「お手柄」から導き出されると期待される価値が高ければ高いほど、百右衛門によるその引き下げの効果も増大する。冷笑的な反応を予測できず、不毛な言い争いにまで発展させてしまったのは武蔵の落ち度でもあった。加えて、金内の〈言の咎〉は武蔵にも重層的に覆いかかる。話題の意味するところを深く吟味せず、受け手の不規則な応答も予測することなく、感動にまかせて武家の鑑を「御披露申し上げ」てしまったのである。

武蔵が負う〈言の咎〉の第二は、その語り口の特質にある。「世に化物なし、不思議なし」と断言する百右衛門に対して、武蔵は文献に拠りながら「一身両面の人」、「十二角の牛」、「一頭三面の鬼」の順に「異風奇態の生類」が出現した例を語り、「そもそもこの日本の国は神国なり」という信奉を土台にして、「日常の道理を越えたる不思議の真実、炳として存す」ることを立証しようとする。「人魚の海」の語り手はその雄弁さを、「名調子でもつて一気にまくし立てる」と捉えていた。『武道伝来記』の「分別皃《ふんべつがほ》にて申しければ」という揶揄を込めた言い回しに感応し、敷衍した表現である。弁論の見事さは必ずしも聞き手の共感を呼ぶとはかぎらない。流暢でそつのない語りがかえって仇となり、聞き手の反感を買うこともある。「名調子」は決して万能の語り口ではないのである。武蔵がその点について無自覚だったとすれば、次のような言挙げの効果は常に、当人の思惑とは逆方向に作用するだろう。

「武士には、信の一字が大事ですぞ。手にとつて見なければ信ぜられぬとは、さてさて、あはれむべき御心魂。それ心に信無くば、この世に何の実体かあらん。手に取つて見れども信ぜずば、見ざるもひとしき仮寝の夢。実体の承認は信より発す。然して信は、心の情愛を根源とす。貴殿の御心底には一片の情愛なし、信義なし。見られよ、金内殿は貴殿の毒舌に遭ひ、先刻より身をふるはし、血涙をしぼつて泣いてござるわ。金内殿は、貴殿とは違つて、うそなど言ふ仁ではござらぬ。日頃の金内殿の実直を、貴殿はよもや知らぬとは申されますまい。」

『武道伝来記』には見られない詰問調の弁舌である。語調は歯切れよく、百右衛門の痛いところを突く迫力もある。とはいえ、その論理構造は杜撰というほかはなかろう。「情愛」とのつながりは、義であろうが忠であろうが武家の徳目の全てとの間に指摘できる。よって、「信」とのみ結びつけてみても説得力はない。また、「手に取つて見れども信ぜずば、見ざるもひとしき仮寝の夢」は明らかに、百右衛門の要求とはすれ違う情緒的な勇み足といえる。「人魚はこの世に無いと言つてゐるのではござらぬ。見た事が無いと言つてゐるだけの事だ」というのが「体験的合理主義」者・百右衛門の立脚点であった。論理を二の次にして「信」や「実直」の価値をうたいあげる武蔵の分別立ては、その意に反して単なる自己陶酔に堕してしまうのである。では、なぜ「人魚の海」の語り手はこうした逆効果の中で「信」を称賛させたのだろうか。小説の末尾に置かれた「信ずることの勝利」の問題とともに後半で論じてみたい。

三

『武道伝来記』の中堂金内は、青崎百右衛門から侮辱を受け、「聞き捨てには成り難く」、「討ち果さんと思」ったものの、このままでは「我れいよいよ胡乱《うろん》なる事を申せしと、跡《あと》にて人の嘲弄《あざけり》も口惜し」と思いとどまり、誰に告げるでもなく「密かに屋敷を出で」、「彼の人魚の体《からだ》を僉議《せんぎ》」するための旅に出る。一方、太宰はここでも野田武蔵と金内との対話の場面を新たに設定した。人魚の存否をめぐる言い争いがもとで出来した恥の中身を詳述させ、金内の覚悟の深さを強調するかたわら、武蔵自身の罪の意識に焦点を当てるのである。

武蔵は、いぢらしさに、もらひ泣きして、

「武蔵が無用の出しやばりして、そなたの手柄を殿に御披露したのが、わるかつた。わけもない人魚の論などはじめて、あたら男を死なせねばならぬ。ゆるせ金内、来世は武士に生れぬ事ぢやなう。」

顔をそむけて立ち上り、「留守は心配ないぞ。」と強く言つて広間から退出した。

太宰による『武道伝来記』の差異化は、武蔵を熱情の人として描き、その役柄をより鮮明にしたところに特徴がある。「無用の出しやばり」から金内の留守宅の家人に対する心遣い、敵討の助太刀、さらには、「殿の御許しも無く百右衛門を誅した大罪を詫び」ての切腹に至るまで、小説の要所に武蔵を直接関わらせ、責任を果たさせる。金内との今生の別れとなるこの場面で、武蔵は率直に自らの非を悔い、謝罪する。「来世は武士に生れぬ事ぢやなう」という吐露は自己にも向けられていたはずである。『武家義理物語《ぶけぎりものがたり》』（貞享五・一六八八年二月刊）巻一の第五話「死なば同じ浪枕とや」に基づいて書かれた「義理」（「文藝」12－5昭和19・5）でも、「まことに武家の義理ほどかなしき物はなし」と、太宰は原典の「人間」を「武家」に置き換えてその苦衷を代弁していた。たしかに、一旦事があれば従容として義理に搦めとられることが「武家」の矜持を支えてもいたのだろう。だが、「わけもない人魚の論」のためにわざわざその義理を発動させてしまった武蔵の罪は重い。先に論じた武蔵による第一の〈言の咎〉が対象化されることで、金内の悲運はより鮮明な輪郭を帯びる。

その金内の人物像もまた、〈うがち〉の副次的な効果で通俗化されていく。人魚捜索の費用を持ち出すために帰宅した金内は、「八重といふことし十六になる色白く目鼻立ち鮮やかな大柄な娘と鞠《まり》といふ小柄で怜悧な二十一歳の召使ひ」という二人の家人に異変を悟られてしまう。

「お父さまは、へんね。」と八重は、父を送り出してから、鞠に言つた。
「さやうでございます。」鞠は落ちついて同意した。金内は、ひとをあざむく事は、下手である。いくら陽気に笑つてみせても、だめなのである。十六の娘にも、また召使ひにも、看破されてゐる。
「お金を、たくさん持つて出たぢやないの。」お金の事まで看破されてゐる。

原典にはない会話と地の文の取り合わせが滑稽な味わいをもたらしている。「看破されてゐる」という批評的な語りの連用は、娘たちに全てを見透かされている金内の不器用さを軽妙に印象づける。家族から見た金内という視点を導入する〈うがち〉によって、『武道伝来記』からは伝わってこない生身の人間としての弱さが前景化するのである。それはまた、金内の日頃の言動に注意を向け、その意思や真情を読み取ろうとしてきた二人の女性の深い愛情を暗示してもいる。武家の者が守るべき理念に従って即断し、過不足なく対応する『武道伝来記』の「十六に成りぬる娘」と「金内寝間《ねま》の上げ下《お》ろし」をしていた「二十一に成りし」「鞠《まり》と云へる者」の二人とは異なる親密な間柄が、通俗化の別の効果として浮かび上がる。

金内の弱さは、「鮭川の入海のほとり」で「村の漁師」たちに人魚捜しへの協力を呼びかける場面でも際立っていた。「所持の金子を残らず与へ」、浦奉行という「役目を以て」ではなく、「一身上の大事、内々の折入つての頼み」であることを明かした後、「それから少し口ごもり、頬を赤らめ、ほろ苦く笑つて、そちたちは或ひは信じないかも知れないが、と気弱く前置き」するのである。この要らぬ忖度の表明は結果的に、「漁師の古老たちは深く信じて同情し、若い衆たちは、人魚だなんて本当かなあと疑」うという分断を招くことになる。「猟師あまたに金銀を取らせ、俄かに大網《おほあみ》を引かけるに」とだけ書かれる原典から離れて、「寒風に吹きさらされて、網を打つたりもぐつたり、さまざま難儀して捜査し」ても現れない成果にいらだち、不平の声を漏らす者が続出するという事態に金内はさらされる。しまいには、「木訥の口調で懸命になぐさめ」てくれる「老爺のいたはりの言葉」にも「あきらめ」を看取する「ひがみ心さへ起つて来て」、とうとう金内は孤立する。

次第に心魂朦朧として怪しくなり、自分は本当に人魚を見たのかしら、射とめたなんて嘘だらう、夢ぢやないか、と無人の白皚々の磯に立つてひとり高笑ひしてみたり、ああ、あの時、自分も船の相客たちと同様にたわいなく気を失ひ、人魚の姿を見なければよかつた、なまなかに気魂が強くて、この世の不思議を眼前に見てしまつたからこんな難儀に遭ふのだ、

自他への信憑に疑念が生じ、記憶すら信じられない心身の耗弱状態にある。〈信〉の価値は相対化され、〈信義〉の根底は崩れる。その思考も頽廃的となり、「勇あり胆あり、しかも生れつき実直の中年」として登場した中堂金内は別人になりはてるのだ。この場面における太宰の筆致は執拗で、逃げ場のない金内は、『ヨブ記』を彷彿とさせる理不尽なまでの責め苦に耐えなければならなかった。「不思議な美しいもの」を見てしまった罰として「こんな地獄に落ちるのだ」とやけになる金内は、「前世から、何か気味悪い宿業のやうなものがあつたのかも知れない」と運命を呪いはじめる。「父の後を追つて発足した」八重と鞠の到着を待つことなく、「入海の岸ちかくに漂つてゐたといふ」亡骸の「頭には海草が一ぱいへばりついて、かの金内が見たといふ人魚の姿に似てゐた」。この容赦ない皮肉を込めた最期の描き方は、『武道伝来記』の「入日を西の方《かた》と伏し拝み、惜しや命掛け浪の泡《あわ》の如くに消えぬ」という極楽浄土への旅立ちを修辞的にほのめかすそれとは対照的である。百右衛門が見せていた〈茶化し〉を代行するかのようなその描写こそ、善なる者の悲惨な最期を刻みつけることで敵討の動機や正当性を明確にするための仕掛けであった。

## 四

敵討と呼ばれる復讐劇はひとたび始動すると完結に向けて突き進むほかない不可逆性をその特徴とする。復讐の正当性を保証する集団の中で、仇敵を追う者はその心性を共有する集団に追われる者となる。仇敵だけではなく、討手となった者も集団の倫理に追い詰められ、義理の体現を迫られるのである。そこには言うまでもなく情の介在はあるものの、論理や理知の入り込む余地はない。原因を成した発端がどれほど些細で偶然性の高い出来事であったとしても、この復讐劇に招き寄せられた当事者とその縁ある者たちは、情絡みの義理に搦めとられた運命を甘受することでしか、生き、死ぬことはできない。そこで、第三者として傍観する者は、その行方定められた物語を後押しする陰の関与者となる。

平出《ひらで》鏗二郎《こうじろう》『敵討』に記されたその実態は、近世において、とりわけその中期以降は身分を越えて実践されたこの義理が、いかに鞏固な規範となり得ていたかを如実に物語る。「忠臣孝子たるものの行として称賛し、為政者も善行として褒め、世間一般も悉く褒めたたへた[19]」敵討は、艱難辛苦の末の完遂という魅力的な物語性を駆動力として、義理の再確認という美談へと容易に仕立て上げられる。ともに情を揺さぶる劇となる恰好の対象ではあったが、公には心中が負の義理立てを表象していたとするならば、それに対して敵討は公認の義理責めとして賞翫されていたのである。これらの表裏をなす集団的心性は近世の意気地、気概の重要な一面だったのだろう[20]。

ここで、「人魚の海」に設定された時代には公認の私刑としてあった敵討の特徴を、『武道伝来記』

との比較をとおして考えてみよう。平出鏗二郎は前掲書で敵討の慣例として四項目を挙げ、その筆頭に「敵討をなすには公許を得ざるべからず」という規範を提示していた。江戸では町奉行、京都では所司代、その他の「地方では領主または地頭に願ひ出」て予め許可を得なければならない。『武道伝来記』には「武蔵、道中を守護し、御前《ごぜん》を宜しく申し成し」とあることから、藩主への願い出は武蔵が事前に済ませていたと読むことができる。かたや「人魚の海」では、金内の死が確認された日の夜に、「殿の御許しも無く」決行に及ぶ。直情的な武蔵の独断で、「これからすぐ馬で城下に引返し、百右衛門の屋敷に躍り込み、首級を挙げて、金内殿にお見せしないと武士の娘とは言はせぬぞ」と、八重を仇討へと駆り立てたのである。主君に宛て事後報告の書状を認めた武蔵は、「この責すべてわれに在りと書き結」び、「何のためらふところも無く見事に割腹して相果てた」。この引責自害も「人魚の海」の新たな趣向であった。

また、助太刀の記述においても両作品には違いがある。『武道伝来記』が武蔵の「手前に扶養《はごく》み置きし増田治平と云へる浪人に後見頼《うしろみ》」んだのに対して、「人魚の海」では「増田治平」を登場させず、武蔵自身が百右衛門の屋敷に乗り込み助太刀を務める。このように、全編にわたる野田武蔵の積極的な関与は、「人魚の海」に見られる、『武道伝来記』との最も歴然とした示差的特徴である。無論、その関与の大きさが武蔵の切腹に必然性を与える。

青崎百右衛門が討たれる場所も、「遊山《ゆさん》の帰るさ」（『武道伝来記』）、屋敷の「奥の座敷」（「人魚の海」）と異なる。だが、それ以上に手の込んだ補筆が見られるのは、その最期の描写であった。原典では「増田治平」に「右の手を討ち落」とされた後、「左にて抜き合はす」のが精一杯だった百右衛門が、「人魚の海」では異様なほどしぶとく抗戦する。

その夜、武蔵を先登に女ふたり長刀《なぎなた》を持ち、百右衛門の屋敷に駈け込み、奥の座敷でお妾を相手に酒を飲んでゐる百右衛門の瘦せた右腕を武蔵まづ切り落し、百右衛門すこしもひるまず左手で抜き合はすを鞠は踏み込んで両足を払へば百右衛門立膝になつてもさらに弱るところなく、八重をめがけて烈しく切りつけ、武蔵ひやりとして左の肩に切り込めば、百右衛門たまらず仰向けに倒れたが、一向に死なず、蛇の如く身をくねらせて手裏剣を鋭く八重に投げつけ、八重はひよいと身をかがめて危く避けたが、そのあまりの執念深さに、思はず武蔵と顔を見合せたほどであつた。

凄惨な最期だが、何よりも百右衛門の「執念深さ」に目を奪われる描写が続く。山田有策はこの「化物じみた存在感」の所以《ゆえん》を、太宰が「人魚の妖美さを描こうとし」てそれを「断念し」たことの代補であるとする。[21] たしかに、人魚には物語の発端以外に活躍の場は与えられなかった。百右衛門の醜怪さはそのことと隠微に照応するのだろう。反撃の対象が八重に集中するのは、彼女に「懸想して、うるさく縁組を申し入れ」たものの断られた恨みによるものと読める。人魚の存否をめぐる百右衛門の悪態も、「かなはぬ恋の仕返し」、結局は金内への意趣返しだったということになる。執心に囚われる者がその果てに蛇体へと姿を変える物語は、『道成寺縁起《どうじょうじえんぎ》』（室町時代末期成立）や上田秋成『雨月物語《うげつものがたり》』（安永五・一七七六年刊）の「蛇性の婬《じゃせいのいん》」だけではなく、近世の怪談集にも多く採られている。[22]「蛇の如く身をくねらせて」攻撃を続けた百右衛門も命の終わりに邪淫の化身となり、愛執の凄《すさ》まじさを見せつけるのである。

美談としての敵討はしばしば重畳的な果報に彩られる。八重には重役の「末子」の「入縁仰せつけられ」て中堂の名跡は存続し、鞠もある「美男の若侍」との縁組みがまとまる。さらに吉事は続き、「それより百日ほど過ぎて、北浦春日明神の磯」から、人魚らしき「不思議の骨格」が見つかったという急報が届く。検分の後、「その奇態の骨の肩先にまぎれもなく、中堂金内の誉れの矢の根」が発見され、ついに武士の一分を取り戻すのである。かくて、「八重の家にはその名の如く春が重つたといふ、此段、信ずる力の勝利を説く」と、この小説はめでたく終幕を迎える。

## 五

さて、前章までの考察をふまえて、「此段、信ずる力の勝利を説く」という結語の内実を掘り下げてみたい。「信ずる」こととはまず、ある事象が実在することを認め、そのことを前提にして振る舞うことを指すのだろう。「信ずる」ことのもう一つの重要な意味をなす神仏への帰依という信仰に関わる心性も、そのような信憑を基礎とする。小泉浩一郎は「信ずる力」の意味内容を「人間における高貴性・非日常性・反俗性等々の存在を信ずる力の謂である」と読み解く[23]。超越的な倫理への信頼をそこに見るのである。

では、そもそも、この小説で「信ずる力の勝利」を実証したのは誰なのだろうか。中堂金内が語る人魚退治の話を素直に信じ、命を賭して敵討を支えた野田武蔵か。それとも、「弓矢八幡、誓言する」

と武家らしく八幡神に祈りを捧げ、信義を貫いた金内か。はたまた、金内の死の真相について説く武蔵を信頼して、父への孝、主人への忠を体現した八重と鞠なのか。

もちろん、その全員を指すという見方もあるだろう。皮肉屋の懐疑主義者・青崎百右衛門に不信を表象させたうえで、それと対峙する人々に邪悪な存在を滅ぼさせるという二項対立の勧善懲悪譚としてこの小説が読めるならば、その解釈は正しい。武士たちの義理に寄り添い、事態の推移を簡潔に綴る『武道伝来記』の叙述は、そうした勧善懲悪の図式からの逸脱を回避している。だが、「人魚の海」の「信」は不信と真向かうところにはなかった。「金内の屍に頭を垂れ」た武蔵が発した言葉に注目してみよう。

「えい、つまらない事になつた。ようし、かうなつたら、人魚の論もくそも無い。武蔵は怒つた。本当に怒つた。怒つた時の武蔵には理窟も何も無いのだ。道理にはづれてゐようが何であらうが、そんな事はかまはない。人魚なんて問題ぢやない。そんなものはあつたつて無くつたつて同じ事だ。いまはただ憎い奴を一刀両断に切り捨てるまでだ。こら、漁師、馬を貸せ。この二人の娘さんが乗るのだ。早く捜して来い！」と八つ当りに呶鳴り散らし、

ここでは、人魚の存否をめぐる論議や物証発見の必要性、「理窟」や「道理」という大義を支えるはずの論理的な筋道の全てが否定され、「憎い奴を一刀両断に切り捨てる」ことだけが目的化している。当然のことながら、怒りは「一刀両断」の真っ当な理由にはならない。このような偏執的ともいえる

感情の暴走と義侠や武勇との間には越えがたい隔たりがあるはずだ。太宰による大幅な加筆によって形作られた「人魚の海」の野田武蔵は時に、心の赴くまま「名調子」に乗せて陶然と自説を述べ立てたかと思えば、合理性を無視して血気にはやる、激情型の煽動家を演じることがある。武蔵のいう「信」が百右衛門の不信と噛み合わないのはこのためである。妄信に近い「信」を振りかざす、その突発的な見境のなさは、かえって「信ずる力」の価値を引き下げてしまうだろう。

金内にとっての「信」はどうだろうか。先に確かめたように、苦難の直中にあったとはいえ、漁師たちが抱くであろう人魚の存在への疑念を忖度し、「木訥の口調で」、「蝦夷の海には昔から、こんな化物みたいなさかなが、いろいろあつただ」と語る「漁師の古老」の慰めにもその底意をいぶかり、自分自身の体験も夢だったのではないかと疑うという、「信」とはかけ離れた惑乱に金内は襲われていた。武神・八幡神に手を合わせながらも、臨終間近には、「どうやら死神にとりつかれた様子で」、「あたら勇士も、しどろもどろ、既に正気を失ひ」と、信心も薄れるありさまであった。〈信あれば徳あり〉という古諺《こげん》どおり、「亡き後《あと》にて侍《さぶらひ》の名を揚げ」（『武道伝来記』）ることはできたが、そこに至るまでの過程で、〈うがち〉による通俗化によって、むしろ「信ずる力」の減退や限界が露わになってしまったのである。[24]

それに対して、八重、鞠という次世代の女性たちは一貫して「信」に生きたといえよう。八重は、「あけくれ神仏に祈つて、父の無事を願」い、それもかなわず金内の死に際会すると、武運の尽き果てたことを悟り父の後を追おうとする。また、八重とともに殉死を遂げるつもりだった鞠は、武蔵から事の顛末を聞き、一転、主人の恩に報いようと躊躇することなく敵討に加わる。木村小夜は「人魚の実在」

という「根拠とは無関係に己の確信のみに従う言わば〈非合理〉な信」の「勝利」をそこに見る。[25] 二人の事態に対する構えの特異性を明らかにした卓見である。「人魚の海」は、中堂金内、青崎百右衛門、野田武蔵というそれぞれに「信」から逸脱するところがあった武士たちの死を契機として次世代に向けて「信」の果報を譲り送る物語だった。金内の「誉れ」は「中堂」家の「信」の家名となって、八重たちの世代に受け継がれるのである。

こうして、「信ずる力の勝利」はさまざまな逸脱のあわいに辛うじて表象されていたといえるだろう。しかし、ひとたびこの小説が発表された時代に「信ずる力の勝利」という言葉を投げ返してみると、作品内におけるそれとは別の意味が見えてくるのではないか。

信じるより他は無いと思ふ。私は、馬鹿正直に信じる。ロマンチシズムに拠つて、夢の力に拠つて、難関を突破しようと気構へてゐる時、よせ、よせ、帯がほどけてゐるぢやないか等と人の悪い忠告は、言ふもので無い。信頼して、ついて行くのが一等正しい。運命を共にするのだ。一家庭に於いても、また友と友との間に於いても、同じ事が言へると思ふ。

信じる能力の無い国民は、敗北すると思ふ。だまつて信じて、だまつて生活をすすめて行くのが一等正しい。人の事をとやかく言ふよりは、自分のていたらくに就いて考へてみるがよい。私は、この機会に、なほ深く自分を調べてみたいと思つてゐる。絶好の機会だ。

不平を言ふな。だまつて信じて、ついて行け。オアシスありと、人の言ふ。ロマンを信じ給へ。「共栄」を支持せよ。信ずべき道、他に無し。[26]

昭和十五（一九四〇）年十一月に発表されたこの評論で、太宰は「信じる」ことへの賛辞を繰り返す。同年七月に発足した第二次近衛文磨内閣は、日本が主導する東アジア圏域の在るべき姿を構想しなおし、それまでの〈(大)東亜新秩序〉に替えて〈大東亜共栄圏〉という用語を国内外に公表して、使いはじめていた。中国大陸での泥沼化した戦闘が長期に及ぶなか、太宰が書いた「ロマンチシズム」、「夢」、「難関」、「運命」、「絶好の機会」、「『共栄』」という縁語的な連なりには、同時代への真率な応答が込められている。

そのなかに頻出する「信じる」ことへの言及は、「難関を突破」する「道」をその一点に絞り、それに賭ける覚悟を説くことが目的だった。「信じる能力の無い国民は、敗北すると思ふ」という一文の論法は、「信ずる力の勝利」のそれと通底する。「馬鹿正直に」、「だまつて信じて、ついて行」く「能力」だけが、勝利する「国民」に求められるものだ、というのである。烈しい語調の合間に置かれた、「よせ、よせ、帯がほどけてゐるぢやないか」、「オアシスありと、人の言ふ」などの先行する文芸の〈もどき〉と考えられる遊戯的な言葉遣いをどう評価するかは難しいが、「信じるより他は無い」時局に当事者として向き合う決意について、その底意を深読みする必要はないだろう。

おわりに

「人魚の海」が発表されたのと同時期の、昭和十九（一九四四）年十月六日に閣議決定された「決戦輿論指導方針要綱」には、「現在迄の戦局は遺憾ながら我に優〈ママ〉利とは言ひ難い」という分析が明記されていた。その分析を承けて、「最後の勝利は必ず我方にあるといふ確信を具体的事実に基いてはっきり摑ましめねばならぬ」と、「指導方針」が述べられる。

社会各界の指導者層は自ら深く反省し大衆をして必勝の信念に疑惑を生ぜしめるが如きことは日常の言動に於ても深く戒心するとともに軍官民等の一致団結を阻害する事象の発生を見た場合は急速にこれを排除する。[27]

「必勝の信念」はまさに最後の砦であった。その「信ずる」心に「疑惑を生じせしめ」ぬことが「最後の勝利」の条件だという精神主義以外に「物量に事欠かぬ米英」に対抗すべきものがなかったからである。[28]同要綱には、「米英人の残忍性を実例を挙げて示し、殊に今次戦争に於ける彼等の暴虐なる行為を暴露して敵愾心の激成を図るべきである」という文言も見える。戦況が悪化の一途をたどるなか、戦う動機を維持させるうえで「敵愾心の激成」は一定の効果を上げる。「四四年後半頃からは、「鬼畜米英」というスローガンが新聞に登場するようになる[29]」。こうして、「人魚の海」における変形された勧善懲悪の図式や「暴虐なる行為」に対する敵討の適時性が確かめられる。

したがって、「信ずる力の勝利」という表現は、劣勢を実感せざるを得ない〈大東亜戦争〉の現状を知りつつも、あえて「必勝の信念」の力に「最後の勝利」を託す覚悟を投影してもいた、と考えられよう。だが、「信ずる力」の言挙げは副作用として、もはやそれ以外にはすべがないという悲壮な響きを醸成する。「いまはただ憎い奴を一刀両断に切り捨てるまでだ」と「敵愾心」をむき出しにする武蔵の激情や、「夢や迷信をまことしやかに言ひ伝へ、世をまどはすのは、この実直者に限る」と吐き捨てた百右衛門のあてつけは、大本営内部を含む戦時体制の核心に触れてしまっていたのである。

とはいえ、「人魚の海」は特定の時代のありようを婉曲に照らし出すだけの単なる寓意小説ではない。たとえ太宰の創作意図がそこになかったとしても、また枠組みとしては敵討という話型を崩さなかったとしても、幾重にも重ねられた〈うがち〉の末に、西鶴が固守した勧善懲悪を相対化する小説として生成したのである。常に非合理性と隣り合わせにある野田武蔵の情動的な言動や自他への「信」から遠ざかり錯乱に陥る中堂金内の最期は、善なる特性の固有価値に亀裂を生じさせる。悪を表象する青崎百右衛門にも、道理に従うという一理を認めることができる。[30] 観念的な対立関係ではなく、掘り下げてみれば露呈するそれぞれの内実を描くことで、勧善懲悪の構造は小説の内部から変質する。「人魚の海」の随所に見られる滑稽な味わいは、そうした変形により立ち現れる。

「信ずる」ことは、ある種の賭けであり、何かにすがることだともいえよう。したがって、誰であれ「信ずる」ことの強度や質に相応して被撃性を抱え込むことは避けがたい。「信じて敗北する事に於いて、悔いは無い。むしろ永遠の勝利だ」[31]と、太宰は述べる。武蔵のように、力みかえって「信」の実在的な価値を強調しても、逆に「信」への不信を誘引する。「信」の要諦は「馬鹿正直」に「だまって」信じることにあるのかもしれない。「人魚の海」はそのような「信ずる力の勝利」に賭けて「悔い」ることがないという到達し難い境地への逆説的な希望を灯す小説なのである。[32]

［注］

1　太宰治『新釈諸国噺』の本文は『太宰治全集』7（平成10・10　筑摩書房）による。原則として、他の引用文も含め、仮名遣いおよびルビは原文のままとし、漢字は新字に統一した。文中の傍線は引用者による。

2　『武道伝来記』の本文は、『西鶴全集』第七（與謝野寛・正宗敦夫・與謝野晶子編纂校訂　昭和2・12　日本古典全集刊行会）による。

3　水野稔は〈うがち〉の手法について「人間社会の隠された裏面・様相もしくは欠陥と見なされるもの」を「指摘・剔出する」ことと説く（『黄表紙・洒落本の世界』昭和51・12　岩波新書　一〇八頁）。

4　寺西朋子「太宰治「新釈諸国噺」出典考」（「近代文学試論」11　昭和48・6）

5　藤原耕作「「人魚の海」より太宰文学における「信頼」に及ぶ」（「太宰府国文」16　平成9・3）

6　跡上史郎「太宰治「人魚の海」の方法」（文学・思想懇話会編『近代の夢と知性――文学・思想の昭和一〇年前後（1925～1945）』平成12・10　翰林書房　一二一頁）

7　木村小夜「「人魚の海」論――信と現実の反転――」（「福井県立大学論集」15　平成11・7『太宰治翻案作品論』第二章「『新釋諸國噺』論」第四節「人魚の海」平成13・2　和泉書院　一〇八頁）

8　小泉浩一郎「「人魚の海」論――二つの自画像――」（「太宰治研究」12　平成16・6　和泉書院）

9　山田有策「太宰は西鶴に勝利したか？「人魚の海」と「命とらるる人魚の海」」（「太宰治研究」22　平成26・6　和泉書院）

10　『新編分類本朝年代紀』（お茶の水女子大学図書館所蔵）書名を『新編分類本朝年代記』とする写本も存

在する。出典：国書データベース https://doi.org/10.20730/100260468 令和6・9・4 最終閲覧

11 『吾妻鏡』の本文は、『吾妻鏡』第七（與謝野寛・正宗敦夫・與謝野晶子編纂 大正15・8 日本古典全集刊行会 七頁）による。

12 『北条九代記』（延宝三・一六七五年刊）巻第八「由比浜《ゆひのはま》血《ち》に変ず 付 大魚《たいぎよ》死《し》す 並 黄蝶《くわうてふ》の怪異《くわいい》」にも、宝治元年三月の異変の際、「古老の衆」が「先蹤《せんしよう》」を挙げつつ、「このたびの魚の怪異《くわいい》も、世の御大事たるべし。その魚の名を知る人なし。御慎《つゝしみ》あるべし」と、時の執権・北条時頼に進言したとする。本文は、『保元物語 平治物語 北條九代記』（昭和2・9 有朋堂書店 五四九〜五五〇頁）による。

13 九頭見和夫「江戸時代の「人魚」像」（『福島大学人間発達文化学類論集』2 平成17・12）は、「命とらるる人魚の海」に『新編分類本朝年代記』や『吾妻鏡』が伝えるような「歴史上の大事件」の「記述はない」としながらも、「少なくとも西鶴の理解においては、人魚は「怪魚」、すなわち嵐を呼ぶ怪物、嵐の前兆をつげるものであったと推測される」とする。

14 アクセル・ホネット「見えないこと——「承認」の道徳的エピステモロジー」（『見えないこと 相互主体性理論の諸段階について』宮本真也・日暮雅夫・水上英徳訳 平成27・5 法政大学出版局 九〜一〇頁）

15 アクセル・ホネット『物象化 承認論からのアプローチ』（辰巳伸知・宮本真也訳 平成23・6 法政大学出版局 八七頁）ホネットは「他者に対して（あるいは他の人間からなる集団に対して）人々が物象化する態度を取り得るのは」、「別の人々や集団に対する先行的な承認を見失ってしまうとき、そのときだけである」とし、「人びとが、先行する社会関係のすべての意識が消え去ってしまうほどに他者を単に観察することが自己目的隣っている社会的実践に参加しているか、あるいは行為する際にこのような本源

的な承認を後から拒絶することを強いるような信念体系に支配されているかのどちらかに原因がある」（一二六頁）と論じる。「人魚の海」における青崎百右衛門の場合、後者の「拒絶」による「承認の忘却」が常態化しているのである。

16 『武道伝来記 西鶴置土産 万の文反古 西鶴名残の友』（新日本古典文学大系77 谷脇理史・冨士昭雄・井上俊幸校注 平成1・4 岩波書店 六五頁）

17 吉川幸次郎『論語』上（中国古典選3 昭和53・2 朝日新聞社 一二三四頁）

18 注7 木村小夜『太宰治翻案作品論』九六頁。

19 平出鏗二郎『敵討』（明治42・8 文昌閣 本文は、覆刻版『敵討』昭和50・6 歳月社 一〇六頁による）

20 明治六（一八七三）年二月七日に発布された太政官布告によって、「復讐」は禁じられた。「私憤ヲ以テ大禁ヲ破リ私義ヲ以テ公権ヲ犯ス者」は「固《もとより》擅殺《せんさつ》ノ罪ヲ免レス」というのが明治新政府の見解であった。「大禁」とはここでは殺人を意味する。こうして〈敵討〉は、「公権」による法の裁きを蔑《ないがし》ろにする「擅殺」、自己本位の殺人と見なされることになる。

21 注9に同じ。

22 「愛執深き僧、蛇と成る事」（義雲義歩編『片仮名本・因果物語』寛文元・一六六一年刊）、「遠江の国堀越と云ふ人、婦に執心せし事」（編著者未詳『諸国百物語』延宝五・一六七七年刊）などはその一例である。

23 注8に同じ。

24 杉本紀子「西鶴と太宰――『武道伝来記』巻二の四「命とらるる人魚の海」を再評価する」（「学芸国語国文学」55 令和5・3）は、「人魚の海」が詳述する「『信』の渦に巻かれて窮まっていく」金内の死について、「百右衛門によって名誉を傷つけられたことは確かであるが、それ以上に金内を追い詰めていったものは『信』であった」ことへの注意を促す。

25 注7木村小夜『太宰治翻案作品論』一〇六頁。

26 「かすかな声」（「帝国大学新聞」833 昭和15・11・25 原題は「独語いつ時」）本文は『太宰治全集』11（平成11・3 筑摩書房 二二九～二三〇頁）による。

27 「決戦輿論指導方針要綱」（情報局第二部放送課「大東亜戦争放送指針彙報」40 昭和19・10 本文は、内川芳美編『現代史資料41 マス・メディア統制2』昭和50・10 みすず書房 五二五頁）

28 当時の精神主義的論調の具体例は枚挙に遑がない。「戦争の勝負は微妙な処できまるのである。その微妙なところは勇気があるなしできまるのである」（武者小路実篤「一刀両断の時は今 一億撃敵心に武者振ふ」「週刊朝日」46－2 昭和19・7・9）、「われわれ国民めいめいには自分自身にも気のつかない神性と能力とが賦与されてゐることを私は信じて疑はない」（高村光太郎「全国民の気合＝神性と全能力を発揮せよ＝」「週刊朝日」46－3 昭和19・7・16）といった文学者による発言はこの時代の思潮を代弁している。

29 吉田裕『アジア・太平洋戦争』（シリーズ日本近現代史⑥ 平成19・8 岩波新書 一七四ページ）

30 藤原耕作は前掲5論文で、青崎百右衛門の言葉に「この作品でもっとも透徹した批評眼」を認め、その「したたか」さの対蹠に、「『信ずる力』の体現者」武蔵の言動を発端とする「『信頼』の引き起こす悲劇」があった可能性を指摘する。

31 注26 二二九頁。

32 斎藤理生「『新釈諸国噺』――第四版の「凡例」と「人魚の海」」（安藤宏・斎藤理生編著 小澤純・吉岡真緒著『太宰治 単行本にたどる検閲の影』令和2・10 秀明大学出版会）は、『新釈諸国噺』第四版（昭和22・1）における、GHQ／SCAPのCCD（民間検閲局）からの指示に従った「人魚の海」の改稿を精査したうえで、百右衛門を討ち果たしたあとの「八重と鞠との毅然とした態度が一時的なものに変わっている」ことに着目し、その帰結として、小説末尾の「信ずる力」に「揺らぎが生じ」、その「勝利」よりも「「信ずる力」の不安定さや多様性」が強調されると解釈する（六六～六七頁）。また、前掲注6跡上論文および注7木村論文を引用し、そうした「不安定さや多様性」は改稿によって生成したというよりは、「もともと作品に内在していた論理が見えやすくなったということではないだろうか」（六七頁）と推考する。

# 「破産」――〈内証〉の行方

## はじめに

「破産」[1]は、『日本永代蔵《にっぽんえいたいぐら》』（貞享五・一六八八年一月刊）巻五の五「三匁《さんもんめ》五分《ごふん》曙《あけぼの》の鐘《かね》」[2]を主な典拠とし、その他の西鶴作品からも広く趣向や表現を取り入れた翻案小説である。美作の国で第二の大金持ちにまで上りつめた商家が、養子の放蕩がもとで破産する。典型的な〈二代目没落談〉を大枠として持つこの小説は、従来、『新釈諸国噺』における他の各編と同様に、本文と典拠との比較を第一の手がかりとして研究が進められてきた。

まず、檜谷昭彦[3]、寺西朋子[4]によって典拠の探索が詳密になされた後、今世紀に入ってからさまざまな切り口で作品が分析されはじめる。木村小夜はその口火を切り、養子の言動に見られる「先回り」と「先送り」という特徴に注目して、彼の「敗北の理由」について論じた[5]。一方、太宰と典拠との「距離感」を測る安田義明は、そこに「読み替えではなく読み増し」があることを指摘する[6]。また、斎藤理生は登場人物たちの豹変ぶりを丁寧に追い、「〈笑い〉を誘う過剰な言動」が「一篇の奥行きを捉える手がかりにもなっている」と述べる。[7]さらに、宮内淳子は西鶴研究の成果を援用しながら、「破産」に「はなし」の豊かさを見いだし、それを「落語・小咄といった話芸につながる側面」であるとする。[8]

いずれの先行研究も、「三匁五分曙の鐘」に大幅な加筆を施した「破産」の〈語り〉を吟味し、その魅力の拠って来たるところを探ろうとしている。本稿も、これらの刺激的な論考に学んだ上で、この小説に脈打つ〈悋気〉・〈蕩尽〉・〈内証〉という三つの様態の周辺を掘り下げることとする。「破産」の語り手は、巧みな語りで諸々の伝統的な物語の型を呼び覚ましながら、読者と作品世界との媒介者の役割を意識的に演じようとしていた。

## 一

倹約一筋に努め、商売に励んだ初代の「万屋《よろづや》」は、美作に誰知らぬ人もない長者「蔵合《ざうがふ》」に次ぐ「大金持」となった。「抜け目のない算用」で、「暗闇に鬼」にたとえられる「根強き身代」を一代にして築き上げた万屋の「あるじ」だったが、十四になった息子の「吉太郎」を「やはらかい鼻紙を懐に入れてゐ」たことを理由に勘当してしまう。西鶴が「三匁五分曙の鐘」に「小杉」と記した「鼻紙」は、遊里で使われる小型の杉原紙のことだった。「あるじ」は、早くも遊興に気をそらしはじめた我が子を「末の見込み無し」と見限ったのである。そこで息子の代わりに「妹の一子を家にいれ」、「ひそかにその働き振りを見」てみると、「その仕末のよろしき事」顕著であったので「大いに気に入り、これを養子にして」、家を継がせることにした。その養子に嫁を迎えるにあたって、「どんなのがいいか」と尋ねた初代に対して二代目はこう答える。

嫁をもらつても、私だとて木石ではなし、三十四十になつてからふつと浮気をするかも知れない、いや、人間その方面の事はわからぬものです、その時、女房が亭主に気弱く負けてゐたら、この道楽はやめがたい、私はそんな時の用心に、気違ひみたいなやきもち焼きの女房をもらつて置きたい、亭主が浮気をしたら出刃庖丁でも振りまはすくらゐの悋気の強い女房ならば、私の生涯も安全、この万屋の財産も万歳だらうと思ひます、

とかく情のはたらきには抗えないときもあると聞くので、「悋気の強い女房」の一念を以て、いつ湧き起こらないともかぎらぬ色道への惑いを未然に断っておきたい、というのである。それは、色欲に起因する破滅の恐れから我が身を遠ざけ、商家・万屋の身代を守り抜こうという堅固な決意を示すものであった。「きらひなものは酒色の二つ」と語られる初代も、見上げた跡取りの言立てを手放しで喜び、「早速四方に手をまはして」、「悋気の強い女房」を探し出し、祝言を挙げさせる。選ばれたのは、「その父親が九十の祖母とすこし長話をしても、いやらし、やめよ、と顔色を変へ眼を吊り上げ立ちはだかつてわめき散らすといふ願つたり叶つたりの十六のへんな娘」であった。

「破産」の語り手は、万屋にまつわる常軌を逸した言動の数々を取り上げ、幾層にも屈折した物語へと読者を巧みに誘導する。「毎朝早く家の前の道路を掃除して馬糞や紐や板切れを拾ひ集めてむだ

には捨てず」、家の構えや着物など外観には一切気を遣わずに、徹底して実に就く生き方を規準とする「あるじ」は、華を去りがたい嫡男「吉太郎」を勘当しなければならなった。甥を養子に迎えた理由も「その仕末よろしき事」に尽きていた。「あるじ」は自分の似姿を甥の行いに認めたのであろう。用心深く商売一筋を貫くことだけが後継者となるための要件だった。そのため養子は、自らの遊蕩の可能性を吐露する正直者を演じ、奇体な要望を述べることで、新主人としての覚悟を伝える必要があったのである。だが、その手の込んだ決意表明は、養家に悲劇を招きかねない過剰な適応でもあった。

そもそも、家運隆昌の土台に悋気を据えるという発想自体、封建社会にあっては、伝統的な倫理観の対極にあるものといわねばならない。[9] たとえば、江戸時代初期の儒者・中江藤樹《なかえとうじゅ》は『鑑草《かがみぐさ》』（正保四・一六四七年刊）において婦女として歩むべき道を説くなかで、「不嫉《ふしつ》」と「妬毒《とどく》」とを対比的に捉え、「りんき」の弊害について力説していた。

　りんきは三毒《どく》の虵心《じやしん》なれば、その身の明徳仏性《めいとくぶつしやう》をそこなひ、終《つゐ》に人をなやまし人をころす事、毒《どく》薬《やく》よりもすさまじきゆへに、りんきふかく人をなやまし人をころすを妬毒《とどく》と云なり。不嫉《ふしつ》は守節《しゆせつ》の善行《ぜんかう》なるゆへに、かならずめでたき報《むく》ひあり。妬毒《とどく》は背夫《はいふ》の悪逆《あくぎやく》なれば、かならず浅《あさ》ましくおそろしきむくひあり。[10]

「虵」は「蛇」の俗字である。「りんき」こそ「虵心《じやしん》」、執念深く陰険な心の表れにほかならず、それに触れた者の心身を衰弱させ、死に至らしめる「毒」そのものだ、と中江藤樹は戒める。その「妬《と》毒《どく》」には、「離別《りべつ》のもとひと成」ること、「其子孫《しそん》を絶滅《ぜつめつ》し、家門《かもん》のすいび多分《たぶん》これより発《おこ》る」こと、「悪名先祖《あくみやうせんぞ》をけがす」ことの「三の損《そん》」があるとする。ここには、女訓書の常ではあるが、「悋気」を女性特有の心性と決めつけ、「背夫《はいふ》の悪逆《あくぎやく》」を「明徳仏性《めいとくぶつしやう》」の喪失という悪報の因とする見方が示されている。

また、貝原益軒《かいばらえきけん》『和俗童子訓《わぞくどうじくん》』（宝永七・一七一〇年刊）にも、「妬《ねた》めば夫をうらみ、妾をいかり、家の内みだれてをさまらず[11]」と、古代中国より伝わる〈七去〉の一つを敷衍する形で嫉妬の害が説かれる。「破産」の典拠である「三匁五分曙の鐘」で「成程悋気強き女房ならば、我が娌《よめ》に取りたき」という「跡取」の願い出に、「世間と異《かは》り」と一言差し挟んだ西鶴の語りは、このような「悋気」に関する当時の定見をふまえたものであった。

服部幸雄は、歌舞伎に描かれた「怨霊事《おんりょうごと》」・「悋気事《りんきごと》」（嫉妬事）の諸相を、「怨霊事は、闘争的なまでに激しい愛、燃えるような情熱的な愛の裏返された表現」であり、「悋気事は結果的に死の不幸を招来し、やがて怨霊となって出現し、霊界からの嫉妬の眼を向けて祟る」と総括する[12]。晴らすことのできぬ嫉妬の一念が、亡霊の姿となって恨みの対象である生者を責め苛む。鶴屋南北《つるやなんぼく》『東海道四谷怪談《とうかいどうよつやかいだん》』（文政八・一八二五年　江戸中村座初演）の大詰め、蛇山庵室《へびやまあんじつ》の場におけるお岩の〈提灯抜《ちょうちんぬ》け〉に代表されるように、歌舞伎では「悋気事」の帰結として「怨霊」が「出現」する際、必然的に「軽業事《かるわざごと》」（「からくり事」）が展開されることになる。「悋気」は、登場人物に抜け道のない葛藤状態をもたらし、次いで殺害を含む悲劇的な事件を出来させ、さらには演劇空間をおどろおどろしくも非日常化させる重要な動因の一つだった。

「三匁五分曙の鐘」もまた序盤で、「浅ましくおそろしきむくひ」に向けて、悲劇への階梯を上りはじめたかに見える。「悋気《りんき》、妬《ねた》みは女の常」（近松門左衛門《ちかまつもんざえもん》『山崎与次兵衛《やまざきよじべえ》寿《ねびき》の門松《かどまつ》』享保三・一七一八年竹本座初演）と考えられていた近世にあっては、「悋気」を歓迎するかのような「跡取」の発言は、後の惨事を予感させるに十分な忌まわしさを漂わせていたことであろう。同時代に隆盛期を迎えていた怪談本ならば、因果応報の惨劇が繰り広げられることは必定であった。[13]

　しかし、西鶴は『日本永代蔵』から、怨霊の出現をはじめとする怪異譚を極力排除しようとしていた。[14]致富の教訓を記した仮名草子『長者教《ちょうじゃきょう》』（寛永四・一六二七年刊）の現代版を標榜した「大福新長者教」という副題が示すとおり、諸国の商人たちがその時々の巡り合わせ（「仕合《しあはせ》」）にも恵まれながら、倹約（「始末《しまつ》」・「仕末」）に努め、正直な商いに工夫（「才覚《さいかく》」）を重ねて、ついには富商となった道程を具体的にたどり、そこから「長者」となるための心構えを可能なかぎり合理的に割り出そうとしたのである。したがって、「三匁五分曙の鐘」においても血なまぐさい悲劇は回避され、商人の正道とは正反対の実例として、「悋気」を凌駕する蕩尽への欲望が取り上げられる。

　初代の「万屋の夫婦相果てられし後《のち》、娌《よめ》伊勢参宮して下向に京大坂の遊山《ゆさん》、人のしやれたる風俗を見習ひ、姿を移せば心も其れに成りて、悋気云ふ事初心《しよしん》とたしなみければ」と、都会の気風に感化され、「作州《さくしう》に隠《かく》れ無《な》き悋気娌《りんきよめ》」は持ち前の「悋気」を野暮なこと（「初心」）と考えを改め、それからの超脱を試みる。この「娌」の豹変を奇貨として、「亭主」は「上方《かみがた》に上り、若女《じやくぢよ》の二道《ふたみち》に染まり」、放蕩の限りを尽くすことになるのだった。「仕末」の陰画として蕩尽はあった。

　太宰治の「破産」も、「三匁五分曙の鐘」の筋立てに沿って語りを進める。ただし、『新釈諸国噺』

の各編と同様に、西鶴の簡潔で、時にはあまりに足早な展開を見せる叙述の陰に分け入り、その細部を拡大してみせる手法がここでも採られる。「女房」の「悋気」は次のように語られていた。

この養子、世に珍らしく仕末の生れつきながら、量り知られぬおびただしき金銀をにはかにわがものにして、さすがに上気し、四十はおろか三十にもならぬうちに、つき合ひと称して少し茶屋酒をたしなみ、がらにもなく髪を撫でつけ、足袋、草履など吟味しはじめたので、女房たちまち顔色を変へ眼を吊り上げ、向う三軒両隣りの家の障子が破れるほどの大声を挙げ、
「あれあれ、いやらし。男のくせに、そんなちぢれ髪に油なんか附けて、鏡を覗き込んで、きゆつと口をひきしめたり、にっこり笑つたり、いやいやをして見たり、馬鹿げたひとり芝居をして、いつたいそれは何の稽古のつもりです、どだいあなたは正気ですか、わかつてゐますよ、あさましい。あたしの田舎の父は、男といふものは野良姿のままで、手足の爪の先には泥をつめて、眼脂《めやに》も拭かず肥桶をかついでお茶屋へ遊びに行くのが自慢だ、それが出来ない男は、みんな茶屋女の男めかけになりたくて行くやつだ、とおつしやつてゐたわよ、

このあと、「あれあれ、いやらし。」以降引用した箇所の二倍ほどの〈口説き〉が続いた後、「とうるさい事、うるさい事」と語りが割って入る。「三匁五分曙の鐘」では、「彼の娌《よめ》約束の如く悋気仕出し声山立《こゑやま》つれば」とだけ記されるところを、恨《うら》み辛《つら》みを込めた「女房」の鋭利な言葉が止めどなく繰り出される。さらに、この〈口説き〉に生き生きとした現実感を与えているのが身体性への着目であ

ろう。それは夫の所作を大袈裟に真似てみせるところから始まっていたはずだ。「この養子」は「茶屋」でのやりとりをあれやこれやと想定し、そこで見せるにふさわしい表情やしぐさを念入りに「稽古」している。「きゆつと口をひきしめたり、につこり笑つたり、いやいやをして見たり」しながら、おそらくは相手の言葉や振る舞いを思い描いてその都度間合いを取り、面相や着物の見え方といった微細な姿態までも鏡に映しつつ、黙々と「馬鹿げたひとり芝居」に没頭しているのである。本人は至って真剣かつ上機嫌なのだが、それゆえに傍から見ればとても「正気」とは思えないという、何かに心奪われた者の振る舞いが放つおかしさが、「女房」の「悋気」を契機として引き出される。

「破産」に描出される「悋気」は笑いの素材としてある。そこには、人間のどうしようもない不完全さと正対し、それを慈しむ肯定的な諦念が秘められているのではないか。『日本永代蔵』が貨幣経済の即物性に依拠して「悋気」の伝統的な悲劇性をいなしたのに対し、「破産」は「悋気」による〈口説き〉を喜劇仕立てで書き込むことによって、その毒を洗い流したのだった。ここに至れば「悋気」はもはや、人間のどうしようもない〈おかしさ〉を表象する心性というほかはない[15]。

## 二

「けちな大旦那」一代、五十年をかけて築き上げた万屋の身代も、「溜るはとけしなく、減るは早し」（『日本永代蔵』巻四の五「伊勢《いせ》ゑびの高買《たかがひ》」以下、同書からの引用は書名を省略する）、急転直下、崩壊へと向かう。初代の「隠居夫婦」が相次いでこの世を去り、「もはやこの家に気兼ねの者は無く、名実共に若大将の天下」となったのをよいことに、二代目夫婦の放蕩が始まったのである。伊勢参宮から京・大阪見物と、「都のしやれた風俗」に触れた「悋気の女房」は、自らが万屋に縁付くきっかけとなった「悋気」を「あさましいものと深く恥ぢ」るようになる。

「あたしだつて、悋気をいい事だとは思つてゐなかつたのですけれど、お父さんやお母さんがお喜びになるので、ついあんな大声を挙げてわるかつたわね。」と言葉までさばけた口調になつて、「浮気は男の働きと言ひますものねえ。」

「さうとも、さうとも。」男はここぞと強く相槌を打ち、「それについて、」ともつともらしい顔つきになり、「このごろ、どうも、養父養母が続いて死に、わしも、何だか心細くて、からだ工合ひが変になつた。俗に三十は男の厄年《やくどし》といふからね、」そんな厄年は無い。「ひとつ、上方へのぼつて、ゆつくり気保養でもして来ようと思ふよ。」とんでもない「それについて」である。

浮ついたやりとりの中で、今は亡き先代はすっかり出汁《だし》に使われてしまっている。「女房」は不本意な〈悋気諍《いさか》い〉を詫び、「男」は「上方」での「気保養」が必要な理由を養父母の他界にかこつける。自己の欲望の中身を粉飾するために、先代の倹約・堅実はそれぞれ吝嗇・不粋へと読み換えられるのである。「男のかたは、五十くらゐから、けちになるといいのですよ」と夫に遊興を勧める「女房」は、その根拠として、「三十のけちんぼうは、早すぎます。見つともないわ。そんなのは、芝居では悪役ですよ」と、上方で見聞し、感化された演劇の常道を持ち出す。互いの欲望は許す／許されるという関係の中で、その充足が保証される。二人の不孝を映し出す会話は、「紙小縒の羽織紐がまだ六本引出しの中に残つてあると言ひ遺して」往生を遂げた「老父」の遺訓に背くことを意味するものだった。いささか具体的すぎるものの、倹約を旨として終生これを実践し、一代にして「大金持」となった初代万屋らしい遺言ではある。「羽織紐」は胸にあるところから、心に深く秘めておく考えの隠喩でもあった。

語り手も黙ってはおられぬ体で、調子づいた夫婦の会話に介入してくる。「そんな厄年は無い」、「とんでもない「それについて」である」という責め立ては、斎藤理生が指摘するように、「それぞれの言葉を相対化することで、読者の〈笑い〉を誘っている」[16]ことになる。揶揄を含む批評的な語りは「もつともらし」さの裏側をうがち、読者に目配せする。こうした漫才でいう〈つっこみ〉の手法は、「黄村先生言行録《おうそんせんせいげんこうろく》」（「文學界」10－1 昭和18・1）の「座談筆記」における「速記者たる私のひそかな感懐」としてすでに試みられていた。「黄村先生」の勿体をつけた語り口の威厳が、「私」の短い〈つっこみ〉によって相対化される。「破産」も「黄村先生言行録」と同じく、登場人物のうわべを取り繕う演技のおかしさに焦点を当て、その価値を引き下げるという〈ユーモア小説〉の趣向を生かしていたのである。

人間のおかしさに向けられる語り手の眼差しはその解像度を上げてゆく。およそ千五百字に及ぶ一文でよどみなく語られるのは、二代目の上方行きから万屋家中の者たちの堕落、さらには都での蕩尽までの急転だった。ここでは、「旦那」と語り直される二代目の上方での行状を描いた場面に注目してみよう。

旦那はまた、上方に於いて、はじめは田舎者らしくおつかなびつくり茶屋にあがつて、けちくさい遊びをたのしんでゐたが、お世辞を言ふために生れて来た茶屋の者たちに取りまかれて、ほんに旦那のやうなお客ばかりだと私たちの商売ほど楽なものはございません、男振りがようて若うて静かで優しくて思やりがあつて上品で、口数が少くて鷹揚で喧嘩が強さうでたのもしくてお召物が粋《いき》で、何でもよくお気がついて、はたらきがありさうで、その上、おほほほ、お金があつてあつさりして、と残りくまなくほめられて流石に思慮分別を失ひ、天下のお大尽とは私の事かも知れないと思ひ込み、次第に大胆になつて豪遊を試み、金といふものは使ふためにあるものだ、使つてしまへ、と観念して、ばらりばらりと金を投げ捨て、さらにまた国元から莫大の金銀を取寄せ、かうなると遊びは気保養にも何もならず、都の粋客に負けたくないといふ苦しい意地だけになつて、眼つきは変り、顔も青く痩せて、ゐたたまらぬ思ひで、ただ金を使ひ、一年経たぬうちに、底知れぬ財力も枯渇して、国元からの使ひが、もはやこれだけと旦那の耳元に囁けば、旦那は愕然として、まだ百分の一も使はぬ筈だが、あああ、小判には羽が生えてゐるのか、無くなる時には早いものだ、

宮内淳子は「破産」の語りの特徴を、「登場人物の内面の掘り下げ、といったものに行く前に話が流れて、次々語りに乗って話が展開する」点にあるとし、それを「西鶴作品に触れたところから生れた勢いではないのか」[17]と推し測っている。西鶴の文章に見られる小気味よい展開は、省略や飛躍、文体の混成などによってもたらされる。引用した箇所は「三匁五分曙の鐘」にはない、太宰独自の〈は

なし〉であるが、読点を多用することで、小説世界の目まぐるしい変転の「勢い」を加速させていることがわかる。茶屋での遊興の詳細は省かれて、「旦那」の濫費だけが気ぜわしくたどられる。「旦那」は知らぬ間に蕩尽への欲望に取り憑かれてしまっている。これでは「遊びは気保養にも何もなら」ないのは致し方なく、金を「投げ捨て」ることが目的と化すほかあるまい。

『西鶴置土産《さいかくおきみやげ》』（元禄六・一六九三年刊）の「序」に「世界の偽《うそ》かたまつて、ひとつの美遊《びゆ》となれり。これをおもふに、真言《まこと》をかたり揚屋《あげや》に一日は暮しがたし」[18]とあるように、〈悪所〉における「お世辞」は実が伴わない商売上の挨拶としてあった。「男振りがようて」に始まり、「お金があつてあつさりして」で終わる歯の浮くような巧言を真に受けて「思慮分別を失」うようでは、「天下のお大尽」となる資格はないのだろう。偽りの人情を金で売り買いする遊里にあっては、〈金が言わする追従〉は当然のこと、その裏には〈金の切れ目が縁の切れ目〉という道理が隠然としてある。その意味で、大坂新町扇屋抱えの伝説的な大夫・夕霧が語ったらしい「兎角《とかく》銀《かね》をやるが水《すい》でござんす」[19]という一言こそ、遊里の実相を照らし出していよう。後の洒落本が描き出したように、〈大尽風を吹かす〉ばかりで「水《すい》」すなわち〈粋《すい》〉に遊べない野暮な半可通は所詮、物笑いの種になるほかない。

「気保養」のための遊びが勝ち負けを競う張り合いに転化する。「都の粋客に負けたくないといふ苦しい意地」を見透かされた「旦那」は、遊びの本質である「遇運との戯れ」[20]（西村清和）から排除されるのである。「負けたくない」と思わせることが遊里の手管《てくだ》である以上、遊ぶことに踏みとどまるには、客の側も別の手管を用意しなければならない。〈粋〉の陰にはおそらく、そのような手管のやりとりを嫌みなく続けられる余裕や機転が隠されているのだろう。「眼つきは変り、顔も青く痩せて、ゐたたまらぬ思ひ」に陥った「旦那」の心身の衰弱は、「悋気」に駆られ、「顔色を変へ眼を吊り上げ」て夫の茶屋通いをなじった女房の狂態と相通じる、妄執のなせる技であった。「都の人に負けじと美しく装ひ茶の湯、活花など神妙らしく稽古し」はじめた「女房」も今度は、都会の風俗という外部の文化の価値を疑うことなく崇め、それを模倣する自己に陶酔する。「天下のお大尽」や都の文化という欲望を誘導する理念に、万屋の二代目夫婦は操られているのである。こうした愚かしくもおかしく、しかし、どうにも抑えられない人間の本性を直視するところにもユーモアは立ち現れる。

「破産」の小説世界には〈仮〉のつながりや有りようが溢れている。〈仮の親〉の期待に沿って本心ではない〈仮の色〉を見せた二代目は、養父母亡き後、遺手の見え透いた〈仮言《かりごと》〉におだてられるうちに、〈仮の情《なさけ》〉を交わす遊里に溺れ、家産を蕩尽する。〈仮〉が「動詞カル（借る、ラ四）の連用形名詞」[21]であるとするならば、〈仮〉は〈借り〉と同根ということになる。「悋気の女房」の価値基準は「田舎の父」の言葉、芝居、都の文化を〈借り〉たものであり、「旦那」が憧れた「天下のお大尽」という評判も世間からの〈借り〉ものなら、先代から譲り受けた万屋の身代も自らの働きの成果ではない〈借り〉ものであったといえよう。

〈仮／借り〉の対立概念は〈実／自前〉である。確かに、他者から何も〈借り〉ることなく、〈実〉に就き、誠の〈実〉を貫きとおすことは難しい。また、〈仮〉の世界を夢見ることの愉しさを実感したり、ナタリー・サルトゥー＝ラジュが構想する「《借り》を中心に据えた《贈与》の社会システム」[22]に豊かさを予感したりすることもある。〈仮〉と〈実〉との往還が、日々の暮らしに活力を与えてもいるだろう。しかし、「破産」はそうした現実世界の〈仮／実〉の釣り合いを失い、〈仮／借り〉に著しく傾いた虚構世界のなかで、仮象としての欲望の本質を対象化したのである。この小説におけるその欲望の帰結点は、〈銀《かね》〉であった。

西鶴の「三匁五分曙の鐘」の語りは、遊里を舞台にした情愛をめぐる物語に深入りすることなく、「若女《じゃくぢょ》の二道《ふたみち》に染まりて、日毎に蒔きける程に、何時《いつ》と無く恋に綻《ほころ》び、針を蔵《くら》に積みても堪《たま》らず、久しく此家に住み慣れし金銀に憎まれ、内蔵の福の神お留守なりし時、やうやう夢覚めて驚き」と、簡潔に「亭主」の「夢」にふれた後、「福の神」が不在となった万屋の「商売」に話題を移す。「破産」の語りもそれに倣うかのように、「底知れぬ財力も枯渇し」た万屋のその後へと場面を転じるのだった。

## 三

都での蕩尽の果てに美作へと戻った「あるじ」は、番頭に向かい、「お金がもうこの家に無いといふけれども、それは間違ひ、必ずそのやうな軽はずみの事を言つてはならぬ、暗闇に鬼と言はれた万屋の財産が、一年か二年でぐらつく事はない」と釘を刺す。「お金がもうこの家に無い」ことが事実だとしても、それはすぐには破産を意味しない。世間に、「万屋の財産」は「暗闇に鬼」という思い込みがあるうちは、まだ屋台骨は揺るがないのだ。「あるじ」の叱咤は、人々の幻想の上にこそ商いは成り立つことを伝えようとするものといえる。万屋の財産が〈仮／借り〉のものであることを世間に知られたときが真の破産なのである。隠すほかない「内証」がここに生じている。

万屋の再建は商売替えから着手された。「ただちに店のつくりを改造して両替屋を営み」はじめたのである。「商売大体《おほてい》に代《か》へて両替屋に見世付《みせつき》広く」（「三匁五分曙の鐘」）店舗を建て直す（普請する）ことは実のところ、万屋の商売を立て直す（再建する）ことと通底していた。「蔵合の如く堂々たる城郭を構へる事なく、近隣の左官屋、炭屋、紙屋の家と少しも変らず軒の低い古ぼけた住居」を店舗としていた先代のやり方を変えなければならなかったのは、今までの商売では資金繰りにも難渋するからであったにちがいない。これもまた、人に知られてはならない「内証」であった。

人の金銀限りも無く預り、あなたこなたと手廻《てまは》しして、二度《ふたたび》昔の身袋《しんだい》に取り続《つづ》くべき年の暮、

（「三匁五分曙の鐘」）

何もかも自分ひとりで夜も眠らず奔走すれば、さすがに万屋の信用は世間に重く、いまは一文無しとも知らず安心してここに金銀をあづける者が多く、あづかつた金銀は右から左へ流用して、四方八方に手をまはし、内証を見すかされる事なく次第に大きい取引きをはじめて、三年後には、表むきだけではあるがとにかく、むかしの万屋の身代と変らぬくらゐの勢ひを取りもどし、来年こそは上方へのぼつて、あの不人情の廓の者たちを思ふさま恥づかしめて無念をはらしてやりたいといさみ立つて、その年の暮、

（「破産」）

西鶴の省筆を補う太宰による加筆は、秘められた欲望をうがつ。「破産」には、万屋再興後の「あるじ」の企てが明示されていた。もはや搾り取る金も尽きたことがわかると、手の平を返すように冷

ややかな態度を見せた「あの不人情の廓の者たち」への復讐心が、向こう三年間の商売への意欲を支えていたのである。その「あるじ」の思惑どおり、万屋にとって事態は好転しつつあった。先代から築き上げてきた「信用」という目には見えぬ力が、新興の両替商・万屋の商いを後押しする。まさに、「唯だ銀《かね》が銀《かね》を溜める世の中」（巻二の三「才覚《さいかく》を笠《かさ》に着《き》る大黒《だいこく》」）を地でいく稼ぎぶりである。巧みに「内証」を隠し、虚像を頼りとするきわどい経営戦略が成果を上げたことで、「あるじ」は自らの手腕に自信を深める。

あとには一文の金も残らぬが、ここがかしこい商人の腕さ、商人は表向きの信用が第一、右から左と埒《らち》をあけて、内蔵はからつぽでも、この年の瀬さへしつぽを出さずに、やりくりをすませば、また来年から金銀のあづけ入れが呼ばなくつてもさきを争つて殺到します、長者とはこんなやりくりの上手な男の事です、と女房と番頭を前にして得意満面で言つて、

当時、大晦日はその年の収支を総決算する日であった。広く知られた西鶴の名句「大晦日定めなき世のさだめ哉」（天和二・一六八二年）には、この特別な日を迎えた人々の、金銭にまつわる悲喜こもごもが投影されている。「一年《ひととせ》の暮程《くれほど》世上の極《きは》めとて怖しき物は無し」（巻五の二「世渡《よわた》りには淀鯉《よどごひ》の働《はたら》き」）という認識は、西鶴最晩年の傑作『世間胸算用《せけんむねざんよう》』（元禄五・一六九二年一月刊）に引き継がれる。「内蔵はからつぽ」でも「表向きの信用」で大晦日の危機を切り抜けるめどが立った「あるじ」は有頂天である。「かしこい商人の腕」にかかれば、傾きかけた万屋の身代も三年で立て直すことがで

きる。「天下のお大尽」にはなり損ねたが、天下の商売上手とは自分のことだ、と言わんばかりの訓話を垂れる。とはいえ、世間を欺く商才に関する驕り昂ぶった物言いは、「人を抜く事は跡続かず、正直なれば神明も頭《かうべ》に宿り、貞廉《ていれん》なれば仏陀《ぶつだ》も心を照す」（巻四の二「心《こころ》を畳《たた》み込《こ》む古筆屏風《こひつびやうぶ》」）と、詐術を弄する商いの限界に言及した西鶴の訓戒に照らせば、所詮は目先の利益に囚われた邪見にすぎない。典拠にはない、手柄顔の「あるじ」の語りはこのあと、「破産」を迎える結末と皮肉な対照の妙を醸し出すことになる。「三匁五分曙の鐘」には、万屋の破産は以下のように描かれる。

人の内証は張物《はりもの》、大晦日《おほつごもり》の提灯恐ろしく、請払《うけはらひ》も今宵一夜《こよひいちや》を越せば、明日《あす》よりは自由なりと、一銭も残らず済帳《すみちやう》付《つ》けて算用仕舞へば、七つの鐘の鳴る時如何な如何な銭《ちやん》が一文無くて、若恵比寿《わかえびす》売《うり》呼び込みたれども、烏帽子着ぬ夷《ゑびす》ならば買ふとて戻《もど》しける。其れより間《ま》も無く門《かど》を叩きて、兵庫屋と云へる人革袋《かはぶくろ》持たせ来て、小判千五百両あり、来年預けたしと取り出だし、先程《さきほど》の利銀の内三匁五分の豆板悪銀《あくぎん》と出だしける、この替《かへ》無くて身代顕《しんだいあらは》れける。

「兵庫屋」が求めた三匁五分の豆板銀の替えがないため、万屋の内証は露顕してしまう。冒頭のことわざ「人の内証は張物《はりもの》」（他人の懐具合は見かけではわからないもの）は破局の前奏となっていたのだった。来客を恐れる（「大晦日《おほつごもり》の提灯恐ろしく」）一方で、新年の縁起物を一旦は買おうとして、金がないことに気づき、無理な要求（「烏帽子着ぬ夷《ゑびす》ならば買ふ」）を突きつけて若夷売りを追い返すところなど、万屋の不安と緊張が効果的に暗示されている。「鐘」は無論、「銀《かね》」（「金」）の掛詞として働き、万屋の無念を響かせる。

事の成り行きを簡潔にたどる「三匁五分曙の鐘」に対して、「破産」では、豆板銀の交換をめぐる場面に会話劇の手法が採られていた。


「ごめん。」と門に人の声。

眼のするどい瘦せこけた浪人が、ずかずかはひつて来て、あるじに向ひ、

「さいぜん、そなたの店から受け取つたお金の中に一粒、贋の銀貨がまじつてゐた。取かへていただきたい。」と小粒銀一つ投げ出す。

「は。」と言つて立ち上つたが、銀一粒どころか、一文だつて無い。「それはどうも相すみませんでしたが、もう店をしまひましたから、来年にしていただけませんか。」と明るく微笑んで何気なさそうに言ふ。

「いや、待つ事は出来ぬ。まだ除夜の鐘のさいちゆうだ。拙者も、この金でことしの支払ひをしなければならぬ。借金取りが表に待つてゐる。」

「困りましたなあ。もう店をしまつて、お金はみな蔵の中に。」

「ふざけるな！」と浪人は大声を挙げて、「百両千両のかねではない。たかが銀一粒だ。これほどの家で、手許に銀一粒の替《かへ》が無いなど冗談を言つてはいけない。おや、その顔つきは、どうした。無いのか。本当に無いのか。何も無いのか。」と近隣に響きわたるほどの高声でわめけば、店の表に待つてゐる借金取りは、はてな？　といぶかり、両隣りの左官屋、炭屋も、耳をすまし、悪事千

里、たちまち人々の囁きは四方にひろがり、人の運不運は知れぬもの、除夜の鐘を聞きながら身代あらはれ、せつかくの三年の苦心も水の泡、さすがの智者も矢弾つづかず、わずか銀一粒で大長者の万屋ぐわらりと破産。

除夜の鐘が鳴り終われば、次の決済日である三月の節季前までは何とかしのげる。「かしこい商人」を自認する「あるじ」は、そう計算していた。しかし、皮肉なことに、「除夜の鐘のさいちゆう」に贋銀貨の交換を要求する「浪人」が来店する。除夜の「鐘」に救われるはずだった万屋は、「銀《かね》」一粒に足を掬《すく》われるのである。〈かねに恨みは数々ござる〉（歌舞伎『京鹿子娘道成寺《きょうがのこむすめどうじょうじ》』宝暦三・一七五三年江戸中村座初演）という名台詞を想起させる、劇的な皮肉に彩られた幕切れといえよう。

ところで、最後の客人を、富商と思しき「兵庫屋」から「眼のするどい痩せこけた浪人」へと書き換えた意図とは何だろうか。木村小夜は、「嫁の「大声」による蓄財の進行と、浪人の「大声」による破綻の顕在化、というずらされた繰り返し」に注目し、「養子」の鬱屈という内面的な「債務超過」の始まりと、金銭的なそれの終わりがそれらに照応する、と論じる。[23]「大声」が万屋の内と外との境界、つまり「内証」を無化する装置としてあることを示唆する卓見である。それに加えて言うならば、大晦日が明けようとする時分まで「借金取り」に追われる一文なしの「浪人」と、「表向きの信用」だけを頼りに、これまた一文なしの「内証」をひた隠しに隠し続けてきた万屋との、見た目は異なれど内実は共通する両者の切羽詰まった出会いを設定し、両替屋に「何も無い」という異常事態が発覚する瞬間を共有させる演出だったとも考えられよう。

「内証」の露顕から派生する問題は、小説の末尾にも用意されていた。「三匁五分曙の鐘」には明記されていない「三年」という歳月の持つ同時代的な意味をどう評価するかという問題である。山内祥史は、『新釈諸国噺』の脱稿の時期を昭和十九年十月中旬と推定している。[24]それはちょうど〈大東亜戦争〉開戦から「三年」が経過しようとする頃にあたる。前年五月の〈アッツ島玉砕〉以降、日本軍守備隊全滅の報が断続的に伝えられ、誰の眼にも戦況の悪化は明らかだった。昭和十九年十一月、マリアナ諸島から出撃した米軍機によって、東京は初めての空襲を受けることになる。そうした〈危局[25]〉と、「せつかくの三年の苦心も水の泡、さすがの智者も矢弾つづかず」という表現とが隠微に響き合うことは避けがたい。とすれば、「身代あらはれ」る恐れがあったのは、〈大日本帝国〉という国家の「内証」であったかもしれないのである。だが、その「内証」は無論、誰も触れてはならない張りぼてであった。

## おわりに

「破産」はこう書き出されていた。

むかし美作の国に、蔵合《ざうがふ》といふ名の大長者があつて、広い屋敷には立派な蔵が九つも立ち並び、蔵の中の金銀、夜な夜な呻き出して四隣の国々にも隠れなく、美作の国の人たちは自分の金でも無いのに、蔵合のその大財産を自慢し、薄暗い居酒屋でわづかの濁酒に酔つては、蔵合さまには及びもないが、せめて成りたや万屋《よろづや》に、といふ卑屈の唄をあはれなふしで口ずさんで淋しさうに笑ひ合ふのである。

〈持てる者〉の余裕は〈持たざる者〉にも擬似的に伝播するかのようである。美作の国の誉れ「蔵合さま」を讃える「卑屈の唄」は、安田義明が指摘するように、「本間さまには及びもないが、せめて成りたや殿様に」という「酒田節」の一節を詠み替えたものであった。[26] 金銭を指標にした大名と豪商との逆転がくすぐりとなる「酒田節」とは異なり、商家としての格の違いを正面から捉えた「卑屈の唄」には、快活な笑いから遠く離れた哀感が漂う。「四隣の国々にも隠れなく」富を誇る「蔵合」と、最後には「内証」を明かさぬことに心血を注がねばならなかった「万屋」との径庭はいかんともしがたい。

「蔵合」はこうして冒頭で話題には上るものの、このあと「破産」の物語展開に巻き込まれることはない。その超然とした在り方は、太宰が描いた「浦島さん」（『お伽草紙《とぎぞうし》』昭和20・10 筑摩書房）に登場する「乙姫」の姿に通じるものではなかろうか。「この世のものならぬ貴い気配」を漂わせた「乙姫」は、常に「無言の微笑」を湛え、時折、「誰に聞かせようといふ心も無くて琴をひく」。何者にも煩わされず、何者をも縛らない「乙姫」は、その不可知性と相まって、「及びもない」存在となる。それに引き換え、「浦島」と「亀」は他者から受ける「批評」に屈託し、小賢しい議論に明け暮れる。「破産」の「万屋」の致富と没落をめぐる顛末もまた、騒々しくもせわしなく語られていた。

しかし、その一方で、春風駘蕩たる在り方への憧憬は抱くものの、世俗の悩み尽きず、とつおいつ思案したり諍いを起こしたりするところにこそ、生の営みのおもしろさはあるともいえる。非合理や不条理に右往左往するおかしさというものもあるだろう。太宰治の小説からにじみ出るユーモアは、そのようなやむをえず惑う人間への肯定感に由来する。「蔵合」や「乙姫」にはなれない者たちが織りなす、浮動性に満ちた世界に根を下ろしている。

『新釈諸国噺』には、「人魚の海」や「義理」のような〈義〉に殉じる人間の姿を凝視する作品もあった。また、「貧の意地」や「赤い太鼓」では、金銭をめぐる事件から浮かび上がる廉恥心に焦点が当てられる。そうした生真面目な主題の傍らに、人間の心弱さやおかしさを見つめる「破産」と一続きの〈噺〉がちりばめられていたのだった。西鶴が創作した筋立ての陰には、情と理とがせめぎ合う浮世がある。太宰治は『新釈諸国噺』で、その様態を〈うがち〉の趣向で照らし出し、語り芸に倣った技で表象したのである。それは、かつて御伽衆《おとぎしゅう》が主人の無聊を慰めるために語ったという〈噺〉の末裔といえよう。[27]

「凡例」に刻まれた言挙げの問題に立ち戻ろう。太宰治は『日本永代蔵』三十編の内、五編にしか見出せない蕩尽の果ての破産にふれた話材から「三匁五分曙の鐘」を選び取り、「破産」に「内証」の末路を描いた。だが、「昭和聖代の日本の作家に与へられた義務と信じ、むきになつて書いた」という太宰の言葉は、「破産」に関するかぎり、その副次的な効果として、〈危局〉と呼ぶほかない局面を迎えた戦況や逼迫する国家財政という「内証」や「破産」の危機への眼差しを呼び覚ましてしまう。仮にそれが書き手の意図したものではなかったとしても、「昭和聖代」を差異化する副作用が潜在することになるのである。〈持てる者〉の尊大さを戦いの動因とした〈大東亜戦争〉の末期、〈持たざる者〉の喜劇を描くことの行方には、反時代性という評言では括りきれない、人間の〈穴〉をうがつ小説言語の可能性が豊かに広がっている。[28] その表現は、明治期以降、傍流に転じた近世的な世界や趣向の潜在力を呼び覚まし、以て自己・国家に拘泥する近代的思考の抱える〈穴〉を透視させる効果があったものと考えられる。

［注］

1　太宰治『新釈諸国噺』の本文は『太宰治全集』7（平成10・10　筑摩書房）に、「浦島さん」の本文は『太宰治全集』8（平成10・11　筑摩書房）による。原則として、他の引用文も含め、仮名遣いおよびルビは原文のままとし、漢字は新字に統一した。文中の傍線・傍点は引用者による。

2　『日本永代蔵』の本文は、『西鶴全集』第一（與謝野寛・正宗敦夫・與謝野晶子編纂校訂　大正15・4　日本古典全集刊行会）による。

3　檜谷昭彦「新釈諸国噺」（国文学」12―14　昭和42・11）

4　寺西朋子「太宰治「新釈諸国噺」出典考」（「近代文学試論」11　昭和48・6）

5　木村小夜「太宰治「破産」論――敗北の理由――」（「叙説」33　平成18・3『太宰治の虚構』Ⅳ　井原西鶴と太宰治　第十二章「「破産」論――敗北の理由――」平成27・2　和泉書院　二三一～二四六頁）

6　安田義明「「破産」論――西鶴「三匁五分曙の鐘」とのゆきあい」（「太宰治研究」18　平成22・5）

7　斎藤理生「太宰治「破産」の構造」（「阪大近代文学研究」6　平成20・3『太宰治の小説の〈笑い〉』第一部第三章「豹変する者たち――『破産』論」平成25・5　双文社出版　九一頁）

8　宮内淳子「太宰治「破産」に見る「はなし」の特質」（「太宰治研究」22　平成26・6）

9　松村美奈「『日本永代蔵』「三匁五分曙のかね」試論――『破産』との比較から――」（「愛知大学國文学」58　平成31・1）は、元禄期に刊行された教養書『女実語教』が「時には夫を妻自らいさめる必要性を説いていること」に着目し、諫言を悋気と区別する同時代の合理的思考への注意を促す。

10 中江藤樹『鑑草』巻之三「不嫉妒《ふしつと》毒報《どくのむくひ》」（本文は、加藤盛一校註 昭和14・4 岩波文庫 一五四頁による）

11 貝原益軒『和俗童子訓』巻之五「教女子法」（本文は、石川謙校訂 昭和36・1 岩波文庫 二七〇～二七一頁による）

12 服部幸雄『さかさまの幽霊〈視〉の江戸文化論』（平成1・10 平凡社 八〇頁および八四頁）

13 江戸期の怪談本には、浅井了意《あさいりょうい》『伽婢子《おとぎぼうこ》』（寛文六・一六六六年刊）「妬婦、水神となる」（巻十の二）、『諸国百物語』（延宝五・一六七七年刊）「土佐の国にて、女の執心蛇になりし事」（巻四の八）、『善悪報《ぜんあくむくい》ばなし』（元禄年間刊）「人を妬む女の口より蛇出る事」（巻一の十一）など、数多くの「悋気」をめぐる怪異譚が語られている。

14 『日本永代蔵』に収められた三十話のうち、亡霊の出現が語られるのは、「茶《ちゃ》の十徳《じっとく》も一度《いちど》に皆《みな》」（巻四の四）の一話だけである。

15 「悋気」の描写に見られる諦念を帯びた肯定感は、落語の基調をなす人間観と相通じるものであろう。昭和初期の噺家たちの口演を活字化した〈読む落語〉の中にも、七代目春風亭柏枝（後の八代目春風亭柳枝）「悋気の独楽」（「講談倶楽部」24－3 昭和9・3）、五代目古今亭志ん馬（後の五代目古今亭志ん生）「悋気の見本」（「講談倶楽部」24－9 昭和9・9）、八代目桂文楽「悋気の火の玉」（「講談倶楽部」26－1 昭和11・1）など、「悋気」をもめ事の発端とするいくつかの演題を見ることができる。演題には含まれなくとも、五代目柳亭左楽「厩火事」（「講談倶楽部」29－1 昭和14・1）をはじめとして、「悋気」は〈噺〉の重要な題材の一つであった。なお、落語の祖型とも見なされる安楽庵策伝《あんらくあんさくでん》による咄本『醒睡笑《せいすいしょう》』（元和九・一六二三年成立）巻之六には、「悋気」の一項が設けられ、六つの笑話が収められている。

16　注7　斎藤理生『太宰治の小説の〈笑い〉』八二頁。

17　注8に同じ。

18　『西鶴置土産』の本文は、『西鶴全集』第九（正宗敦夫編纂校訂　昭和3・2　日本古典全集刊行会）による。

19　西水庵《ゆうすいあん》無底居士《むていこじ》『色道諸分《しきどうしょわけ》 難波鉦《なにわどら》』（中野三敏校注　平成3・10　岩波文庫　六一頁）

20　西村清和『遊びの現象学』（平成1・5　勁草書房　三一九頁）

21　大野晋編『古典基礎語辞典』（平成23・10　角川学芸出版　三九一頁「かり【仮】」の項の執筆者は依田瑞穂）

22　ナタリー・サルトゥー＝ラジュ『借りの哲学』（高野優監訳・小林重裕訳　原著二〇一二年刊　平成26・3　太田出版　一五〇頁）

23　注5　木村小夜『太宰治の虚構』二四〇〜二四二頁。

24　山内祥史『太宰治の年譜』（平成24・12　大修館書店　二七三頁）

25　当時の枢密院議長で、翌年四月七日、内閣総理大臣に就任することとなる鈴木貫太郎は、サイパン島の日本軍守備隊全滅（昭和19・7・7）を受け、「朝日新聞」（昭和19・7・19　第二〇九五五号　一面）に「ここで踏張らう　危局に際して」と題する署名付きの文章を寄せ、「敵」が「とうとうわが表玄関にまで及んだ」ことは「容易ならぬ事態である、この重大な危局にいまわれわれは立つてゐる」という認識を示した。国家の中枢からも戦局に関する危機感が発信される事態に至っていたことがわかる。

26　注6に同じ。

27　伊藤梅宇『見聞談叢』（元文三・一七三八年自序）巻之六に載る人口に膾炙した西鶴の逸話は〈噺〉の特質を考えるうえで示唆的である。「黒田候御帰国の時、大阪の御屋敷へ召して、次にてははな（話）させ聞き玉ひ、世上へ出し、使番、聞番、留守居の役にいゝつけ侍らば、かゆき所へ手のとゞくやうにあらん人がら《（柄）》と称し玉ふよし」（本文は、亀井伸明校訂『見聞談叢』昭和15・7 岩波文庫 二四三〜二四四頁による）。野間光辰は「西鶴のはなし序説」（『西鶴研究』第一冊 昭和17・6）で、「世上へ出し」以下の「黒田侯」による「称美の言葉」は「直接には西鶴の人柄についての批評であるが、同時に又、間接には西鶴のはなしなりはなしぶりなりについての批評でもある」と述べる。太宰は西鶴から、聞き手・読み手を惹きつけ楽しませる〈噺〉の作法を学び、それに〈うがち〉をはじめとする近世中期の趣向を加味したといえるのではないか。

28 山中共古は『砂払』（昭和1・12 春陽堂）に、洒落本に「穴といふことば多くあり。アラを云ふと同じ。穴を掘る、又はうがつなどより出しことばならん」（本文は、中野三敏校訂『砂払 江戸小百科』下 昭和62・10 岩波文庫 二三六〜二三七頁による）と記す。『言海』の解説のように「アラ」を「（粗ノ義）」として「アヤマチ。キズ」という派生的な語意と捉えるならば、「穴」は本来公にされたくはない〈内証〉でもある。

本研究はＪＳＰＳ科研費 23652057（挑戦的萌芽研究）の助成を受けたものである。

# 「裸川」――〈うがち〉で開かれる／閉じられる物語

## はじめに

太宰治の『新釈諸国噺』は、昭和二十（一九四五）年一月、生活社から刊行された。「太宰の生前にあつては最も広く読まれた著作の一つ」[1]とされるこの小説集には、井原西鶴の浮世草子を着想の原点とする翻案作品が十二編収められている。その典拠として示された西鶴の著作は十一編を数える。西鶴を「世界で一ばん偉い作家」と称えた太宰治は、「それにまつはる私の空想を自由に書き綴」ったと「凡例」で述べる。[2]本稿が取り上げる「裸川」（『新潮』41－10昭和19・10初出時の題名は「新釈諸国噺」）は太宰が「まづ手はじめに、武家義理物語の中の「我が物ゆゑに裸川」の題材を拝借して、私の小説を書き綴つ」た短編小説である。

『武家義理物語《ぶけぎりものがたり》』（貞享五・一六八八年二月刊）は、前年に出版された『武道伝来記《ぶどうでんらいき》』に続いて井原西鶴が創作した「武家物」の浮世草子であった。その巻頭に置かれた「我物ゆゑに裸川」（以下、『新釈諸国噺』の表記による）は、『太平記』に「青砥左衛門《あをとさゑもん》」の名で登場する人物の逸話に材を採り、原話の教訓性は保ちつつも脇役を加えて筋立てに起伏を与えた虚構作品である。巻一「目録」の「見出し」には、「一文惜《もんをし》みの百《ひやく》しらず 夜《よる》のたいまつは心《こゝろ》の光《ひかり》」とある。[3]

「青砥左衛門」は鎌倉幕府の執権、北条時宗・貞時に仕えた引付衆のひとりであった、と『太平記』は語る。この軍記物語が描く「当代」から見て「「先代」の「威力あれども驕ら」ぬ善政が回顧される」にあたって引かれた「先例説話」[4]の登場人物である。しかし、現在のところ「青砥左衛門」が実在したことを証明する確かな史料はなく、「儒教的な政治道徳の体現者として伝説化された人物」[5]であろうと考えられている。そのいくつかの伝説の中で最も広く知られているのが、鎌倉の滑川《なめりがわ》を舞台とした逸話である。

その逸話は、「賢才《けんさい》」・青砥藤綱の高邁な経済理念を示すものとしてあった。ある日のこと、「夜《よ》に入《い》りて出仕《しゆつし》しける」青砥は滑川を渡る途中、誤って火打ち袋から銭十文を川中に落としてしまった。ただ、少額でもありそのまま諦めてもよさそうなものだが、青砥は「以《もつ》ての外《ほか》に周章《あわ》て丶」町家に人を走らせ、五十文で「続松《たいまつ》」十把を買い、「是《これ》を燃《とも》して遂《つひ》に」川底の十文をすべて捜すことができたという。後日、「小利大損《せうりだいそん》」の愚かしさをあざ笑う者に向かって青砥は「眉《まゆ》を顰《ひそ》めて」こう語った。「彼此《かれこれ》六十文《もん》の銭《ぜに》一をも失《うしな》はず、豈天下《あにてんが》の利《り》にあらずや」。青砥自身の損失よりも「天下の利」の方にこそ目を開け、と説いたのである。かくて、「難《なん》じて笑《わら》ひつる傍《かたへ》の人々」は「舌《した》を掉《ふ》りてぞ感《かん》じける」と、驚嘆するほかなかった。[6]以上が『太平記』に載るこの逸話の大略である。

大正十二（一九二三）年に生まれた司馬遼太郎は最晩年の紀行文『街道をゆく（四二）三浦半島記』（平成8・6 朝日新聞社）のなかで、青砥藤綱の事蹟を訪ねたときのことを綴っている。「パリにおけるセーヌ川や、京都での鴨川に強いて位置づければ、鎌倉では滑川である」と書き出した司馬は、「私どものこどものころは、教科書だったかにこの細流での故事が出ていて、川の名も、たいていの子供は知っていた」[7]と振り返る。『太平記』成立から数えておよそ六百年間、「この細流での故事」は語り継がれたことになる。

これまで「裸川」はその戯画化の方法をめぐって論じられることが多かった。[8]青砥藤綱という伝説的な理想人物の、理想とは掛け離れた形象に目を向け、「我物ゆゑに裸川」や『太平記』巻第三十五「北野《きたの》通夜《つや》物語《ものがたり》の事《こと》附青砥《あをとの》左衛門《さゑもん》が事《こと》」の本文との比較をとおして、太宰治の創作方法を分析しようとしてきたのである。そこでは、戯画化がもたらす効果や作品の主題、創作意図が問われることになる。[9]

だが、太宰治は『武家義理物語』および『太平記』だけを典拠として「裸川」を書いたのではない。そこには、『徒然草』や『北条《ほうじょう》九代記《くだいき》』、またはそれらを書き換えた諸テクストに着目した痕跡が見られる。それゆえ、『太平記』以来さまざまな形で語り継がれ、定型化した青砥藤綱をめぐる逸話の特徴を今一度検証した上で、「裸川」に描かれた青砥像を見直す必要がある。本論ではその再考の後、作品世界にちりばめられた〈笑い〉の内実を掘り下げてみたい。

## 一

江戸時代、滑川の逸話は西鶴の『武家義理物語』をはじめとして、多くの文芸や芸能の素材となったばかりか、何らかの道理を説くことをめあてとする書物においてしばしば引用された。たとえば、「天下の費《つひえ》をいとひ、私の利を忘《わす》れたり。倹《けん》の道なり」（西川如見『町人嚢《ちょうにんぶくろ》』享保四・一七一九年）と、「吝《りん》惜《しゃく》」とは似て非なる「青砥《あをと》左衛門のこゝろ」[10]は高く評価され、「道理においてすべき所を考」えて実践された、「抜群《ばつぐん》の見識《けんしき》なくてはなるまじき事ぞかし」[11]（室鳩巣『駿台雑話《すんだいざつわ》』享保十七・一七三二年）と絶讃される。また、石田梅岩は『都鄙問答《とひもんどう》』（元文四・一七三九年）「商《あき》人の道を問の段」で、「欲心なくして一銭の費《つひへ》を惜み、青戸《あをと》左衛門が五拾銭を散《ちら》して、十銭を天下の為《ため》に惜まれし心を味ふべし」と、「天下公《をゝやけ》の倹約」と「天命」との両者に「合《かな》ふて福《さいはひ》を得《う》」[12]る道理を教示する。「信《まこと》なるかなこの一条《でう》は、わきて世《よ》の人口実《ひとくちずさ》みて、三尺《じやく》の童子《どうじ》も滑河《なめりがは》といふときは、必《かなら》ず青砥《あをと》が故事《こじ》あるよしを知《し》れり」[13]と、曲亭馬琴が『青砥藤綱摸稜案《あおとふじつなもりょうあん》』の前集（文化八・一八一一年）「青砥左衛門尉藤綱伝」に書いたように、当時の人々にとっては常識と化した教訓譚であった。

「裸川」はこの滑川の逸話のみならず、青砥藤綱について語られてきた諸々の先行言説をその紙背に抱えざるを得ない。『太平記』以来、青砥は一時期の北条氏による「仁政」を象徴する伝説の主人公でありつづけた。虚構とはいえ、その清廉な人物像に惹き寄せられ、「引付衆」という訴訟・裁判に関わる職務に関連した活躍も語られるようになる。恋川春町『高慢斉行脚日記《こうまんさいあんぎゃにっき》』（安永五・一七七六年）や山東京伝『玉磨青砥銭《たまみがくあおとがぜに》』（寛政二・一七九〇年）といった黄表紙に颯爽と登場する青砥藤綱は、公平無私な名奉行として毅然とした態度を保ち、作品世界の多分に道理から遠く外れた騒動にも真摯に向き合い、非の打ちどころのない裁定を下す。そのため、青砥が発する理にかなった簡潔な言葉はきまって、文芸内に出来した混沌とした状況に秩序や平安をもたらすことになる。曲亭馬琴の読本『青砥藤綱摸稜案』はそうした青砥の名奉行ぶりを具に描いた裁判ものとして多くの読者に迎えられた。要するに、『青砥《あおと》稿《ぞうし》花紅彩画《はなのにしきえ》』（二代目河竹新七・後の黙阿弥作、文久二・一八六二年初演、通称『弁天小僧《べんてんこぞう》』・『白浪五人男《しらなみごにんおとこ》』）の大詰めで「義賊」日本駄右衛門が語るとおり、想念上の青砥藤綱は「仁愛深き」「天下の賢者」[14]でなければならなかったのである。それでは、このような完全無欠ともいえる青砥藤綱像をふまえた上で、「裸川」の世界へと分け入ることにしよう。

鎌倉山の秋の夕ぐれをいそぎ、青砥左衛門尉藤綱、駒をあゆませて滑川を渡り、川の真中に於いて、いささか用の事ありて腰の火打袋を取出し、袋の口をあけた途端に袋の中の銭十文ばかり、ちやぼりと川浪にこぼれ落ちた。青砥、はつと顔色を変へ、駒をとどめて猫脊になり、川底までも射透さんと稲妻の如く眼を光らせて川の面を凝視したが、潺湲たる清流は夕陽を受けて照りかがやき、瞬時も休むことなく動き騒ぎ躍り、とても川底まで見透す事は出来なかつた。青砥左衛門尉藤綱は、馬上に於いて身悶えした。川を渡る時には、いかなる用があらうとも火打袋の口をあけてはならぬと子々孫々に伝へて家憲にしようと思つた。どうにも諦め切れぬのである。

傍線部は『武家義理物語』の表現をそのまま生かした箇所である。「世界で一ばん偉い作家」井原西鶴へのオマージュを捧げた書き出しといえよう。発端の設定は明らかに従来の「滑川」伝説のそれを踏襲している。「青砥左衛門尉藤綱」、「滑川」という言葉の連なりは、発表当時の読者に既知の話型を想起させたに違いない。

西鶴は『太平記』が伝える「以《もつ》ての外《ほか》に周章《あわ》て、」という青砥の動揺にはふれず、「里人をまねき、僅かの銭を三貫文あたへて是をたづねさせけるに」と、落とした「十銭にたらざる」金額とは不釣り合いな「三貫文」、つまり三千文を費やしての捜索へと語りを進める。一般的な「滑川」伝説における「五十文」とは桁違いな出費には、労賃を見積もる現実的な金銭感覚が表れている。

「裸川」の語り手は、奇矯ともいえる言動を繰り返す主人公の謹直な内面をうがつ。冗談以外の目的で、「川を渡る時には、いかなる用があらうとも火打袋の口をあけてはならぬ」などという文言が「家憲」に書き込まれることはなかろう。この小説の「青砥左衛門尉藤綱」は冒頭から、『太平記』以降形成された定型的な青砥像からのずれを演じはじめていたのである。

青砥はこのあと、「たとへ地を裂き、地軸を破り、龍宮までも是非にたづねて取返さん」と心に誓う。その比喩は、「地軸を破り」を除いて西鶴独自の表現を引き継ぐものだった。原典の叙述は「国土の重宝朽ちなん事本意《ほい》無し」という青砥の一念を投影するものであり、語り手が批評的に介入する余地はない。ところが、「裸川」の語り手はこの比喩に、「ひどい決意を固めてしまつた」と冷ややかな感想を添えるのであった。[15]「裸川」の青砥は全編にわたって、過剰であることのおかしさを振り撒きつづけ、その都度、語り手から冷評される。

## 二

一旦、滑川の場面を離れた語り手は、「けれども青砥は、決して卑しい守銭奴ではない。質素倹約、清廉潔白の官吏である」と、一転して主人公の名誉回復を図るかに見える。粗衣粗食の実践例が挙げられた後、話題は主従関係へと移る。

> 主人の北条時頼も、見るに見かねて、
> 「おい、青砥。少し給料をましてやらうか。お前の給料をもつとよくするやうにと夢のお告げがありました。」と言つたら、青砥はふくれて、
> 「夢のお告げなんて、あてになるものぢやありません。そのうちに、藤綱の首を斬れといふお告げがあつたら、あなたはどうします。きつと私を斬る気でせう。」と妙な理窟を言つて、加俸を断つた。慾の無い人である。給料があまつたら、それを近所の貧乏な人たちに全部わけてやつてしまふ。だから近所の貧乏人たちは、なまけてばかりゐて、鯛の塩焼などを食べてゐるくらゐであつた。決して吝嗇な人ではないのである。国のために質素倹約を率先躬行してゐたわけなのである。

夢告の非合理性を理由に、加俸の通達に憤慨する青砥の逸話は、次のように『太平記』が伝えていた。幕府の執権を務める「相模守《さがみのかみ》」が国家安泰を願い、鶴岡八幡宮に「通夜《つや》し給《たま》ひける暁、夢に衣冠正しくしたる老翁一人枕に立つて、政道《せいだう》を直《たゞし》くして、世《よ》を久《ひさし》く保《たも》たんと思《おも》はゞ、心私《こゝろわたくし》なく理《り》に暗《くら》からざる青砥左衛門《あをとのさゑもん》を賞翫《しやうぐわん》すべしと」、青砥のさらなる重用を勧めた。そこで「相模守」は「近国《きんごく》の大庄《だいしやう》八箇所《かしよ》自筆《じひつ》に補任《ふにん》を書《か》きて」、青砥に渡す。しかし、「三万貫《まんぐわん》に及《およ》ぶ」思いがけないその加俸の理由が「夢想《むさう》」によるものと知った青砥は、「顔《かほ》を掉《ふ》つて」これを峻拒した。夢など「物《もの》の定相《ぢやうさう》なき

喩《たとへ》」として「金剛経《こんがうきやう》にも説《と》かれ」る幻にすぎない。いつの日か、「若《も》し某《それがし》が首《くび》を刎《は》ねよといふ夢《ゆめ》を御覧《ごらん》ぜられ候《さふら》はゞ、咎《とが》なくとも夢《ゆめ》の如《ごと》く行《おこな》はれ候《さふら》はんずるか」。そもそも確かな根拠もなく分不相応な報酬を受けることは、「是《これ》に過《す》ぎたる国賊《こくぞく》や候《さふら》ふべき」と、ある古態本によれば「涙の中に忿《いか》つて」、「補任」を返上したという。権力を持つ者の道理に合わない決断を戒める真っ当な諫言といえよう。少なくとも、「裸川」の語りのように「妙な理窟」といなすことははばかられるだけの論理性は十分にある。「慾の無い人」が「妙な理窟」を持ち出し、せっかくの加俸を断ったという俗化に向かう読み換えは、『太平記』以来説かれてきた清廉な家臣・青砥による諫言の価値を意図的に貶めることになるだろう。それは同時に、「政道」に関する道義の重々しさを捨象して、世俗的な軽みに転じる効果をもたらす。

　青砥が「慾の無い人」であることの例示にも周到な皮肉が込められていた。俸給の残金をすべて分け与えたため、「近所の貧乏人たちは、なまけてばかりゐて、鯛の塩焼などを食べてゐる」というのでは、青砥の施しがかえって彼らを甘やかし、勤労を妨げていることになる。『太平記』の語り手が称賛する、「飢《う》ゑたる乞食《こつじき》、疲《つか》れたる訴訟人《そしようにん》などを見《み》ては、分《ぶん》に随《したが》ひ品《しな》に依《よ》つて、米銭絹布《べいせんけんぷ》の類《るゐ》を与《あた》へければ、仏菩薩《ぶつぼさつ》の悲願《ひぐわん》に均《ひと》しき慈悲《じひ》にてぞありける」という、相手の置かれた状況に応じた程よい援助が「裸川」の青砥にはできない。無欲を貫こうとの思いばかりが先行して度を超した振る舞いに及んでしまうのである。だが、その不器用さ、不完全さが青砥藤綱という伝説の賢者に生身の人間の現実感を与えていることも忘れてはならないだろう。どこにも破綻のない聖人の枠組みを逸脱するところに「裸川」の青砥は形象され、「智慧の浅瀬を渡る下々の心」との接点が設けられる。

主人の時頼といふひともまた、その母の松下禅尼から障子の切り張りを教へられて育つただけの事はあつて、酒のさかなは味噌ときめてゐるほど、なかなか、しまつのいいひとであつたから、この主従二人は気が合つた。そもそもこの青砥左衛門尉藤綱を抜擢して引付衆にしてやつたのは、時頼である。青砥が浪々の身で、牛を呶鳴り、その逸事が時頼の耳にはひり、それは面白い男だといふ事になつて引付衆にぬきんでられたのである。すなはち、川の中で小便をしてゐる牛を見て青砥は怒り、

「さてさて、たはけた牛ではある。川に小便をするとは、もつたいない。むだである。畑にしたなら、よい肥料になるものを。」と地団駄踏んで叫喚したといふ。

真面目な人なのである。銭十一文を川に落して龍宮までもと力むのも、無理のない事である。

松下禅尼、北条時頼の逸話を紹介するにあたっても、「裸川」の語り手は原典である『徒然草』の表現を素直に引用しようとはしない。兼好が『徒然草』でゆかしい過去の事蹟として伝えるのは、障子の補修を手ずから行い、その倹約の姿を年若くして執権となった我が子時頼に見せることにより、「物は破《やぶ》れたる所ばかりを修理《しゆり》して用《もち》ゐる事ぞ」ということを「心づけ」、権力者しての奢りを未然に戒めた松下禅尼の思慮深さであり（第百八十四段）、夜更けの酒席ゆえ、「小土器《こがはらけ》に味噌《みそ》の少し附《つ》きたる」ものでも酒の肴として「事足《ことた》りなん」と満足し、「心よく数献《すこん》に及」んだという時頼の寡欲で飾らぬ人柄であった（第二百十五段）[16]。それを「裸川」のように、母から「障子の切り張りを教へられて育つた」時頼はその教えのとおり「酒のさかなは味噌ときめてゐる」と決めつけるのは極論にほかならず、「な

かなか、しまつのいいひとであつたから」と簡単にまとめてしまったのでは、これらの佳話の本質を掬い上げることはできない。「裸川」の語り手は、『徒然草』の叙述に込められた本義をはぐらかす手法によって青砥藤綱をめぐる言説を矮小化し、倹約というよりはむしろ吝嗇に近い、極端なまでの節倹の実践者を青砥に演じさせようとしているのだろう。作中、青砥は三たび一心に銭を勘定する。これもそうした役柄との親和性をもたらす仕掛けとなっている。かかる金銭への執着は、人足たちを雇うための金を「三両出しかけて一両ひつこめ、少し考へて、うむと首肯き、またその一両を出して、やつぱり三両を里人に手渡し」た青砥の逡巡にも見られる。

時頼によって「引付衆にぬきんでられた」経緯をめぐる「逸事」もまた、そのような一連の矮小化の例といえる。赤木孝之が指摘したように、この一節は、『北条九代記』（延宝三・一六七五年）巻第八「相模守時頼入道政務《せいむ》付 青砥左衛門廉直《れんちょく》」の記事に基づいて書かれたものと推定される。[17]『北条九代記』（『鎌倉北條九代記』[18]）は「通俗歴史読み物」の嚆矢として「寛文・延宝期に大きく変質してくる軍書の画期をな」し、近世全期をとおして広く読まれた。[19]

相州時頼の三島詣《みしままうで》ありけるに、藤綱生年二十八歳忍びて供奉致《いた》し、下向道に赴き給ふ所に、人々の雑具共《ざふぐども》を牛《うし》に取付《とりつけ》て、鎌倉に帰るとて、片瀬川《かたせがは》の川中にてこの牛尿《いばり》しけるを、藤綱申しけるは、「哀《あは》れ己は守殿《かうのとの》の御仏事の風情しける牛かな」と打笑ひて通りける。侍共《ども》聞付けて、咎問《とがめとひ》しかば、藤綱申すやう「さればこそ此比《このごろ》数日雨降《ふら》ず、田畠《たはた》葉を枯《から》し、諸民飢《うゑ》を悲《かなし》む所に、この牛尿《いばり》をせば、田畠の近《ちか》き所にてもあらで、川中にて捨流《すてなが》しつる事よ。夫《それ》鎌倉中に名徳智行《めいとくちかう》の高僧達《かうそうたち》、貧にして飢《うえ》に臨《のぞ》む輩《ともがら》いくらもあり、無智破戒《むちはかい》の愚僧《ぐそう》の金銀に飽満《あきみ》ちたるも多《おほ》くあり。然るに去ぬる春の御仏事には、破戒無智《はかいむち》の富僧計《ふそうばかり》を召して御供養ありて、実《じつ》に仏法を修学《しゆがく》し、持戒高徳《ぢかいかうとく》の名僧をば供養なし。この御仏事は慈悲《じひ》の作善《さぜん》にはあらで、只名聞の有様《ありさま》なり」とぞ語りける。[20]

青砥藤綱が鎌倉幕府第五代執権・北条時頼に仕えて功があったことは、『太平記評判秘伝理尽鈔《たいへいきひょうばんひでんりじんしょう》』（正保二・一六四五年刊）の記述をふまえて、『弘長記《こうちょうき》』（成立年代未詳）や『北条九代記』が伝えるところである。『太平記』に記された活躍の時代を、時宗からその父である時頼の治世まで一代遡らせた意図はわからない。しかし、民衆の生活を安定させる〈撫民〉を執政の目標としたとされる時頼にふさわしい補佐役として、青砥藤綱が早くから仁政を支えたとする見方に違和感を覚える者は少なかったのだろう。謡曲「鉢《はち》の木《き》」・「藤栄《とうえい》」に描かれた時頼の廻国による視察も青砥の発案によるものと考えれば、為政者と民との隔たりに不正や汚職の原因を見抜いた賢臣の功績として理解できる。[21]

時頼が青砥に「政道《せいだう》の器量《きりやう》」を見出すきっかけとなったのは、「三島詣」からの帰途、川中で「尿しける」牛を見て青砥が不意に洩らした一言であった。これではまるで「守殿」すなわち時頼公が主催なさった「去ぬる春の御仏事」のようではないか。雨不足に苦しむ人々をよそに、田畠にではなく川中に放尿する牛と、鎌倉には徳高くとも貧に苦しむ僧侶があまたいるのに、わざわざ金に飽いた無智な破戒僧を招いて、慈悲の心にも背く「御仏事」を催すこととはよく似ている。「藤綱生年二十八歳」、歯に衣着せぬ痛快な物言いである。近臣の「二階堂信濃入道」からこの発言を伝え聞いた時頼は、「実《げに》も彼《か》の者が申す所、道理至極《しごく》せり」と首肯し、「この事を予《かね》て分別せざりけるは、我《わ》が大なる誤《あやまり》なり」と自らの非を認め、藤綱を召し出し、「今より後は当家に奉公せよ」と命じた、とされる。[22]

ここでも「裸川」における先行言説の矮小化という手法は顕著である。牛に向かって、「川に小便をするとは、もつたいない。むだである」と「地団駄踏んで叫喚した」だけならば、有用なものを台無しにすることへの怒りを噴出させたにすぎない。それでは、「政道」のあり方にまで踏み込んだ青砥藤綱の直言の意義は大幅に減殺されることになる。牛の放尿はたとえであって、その粗相を咎めることが直言の主旨ではないからである。

以上のことから、青砥の人柄を描くために参照されたテクストはいずれも、その柱となる理念を骨抜きにされていることがわかる。先行言説が表象する青砥藤綱との偏差は、思慮深さという一点に現れていた。過度の慈善によって「近所の貧乏人たち」を甘やかし増長させてしまうところに、「裸川」における青砥の描かれ方の特徴がうかがえる。引用された逸話はいずれも、その教訓性を減殺または無効化され、それに代わって通俗化が施される。原話には書き込まれてあったはずの深い洞察や知恵は覆い隠され、本義とは異なる単純化された解釈が前景にせり出してくる。語り手が見せるそのような曲解は、青砥藤綱の定型化した人物像を記憶する読者に向けた挑発行為と考えられよう。原型としての青砥藤綱を差異化する語りに読者を巻き込むことで、このあとさらに、西鶴が創造した「智慧の浅瀬を渡る下々」の代表たる架空の人物に、奔放な活躍の場を用意する準備が整ったのである。

## 三

川中の銭を捜索する模様は、「松明の光に映えて秋の流れは夜の錦と見え、人の足手は、しがらみとなつて瀬々を立ち切るといふ壮観であつた」と、傍線部を西鶴の表現から借用して語られる。見立ての技法による優美な情景描写である。滑川の逸話にはしばしば、この場面を画題とする挿絵が添えられた。松明を片手に銭を捜す人々に向かって、青砥は橋の上または川岸に立ち、指示を与えている。青砥自身も松明を持つ絵が多い。「ここなめりかしこなめりと青砥下知《げち》」（『誹風柳多留』九七篇二四丁）と古川柳にも詠まれたように、ただ傍観するのではなく、銭のありかの見当をつけては、そこを捜すよう陣頭指揮を執る青砥の姿が想像されたのだろう。「なめり」にはもちろん「滑川」が言い掛けられている。

それ、そこだ、いや、もつと右、いや、いや、もつと左、つつこめ、などと声をからして青砥は下知するものの、暗さは暗し、落した場所もどこであつたか青砥自身にさへ心細い有様で、たとへ地を裂き、地軸を破り、龍宮までもと青砥ひとりは足ずりしてあせつてゐても、人足たちの指先には一文の銭も当らず、川風寒く皮膚を刺して、人足すべて凍え死なんばかりに苦しみ、やうやうあちこちから不平の呟き声が起つて来た。何の因果で、このやうな難儀に遭ふか、と水底をさぐりながら、めそめそ泣き出す人足まで出て来たのである。

語り手は青砥の「下知」をまたしても冷然と見つめている。冒頭の癇癪に近い指図は青砥の我執の深さを映し出し、「夜の錦」や「しがらみ」の典雅な見立てを遙かかなたに追い遣る。現場の徒労感は募る一方だった。人足たちに苛酷な作業を強いながら、「岸に焚火して赤鬼の如く顔をほてらし、眼をむいて人足どもを監視し、それ左、それ右、とわめき散らす」青砥にはもはや、「仁愛深き」「天下の賢者」の面影はない。

『武家義理物語』の語り手が「一銭も手にあたらずして、難儀する事しばらくなり」と簡明に述べた状況を敷衍して、「裸川」では「人足たち」の肉声まで拾い、「川風寒く皮膚を刺」す現場で起きていたことの実相を活写する。その手法の特徴は、「難儀」に言及した西鶴の表現にも萌芽が見られた〈うがち〉の趣向をさらに徹底させることにあった。〈うがち〉とは、既成の認識を攪乱する仮想事実の提示であり、重厚な理念の世界を茶化す、余計だが機知に富む言葉にほかならない[23]。こうして盤石の定型を持つはずの滑川の逸話が、これまで語られることのなかった仮想事実の発覚によって翻弄され、異化される。

この苛酷な労働現場に変化をもたらしたのは浅田小五郎という人物だった。「我物ゆゑに裸川」では「ひとりの人足」または「物の才覚らしき男」と書かれる人物に、太宰は名を与えた。その名はこの男が「智慧の浅瀬を渡る」「小人」であることを示唆するのだろう。

この時、人足の中に浅田小五郎といふ三十四、五歳のばくち打がゐた。人間、三十四、五の頃は最も自惚れの強いものださうであるが、それでなくともこの浅田は、氏育ち少しくまされるを鼻にかけ、いまは落ちぶれて人足仲間にはひつてゐても、傲岸不遜にして長上をあなどり、仕事をなまけ、いささかの奇智を弄して悪銭を得ては、若年の者どもに酒をふるまひ、兄貴は気前がよいと言はれて、さうでもないが、と答へてまんざらでもないやうな大馬鹿者のひとりであつた。

滑川に落とした「十一文」にこだわる青砥と「若年の者ども」に慕われる自己像を維持するために「奇智を弄して悪銭を得」る浅田とは、金銭という課題を共有している。しかし、両者の間には、青砥が貨幣というものの社会的な役割を問うのに対して、浅田は銭の多寡を問題にするという懸隔がある。自己肯定感に浸り、気前のよさを誇りとする「大馬鹿者」の浅田には、青砥の大仰な「下知」の背後にある、貨幣を貴重な社会資本と見なす理念、換言すれば、「金銭のダイナミズム」[24]（篠原進）など眼中にはない。唯々、「たかが十文か十一文」のことで「血相かへて騒」いでいる青砥が「どうにも、うるさくてかなはない」のである。一方の青砥もひたすら「国土の重宝」が甦ることを願い、居丈高な「下知」を繰り返す。「裸川」における青砥の言動は終始、理と情とのバランスを欠いているといわねばならない。

「人足たち」がつらい作業を強いられているなかで、浅田は得意の「奇智」をはたらかせる。自分の腹掛けから取り出した銭を川中から捜し出したかのように見せかけて、青砥を欺いたのである。『武家義理物語』では「此方の銭を手まはしして」とだけ書かれた詐術をここでは具体的に叙述している。

「なに、あつた？　銭はあつたか。」岸では青砥が浅田の叫びを聞いて狂喜し、「銭はあつたか。たしかに、あつたか。」と脊伸びしてくどく尋ねた。

浅田は、ばかばかしい思ひで、

「へえ、ございました。三文ございました。おとどけ致します。」と言つて岸に向つて歩きかけたら、青砥は声をはげまし、
「動くな、動くな。その場を捜せ。たしかにそこだ。私はその場に落したのだ。いま思ひ出した。たしかにそこだ。さらに八文ある筈だ。落したものは、落した場所にあるにきまつてゐる。それ！　皆の者、銭は三文見つかつたぞ。さらに精出して、そこな下郎の周囲を捜せ。」とたいへんな騒ぎ方である。

青砥の反応はやはり常軌を逸している。「狂喜」するのはまだよいとしても、落とした場所を「いま思ひ出した。たしかにそこだ」といい加減な断定まで加えてしまうのは軽挙というほかない。その空騒ぎはこのあとも、「『なに、あつたか。』と打てば響く青砥の蛮声」、「『それ！　皆の者、そこな下郎は殊勝であるぞ。負けず劣らず、はげめ、つつこめ。』と体を震はせて更にはげしく下知するのである」と激化していく。こうした感情の暴走を見せる青砥藤綱は、文芸史上ついぞ現れたことがなかった。北条時頼から、「学道《がくだう》を勤《つと》めて、仁義を修《をさ》め廉恥《れんち》を行ひ、奉公に私《わたくし》なく行跡《かうせき》に非《ひ》なし」と評され、「他人《たにん》には替りて貴《たふと》き人」[25]として遇されたという「青砥左衛門尉藤綱」を、これほどまでに不完全な人物として描くことのねらいとは何だろうか。

## 四

太宰は〈うがち〉によって本質の陰にあるかもしれない意外な現実を照射する。その結果、逸話の教訓性は引き下げられ、決めぜりふとなるはずの青砥の言葉は効力を失ってしまう。

岸の青砥は喜ぶ事かぎりなく、浅田から受け取つた十一文を三度も勘定し直して、うむ、たしかに十一文、と深く首肯き、火打袋にちやりんとをさめて、にやりと笑ひ、「さて、浅田とやら、このたびの働きは、見事であつたなう。そちのお蔭で国土の重宝はよみがへつた。さらに一両の褒美をとらせる。川に落ちた銭は、いたづらに朽ちるばかりであるが、人の手から手へ渡つた金は、いつまでも生きて世にとどまりて人のまはり持ち。」としんみり言つて、一両の褒美をつかはし、ひらりと馬に乗り、戞々と立ち去つたが、人足たちは後を見送り、馬鹿な人だと言つた。智慧の浅瀬を渡る下々の心には、青砥の深慮が解しかね、一文惜しみの百知らず、と笑ひののしつたとは、いつの世も小人はあさましく、救ひ難いものである。

信念に基づいて「国土の重宝」を守り抜いた自分の行いに青砥は陶酔する。だが、「深く首肯き」、「にやりと笑ひ」、「しんみり言つて」、「ひらりと馬に乗り、戞々と立ち去つた」と、語り手は悦に入る青砥のしぐさを逐一見逃さない。その執拗な描写に含まれるいやみは、青砥の喜び様を「智慧の浅瀬を渡る下々の心」で捉えるところに生成する。青砥による「下知」の描写でもそうであったように、「小人」の浅ましさを一応は嘆いてみせる語り手自身が「下々の心」を代弁しているのである。そもそも語り手は、「深慮」とは程遠い激情に駆られる青砥の言動を追い続けてきた。教訓には不可欠な賢者と愚者との絶対的な差異という前提が「裸川」においては曖昧なままなのである。[26] これでは、青砥の説諭は機能しない。周囲の無理解を悟ることなく、芝居がかった口調で得々と理を説くことの愚かしさ、おかしさは、帰宅後に同様の説教を始める場面でも描かれる。「女房子供を一室に集めて」、「河原で人足どもに言ひ聞かせた教訓を、再びいい気持で繰り返して説いた」ものの、「一座の者はもぢもぢして、ただあいまいに首肯」するばかりであった。家庭における青砥の孤立は、日頃から分別顔で道を説く夫・父に「女房子供」が辟易としていることを想像させる。

一方、青砥を欺いた浅田は、その晩の「贅沢な大宴会」では「一座の花形」となり、有頂天のままいらぬことを口走る。

「さればさ、あの青砥はとんだ間抜けだ。おれの腹掛けから取り出した銭とも知らないで。」と口をまげてせせら笑つた。一座あつと驚き、膝を打ち、さすがは兄貴の発明おそれいつた、世が世ならお前は青砥の上にも立つべき器量人だ、とあさはかなお世辞を言ひ、酒宴は一そう派手に物狂はしくなつて行くばかりであつたが、真面目な人はどこにでもゐる。突如、宴席の片隅から、浅田の馬鹿野郎！　といふ怒号が起つた。

『武家義理物語』では、「左衛門程、世に賢き者を偽りすましける」と「物の才覚らしき男」が自慢したことになっている。騙された相手が「世に賢き者」だからこそ、騙した自分の賢さを誇ることができる、という手前勝手な理屈である。しかし、同じ詐術を弄した相手でも、「あの青砥はとんだ間抜けだ」と「せせら笑」う浅田にしてみれば、自らの過失を棚に上げ、「人足たち」を酷使する青砥への意趣返しを果たしたまでのことであった。ここにも、西鶴の表現を異化しようとする創作意図は明白である。

「裸川」の語り手は、そのような浅田の浮ついた自画自賛に「よせばよいのに」と批評を加えていた。「我物ゆゑに裸川」の書き出し、「口の虎身を喰《はみ》、舌の剣《つるぎ》命を断つは、人の本情《ほんじやう》にあらず」をふまえ、浅田の不用意な一言がもたらす身の破滅を予示しているのだろう。冷笑的な語りはすべての登場人物との距離を保ち、特定の理念や感情への共鳴を回避する。

浅田の言葉に激怒する「真面目な人」は、「我物ゆゑに裸川」では「千馬孫九郎」という二代前までは「歴々の武士」だった者として紹介され、最後には、時頼への青砥の「言上」で「二たび武家のほまれ」を賜ることになる。しかし、浅田小五郎とは対照的に、千馬孫九郎は「裸川」においてはその名を記されることなく、「小さい男」と呼ばれる。「侍のこころざし」の見事さを主題とし、「筋目ほどはづかしきはなし」（巻二・三「松風ばかりや残るらん脇指」）と血筋による人となりの違いを基盤に据えた[27]『武家義理物語』と「智慧の浅瀬を渡る下々の心」が優位に立つ「裸川」との違いは、このような書き換えからも確かめられよう。

語り手による批評は「小さい男」の言動にも向けられる。「青砥のせつかくの高潔な志」を踏みにじった浅田の「無智な小細工」をなじり、「けふよりのちは赤の他人と思つていただきたい」と「人足たち」との絶縁を宣言した後、「小さい男」は「親孝行」の尊さを語りはじめる。周囲の者にとっては唐突な「親孝行」の連発に、語り手は「議論は意外のところまで発展して」と、からかいの片言を差し挟む。「親孝行」という美徳そのものを批判するのではなく、「小男」の心のなかに覚醒した信念とそれが語られる文脈との不協和を揶揄しているのである。

## おわりに

青砥を欺いた浅田の狡智は、西鶴の筋立てにはなかった仕掛けによって発覚する。落とした銭は十一文ではなく九文であることが、青砥の「悧発さうな八つの娘」の問いかけでわかったのである。出仕の途中、二文を娘に手渡したことを忘れていた青砥は、火打袋の残金を確かめた際、その分を勘定に入れず、落とした銭は十一文と早合点していたのだった。

青砥は愕然とした。落した銭は九文でなければならぬ筈であつた。九文落して、十一文川底から出て来るとは、奇怪である。青砥だつて馬鹿ではない。ひよつとしたら、これはあの浅田とやらいふのつぺりした顔の人足が、何かたくらんだのかも知れぬ、と感附いた。考へてみると、手でさぐるよりも足でさぐつたはうが早く見つかるなどといふのもふざけた話だ。

失策への反省よりも、浅田に対する嫌疑が募るとともに、欺かれたことへの悔しさに青砥は包まれる。「あの浅田とやらいふのつぺりした顔の人足」のことを「女房子供」に「ひとりの発明らしき顔をした人足」と語っていたのも青砥だった。他人の人品を見損なうことの恥ずかしさも忘れ、青砥はあくまでも被害者の立場で浅田の罪を裁こうとしはじめている。これまでこの小説のなかで反復されてきた、青砥藤綱からの乖離という創作方法は、ここに極まった感がある。「青砥だつて馬鹿ではない」という語りは、賢者・青砥藤綱の不在を宣言するのである。

「裸川」の青砥は、浅田に対して「下役人の厳重な監視のもとに丸裸となつて川を捜」すよう命じる。それが「お上をいつはる不届者」に下した刑罰としての労役であった。「滑川もいつしか人に裸川と呼ばれて鎌倉名物の一つに数へ上げられるやうになつた頃、すなはち九十七日目に」、銭九文の捜索は終わり、浅田は「青砥と再び対面」する。

「下郎、思ひ知つたか。」

と言はれて浅田は、おそるるところなく、かうべを挙げて、

「せんだつて、あなたに差し上げた銭十一文は、私の腹掛けから取り出したものでございますから、あれは私に返して下さい。」と言つたとやら、ひかれ者の小唄とはこれであらうかと、のちのち人の笑ひ話の種になつた。

刑場に引かれていく罪人が小唄を口ずさみ、負け惜しみから強がって見せる。そのような「ひかれ者の小唄」にたとえられた浅田の要求[28]は、労役刑の執行によっても「不届者」に改悛の情を起こさせることができなかったという意味で、青砥による裁きの実効性を相対化する。『青砥稿花紅彩画』で、「天下の賢者と呼ばれたる藤綱殿故のぞむところ、手向ひいたさぬ縄かけよ」と日本駄右衛門に言わしめ

た、名奉行の誉れ高い青砥藤綱は、そこにはいないのだ。

『武家義理物語』の「我物ゆゑに裸川」は、青砥藤綱をめぐる逸話の型に他の要素を持ち込み、自らの発言がもとで責任を取らされることになった男を描いて、裁きの見事さをも表象した作品である。倹約の美徳を教示する「滑川」の逸話と、奸智がもたらす悪事を懲らしめる「政談」とを融合させた、正統的な青砥藤綱の物語となり得ている。西鶴は謹厳にして冷静な賢者・青砥の形象を保持した。さらに、北条時頼の政務を補佐する重臣としての働きにも言及して、『太平記』以降語られてきた、理を重んじ、主君である「相模守」への諫言をも厭わぬ清廉公平な家臣の姿を逸脱することなく、武門ならではのこころばえに焦点を当てる。巻頭の「見出し」にあった「夜のたいまつは心の光」は、世の中の鑑となる青砥の威光を表す。

また、「物の才覚らしき男」に騙されたという西鶴による趣向も、南方熊楠が指摘したように、『孟子』巻第九「万章章句 上」に載る、春秋時代、鄭の名宰相・子産が池守の役人である「校人」に欺かれた逸話を下敷きに書かれたとすれば[29]、「君子を欺《あざむ》くに其の方《みち》を以てすべき」[30]例話と考えることができる。「君子」といえども「道理にかなった方法でなら、だまされもする」[31]のだから、子産の場合と同様に、青砥の落ち度とばかりはいえないことになる。

それに対して「裸川」は、「我物ゆゑに裸川」に触発されたとはいえ、青砥藤綱の物語を借りて〈笑い〉を追求する滑稽小説として書き換えられた。本義を知りながらも、とぼけてそこからずれることによって生まれる笑いが「裸川」の魅力である。滑川の逸話が広く知られていた時代にあっては、読者は原型としての青砥藤綱との偏差を存分に楽しむことができたであろう。「裸川」が発表された当時、戦費捻出のため、倹約と貯蓄とは国民の務めとされていた。それゆえ、青砥は時局にふさわしい理想人物でもあった。そうした倹約の模範たる人物を滑稽小説の主役に引き出した太宰治の反時代性は注目に値する。[32]

現代の読者の多くがそうであるように、青砥の逸話を知らなくても、「裸川」の多様な笑いは十分な読みどころとなる。浅田に倣い「妙な腰つき」で銭を捜し、「松明片手に舞ひ」はじめる人足たち、奇矯なまでに居丈高な「引付衆」の自己陶酔と浅田に代表される「智慧の浅瀬を渡る下々の心」との対峙、滑川の岸辺で六、七十年前に落としたかんざしの行方を尋ね、役人に叱られる「心得顔した婆」、そして饒舌な批評を繰り出す語りと、「裸川」には、原典にはない滑稽な場面や仕掛けが至るところにちりばめられている。[33] 太宰治は奔放な〈うがち〉のはたらきを借りて青砥藤綱言説の枠組みを崩し、「下々の心」が躍動する滑稽小説を創造したのである。

［注］

1　津島美知子「後記」（『近代文庫　『太宰治全集』第十一巻　昭和28・12　創藝社　二七九頁）

2　太宰治『新釈諸国噺』の本文は『太宰治全集』7（平成10・10　筑摩書房）による。原則として、他の引用文も含め、仮名遣いおよびルビは原文のままとし、漢字は新字に統一した。文中の傍線・傍点は引用者による。

3　『武家義理物語』の本文は、『西鶴全集』第八（正宗敦夫編纂校訂　昭和3・1　日本古典全集刊行会）による。津島美知子『回想の太宰治』（昭和53・5　人文書院　二〇二頁）に「太宰が『新釈諸国噺』を書くときに拠った」書物として紹介されている。なお、「我物ゆゑに裸川」の「ゑ」という表記は『西鶴全集』第八の本文に従ったもので、刊本には「へ」と書かれている。

4　兵藤裕己『太平記〈よみ〉の可能性　歴史という物語』（平成17・9　講談社学術文庫　一〇三～一〇四頁）

5　『日本伝奇伝説大事典』（昭和61・10　角川書店「青砥藤綱」の項目の執筆者は木越治　一一～一二頁）

6　『太平記』巻第三十五「北野《きたの》通夜《つや》物語《ものがたり》の事《こと》附青砥《あをとの》左衛門《さゑもん》が事《こと》」。『太平記』の本文は、博文館文庫『太平記』下（昭和14・7　博文館　二五二～二五三頁）による。

7　司馬遼太郎『三浦半島記　街道をゆく　四十二』（平成8・6　朝日新聞社　一五一頁）

8　寺西朋子「太宰治「新釈諸国噺」出典考」（「近代文学試論」11　昭和48・6）は、戯画化にあたって『太平記』の記事が援用されたことを指摘する。

9　木村小夜『太宰治翻案作品論』（平成13・2　和泉書院）第二章『新釋諸國噺』論　第五節「裸川」（初出：「太

宰治「裸川」論」「叙説」24 平成9・3）は、『太平記』から『武家義理物語』を経て「裸川」に至る翻案の過程を丁寧にたどった上で、青砥と浅田との対立という読解の構図を脱構築した、示唆に富む論考である。

10 西川如見『町人嚢 百姓嚢 長崎夜話草』（飯島忠夫・西川忠幸校訂 昭和17・6 岩波文庫 三〇～三一頁）

11 室鳩巣『駿台雑話』（森銑三校訂 昭和11・12 岩波文庫 一八六頁）

12 石田梅岩『都鄙問答』（足立栗園校訂 昭和10・2 岩波文庫 二六頁）

13 曲亭馬琴著・葛飾北斎画『青砥藤綱摸稜案』（大正5・7 絵入文庫刊行会 一五頁）

14 黙阿弥『弁天小僧・鳩の平右衛門』（河竹繁俊校訂 昭和3・8 岩波文庫 一四六頁）

15 池内輝雄は「「裸川」論——メディアとの相関——」（「太宰治研究」11 平成15・6）で、同時代のコンテクストを視野に入れ、「ひどい決意」は「かすかに戦時の国家体制を諷しているように見てとれる」と論じる。

16 『徒然草』の本文は、『新訂 徒然草』（西尾実・安良岡康作校注 昭和60・1 岩波文庫「第百八十四段」三一二頁、「第二百十五段」三五七頁）による。

17 赤木孝之『戦時下の太宰治』（平成6・8 武蔵野書房 一一九頁）

18 井上泰至「近世刊行軍書と『武家義理物語』——青砥説話の生成と展開——」（「近世文学史研究 一 十七世紀の文学」平成29・1）

19 『北条九代記』は明治期以降もいくつかの刊本が発行され、鷲尾雨工『北條九代記』（昭和18・3 昭和書房）のような小説形式への書き換えも行われていた。

20 『北条九代記』の本文は、有朋堂文庫『保元物語 平治物語 北條九代記』（昭和2・9 有朋堂書店 五七一～五七二頁）による。

21 Csendom《チェンドム》 Andrea《アンドレア》「青砥藤綱像の形成――『太平記評判秘伝理尽鈔』と『北条九代記』の解釈を中心に」（「書物・出版と社会変容」19 平成27・10）は、『太平記』・『太平記評判秘伝理尽鈔』・『北条九代記』における青砥の描かれ方を精細に比較、分析している。

22 本論では、物語の叙述と歴史的事実との懸隔については問わない。高橋慎一朗『北条時頼』（平成25・8 吉川弘文館）には、青砥藤綱にまつわる記述はない。歴史研究の立場から発せられた、時頼・青砥伝説への誠実な応答である。

23 中村幸彦は『戯作論』（昭和41・9 角川書店 一五〇～一五一頁）で、「うがち」の特性を「指摘と云ふには刺戟的で鋭く、暴露と云ふには迫力に乏しく、諷刺としては語り手即ち作者の主観があらはでなく、無責任なトピック的な放言による裏面観風なもの」とまとめ、「世間の言葉で云へば、うがちは「うがち過」の方が面白いこととなる」ことに触れる。

24 篠原進は「落日の美学――『武家義理物語』の時間――」（「江戸文学」5 平成3・3）で『本阿弥行状記』を引用し、光悦が青砥の倹約に、吝嗇とは異なる「金銭のダイナミズム」への洞察を見ていたとする。また、三上隆三「青砥藤綱と貨幣経済の夜明け」（「歴史読本」48-8 平成15・8）は経済史学の見地から「滑川」の逸話に見られる青砥の「マクロ（巨視的）思考」を高く評価する。井原西鶴も『日本永代蔵』（貞享五・一六八八年）巻五の四「朝《あした》の塩籠夕《しほかごゆふべ》の油桶《あぶらをけ》」で、「昔青砥左衛門が松炬《たいまつ》にて鎌倉川を探がせしも、世の重宝《ちょうほう》の朽ち捨たる事を惜みての思案深し」と、その賢慮を讃えていた。

25 『北条九代記』（注20 五八〇頁）

26 鳥居邦朗「太宰治と西鶴――「裸川」を中心に」（『比較文化』16 昭和45・3）はこの平準化を「青砥は浅田と同じ位置にまで引きずりおろされ、その「清廉潔白」がすなわち戯画の対象となっている」と読み解く。

27 森田雅也は「「武家義理物語」試論――巻一の一「我物ゆへに裸川」を視座として――」（『日本文藝研究』37－4 昭和61・1）で、西鶴が「筋目」に「頓着」していたことの根拠として「青砥をだました人足と元武士の人足では、身分によって、精神的価値基準までが違ってくる」ことを挙げる。

28 小泉浩一郎「『新釈諸国噺』論――「大力」「裸川」「義理」をめぐり」（『日本文学』25－1 昭和51・1）はこの応答に「権力に屈しない浅田の逞しい合理主義と、抵抗の精神」を見る。

29 南方熊楠「『武家義理物語』私註」（『月刊日本及日本人』273 昭和8・5）

30 『孟子』下（小林勝人訳注 昭和47・6 岩波文庫 一一三頁）

31 『孟子』下（注30 一一七頁）

32 江明瑾「過剰化された人間性の物語―太宰治「裸川」論」（『文化』75－3・4 平成24・3）は〈倹素〉という戦時下の青砥藤綱像からの逸脱を跡づける。

33 斎藤理生『太宰治の小説の〈笑い〉』（平成25・5 双文社出版）における諸論文は、この問題について数多くの豊かで刺激的な視座を提示している。

本研究はＪＳＰＳ科研費 23652057（挑戦的萌芽研究）の助成を受けたものである。

# 「義理」——反響する〈卑怯〉

## はじめに

昭和十九年五月、太宰治は「武家義理物語（新釈諸国噺）」という短編小説を「文藝」（十二巻五号）に発表した。翌年、『新釈諸国噺』収載時に「義理」と改題される作品である。「義理のために死を致す事、これ弓馬の家のならひ」[1]と書き出されるこの小説は、井原西鶴の浮世草子『武家義理物語《ぶけぎりものがたり》』（貞享五・一六八八年二月刊）巻一の第五話「死《し》なば同《おな》じ浪枕《なみまくら》とや」[2]の筋立てを土台としている。

原話は、ある武士による苦渋の決断を山場とする悲話だった。「摂州《せつしう》伊丹《いたみ》の城主荒木村重《むらしげ》」に「横《よこ》目役《めやく》」として仕える「神崎式部《かんざききしきぶ》」は、「筋目たゞしきゆゑ」を以て「年久しく此御家を治め」ていた。あるとき、「主君の御次男村丸」が「東国蝦夷《えぞ》が千島の風景御一覧」を思い立ち、式部とその「一子の勝太郎」を含む「御供」たちと「東路《あづまぢ》にくだ」ることとなる。その道中、「折ふしの雨ふりつゞ」く「卯月のすゑ」に事件は起きた。大井川の「水嵩《みづかさ》次第につの」る様を実見した式部が渡河の日延べを上申したものの、「若殿」は「血気《けつき》さかんにましまして、是非をかんがへ給はず、御心のままに越せよ」

と命じ、そのために「大浪に分入り、流れて死骸の見えぬものあまたにて」という大惨事となったのである。式部は「同役の森岡丹後」から「諸事頼むとの一言」とともにその一子「丹三郎」を預かっていたが、「人馬ともに吟味し」た甲斐もなく、「岸根《きしね》今すこし」というところで「川越瀬《かはごし》を踏違《ふみ》へて」、丹三郎はあえなく流れに呑まれてしまった。「十方《とはう》にくれて暫く思案しすまし」た後、式部は無事に渡河を果たした勝太郎を呼び寄せ、「汝世に残しては丹後手前、武士の一分立ちがたし、時刻うつさず相果てよといさめ」る。「さすが侍の心根すこしもたるむ所なく、引きかへして立つ浪に飛び入」った勝太郎を見送り、式部は「時節外《ほか》なる憂き別れ」に「世を観じ」つつも、「主命の道をそむくの大事」と村丸の蝦夷一覧随伴の務めを全うした。その後、病を理由に辞職を願い出た式部は、妻と一緒に「播州《ばんしう》の清水《きよみづ》」で仏門に入る。大井川一件の事情を漏れ聞いた丹後もまた、「俄に御暇《ひま》乞ひ請け」、妻子ともども「式部入道の跡をしたひ」出家して、互いに「たぐひなき後世の友」となったという。

　式部の心内語として語られる「まことに人間の義理程悲しき物はなし」という嘆きは、「義理《ぎり》に身《み》を果《はた》せる」（『武家義理物語』序）ことの切なさを真率に映し出す。では、「自己が不公平に相手より優位に立つことを恥じ、損をしてでも相手と同じ条件になろうとする論理」[3]（日野龍夫）に貫かれる義理とはいかなるものか。この一編は〈義理〉について論じる際、その具体例としてしばしば引用されてきた。例えば、源了圓はここに「信頼にたいする呼応の意味の義理と、恥をいさぎよしとせず名を重んずる義理」とが「表裏一体をなす」[4]構造を見る。また、風間誠史は本作の〈義理〉の本質を、「世間」からの眼差しを意識し、それに規制される「互酬の連鎖」[5]にあるとする。

　太宰治は「死なば同じ浪枕とや」のどのようなところに心を動かされたのだろうか。「義理」が「『新釈諸国噺』の中にあって太宰の改変部分が多い部類に属している」[6]ことは明白である。典拠からの引用が目立つ冒頭と末尾のほかは、登場人物の言動に関して大幅な加筆が施されている。とりわけ、「森岡丹三郎」についての記述は詳細を極め、明確な性格付けがなされており、これまでその点が「義理」を取り上げる際の論点の一つとなることが多かった。本稿では、〈義理〉が成立する過程について、先行研究を参看しながら、登場人物の形象の問題や同時代の背景を考え合わせ論じてみたい。

一

まず、「死なば同じ浪枕とや」からそのまま引き継いだ設定に目を向けたい。この小説には、実在が確かめられる歴史的人物として、「伊丹の城主、荒木村重」が登場する。「最も戦国乱世を象徴する人物[7]」とされる武将であるが、従来、「義理」を論じるにあたって、その存在は等閑視されてきたといってよい。たしかに、荒木村重は「御次男、村丸」の「途方もない」願い出を、「よろしい、蝦夷一覧もよからう、行つておいで、若い頃の長旅は一生の薬」と「事もなげに」許す、甘い父親の一面を覗かせただけであった。村丸帰城後の反応も何一つ書かれてはいない。だが、戦国武将・荒木村重にまつわる逸話の数々は、「義理」の読み解きに欠かせない基調をなしているのではないか。史実はともかくとして、村重伝説のいくつかは、この小説が発表された戦時下にあって広く共有されていたものと考えられる。ここでは、村重をめぐる三つの代表的な逸話とそこから導き出される人物像をまとめておくことにする。

時系列で考えるとき、その第一に位置するのは、村重が織田信長に初めて対面した際の伝説である。元亀四（一五七三）年三月、信長は足利義昭との抗争の直中にあった。

> 村重素《もと》より雄豪《ゆうごう》を以て聞ゆ。部兵皆驍《ぎょう》なり。義昭の変《へん》に、首《しゅ》として信長に応じ、迎へて大津《おおつ》に謁《えつ》す。面貌《めんぼう》甚だ偉《い》なり。会々《たまたま》饅頭《まんじゅう》を献ずる者あり。信長、佩刀《はいとう》を抜いて、饅頭を鋒《きっさき》に貫き、以て村重に啗《くら》はしむ。村重進んで、口を開いてこれを受く。信長笑つて曰く、「好男子、摂津《せっつ》十三郡は汝がこれを剪取《せんしゅ》するに任《まか》す」と。[8]

頼山陽の『日本外史』（天保七・一八三六年刊）が簡潔に伝えるのは、武技と度胸とを兼ね備えた闘将・荒木村重の姿である。頼りになる家臣を得た喜びから、信長はこみあげる笑いを抑えられなかったのだろう。摂津一国の本領を安堵することで、村重への信任を表明したことになる。「佩刀」に刺した「饅頭」と村重の大口という取り合わせが印象的なこの場面は、江戸後期に至って恰好の画題となった。こうして、村重について語られる伝説の第一は、その〈剛胆〉に焦点が当てられていた。

第二は、天正六（一五七八）年、信長への謀叛の意を明らかにし、有岡(伊丹)城に籠もっていたときの美談である。湯浅常山による『常山紀談』（元文四・一七三九年）、『日本外史』を経て、元田永孚が編纂した『幼学綱要』（明治一四・一八八一年六月）に採られ、〈修身〉の教材となった友愛の物語であった。

○羽柴秀吉、荒木村重ト友トシ善シ。織田信長讒ヲ信ジテ、村重ヲ殺サムトス。村重怖レテ遂ニ叛《そむ》ク。秀吉其讒ニ由ルヲ以テ、信長ニ請ヒ、往テ村重ニ説キ、其叛ヲ止ム。辞意懇到ナリ。村重納《い》ルルコト能ハズ。其臣河原林《カハラバヤシ》越後、秀吉ヲ殺シテ、以テ信長ノ力ヲ殺《そ》ガムト請フ。村重曰ク、汝ガ言吾ガ利ヲ計ルナリ。然レドモ秀吉ノ我ニ於ル、断金ノ交ヲ結ブコト久シ。今我家ノ将サニ亡ビムトスルヲ憫ミ、又我ガ害心無キコトヲ知ル。是ヲ以テ来リ諫ムルナリ。夫レ窮鳥懐ニ入ル、之ヲ殺スニ忍ビズ。而ルヲ況ヤ朋友ノ信義ヲ以テ来ル者ヲヤ。若シ之ヲ撃タバ、是レ禽獣ニ劣ルナリ。遂ニ秀吉ニ酒ヲ飲マシメ、色ヲ和ゲテ款語スルコト之ニ久シ。秀吉ノ去ルニ及テ、手ヲ携テ之ヲ庁外ニ送リ、相与《あいとも》ニ別ヲ惜メリ。[9]

史学研究においても、村重による謀叛の理由は未だに判然とせず、後述する第三の逸話とも連動する〈謎〉とされる。ともあれ、太田牛一の『信長公記』（慶長一五・一六一〇年頃成立）に記された信長からの翻意の促しを拒み、籠城を続ける村重のもとに「断金ノ交ヲ結ブコト久シ」い羽柴秀吉が訪ねてくる。そこで「河原林越後」は、信長にとって重臣のひとりである秀吉を無き者にする好機だ、と村重に進言した。戦国の世では当然の「吾カ利ヲ計ル」一手である。しかし、村重は動かない。秀吉は村重に「害心無キコトヲ知ル」からこそ、「窮鳥」、すなわち逃げ場を失った鳥も同然の窮地に陥ることを怖れなかった。その「朋友ノ信義」には報いなければならないからである。和やかな惜別の宴のあと、村重は秀吉を懇ろに見送ったという。『幼学綱要』の章立てでは「信義」を讃える逸話として採録されている。

第三は、有岡城から尼崎城への脱出の模様を語る言い伝えである。天正七（一五七九）年九月二日、夜陰に乗じて「五・六人召列《ツレ》伊丹を忍出、尼崎へ移り候[10]」（『信長公記』）という行動に出た「荒木摂津守」が、その後有岡に帰城することはなかったらしい。同年十一月に有岡城は開城し、その翌月、城内に取り残されていた者たちは、信長の命によって処刑されることになる。『織田軍記』（遠山信春撰・貞享二・一六八五年自跋）は村重の罪深さについて力説する。

剰さへ大臣家の御取立《オトリタテ》を以て、村重終《ツヒ》に伊丹、有岡、尼崎等、数城《スジヤウ》の主《ヌシ》と成り、過分《クワブン》の所領を賜つて、抜群《バツグン》の御恩を蒙《カウム》るといへども、欲心《ヨクシン》に厭足《アキタ》らず、近年又謀叛《ムホン》を起し、御敵となり、今又妻子親類《サイシシンルヰ》を顧《カヘリ》みず、士卒眷属《ケンゾク》を捨て殺して、悪《キタナク》も己が一命を脱《マヌガ》る、武門の盗賊、罪責《ザイセキ》恥辱之に過ぎず、不義《フギ》無道《ブダウ》の至極《シゴク》にして、人非人の挙動《フルマヒ》と云ふべきなり、[11]

村重が選択した尼崎城への脱出には、戦局の好転をもたらす何らかの目算があったのかもしれない。有岡城が落ちた後も、尼崎城での抗戦は続いた。ただ、そうした史実を置き去りにして、伝説としての人物像は形作られ流布していく。「命《イノチ》の惜《ヲシ》さに数多《アマタ》の兵士を爰《コヽ》に捨置、只一人此城《コノシロ》をのがれ出たり、か丶る卑怯《ヒケフ》の大将[12]」（岡田玉山作・画『絵本太閤記』二編、寛政一〇・一七九八年刊）、「荒木一人の云為《シワザ》にて、一門・親類上下の数を知らず、してうの別れ血の涙をながす[13]」（『信長公記』）という事態の捉え方は、近代以降も崩れることはなかった。「してう」は「四鳥」のことで、その別れとは親子の別離を意味した。情愛も義理も忘れ、我が命惜しさに逃亡した武士・荒木村重の〈卑怯〉は、長く人々に記憶されることとなるのである。
それでは、これまで見てきた〈剛胆〉・〈信義〉・〈卑怯〉という互いに相容れない村重像は果たして、小説「義理」にどのような効果をもたらすのだろうか。

## 二

周囲の者たちの心中を代弁するかのように、語り手は「若殿」村丸による「蝦夷一覧」の企てを「途方もない事」、「我儘の願ひ」と断定的に批評する。「まことに手のあまる腕白者にて、神崎はじめ重臣一同の苦労の種」だった「若殿」に付き従い、「摂州伊丹」・「蝦夷」間を往復する「長旅」の苦難は、誰もが予想できたに違いない。ところが、先述のとおり、「かねて村丸贔屓の城主荒木」はこの無体な希望を「事もなげに」聞き容れてしまう。「若い頃の長旅は一生の薬」とは実に、「御供」の迷惑を顧みない暢気な物言いである。ところで、そもそも村丸はなぜ「蝦夷一覧」を思い立ったのか。そこには、源義経の英雄遍歴譚『御曹子島渡』[14]の後を追う趣向が念頭にあったのではなかろうか。

室町時代後期以降、写本や刊本として広く読まれた〈御伽草子〉中の一編『御曹子島渡』には、義経が「大日の兵法」を「千嶋とも、ゑぞが島とも」呼ばれる「北州」の国で手に入れるまでの遍歴が描かれている。異類の者たちが住む島々を巡行した後、義経はようやく目的地にたどり着く。「ゑぞが島」の都を治める「かねひら大王」の娘・「天女」と「二世の契」を結んだ義経は、彼女による命がけの手引きで「大日の兵法」を書き写すことに成功する。「義経をあはれみ、源氏の御代になさんため、鬼の娘に生れさせ給ひ」、兵法を伝えさせた「天女」は、「日本相模国、江の島の弁財天の化身」だった。この草子には、見なれぬ世界を空想することの愉しさ、超人的な能力への憧れ、異性と交わされるまめやかな情感の揺れ、危機を乗り切ることの痛快さなど、物語の典型的な魅力の数々が散りばめられている。

「死なば同じ浪枕とや」と同じく「蝦夷」を目指した「義理」の「若殿」は、このような先行文芸が形成する文化的な文脈に依存していたといえよう。「蝦夷とはどのやうな国か、その風景をひとめ見たい」と言い出し、「蝦夷を見ぬうちはめしを食はぬ」と駄々をこねた村丸にとって「蝦夷」は、義経がかつて戦《いくさ》の秘伝「大日の兵法」を獲得した異境だった。そこはまさしく武士としての特異な能力を得られるかもしれない、〈貴種流離〉にふさわしい島国であった。村丸は、戦国期の武将たちから、伝説的な兵法家として崇められていた義経と自己とをだぶらせ、武士の本流に我が身を置く幻想に浸っていたのである。無論、『義経記』や『浄瑠璃御前物語』に描かれた、義経にはつきものの〈悲恋〉説話もまた、まだ見ぬ土地への憧憬を募らせる要因となっただろう。

こうして〈義経伝説〉をなぞる村丸は、『平家物語』の「宇治川先陣」（巻第九）をも再演しようとする。その共演を持ち掛けられたのは丹三郎だった。

どうだ、蛸め、われら二人抜け駈けてこの濁流に駒をすすめ、かの宇治川先陣、佐々木と梶原の如く、相競つて共に向う岸に渡つて見せたら、臆病の式部はじめ供の者たちも仕方なく後からついて来るだらう。

大井川の「濁流」は「かの宇治川」に見立てられ、「臆病の式部」に勇猛果敢な振る舞いを誇示するための舞台は整った。遊戯性すら湛えた冒険の誘いには何のためらいもない。誰の目にも明らかに危難が迫る状況だからこそ、冒険の遂行には価値が生じる。さらには、渡河を果たせば、主君を守ることが務めである「供の者たち」も懸命に追従するはずだ、という予測も正しい。とはいえ、この命懸けの渡河にどのような意味があるのかは誰にもわからない。強行突破に価値を見出し、勇に誇ろうとする村丸の思いだけが、この場を統べる絶対的な〈法〉なのである。

村丸はひたすら、父譲りの〈剛胆〉を試したかったのだろう。一代にして摂津一国の支配者にまで上り詰めた偉大な父・荒木村重の子として、その正統性を証明するために「御曹子島渡」や「宇治川先陣」の後を追う。ところが、その意に反してここに露呈しているのは、武芸上の技量や胆力とは別の、〈暗愚〉という問題なのだ。想像上の勇猛な武士を演じたい村丸にとって、従者は引き立て役に過ぎない。あるいは、臣下の命を軽んじることも、主君に与えられた特権の一部と見なしていよう。「義理」は、「家中粒選りの武士三十人」が国元を離れて、旅中の閉じられた権力関係に置かれる、擬似的な密室劇という側面を持つ。その閉鎖的な権力構造の頂点に、未熟極まりない観念的な武士・村丸が君臨している。それは一見、後に村重が選択することになる〈卑怯〉な所行を反転させた〈剛胆〉な意志決定と映るが、実はともに、〈義理〉からも〈情〉からも乖離するという主従関係崩壊のきっかけとなっている。〈暗愚〉とは、そのような人間関係への感受性を欠いたありようを指すのである。

三

森岡丹三郎は一貫して〈戯画化〉によって形象される。[15] 原話では「同役の森岡丹後一子に丹三郎十六歳成るが始めての旅立」と書かれるのみで、容貌や性格には全く触れていない。「始めての旅立」というところにわずかな不安が示唆される程度であった。それに対して、「義理」の語り手は、丹三郎の人となりを細々と饒舌に伝える。

式部の同役森岡丹後の三人の男の子の中の末子丹三郎とて十六歳、勝太郎に較べて何から何まで見劣りして色は白いが眼尻は垂れ下り、唇厚く真赤で猪八戒に似てゐるくせになかなかのおしやれで、額の面皰を気にして毎朝ひそかに軽石でこすり、それがために額は紫色に異様にてかてか光つてゐる。でつぷりと太つて大きく、一挙手一投足のろくさく、武芸はきらひ、色情はさかん、いぎたなく横坐りに坐つて、何を思ひ出してゐるのか時々、にやりと笑つたりして、いやらしいつたら無い子であつた。けれどもこの子は、どういふものか若殿村丸のお気にいりで、蛸よ蛸よと呼ばれて、いつもお傍ちかく侍《はべ》つて若殿にけしからぬ事を御指南申したりして、若殿と共にげらげら下品に笑ひ合つてゐるのである。

旅中、丹三郎の言動は、荒木村重が伊丹（有岡）城主だった戦国期の天正年間ではなく、当時から見れば後世となる江戸時代の風物や美意識にこだわりを見せる。例えば、時代考証からいえばありえない風物として、村丸と「夜おそくまで」興じていた「狐拳」を挙げることができる。「庄屋拳」・「藤八拳」など多くの異名を持つ「狐拳」が、「初めて文献に現れるのは十八世紀の後半であろう[16]」と推定されている。狐・庄屋（名主）・鉄砲（狩人）が〈三すくみ〉をなす「狐拳」は、「独特の間と調子（掛け声）を伴」い、しかも「着座ではあるが身体を大きく使う[17]」ところに特徴を持つ。とりわけ十九世紀に入ってから「歌舞伎、浮世絵、拳酒にみられる酒宴文化などを通じて大衆的な人気を博し[18]」た。「宿の女中にたはむれて賭事やら狐拳やら双六やら、いやらしく忍び笑ひして打興じて」いたという村丸と丹三郎は、江戸後期以降流行する酒興付きの「遊山の旅」を楽しんでいたことになる。

一方の近世的美意識とは、何かにつけ「野暮」を連発して嫌悪の情を漏らすことに表象される〈粋《いき》〉への心酔である。「お前たちは野暮だからな。固いばかりが忠義ぢやない。狐拳くらゐ覚えて置けよ」と吐き捨てる丹三郎の真意は、「毎夜、若殿の遊び相手をやらされて、へとへと」になっていることへの配慮に欠ける者、「世態に通じない、人情を解しない野人田夫《やじんでんぷ》[19]」、野暮をなじることで、自らをその対極に位置づけることにあった。それは、江戸中期の洒落本が遊里を作品世界として諧謔的に追求するであろう〈通〉の先取りを意味するものと考えられる。「なかなかのおしやれで」、己の容姿にこだわり、「武芸はきらひ、色情はさかん、いぎたなく横坐りに坐つて、何を思ひ出してゐるのか時々、にやりと笑つたりして、いやらしいつたら無い」という丹三郎の描写には、語り手が底意地悪く〈半可通〉を揶揄する洒落本の手法が認められよう[20]。また、「若殿にけしからぬ事を御指南申したり」という曖昧な表現の陰には、〈武〉に程遠い、淫蕩への手引きがほのめかされている。こうして、丹三郎は江戸中期以降の世態風俗の中を生きる〈文弱〉の武士として戯画化されていることがわかる。

典拠にはない丹三郎の「反武士的性格」[21]（南陽子）は、必然的に他の登場人物の形象や語りにも影響を与える。「神崎勝太郎とて十五歳、式部の秘蔵のひとり息子で容貌華麗、立居振舞ひ神妙の天晴れ父の名を恥かしめぬ秀才の若武者」と、非の打ち所がない描かれ方がなされるのは、「何から何まで見劣り」する丹三郎との差を強調するためである。語り手はこの二人の噛み合わぬ会話を楽しむように実況解説し、両者の気質の違いを浮かび上がらせる。場面は鈴鹿峠、馬上の丹三郎は「どうにもお尻が痛くてたまらなくな」り、「勝太郎にも徒歩をすすめて馬を捨てさせ」たものの、今度は「徒歩も野暮だと言ひはじめ」る。丹三郎にとって、気に入らぬことは何であれ「野暮」なのである。

「かうして、てくてく歩いてゐるのも気のきかない話ぢやないか。」蛸は駕籠に乗つて峠を越したかつたのである。

「やつぱり、馬のはうがいいでせうか。」勝太郎には、どつちだつてかまはない。

「なに、馬？」馬は閉口だ。とんでもない。「馬も悪くはないが、しかし、まあ一長一短といふところだらうな。」あいまいに誤魔化した。

「本当に、」と勝太郎は素直に首肯いて、「人間も鳥のやうに空を飛ぶ事が出来たらいいと思ふ事がありますね。」

「馬鹿な事を言つてゐる。」丹三郎はせせら笑ひ、「空を飛ぶ必要はないが、」駕籠に乗りたいのだ。けれどもそれをあからさまに言ふ事は流石に少しはばかられた。「空を飛ぶ必要はないが、」とまた繰返して言ひ、「眠りながら歩く、といふ事は出来ないものかね。」と遠廻しに謎をかけた。

「それは、むづかしいでせうね。」勝太郎には、丹三郎の底意がわからぬ。無邪気に答へる。「馬の上なら、眠りながら歩くといふ事も出来ますけれど。」

「うん、あれは、」あれは、あぶない。蛸には、馬上で眠るなんて芸当は出来ない。眠つたら最後、落馬だ。「あれは、また、野暮なものだ。眼が覚めて、ここはどこか、と聞いても、馬は答へてくれないからね。」駕籠だと、駕籠かきが、へえ、もうそろそろ桑名です、と答へてくれる。ああ、駕籠に乗りたい。

「うまい事をおつしやる。」勝太郎には、蛸の謎が通じない。ただ無心に笑つてゐる。

忖度を求める側は「底意」を口にした時点で失うものがあることを熟知している。丹三郎は武士としての意気地、または荒木村重の重臣・森岡丹後の子であるという矜持を失いたくなかった。「乗馬は不得手」な〈文弱〉の武士という実質と武家としての誇りとは別の事象なのである。語り手は丹三郎の「底意」をからかいも籠めて示しながら、勝太郎の察しの悪さにも気が揉めるようだ。「謎」を解くどころか、「謎」を「謎」と認知しない勝太郎の「無邪気」や「無心」は、鴇田亨が指摘するように、「丹三郎の救いようのない卑小さを物語るものとして機能している」[22]ことは確かであるが、その執拗な謎かけに気付かぬ勝太郎に、語り手は呆れてもいる。不快感を「野暮」としか言い表せない丹三郎にも、他者の発言に潜む感情や欲望を推し量れない勝太郎にも、村丸の〈暗愚〉と同じく未熟さを見るのである。

語り手は、後日談を含めてこの小説内の出来事を、それらが完結した後に再現しようとしている。

夜更かしと朝寝坊を繰り返す丹三郎は、ある朝、勝太郎から起床を促され、「お前たちは、おれを馬鹿にしてゐるんだ」とあらぬ方向に憤懣をぶつけ始める。長々と愚痴をこぼした丹三郎は二度寝を決め込んだ。

> 襖越しに神崎式部はこれを聞いてゐた。よつぽどこのまま捨て置いて発足しようかと思つた。本当に、うつちやつて行つたはうがよかつたのだ。さうすれば、のちのさまざまの不幸が起らずにすんだのかも知れない。けれども、式部は義理を重んずる武士であつた。諸事よろしくたのむ、とぴたりと畳に両手をついて頼んだ丹後の声が、姿が、忘れられぬ。式部はその日も黙つて、丹三郎の起床を待つた。

傍線部の批評的な語りは、式部が耐え忍んで守ろうとした義理も、悲劇の遠因となったことを言い当てている。「義理を内面化出来ぬ式部」[23]（木村小夜）が果たそうとする「空洞化した〈義理〉」[24]（安田義明）という優れた読みの根拠はここにある。それは、このあと起こる破滅的な出来事の原因を一元化させないための周到な誘導といえるだろう。ここでいう一元化とは、〈善悪〉に代表される性質の分断全般のことである。鈴鹿峠の場面に見られた語り手の過度の介入は、丹三郎の「不仕鱈」をおもしろがるばかりではなく、勝太郎のとぼけた反応にも光を当て、〈賢愚〉の対立という一元化を回避する効果があった。「義理」の語りはこのあとも、「死なば浪枕とや」の語り手が堅持する〈義理〉や信仰への全幅の信頼を相対化する。

## 四

一行が「名高い難所の大井川」にたどり着いたのは「卯月《うづき》のすゑ」のことだった。丹三郎の「夜ふかしと朝寝」のため、旅程が「十日近《ちか》くもおくれて」、渡河に難儀する厄介な時期と重なってしまったのである。その「設定の巧みさ」[25]に注目する小泉浩一郎は、「悲劇の第一前提」を「構成」しただけではなく、「若殿村丸の豪雨を衝いての大井川渡河」に「決定的な影響を与えた」丹三郎の「完璧な迄に首尾一貫し」た「役割」を析出する。はたして、この小説の最高潮をなす大井川の悲劇は、丹三郎一人が招来した災いと考えてよいのだろうか。

式部による「けふはこの金谷の宿に一泊」という「用心深い処置が気にいらなかつた」村丸は、「これしきの川が渡れぬなんて、式部も耄碌したやうだ」と丹三郎こと「蛸」に同意を求める。「身近な者との間で優劣の比較に晒されてきたという共通性」から村丸と「精神的紐帯」[26]で結ばれている丹三郎はこれに応え、「国元の猪名川」との比較で大井川を「こんな小さい川」とけなした後、「水癲癇なる「親から子へ遺伝する」病を持ち出す。「どのやうに弓馬の武芸に達してゐても、この水を見るとおそろしくぶるぶる震へるといふ奇病」だという。村丸の「お気にいり」であることをよいことにして、式部父子を愚弄し溜飲を下げようという魂胆なのである。村丸がここで先述した「宇治川先陣」の再現を持ち掛け、今まさに「駒に打ち乗り、濁流めがけて飛び込まうとする」のを、式部は必死に諫める。

「おやめなさい、おやめなさい。式部かねて承るに大井川の川底の形状変転常なく、その瀬その淵の深浅は、川越しの人夫さへ踏違へることしばしば有りとの事、いはんや他国のわれら、抜山の勇ありといへども、血気だけでは、この川渡ることむづかしく、式部はけふ一日、その水癲癇とやら奇病にでも何にでも相成りますから、どうか式部の奇病をあはれに思召して、川を越える事はあすになさつて下さい。」と涙を流して懇願した。

　まことの臆病者の丹三郎は、口ではあんな偉さうな事を言つたものの、蛸め、つづけ！　と若殿に言はれた時には、くらくらと眩暈がして、こりやもうどうしようと、うろうろしたが、式部が若殿をいさめてくれたので、ほつとして、真青な顔に奇妙な笑ひを無理に浮べ、

「ちえ、残念。」と言つた。

　それがいけなかつた。その出鱈目の言葉が若殿の気持をいつそう猛り立たせた。

「蛸め。式部は卑怯だ。かまはぬ、つづけ！」と式部の手のゆるんだすきを見て駒に一鞭あて、暴虎馮河、ざんぶと濁流に身ををどらせた。

「若殿」の無事を最優先に考える式部は、恥辱を受けようとも足止めの責任を一身に負う覚悟でいる。丹三郎が一旦は「ほっとし」たのは、式部の諫言に情理を尽くした言葉の迫力があったからだろう。ところが、「まことの臆病者」は余計な「出鱈目の言葉」を吐き捨ててしまう。村丸の心の内を読み同調することにあまりにも習熟していたがために漏れ出た強がりである。真に「卑怯」なのは、渡河の延期を上申する式部ではなく、虚勢の裏に「まことの臆病者」を隠していた丹三郎の方だということ

とを、村丸は知らない。

ここで注意したいのは、傍線部の表現が含み持つ意味の奥行きである。〈卑怯〉は、城中に多くの者を残したまま有岡城から脱出した村重について語るときの定型的な評語であった。その村重の「御次男」が「卑怯」という言葉で家臣をなじるという皮肉を見落としてはならないだろう。典拠では「血気さかんにましまして、是非をかんがへ給はず、御心のままに越せよとの仰せ」と、若さゆえの意地に溺れた村丸だったが、「義理」においては、「血気」に加えて「耄碌」した「卑怯」者の式部を対照項として、その対極にある〈剛胆〉を演じようとしているのである。これもまた、村重の逸話を想起させるとともに、村丸が先人たちに倣おうとした理想とも合致する。

これらの重層的な言葉の働きに加えて同時代の状況から浮かび上がるのは、〈渡河〉という行為にまつわる特異な喚起力なのではないか。近代以降の戦記や軍談には戦略としての〈敵前渡河〉が頻繁に取り上げられる。〈クリーク〉のような運河も含めて〈河〉は作戦上、危険を承知でどうしても渡らねばならない最前線となることもあった。記録する価値が高い戦闘行為と見なされたのはそのためである。例えば、戦地での体験に基づく実録小説である日比野士朗「呉淞《ウースン》クリーク」（「中央公論」54－2　昭和14・2）は、弾雨の中、渡渉作戦にあたる部隊を一人の兵士の視点で描き評判となった。日比谷與志雄が『無敵陸軍魂』（昭和17・8　大新社）で「敵前上陸と渡河作戦」を「皇軍精神の真骨頂」と讃えたように、この決死の作戦は、『戦陣訓』（昭和16・1）にいう「攻撃精神」の象徴だった。「凡そ戦闘は勇猛果敢、常に攻撃精神を以て一貫すべし」という〈訓え〉は、当時の子ども向けの文章や絵本にも盛り込まれ、しばしば〈敵前渡河〉が絵入りで取り上げられた。[27]

戦時下において〈卑怯〉とは〈攻撃精神〉の喪失を意味していた。村丸がことさらに式部の「卑怯」を問題にすることによって、「義理」が発表された時代の〈精神〉、「勇猛果敢」に背く臆病さは差異化される。近世的世界に浮かれ遊ぶ丹三郎と同様に、村丸も時空を超えて昭和の〈攻撃精神〉と共鳴し、〈渡河〉に特別な価値を見出しているかのようだ。村丸にとって大井川は、「宇治川先陣」を競い合った勇敢な武者たちに同化して、後に我が家名を汚すことになる「卑怯」という敵と相対する戦場だったのである。とすれば、「用心深い処置が気にいらなかつた」時点で、「暴虎馮河」はもはや避けがたかったといわねばならない。

さて、岸に残ったのは式部・勝太郎・丹三郎の三人である。この期に及んでも、丹三郎の世迷い言は収まらない。だが、「若殿は野暮だ。思ひやりも何も無い。おれは実は馬は何よりも苦手なのだ。何もかも目茶苦茶だ」と被害者面をされても、「跡見役の式部親子」には当然返す言葉はない。「初めて若殿の庇護から放り出され[28]」た丹三郎の悲嘆に寄り添っている場合ではないのである。「これも皆、あなたの言葉から起つた難儀です」と諭した式部は、「国元を出る時」の森岡丹後の言葉を胸に「けふまで我慢に我慢を重ねて、あなたの世話を見て来」たことを明かしてから、「心配せず、大浪をかぶつてもあわてず」に「何でもただ馬の首にしがみついて」いるよう指示する。

おだやかに言はれて流石の馬鹿も人間らしい心にかへつたか、
「すみません。」と言つて、わつと手放しで泣き出した。
諸事頼むとの一言、ここの事なりと我が子勝太郎を先に立て、次に丹三郎を特に吟味して選び置きし馬に乗せて渡らせ、わが身はすぐ後にひたと寄添つてすすみ渦巻く激流を乗り切つて、難儀の末にやうやく岸ちかくなり少しく安堵せし折も折、丹三郎いささかの横浪をかぶつて馬の鞍覆へり、あなやの小さい声を残してはるか流れて浮き沈み、騒ぐ間もなくはや行方しれずになつてしまつた。

「諸事頼むとの一言」以下の箇所は、「死なば同じ浪枕とや」の表現を巧みに引用しながら、引き締まった即時描写がなされている。ただし、典拠には、文語助動詞「し」を用いた「選び置きし」、「安堵せし」という表現はない。「選んで置いた」、「安堵した」というような口語的な語調が避けられたのだろう。また、畳みかけるように連用形で終わる節をつなぎ、文語調の速度感を出してもいる。直前まで「流石の馬鹿も」とくだけた調子で丹三郎をからかっていた語り手の見事な豹変ぶりである。

川越しの人足が「瀬を踏み違へ」たことを丹三郎の水難の原因とする原話とは異なり、「義理」では、式部の指示どおり「馬の首にしがみついて」いることすらできなかった丹三郎のもろさが前景化される。語り手はここにも、丹三郎の〈剛胆〉からの疎外を刻みつけるのである。

## 五

相良亭は「死なば同じ浪枕とや」に「約諾を重んずる精神」を見る。「頼むという一言に対して頼まれたと約諾した以上、武士たるものは全人格的に、いいかえれば生命をかけてもこれを守るべきであるという武士のモラル[29]」が発動せざるを得ない。したがって、「頼まれた」ことを実行できなかった場合の身の処し方は自ずと決まっている。その暗黙の契約を〈義理〉と呼ぶのだろう。「義理」における「諸事よろしく頼みますぞ」という森岡丹後の言葉は式部にとって、主命の次に重みを持つ「約諾」の起点だった。その信頼に応えられなかった式部には、一子勝太郎の死のほかに〈義理〉を果たす道はない。自ら死を選ぶことは、主命である「若殿」の「蝦夷一覧」の「御供」という任務を放棄することになるからである。

「流れに飛び込んで死んでおくれ。丹三郎はわしの苦労の甲斐も無く、横浪をかぶつて鞍がくつがへり流れに呑まれて死にました。そもそもあの丹三郎儀は、かの親の丹後どのより預り来れる義理のある子です。丹三郎ひとりが溺れ死んで、お前が助かつたとあれば、丹後どのの手前、この式部の武士の一分《いちぶん》が立ちがたい。ここを聞きわけておくれ。時刻をうつさずいますぐ川に飛び込み死んでおくれ。」と面を剛くして言ひ切れば、勝太郎さすがは武士の子、あ、と答へて少しもためらふところなく、立つ川浪に身を躍らせて相果てた。

「この式部の武士の一分《いちぶん》」を保つことは、一人の武士としての体面に拘泥することではなく、「約諾を重んじる」神崎家という「筋目正しき」武家の名誉を守ることにほかならない。それは取りも直さず、荒木村重が〈名を惜しむ〉ことを捨て、〈命を惜しむ〉ことに走ったとされることを差異化する行為といえよう。〈卑怯〉はこの小説の至るところで呼び覚まされる〈負〉のしるしなのである。

こうして家門を背負い引導を渡したことになる式部の言葉が冗長に見えるほど、勝太郎の最期は、あまりにあっけないものだった。その並外れた「聞きわけ」のよさを〈潔さ〉として評価することが、『武家義理物語』と『新釈諸国噺』とに共通する鑑賞の枠組みとなっている。その一方で、そうした〈美質〉を賞揚することが〈名を惜しむ〉ことの先にある自己犠牲の黙認あるいは讃美につながることを忘れてはなるまい。先に見たように、勝太郎は人情の機微に疎い未熟さも抱えていた。「少しもためらふところなく」という語りは、覚悟の陰に潜むそうした未熟さをノイズとして響かせているのではなかろうか。

## おわりに

『大日本戦史』（全八巻 昭和12〜19 三教書院）の編者で、歴史学者の高柳光寿が「朝日新聞」夕刊に「武の精神に徹せよ」という文章を寄せたのは、昭和十九年二月八日、〈大詔奉戴日〉のことだった。

負け惜しみや、泣言を並べてゐるときではない。理窟も何も抜きでただ戦はねばならぬ、敵は国土の一部を侵した、この苛烈な現実に眼を据ゑて、銃後は憤りに蹶起しなければならぬ、世界にタッタ一つの日本の武士道は現実に即してただ勝ち抜くために手段を尽した、（中略）銃後国民たるもの残るか滅びるかのいま、どんな高い税金でも引受けねばならぬ、くり返していふがこの現実をハッキリ把握して勝つための戦力をしぼり出すのが武の精神だ、量の少いのは質で補ふといふやり方は通用せぬ、量には量でゆき敵を圧倒せねばならぬ、（中略）要は現実に即して戦力を最高度に発揮

するこ とだ、鎌倉以来鍛錬に鍛錬を重ねてきた武の精神に徹してけふの決戦を戦ひとらう[30]

〈大東亜戦争〉の序盤に占領した太平洋上の島々からの撤退、守備隊の全滅が相次いで伝えられていたこの頃、本土への空襲はもはや時間の問題だった。高柳が強調するのは、生き延びるための「手段」は、戦に明け暮れた武士たちがそうしたように、「現実に即して」案出されなければならないという一点である。具体的には、政府からの〈増産〉や〈貯蓄〉の要請をふまえて、「量には量」で対抗する気構えと実行を呼びかけている。ここでいう「武の精神」とは、事実の直視や分析によって効果的な戦略を練り上げ、実践する〈現実主義〉のことであり、それゆえに「量の少いのは質で補」えばよいとする〈精神主義〉はきっぱりと斥けられることになる。さらに、史料が語る歴史的事実に対する高柳の忠実さという〈現実主義〉は、学問的良心にしたがって、「鎌倉以来」と「武の精神」の起源を設定したところにも表れていよう。当時、「日本《にっぽん》の武士道《ぶしだう》といふものは建国以来《けんこくいらい》、或《あるひ》は神代《かみよ》から起《おこ》つてゐる[31]」というような非合理な言説が幅を利かせていた。〈武士道精神〉は〈日本精神〉の神髄として語られた。〈不敗神話〉の補強を狙った歴史の改竄である。

山内祥史の推定によれば、「昭和19年3月末頃までに脱稿[32]」したと考えられる「義理」は、このような戦況が劣勢に大きく傾く現実の中で構想され、夥しい「現代の「武家」の死[33]」（渡邉正彦）が報じられる時代に向けて発表されたのだった。太宰は「義理のために死を致す」勝太郎に、同時代の戦死者たちを重ね合わせていたのだろう。「いつの世も武家の義理ほど、あはれにして美しきは無し」という感慨に追悼の念を読むこともできる。

そうした真情の仮託の可能性を認めつつも確かめておきたいのは、作品世界に漂う荒木村重の影である。村丸・丹三郎の「遊山の旅」が江戸期の道中記を思わせる漫遊そのものだったように、「義理」は特定の時代を背景とする歴史小説を志向してはいない。多くは近世以降に創作された、多分に矛盾を内包する村重の伝説は、「義理」の構造を如実に照らし出していた。〈卑怯〉と〈信義〉という武家における「義理」の両端を生きたとされる荒木村重の特質は、太宰の「義理」で前者は森岡丹三郎に、後者は神崎式部にそれぞれ分け与えられた。特に〈卑怯〉は西鶴が「死なば同じ浪枕とや」に描かなかった性質であり、そこに太宰による翻案の着想はあったのだろう。「御次男」村丸に分与された〈剛胆〉はその〈卑怯〉を反転させたものだが、そこには、式部の諫言を「卑怯だ」と見誤り、〈強行渡河〉を試みた結果、二人の若武者を失うという〈暗愚〉も同居していた。これらの〈卑怯〉を核として避けがたく変転する事態は、『戦陣訓』が強要する「勇猛果敢」や「攻撃精神」という〈精神主義〉の正体をも照らし出すのである。

〔注〕

1 太宰治「義理」の本文は『太宰治全集』7（平成10・10 筑摩書房）による。原則として、他の引用文も含め、仮名遣いおよびルビは原文のままとし、漢字は新字に統一した。文中の傍線は引用者による。

2 『武家義理物語』の本文は、『西鶴全集』第八（正宗敦夫編纂校訂 昭和3・1 日本古典全集刊行会）による。

3 日野龍夫「西鶴の義理」（『桝 人間讃歌』4 昭和49・5 本文は、『日野龍夫著作集』第三巻 近世文学史 平成17・11 ぺりかん社 一四〇頁による）

4 源了圓『義理と人情 日本的心情の一考察』（昭和44・6 中公新書 九五～九六頁）

5 風間誠史「西鶴を読むということ 「世間」論の視座からの「死なば同じ浪枕とや」」（『相模国文』31 平成16・3『近世小説を批評する』平成30・1 森話社 三一頁）

6 安藤宏「翻案とパロディのあいだ」（太宰治『お伽草紙・新釈諸国噺』平成16・9 岩波文庫 三六四～三六五頁）。また、『新釈諸国噺』の研究史に関する、中丸宣明による「太宰治は「正しく」西鶴を読んだという信頼が前提となっている」との指摘（「「義理」とその出典――先行研究をめぐって――」『太宰治研究』22 平成26・6）は重要である。

7 天野忠幸『荒木村重』（シリーズ・実像に迫る010 平成29・6 戎光祥出版 三頁）

8 『日本外史』の本文は、『日本外史』中（頼成一・頼惟勤訳 昭和52・5 岩波文庫 三四〇頁）による。

9 『幼学綱要』「信義第五」の本文は、日本近代思想大系6『教育の体系』（山住正己校注 平成2・1 岩波書店 一八九頁）による。

10 『信長公記』の本文は、『信長公記』（奥野高広・岩沢愿彦校注 昭和44・11 角川文庫 三〇六頁）による。
11 『織田軍記』巻第十九「荒木村重妻子一類已下刑罰事」の本文は、物語日本史大系第七巻『後太平記 下・織田軍記』（昭和3・7 早稲田大学出版部 三二一頁）による。
12 『絵本太閤記』二編巻之十二「伊丹落城」の本文は、物語日本史大系第八巻『太閤記 上』（昭和3・8 早稲田大学出版部 二〇一頁）による。
13 徳富猪一郎『近世日本国民史 織田氏時代 中編』第十九章【九七】「荒木謀反の落著」（大正8・6 民友社 五二四頁）には、妻子兄弟を捨てて城を脱出した荒木村重の行動について「如何にも日本武士として、卑怯千万ぢや」と述べられている。
14 『御曹子島渡』の本文は、日本古典文学大系38『御伽草子』（市古貞次校注 昭和33・7 岩波書店 一〇二〜一一三頁）による。
15 田中伸「西鶴の説話の諸相――「新釈諸国噺」の素材をめぐって」（『国文学 解釈と鑑賞』32－2 昭和42・2）、千葉正昭「『新釋諸國噺』私註――「戯画化」と「誠実さ」」（『研究集録』27 宮城県高校教育研究会国語部会 昭和61・3）で「戯画化」の手法とその効果が論じられている。
16 セップ・リンハルト『拳の文化史』（平成10・12、角川書店 八三頁）
17 杉谷修一「ジャンケン遊びにおける三すくみとシンボル」（『西南女学院大学紀要』16 平成24・3）
18 同前
19 九鬼周造『「いき」の構造』（昭和5・11 岩波書店 本文は『「いき」の構造 他二篇』平成21・4 岩波文庫 四一頁）

20 田舎老人多田爺『遊子方言』（明和七・一七七〇年刊）には、〈通〉を気取るものの的外れな行動を繰り返す「通り者」が描かれる。
21 南陽子「太宰から西鶴を読む――「義理」をめぐる悲喜劇」（「近世文芸研究と評論」63 平成14・11）
22 鴇田亨「太宰治「義理」論――西鶴から太宰へ」（「宮城教育大学国語国文」27 平成12・11）
23 木村小夜「太宰治「義理」論――戦略としての翻案」（「叙説」26 平成10・12『太宰治翻案作品論』第二章『新釋諸國噺』論 第六節「義理」平成13・2 和泉書院 一四二頁）
24 安田義明「太宰治『新釈諸国噺』論――〈わたくしのさいかく〉への変容を視点に――」（「國學院短期大学紀要」25 平成30・7）
25 小泉浩一郎「『新釈諸国噺』論――「大力」「裸川」「義理」をめぐり――」（「日本文学」25－1 昭和51・1）
26 注23 木村小夜『太宰治翻案作品論』一三四頁。
27 西條八十作、脇田和画「兵隊さんの河渡り」（「コドモノクニ」16－14 昭和12・11）や高木義賢『一番乗り武勇伝』（支那事変少年軍談3 昭和13・9 講談社）などに〈敵前渡河〉の模様が描かれている。
28 注23 木村小夜『太宰治翻案作品論』一三六頁。
29 相良亨『武士道』（昭和43・10 塙書房）本文は、『武士道』（平成22・9 講談社学術文庫 一六七～一六八頁）による。
30 「朝日新聞」夕刊（昭和19・2・8 第二〇七九三号 二面）
31 井上哲次郎「道義の国日本・武士道は神代から」（『解説戦陣訓』昭和16・3 東京日日新聞社・大阪毎日

新聞社　二六～二七頁）

32　山内祥史『太宰治の年譜』（平成24・12　大修館書店　二六七頁）

33　渡邉正彦「太宰治「義理」論――「義理の死」と「戦死」――」（「太宰治研究」11　平成15・6）。傍点は本文による。

# 「女賊」――承認のための執着

## はじめに

『新釈諸国噺』刊行時に「女賊」と改題される短編小説「仙台伝奇　髭候《ひげさふらふ》の大尽《だいじん》」が「月刊東北」（1－3　河北新報社）に掲載されたのは、昭和十九（一九四四）年十一月のことだった。井原西鶴の『新可笑記《しんかしょうき》』（元禄元・一六八八年十一月刊）巻五・四「腹《はら》からの女追剝《をんなおひはぎ》」に着想を得て翻案された作品である。[1]『武道伝来記《ぶどうでんらいき》』（貞享四・一六八七年四月刊）、『武家義理物語《ぶけぎりものがたり》』（貞享五・一六八八年二月刊）に続く〈武家物〉の第三作となる『新可笑記』は、「中古武道の忠義、諸国に高名の敵討《かうみやうかたきうち》」（『武道伝来記』序）をめぐる逸話や「義理《ぎり》に身《み》を果《はた》せる」「古今《ここん》その物《もの》がたり」（『武家義理物語』序）に盛り込めなかった話材からなる。

「腹《はら》からの女追剝《をんなおひはぎ》」に描かれる姉妹は、「無用の物を拾ひて其れから心の外の欲心発《おこ》り」、相手の「命を取りて残らず吾物にと」、ともに「悪心」を抱く。「物には同気《どうき》相求むる事善に在り、悪に殊更なり」という心の同期現象は、発心においても起こった。五世紀初頭、鳩摩羅什《くまらじゅう》が漢訳した『大智度論《だいちどろん》』

に原話が見られる、「少金の為」に「悪心」が生じる「因縁」を説く物語である。その後引き継がれるこの話型はいずれも「兄弟」の「断金《だんこん》の契」[2]（『宝物集』）に帰着することから、それを「絹」への妄執に囚われた姉妹の発心譚に書き換えたのは西鶴の独創と考えられる。

「女賊」に関する研究は、「腹《はら》からの女追剝《をんなおひはぎ》」との比較をとおして、太宰による脚色の特徴を明らかにすることを中心に進展してきた。木村小夜は「原典からの改変」を丁寧に整理したうえで、「自らの悪業を悔い懺悔する発心譚に、「血筋」を持ち出すことによる罪への無自覚が対置され」た翻案に、「自己像の幻想から自由になることの困難」を読み取る。[3]また、杉本好伸は西鶴の「創意」との違いから「女賊」における翻案の「眼目」を探り、「自らの愚行をも省みず、内実のない〈血筋〉にのみこだわる人の姿を、この「女賊」を通じてアイロニックに描きたかったのではなかったか」と推論する。[4]両論ともに表現の細部と全体とを総合した示唆に富む研究である。それらの成果を受けて、戦時体制下という時代との関わりに着目した渡辺善雄の論考は、「翻案の形で発禁すれすれの小説を書こうとした」太宰の戦略を分析している。[5]本稿もそうした同時代性を視野に入れ、翻案の意図や効果にも注意しながら考察を深める。

仏教説話として読むことができる原典に、太宰はどのような感興を覚えたのだろうか。西鶴の文章に特有の速度感は減殺されるものの、微に入り細をうがつ加筆によって「女賊」は、悪心の自覚から発心に到達するという仏教説話の枠組みを相対化する現代小説に昇華された。『新釈諸国噺』の他の作品もそうであるように、同時代の思潮、風潮に応答すると同時に、時代を超越する普遍的な問いかけがなされているのである。これから、その魅力の一端を解き明かしてみたい。

一

『新可笑記』の叙述とは異なり、「女賊」における姉妹の母は、「いささか由緒のある公卿の血筋を受けて、むかしはなかなか羽振りのよかつた人」[6]の娘として登場する。武家から公卿へという設定の変更が、姉妹の父、すなわち「髭さふらふの大尽」の形象にも影響を与えているものと考えられる。この小説に描かれた二人の男性の姿に目を向け、その特質を明らかにしてみよう。そもそも、「腹《はら》からの女追剝《をんなおひはぎ》」では、両者ともに特異とまではいいがたい、類型的な人物にすぎなかったことを確かめておきたい。

後奈良院大永《ごならゐんだいえい》二年の春、陸奥《みちのく》に隠れ無き盗賊《たうぞく》の名取川瀬越《なとりがはせごし》の某《なにがし》とて、往来《ゆきき》の人を殺害《あや》めて金銀荷《きんぎんに》物押領《もつあふりやう》して、世の外なる分限《ぶんげん》と成り、身の程知らぬ奢《おごり》を極め、都を見る始めとて人数多《あまた》にて上りけるが、遊興《いうきよう》の余りに美女《びぢよ》を見出だし是れ恋ひ侘《わ》びける。其人は昔に衰へる人の息女《そくぢよ》なるが邪《よこしま》なる人とも知らず、渡世《とせい》の心安きは都より東《あづま》も住み好かるべし、女に定まる家無しとて其盗賊に賜はれば、馬乗物《うまのりもの》を急がせ古里《ふるさと》に立ち帰り、彼の美女《びぢよ》を愛して世は世盛《よさかり》と暮しぬ。

旅人から奪い取った金品で大金持ちとなり、贅沢三昧に耽る「名取川瀬越《なとりがはせごし》の某《なにがし》」が次に目指したのは都だった。そこでこの山賊は恋をする。心を奪われた美女は、昔日の勢いを失った人の娘であった。その人は婿となる男の罪業に気づかず、娘を東国に送り出してしまう。こうして花嫁を伴い、そそくさと地元に帰った盗賊は、我が世の春を謳歌することとなった。

いくたびも罪を重ねてきた「盗賊」の繁栄と、落魄の末に分別をも失った者の悲哀とが対照的に捉えられている。「渡世」の辛さを味わい尽くしたらしい「昔に衰へたる人」は、山賊に狙われた「往来の人」と同様、故知らぬ悲運を背負う者を表象している。魅入られたように判断の目を曇らせることも、悲運の帰結としてはふさわしかろう。ここまでのところでは、「盗賊」の悪運の強さばかりが前景化するのである。

では、太宰は「女賊」で「腹からの女追剝」をどのように書き換えたのだろうか。そこで見逃せないのは、この二人の男性が偏執性を帯びた人物として、表裏をなす構図のなかで、それぞれに潤色を施されることである。まず、「盗賊」の形象をたどってみよう。

後柏原天皇大永年間、陸奥《みちのく》一円にかくれなき瀬越の何がしといふ大賊、仙台名取川の上流、笹谷峠の附近に住み、往来の旅人をあやめて金銀荷物押領し、その上、山賊にはめづらしく吝嗇の男で、むだ使ひは一切つつしみ、三十歳を少し出たばかりの若さながら、しこたまためて底知れぬ大長者になり、立派な口髭を生やして挙措動作も重々しく、山賊には附き物の熊の毛皮などは着ないで、紬の着物に紋附きのお羽織をひつかけ、謡曲なども少したしなみ、そのせゐか言葉つきも東北の方言と違つてゐて、何々にて候、などといかめしく言ひ、女ぎらひか未だに独身、酒は飲むが、女はてんで眼中に無い様子で、かつて一度も好色の素振りを見せた事は無く、たまに手下の者が里から

> 女をさらつて来たりすると眉をひそめ、いやしき女にたはむれるは男子の恥辱に候、と言ひ、ただちに女を里に返させ、手下の者たちが、親分の女ぎらひは玉に疵だ、と無遠慮に批評するのを聞いてにやりと笑ひ、仙台には美人が少く候、と呟いて何やら溜息をつき、山賊に似合はぬ高邁の趣味を持つてゐる男のやうにも見えた。

後奈良天皇が即位したのは大永六（一五二六）年のことであった。杉本好伸が指摘するとおり、太宰は西鶴の「歴史的誤謬を正し」[7]たことになる。現時点で、その修正が何に依拠してなされたのかは分からない。ただ、十六世紀前半の室町期を小説の舞台とするにあたり、歴史的事実をゆるがせにしない意識だけは表明しておきたかったのだろう。この時代背景が「公卿」を登場させる重要な根拠となるからである。

西鶴が形作った「盗賊」の類型性を相対化するように、太宰の創作は「大賊」の人となり、挙止動作の細部にまで及んでいる。傍線部に見られるように、「山賊」から連想される属性は次々と反転される。そこには、「立派な口髭」を蓄え、「手下の者」の不行儀をたしなめて、「何やら溜息をつ」く物憂げな若者がいる。はたして、「瀬越の何がし」が志向すること、理想とする姿とは何か。鄙びた風情を差異化する服装や言葉遣い、奢侈や好色という欲望の自制はいずれも、観念的に〈雅〉を体現する在り方といえよう。宮廷風・都会風であることを表す動詞「宮ぶ」の連用形が名詞化したとされる〈雅〉の特質は、上品さを基底に据えた自己抑制的な態度にある。

九鬼周造は『「いき」の構造』において「いき」との関連で「雅」にふれ、「上品と地味と渋み」とをその特性の要件として提示した。[8] 九鬼によれば、「地味」・「渋み」は対他的な消極性を表す様態とされる。「瀬越の何がし」が演じようとしていたのは都風の装い、振る舞いだった。もちろん、それは耳学問に依拠した模倣にすぎない。「陸奥」には、その出来映えを査定する者もいないであろう。それゆえ、その演技は孤独な努力といえる。しかし、この男が遠望していたのは、都に上る自分の姿にほかならなかった。

観念上の都人を手本にひたすら表向きの構えを作り上げる「瀬越の何がし」は一方で、日々「往来の旅人をあやめ」て「金銀荷物」を手に入れていた。風雅と野蛮とが内在するこの男は、「腹《はら》からの女追剝《をんなおひはぎ》」とは違い、「奢」の対極である「吝嗇」を実践する。ここで、倹約と貯蓄こそ戦時下の国民に下された至上命令だったことが想起されよう。大蔵省が決定する目標額に向けた精励が、あらゆる情報媒体を通じて呼びかけられ、必然として鞏固な同調圧力が発生した。初出誌の「月刊東北」を見ると、「仙台伝奇　髭候《ひげさふらふ》の大尽《だいじん》」の最初の頁には、次のような広告が挿入されている。「貯蓄も追撃戦新目標額四百十億円の完遂―郵便年金―」。表現は享受される時空間との連関を抜きにしてはありえない。山賊の心掛け、実践との符合は偶然といえるのだろうか。

実は、蓄財に執心する動機もまた、都への憧れであった。「或る年の春、容貌見にくからぬ手下五人」とともに「都にのぼり、自分は東《あづま》の田舎大尽の如くすべて鷹揚に最上等の宿舎に泊り、毎日のんきに京の見物、日頃けちくさくため込んだのも今日この日の為らしく、惜しげも無く金銀をまき散ら」すという派手な浪費に走るのである。豪遊の噂は瞬く間に広がり、「瀬越の何がし」は都の人々から「髭さふらふの大尽」と呼ばれるようになる。

やがて島原の遊びにもどうやら厭きた様子で、毎日ぶらりぶらりと手下を引連れて都大路を歩きまはり、或る日、古い大きな家の崩れかかつた土塀のわれ目から、ちらと見えた女の姿に足をとどめ、手にしてゐた扇子をはたと落して、小山の動くみたいに肩で烈しく溜息をつき、シばらスい、と思はず東北訛をまる出しにして呻き、なほもその、花盛りの梨の木の下でその弟とも見える上品な男の子と手鞠をついて遊んでゐる若い娘の姿に、阿呆の如く口をあいて見とれてゐた。

原典が簡潔に叙述する「遊興《いうきよう》の余りに美女《びぢよ》を見出だし是れ恋ひ佗《わ》びける」場面はこうして戯画的に描かれる。一見するに、『源氏物語』における北山での垣間見を彷彿とさせる常套的な設定ではあるが、「ちらと見えた女の姿」に魅了される「髭さふらふの大尽」は、光源氏をはじめとする物語の主人公たちとは異なり、本性をやすやすと露顕させてしまう。それまで、「物憂さうな顔して溜息をつき、都にも美人は少く候、と呟」いていたはずの「髭さふらふの大尽」は、長年の望みがかなう機会に遭遇し、我を忘れる。本心の表出である「シばらスい」はこの男の純情を映し出すとともに、日常的な「雅」の演技がいかに無理な虚飾であるかを証し立てるであろう。

## 二

垣間見の翌日、「髭さふらふの大尽」は「五人の手下」に命じて「土塀の家」に「金銀綾錦のたぐひの重宝をおびただしく持参させ」、やにわに「お姫様を是非とも貰ひ受けたし」と、「強硬の談判」を持ち掛けさせる。

その家の老主人は、いささか由緒のある公卿の血筋を受けて、むかしはなかなか羽振りのよかつた人であるが、名誉心が強すぎて、なほその上の出世を望み、附合ひを派手にして日夜顕官に饗応し、かへつて馬鹿にされておまけに財産をことごとく失ひ、何もかも駄目になり、いまは崩れる土塀を支へる力も無く中風の気味さへ現はれて来て、わななく手でさてもこの世は夢まぼろしなどとへたくその和歌を鼻紙の表裏に書きしたためて、その日その日の憂さを晴らしてゐる有様だつたので、この突然の申込みにはじめは少からず面くらつたものの、さて、眼前に山と積まれた金銀財宝を眺めて、これだけあれば、ふたたび大官に饗応し、華やかに世に浮び上る事が出来るぞと、れいの虚栄心がむらむらと起り、

西鶴の文章では「昔に衰へる人」としか書かれていなかった人物が俄然生気を帯びて立ち現れる。太宰の想像力はきわめて闊達に働いているといわねばならない。先ほどふれた「後柏原天皇大永年間」というこの小説の時代設定は、「いささか由緒のある公卿の血筋を受け」た「老主人」の窮乏に現実感を与える。朝廷の威信を失墜させた承久の乱以降、とりわけ応仁・文明の乱の後、「皇室及び貴族が経済的基盤を失っ」[9]ていたからである。この時代を生きた公卿・三条西実隆の日常を活写した歴史学者・原勝郎は、「皇室の供御《くご》も十分とはまいらなかった時代であるからして、公卿の困ったのはむ

しろ怪しむに足らぬことであろう[10]」と推測する。「崩れる土塀」には、公卿たちの零落が投影されてもいた。「眼前に山と積まれた金銀財宝」に「名誉心」や「虚栄心」を再燃させる「老主人」は、苦境にある「顕官」たちに取り入って、「華やかに世に浮び上る」ことを夢見るのである。

さらに〈うがち〉は続く。「さてもこの世は夢まぼろしなどとへたくその和歌」を詠むことを気散じにしていた「老主人」の陳腐な趣向を揶揄することで、その真意との隔たりが浮かび上がる仕掛けになっている。古来、「さてもこの世は夢まぼろし」という主題は、多くの和歌に詠み込まれてきた。その着想の根底には、『維摩経《ゆいまきょう》』第二章（「方便品第二」）に見える「十喩」の一つ、「是《こ》の身は夢の如し、虚妄《こもう》の見為《けんた》り」（この身体は、夢のようなものであって、虚妄を見ているのだ。[11]）の一節がある。例えば、大永四（一五二四）年、古希を迎えた三条西実隆は来し方、そして今をこう詠んでいた。

覚鑁《かくばん》上人の詠歌に「夢の中は夢も現《うつゝ》も夢なれば
さめなば夢も現《うつゝ》とを知れ」といへるは、続後拾
遺集にや、思ひ出られて、
いつさめん現《うつゝ》も知《し》らず七十《ななそぢ》の今日《けふ》だに同じ夢の世中《よのなか》[12]

老境に至ってもなお、迷妄に満ちた現実から目覚めることは難しい。所詮は夢幻に等しい世の中とは知りながら、こうして七十年在り続けていることだ。「此身如夢」の教えから長寿を捉え直した、苦味の籠もる歌といえよう。「世中《よのなか》を夢と見る見《み》る〳〵はかなくも猶おどろかぬわが心《こゝろ》哉《かな》[13]」と西行が嘆

いたような、悟りに到達しない（「おどろかぬ」）自己への省察が、七十年という年月の実感をよりどころとして深められている。

それにひき替え、すでに詠み尽くされた感のあるこの主題に、「老主人」の歌は何らの新味を加えるものではないということなのだろう。語り手は、歌を引用する価値すら認めていないのである。その厳しい評価は、「老主人」の言動に認められる、「此身如夢」の悟りとは懸け離れた執着の深さを根拠としていたのではないか。「髭さふらふの大尽」の申し入れに、「田舎者だつて何だつて金持ちなら結構、この縁談は悪くない」と考え二つ返事で応諾する「老主人」は、娘を説得するにあたっても、欲得ずくの妄言を吐き散らす。

女三界に家なし、ここはお前の家ではない、お前の弟がこの家を継ぐのだからお前はこの家には不要である、女三界に家なしとはここのところだ、とひどい乱暴な説教をして娘を泣かせ、何を泣くか、お父さんはお前のために立派な婿を見つけて来てあげたのに、めそめそ泣くとは大不孝、と中風の気味で震へる腕を振りあげて娘を打つ真似をして、都の人は色は白いが貧乏でいけない、あづまの人は毛深くて間の抜けた顔をしてゐるが女にはあまいやうだ、行きなさい、すぐに山奥へでもどこへでも行きなさい、死んだお母さんもよろこぶだらう、お父さんの事は心配するな、わしはこれからまた一旗挙げるのだ、承知か、おお、承知してくれるか、女三界に家なし、どこにゐたつて駄目なものだよ、などと変な事まで口走り、事を急ごうと焦るあまり、娘への説諭は支離滅裂な申し渡しに転じている。「老主人」の願いはただ「これからまた一旗挙げる」ことに尽きていた。拙劣なお為ごかしが空疎に響くのはそのためである。確かに、「女三界に家なし」は当時の通念だとしても、その繰り返しの余勢として、「どこにゐたつて駄目なものだよ」などと縁談にはふさわしからぬ呪いの言葉が口をついて出てくるところに、「老主人」の過剰な自己愛がのぞく。「立派な婿」と交わした「候言葉」の裏面には、このような暴力が潜んでいたのだろう。義理の父子となる二人の対面は、それぞれの内面を「候言葉」に隠し合う交渉の場であった。服装や挙措へのこだわりと同じく、見せかけの言語体系として「候言葉」も共有されていたのである。それは、実感の伴わない無常観を「へたくその和歌」に仕立て上げていた「老主人」にも、溜息まじりに憂愁を漂わせ、〈雅〉を演じていた「髭さふらふの大尽」にも通い合う偽りに満ちた装いだった。こうした照応は、自らの執着のためには旅人を、我が娘を犠牲にしてかまわないという他者の物象化においても確かめられる。

「父親の俗物性が娘の運命を狂わせるという物語」[14]（木村小夜）はこうして、縁切り同然に手放される娘の「承知」によって次の局面を迎える。「わかれの挨拶も上の空」で娘を見送った「老主人」は、「家へ帰つて五日目に心臓麻痺を起して頓死したとやら、ひとの行末は知れぬもの」と素っ気なく語られ、小説世界から退場する。「いささか由緒のある公卿の血筋を受け」た人に見出された「名誉心」・「虚栄心」の醜さは、西鶴が立ち入らなかった欲望の実態を偏執的に拡大したものだった。「羽振りのよかつた」かつての日々が忘れられず、「華やかに世に浮び上る」機会を、「老主人」は虎視眈々と待っていた。太宰によって創出された「老主人」の執着は、他者からの〈承認[15]〉を切望することに起因していたのである。

三

都から東国へと下る「十七の娘」は、旅中泣きに泣いて「山賊たちをひどく手こずらせ」たが、「古巣の山寨にたどり着いた頃」からは「統領に少しなついて落ちつき」を見せ始める。「女はかうなると度胸がよい、ままよと観念して」、それからは一気に「夫の悪い渡世」になじむ様子が語られる。

夫の憎むべき所業も見馴れるに随ひ何だか勇しくたのもしく思はれて来て、亭主が一仕事して帰るといそいそ足など洗つてやり、けふの獲物は何、と笑つて尋ね、旅人から奪つて来た小袖をひろげて、これは私には少し派手よ、こんどはも少し地味なのをたのむわ、と言つてけろりとして、手下どものむごい手柄話を眼を細めて聞いてよろこび、後には自分も草鞋をはいて夫について行き、平気で悪事の手伝ひをして、いまは根からのあさましい女山賊になりさがり、顔は以前に変らず美しかつたが眼にはいやな光りがあり、夫の山刀を井戸端にしやがんで熱心に研いでゐる時の姿などには鬼女のやうな凄い気配が感ぜられた。

山賊の日常に馴れ罪業を重ねる女賊の描写は、行動の残忍さだけではなく、容貌の美しさを捉えることで凄みが加わる。「亭主」への一見無遠慮な注文は「仕事」に張り合いを持たせる〈承認〉の合図でもあるのだろう。夫の非道な稼業が勇猛な活動に評価を転じたように、強奪と娯楽との境界もいつしか曖昧になり、「花盛りの梨の木の下でその弟とも見える上品な男の子と手鞠をついて遊んでゐ」た「若い娘」は「鬼女」と見紛う異類の域に足を踏み入れている。こうした夫の悪心への同調は「腹《はら》からの女追剝《をんなおひはぎ》」にも「馴《なじ》めば其血に染まり、剝ぎ取る小袖の今宵は仕合《しあはせ》と云ふを嬉しく、酷《むご》き物語も快く切刃《きりは》を付けし山刀《やまがたな》も怖ろしからず、自《おのづか》ら夫《をつと》の悪心に同じ」と素描されてはいたが、「平気で悪事の手伝ひ」までさせたのは太宰の演出であった。女の言動から析出される「己自身の悪への無自覚」[16]という木村小夜の指摘は、「改変」の核心を鮮やかに照らす。無邪気さを湛えた「根からのあさましい女山賊」の誕生は、この小説の結末に原典とは異なる影を落とすことになる。

「やがてこの鬼女も身ごもり」、二人の娘の母親となった。ここでも太宰は姉妹の容姿や気性を精細に書き分ける。長女の「春枝」は「色白く唇小さく赤い、京風の美人」、二歳下の次女「お夏」は「父に似て色浅黒く眼が吊り上つたきかぬ気の顔立ちの子」と、両親の特色を分け持たせ、気質の違いを明確にするのである。同母姉妹を表す〈女はらから〉という設定は、『伊勢物語』第一段の影響で恋愛物語への発展を期待させる文化表象としてあった。しかし、西鶴はその可能性を絶ち、太宰もそれぞれに女性としての自意識を語らせるに留める。

鬼の子らしく荒々しく山坂を駈け廻って遊び、その遊びもままごとなどでは無く、ひとりは旅人、ひとりは山賊、おい待て、命が惜しいか金が惜しいかとひとりが言へば、ひとりは助けて！　と叫んでけはしい崖をするする降りて逃げるを、待て待て、と追つてつかまへ大笑ひして、母親はこれを見て悲しがるわけでもなく、かへつて薙刀など与へて旅人をあやめる稽古をさせ、天を恐れぬ悪業、その行末もおそろしく、果せる哉、春枝十八お夏十六の冬に、父の山賊に天罰下り、雪崩の下敷になつて五体の骨々微塵にくだけ、眼もあてられぬむごたらしい死にざまをして、母子なげく中にも、手下どもは悪人の本性をあらはして親分のしこたまためた金銀財宝諸道具食料ことごとく持ち去り、母子はたちまち雪深い山中で暮しに窮した。

姉妹が山賊ごっこに興じるのは、それにふさわしい環境に二人が育ったからにほかならない。忌まわしい生業ながら、まさしく無邪気にもそこに遊戯性を持ち込むところは母親と相似する。〈孟母三遷〉を反転させたかのような母親の指導を、「父の山賊」はどう見ていたのだろうか。この時点ですでに父は影が薄く、無残な最期は予兆されていたといえよう。「天罰」の元凶は、娘たちに殺人を含め山賊稼業の訓練をさせてきた母の教育だけではなく、そのような環境を黙認してきたであろう父の無責任にもある、と解釈できる。[17]「此夫病死して」と原典にあるところをことさら具体的に書き換えた「女賊」は、「髭さふらふの大尽」の罪業の深さに見合う応報によって、栄華からの転落を刻みつけたのである。その意味で、「果せる哉」という語り手の批評は、共同体の慣習や倫理を代弁する共感のしるしであった。「腹《はら》からの女追剝《をんなおひはぎ》」はここで、亡き夫に倣い山賊となる母親の決断にもやむを得ない事情があったことを記す。

残る物とて鑓長刀《やりなぎなた》、直《すぐ》なる心を今は歪《ゆが》めて今日《けふ》を暮せる便りも無くて、男《をとこ》の為《す》なる夜《よる》の容《かたち》、街道《かいだう》に出でて、手に合ふ旅人《たびびと》の物を奪ひ取り一日を送りぬ。二人《ふたり》の娘も大人《おとな》しく成れるに、里近き今日《けふ》の細布《ほそぬの》織《を》り習はせる業《わざ》は無くて、夫《をつと》の悪を是れにまで伝へて怖ろしく拵《こしら》へて、武士は避《よ》けて町人里人《さとびと》を嚇《おど》して、何には由らず取りて参れと勧めける。容優《かたちやさ》しければ情《なさけ》の道も知るべき娘ども、性《しやう》は元を顕はし父の心に変らず、毎夜街《まいよちまた》にて母を羽護《はご》込みける。

夫が遺した物は「鑓長刀」のみ、さしあたって今日の生活を成り立たせるには、武家の血を引く「直《すぐ》なる心」を「歪《ゆが》めて」でも、聞き知った山賊の生業をまね、相手を選んで金品を略奪するよりほかはない。その背後には、まだ幼い娘たちの養育という課題があった。西鶴の筆遣いは母親の心情に寄り添い、同情的である。成長を遂げた「二人の娘」は上品な美貌の裏側に父と同じく悪心を宿らせていた。自らは廃業したらしい母親は、娘たちに身の安全を第一に、「何には由らず取りて参れ」と指示する。恋も知らぬ娘二人は母のために精勤するのだった。手段はともかくとして、母への〈孝〉を忘れてはいない。

一方の「女賊」では、父の死からほどなく、山賊稼業は姉妹へと引き継がれる。「いままで通り、旅人をやっつけようよ」と「威勢よく」提案したのは「勝気のお夏」だった。「妹にくらべて少しおとなしい姉の春枝」は「お母さんにお怪我があっては大変だから」と留守番をさせ、ともに「山男の身なりで」出かけてゆく。

町人里人の弱さうな者を捜し出してはおどし、女心はこまかく、懐中の金子はもとより、にぎりめし、鼻紙、お守り、火打石、爪楊枝のはてまで一物も余さず奪ひ、家へ帰つて、財布の中の金銀よりは、その財布の縞柄の美しきを喜び、次第にこのいまはしき仕事にはげみが出て来て、もはや心底からのおそろしい山賊になつてしまつたものの如く、雪の峠をたまに通る旅人を待ち伏せてゐるだけでは獲物が少くてつまらぬなどと、すつかり大胆になつて里近くまで押しかけ、里の女のつまらぬ櫛笄でも手に入れると有頂天になり、

原典との差異は、横領した金品の目録を示すことで「女心」の「こまか」さを前景に押し出し、「このいまはしき仕事にはげみが出て来」る過程を具体的に叙述した点にある。増長は止まらない。他人の所有物を奪い取ることが目的化し、姉妹が跳梁する範囲は広がる一方のようだ。姉妹と同様に相変わらず無邪気な母親の反応を行間に読むこともできよう。渡辺善雄は『戦時家庭教育指導要綱』（昭和17・5 文部省社会教育局）との比較で、同時代における「適切なしつけ」に逆行する「「無自覚」な母親像[18]」をそこに認める。戦時体制にあって、それは許しがたい逸脱であった[19]。

時代との不協和音は、この作品の素材そのものからも聞こえてくる。「仙台伝奇 髭候《ひげさふらふ》の大尽《だいじん》」が発表される三か月ほど前、「朝日新聞」に次のような記事が載った。見出しには「戦争と犯罪 見たぞ戦ふ国の心意気 清純を示す激減ぶり」とある。

戦争と犯罪はつきものだといはれる。古今東西を問はず、戦時となると犯罪が激増する。またそれはその国の当面する戦局の如何によつて傾向、現象、件数に異なる統計が現れる、といふことが犯

罪研究の上の鉄則であつた。但しそれは舶来の学問上のことである。世界が戦塵のなかに巻き込まれてから注意深い読者は屢々戦時犯罪の激増に悩む外電を見逃さなかつたはずだ。同時に日本の新聞紙上に急激に犯罪記事が姿をひそめたことに奇異の感じを持つたかも知れない。事実わが国ではいぶかるほど犯罪が激減したのである。まして心中だの桃色事件などは殆ど影をひそめてしまつた。統計が物語るやうに昭和四、五年頃に比し、総体的に犯罪は半減したのだ。犯罪科学上の鉄則と矛盾するところに日本的な画然たる性格がある。[20]

対象は何であれ、敵国に対する自国の優越性を言挙げすることは、戦時下のマス・メディアが進んで取り入れた編集方針だった。ナショナリティへの執着は、言論活動の許可証として機能したのである。この記事も近年の「我が国」における犯罪の「激減」を海外の「激増」と対比し、最終的には「日本的」なるものの唯一性にたどり着く。「清純」な国民性を基礎に据え、「戦ふ国の心意気」の違いを見せつける実績、と自讃する文章は晴れやかだ。確かに、新聞が伝えた凶悪犯罪の件数は〈大東亜戦争〉の間、漸減傾向にあった。昭和十九年の「朝日新聞」に載った殺人または傷害事件の記事は月平均一件にも満たない。強盗・窃盗も前年比で四分の一ほどになっている。新聞の総頁数が削減されたことや戦局報道を最優先する編集などの影響はあろうが、「銃後のたゝかふ気組みにおいてタガのゆるんでゐない実証[21]」と結論づけたくなる変化が見られる。

そのような「銃後」の時代に、太宰が「女賊」(「仙台伝奇 髭候《ひげさふらふ》の大尽《だいじん》」)を差し出したのはなぜなのだろうか。これまで見てきたように、「女賊」には〈犯罪小説〉の一面がある。登場人物にはそれぞれの邪念があり、それを誘因とする言動があった。この小説の終盤に置かれた〈発心〉の内実を掘り下げ、その効果を検証してみよう。

## 四

発端は、「或る日、里近くで旅の絹商人をおどして得た白絹二反」だった。姉妹はいつものように、それを山分けにする。ところが、「夕暮れの雪道を急ぎ帰る途中」、姉に欲心が兆した。正月の「晴衣」を仕立てるには一反では足りない。裏地用にもう一反が必要だ。「自身の荒くれた男姿を情無く思ふ事もあり、熊の毛皮の下に赤い細帯などこつそりしめてみたり」することもあった姉の頭には、「藤色に染め」上げた表地も鮮やかな袷を身にまとう己の姿が浮かんでいたのだろう。妹の手許にある反物が無性に欲しくなり、「それとなく」、「『お夏や、お前この白絹をどうする気なの？』」とたずねてみた。お夏は「お父さんも、お仕事の時には」締めていた「白絹の鉢巻」を「たくさん」作るつもりだと言う。

「まあ、そんな、つまらない。ね、いい子だから、姉さんにそれをゆづつてくれない？　こんど、何かまたいいものが手にはひつた時には姉さんは、みんなお前にあげるから。」

「いやよ。」と妹は強く首を振つた。「いや、いや。あたしは前から真白な鉢巻をほしいと思つてゐたのよ。旅人をおどかすのに、白鉢巻でもしてないと気勢があがらなくて工合ひがわるいわ。」

「そんな馬鹿な事を言はないで、ね、後生だから。」

「いや！　姉さん、しつつこいわよ。」
へんに気まづくなつてしまつた。

「みんなお前にあげるから」という破格の条件提示も、「後生だから」という懇願も、お夏には全く通じない。実のところ、「しつつこい」のは妹も一緒だった。執着という観点からいえば、晴衣と鉢巻とに差はない。違いがあるとすれば、袷一着を仕立て上げるには「白絹二反」がどうしても要るため、姉の執着のほうがより深く感じられることだろう。「腹《はら》からの女追剝《をんなおひはぎ》」では「絹十疋」つまり二十反が「置き忘れ」られていたことになっていた。太宰は姉の切迫感を引き出す目的で、二反に減じたのである。

無骨者の妹を説得することに失敗した姉は、「そんなに手きびしく断られるといよいよ総身が燃え立つやうに欲しくなり」、「うはべはおだやかに笑ひながら、／『ごめんね、もう要らないわよ』」と言ったときにはもう、「この妹を殺して絹を奪はう」と考えていた。語り手はその心の動きを「普段おとなしい子こそ思ひつめた時にかへつて残酷のおそろしい罪を犯す」と解説する。外見からはうかがい知ることのできない内面の暗闇、悪心の遍在が対象化されている。これまで妹に抱いていた、「帯でも櫛でもせつかくの獲物をこんな本当の男みたいな妹と二人でわけるのは馬鹿らしい、むだな事だ、にくい邪魔」という憎悪も噴き出し、姉はついに殺害の間合いをはかる。

さうだ、少しも早くと妹の油断を見すまし、刀の柄に手を掛けた、途端に、
「姉さん！　こはい！」と妹は姉にしがみつき、

「な、なに?」と姉はうろたへて妹に問へば妹は夕闇の谷底を指差し、見れば谷底は里人の墓地、いましも里の仏を火葬のさいちゆう、人焼く煙は異様に黒く、耳をすませば、ぱちぱちはぜる気味悪い音も聞えて、一陣の風はただならぬ匂ひを吹き送り、さすがの女賊たちも全身鳥肌立つて、固く抱き合ひ、姉は思はずお念仏を称へ、人の末は皆このやうに焼かれるのだ、着物も何もはかないものだとふつと人の世の無常を観じて、わが心の恐ろしさに今更ながら身震ひして、とかくこの一反の絹のためさもしい考へを起すのだ、何も要らぬと手に持つてゐる反物を谷底の煙めがけて投げ込めば、妹もすぐに投げ込み、わつと泣き出して、

「姉さん、ごめん、あたしは悪い子よ。あたしは、姉さんをたつたいままで殺さうと思つてゐたの。

火葬の光景が姉妹の多様な感覚を刺激し、「人の世の無常を観じ」るきっかけをもたらした。姉に続いて妹も「一反の絹」を「谷底の煙」に投げ込み、執着の対象を断つ。妹にとっても白絹の反物は「鉢巻」の素材ではなく、「綺麗な着物」の生地としてあった。「あたしはこんな不器量な子だから、お洒落をすると笑はれるかと思つて、わざと男の子みたいな事ばかり言つてゐたのよ」と本心を明かした妹は、「姉さんを刀で突いてさうしてお母さんには、姉さんが旅人に殺されたと申し上げるつもりでゐた」ことも告白する。姉が反物の譲渡を「しつつこく」迫る理由も分かってはいたものの、妹は器量に関する引け目もあり、真意を伝えられないまま意地を張ってしまったのである。妹と変わらぬ殺意を抱いていた姉もまた、「ゆるすもゆるさぬも、それはあたしの事ですよ」と懺悔し、「二人は腰の刀も熊の毛皮も」火中に捨てて、「こんにちこれぎり浮世の望みを捨てん」と心に誓う。

この後、前非を悔い、母と二人の娘が揃って比丘尼へと姿を変えるものの、「女賊」に描かれた世界は、三人の発心にかすかな光明を求めるほかないほど、陰惨を極めていた。元禄の西鶴はといえば、『徒然草』第四段を下敷きに、「仏の道疎《うと》からず、心にくき三人比丘尼《さんにんびくに》と成りぬ」と「腹《はら》からの女追《をんなおひ》剝《はぎ》」に発心譚の常道ともいうべき結末を用意し、さらに、『摩訶止観』をふまえて、「氷消えては清き水と成る例《ためし》ぞかし」と三人が「無明」から救済されるであろうことを言祝《ことほ》ぐ。それに対して、「女賊」では、そうした予定調和的な落着は明らかに回避されていた。

笹谷峠のふもとの寺に行き老僧に向つて懺悔しその衣の裾にすがつてあけくれ念仏を称へ、これまであやめた旅人の菩提を弔つたとは頗る殊勝に似たれども、父子二代の積悪はたして如来の許し給ふや否や。

浄土教系の信仰にとって『無量寿経』に書かれた阿弥陀如来の誓願は本来、疑いの対象とはならない。いかなる「積悪」であろうとも「許し給ふ」ことが「如来」の誓いそのものだからである。とすれば、この作品を論ずる際、「女賊」の語り手が救済への懐疑を書き加えたことに注目するのは当然といえる。西鶴の表現を差異化した目的とは何か。ここでは、「父子二代の積悪」という罪業を「許し給ふ」ことの意味の広がりを見つめ直してみたい。はたして何を以て「如来の許し給ふ」ことと見なし得るのだろうか。

昭和十九年五月一日の次官会議を経て、情報局から「戦時生活ノ明朗化ニ関スル件」という通達が出された[22]。それによれば、「戦局ノ緊迫ト諸施策ノ強化ニ対応シ」、「国民ニ適当ノ慰安ヲ与ヘ以テ長期戦遂行ニ必要ナル闊達ナル精神ノ涵養ニ資」することを「方針」として、「芸能、文芸、放送、出版物及新聞等ノ内容ニ於テモ健全明朗ニシテ興味アリ生活に潤ヲ与フルモノヲ一層加味スルモノトス」という指示が書かれている。後退戦を余儀なくされ、明らかな陰りが兆していた戦意の浮揚策として、政府は「明朗」な愉楽をも動員し、「長期戦」を乗り切ろうとしたのである。

「仙台伝奇　髭候《ひげさふらふ》の大尽《だいじん》」が掲載された「月刊東北」にも「各地明談朗話」という囲み記事が見える。話題となっているのは、「相変らず国民生活を思ふ優しい心で隣組の指導」にあたる前首相・東條英機（「その後の東條さん」）と釜石の日鉄製鉄所で開催された歌舞伎総見（「戦士へ芝居の贈物」）であった。これらがはたして「国民ニ適当ノ慰安ヲ与ヘ」られる「明談朗話」かどうかはともかく、「出版物」に要求されていた使命に忠実な編集とはいえよう。

同誌の広告表現もまた、戦う意志を煽動しつづけていた。「大戦果に応へよ」（宮城県機械器具工業統制組合）、「戦果に酔ふな　敵機は必ず来る　戦果に酔つて安易な考へを持つものがあつたら大変だ、敵機は必ず来るのだ、防空に万全の備へを固めよう」（「生活拡充用ゴム製品 東北ゴム株式会社」）。小説本文の窮屈な判組に引き換え、誌面に組み入れられた広告の空間はゆったりと確保されている。昭和十九年十月、久々に国民を熱狂させた「台湾東方海面における敵機動部隊捕捉殲滅戦」での「史上稀な大戦果」[23]を受け、今こそ気を引き締めて、敗走する敵を追撃する好機だという訴えは時宜にかなうものだった。しかし、後にそれは「軍上層部」が「総合的な戦果判定を怠ったこと」による「幻の戦果」[24]にすぎなかったことが明らかになる。前線からの報告には、誤認や誇大な希望的観測が多く含まれていた。そのため、「戦果に酔ふ」ことははかなくも糠喜びに終わるのだが、少なくともこの一時期は、国内が束の間の「明朗」さを取り戻していたことは確かであろう。こうした誌面の中に置かれた「仙台伝奇　髭候《ひげさふらふ》の大尽《だいじん》」を読むとき、「健全明朗」や戦意発揚という心性との隔たりは明瞭になる。では、その陰惨な物語の結末について前節末尾の問いへの答えを求めてみよう。

姉妹は忽然と無常を観じたとき、「永からぬ世に生れ殊に女の身としてかかる悪逆の暮し、後世のほども恐ろし」という感懐を抱く。ほぼ「腹《はら》からの女追剝《をんなおひはぎ》」からの引き写しといってよいこの箇所に述べられた、「殊に女の身として」という強調を看過してはならない。「女賊」とは元々、〈女性〉を表す仏教語であった。中村元は「女賊」という語の由来を、「女人は愛執の根本であって、求道心を害するものであるから、こういう」[25]と説明する。「女賊」と改題された作品名にそのような女性観の影を探るとすれば、先述した「殊に女の身として」に加えて、「いやしき女にたはむれるは男子の恥辱に候」という「髭さふらふの大尽」の言葉が想起されるだろう。

原始仏教にはなかったとされる女性への差別観は、インド・中国を経由して伝播し、日本仏教にも深く根を下ろしていた。紀元前二～紀元前一世紀頃、部派分裂後に成立した〈五障三従〉という偏見は、長く女性を「女人不作仏《にょにんふさくぶつ》」、ブッダにはなり得ない存在として見下すことに加担する。[26]さらに、唐代、南山律宗の祖・道宣がまとめた〈女人十悪〉は多くの書物で引用され、女性を貶める言説は補強された[27]。そのような非合理きわまりない観念の流布をふまえれば、「許し給ふ」ことの意味とは、古来多くの仏教説話が取り上げてきた〈女人往生〉を指すと考えてよいだろう。渡辺善雄が注視した「戦時下の社会にあって異彩を放つ」「可憐で残酷な女性像[28]」の形象は、「許容不可能な悪行[29]」（杉本好伸）ゆえに負った、救済を期待できないほどの罪業の重さを暗示することで、きわどい均衡を保っているのである。

しかし、一旦その「許し」を如来への、または仏法への帰依という実践に戻して考えてみるとどうだろうか。「父子二代の積悪」を執着の累積とすれば、「はたして如来の許し給ふや否や」という結びは、その執着からの解放、すなわち解脱が「三人比丘尼」には完遂できないのではないかという危惧を表してもいる。つまり、この懐疑は、「三人比丘尼」が早晩、仏道への帰依を逸脱する予感と読み替えられるのではないだろうか。「主体は権力への原初的服従を通じて創始される[30]」（ジュディス・バトラー）のだとすれば、信仰とは、ある教理への服従による主体化の営みである。その主体化が疑いなく続けられることを「許し」と呼ぶのだろう。既存の服従を解消し、別の何かに服従することで、新たな主体化は可能となる。発心譚に見られる、救済に収斂する閉じた服従化＝主体化の物語は、「女賊」においては、信仰の絶対性を尊ぶ側から見れば、不埒な行く末に向けて開かれているのではないか。もちろん、こうした執着が解放される可能性の示唆は、「健全明朗」の対極にある、きわめて反時代的な問いかけにほかならなかった。

［注］

1 『新可笑記』の本文は、『西鶴全集』第二（與謝野寛・正宗敦夫・與謝野晶子編纂校訂 大正15・6 日本古典全集刊行会）による。原則として、他の引用文も含め、仮名遣いおよびルビは原文のままとし、漢字は新字に統一した。文中の傍線は引用者による。

2 『宝物集』巻第一 本文は、『宝物集 閑居友 比良山古人霊託』（小泉弘・山田昭全・小島孝之・木下資一校注 新日本古典文学大系40 平成5・11 岩波書店 一九頁）による。『宝物集』の校注者は小泉弘・山田昭全。

3 木村小夜「「女賊」における〈悪〉――太宰治『新釋諸國噺』試論――」（「叙説」18 平成3・12『太宰治翻案作品論』第二章『新釈諸国噺』論 第七節「女賊」平成13・2 和泉書院 一七六頁）

4 杉本好伸「太宰治と井原西鶴――新釋諸國噺「女賊」を中心に――」（「安田女子大學紀要」21 平成5・2）

5 渡辺善雄「「女賊」の位相――戦略としての翻案――」（「太宰治研究」11 平成15・6）

6 太宰治「女賊」の本文は『太宰治全集』7（平成10・10 筑摩書房）による。

7 注4に同じ。

8 九鬼周造『「いき」の構造』（昭和5・11 岩波書店 本文は、『「いき」の構造 他二篇』平成21・4 岩波文庫 五一頁による）

9 外村展子「女房文学のゆくえ」（『岩波講座 日本文学史 第6巻 一五・一六世紀の文学』平成8・11 岩波書店 一八一頁）

10　原勝郎『東山時代に於ける一縉紳の生活』（昭和16・4 創元社 本文は、昭和53・4 講談社学術文庫250 三七頁による）

11　植木雅俊『梵漢和対照・現代語訳 維摩経』（平成23・8 岩波書店 六二～六三頁）

12　三条西実隆『再昌草』本文は『中世和歌集 室町篇』（伊藤敬・荒木尚・稲田利徳・林達也校注 新日本古典文学大系47 平成2・6 岩波書店 四三八頁）による。『再昌草』の校注者は伊藤敬。

13　本文は『西行全歌集』（久保田淳・吉野朋美校注 平成25・12 岩波文庫 一二一頁）による。

14　注3 木村小夜『太宰治翻案作品論』一六一頁。

15　アクセル・ホネットは『私たちのなかの私 承認論研究』第Ⅱ部 体系的帰結 第5章「イデオロギーとしての承認――道徳と権力の関連について（日暮雅夫・三崎和志・出口剛司・庄司信・宮本真也訳 平成29・5 法政大学出版会 一二一頁）において「承認」をめぐる議論の前提として、「承認は、相手を一定の仕方で肯定するという最初の意図を反映する実践的態度のさまざまな形態の類〈概念〉と把握されるべきだろう」と論じている。ルイ・アルチュセールの「イデオロギー概念」と討論するホネットは、「承認」の「積極的な性格」を支持し、それが「自律的に自分の人生目標を現実化する能力に対する間主体的な前提をなす」（同前）ことに触れる。「老主人」の言動に表れた執着の実態についても、〈醜さ〉とは異なる着眼点があり得よう。

16　注3 木村小夜『太宰治翻案作品論』一六三頁。

17　注3『太宰治翻案作品論』で、木村小夜は「天罰」を「これまでの父自身の悪業から結果されたものとは読めず、むしろ母が娘達に人を殺すことを教えていたことの結果として置かれている」（一六四頁）とする。

18　注5に同じ。

19　宮本祐規子「西鶴と太宰治——『新釈諸国噺』「女賊」試論——」（『国文白百合』54　令和5・3）は、母親と娘たちの形象に関して、「西鶴と太宰では、悪行に対する積極性と、悪行をせねばならなかった理由が大きく違っている」ことを指摘し、前者の理由を「西鶴の描きたかった人間の二面性という要素を取り上げなかったが故に生まれた齟齬を埋めるための工夫」であるとする。

20　「朝日新聞」（昭和19・9・18　第二一〇一六号　二面）

21　同前

22　「戦時生活ノ明朗化ニ関スル件」（情報局第二部放送課「大東亜戦争放送指針彙報」36　昭和19・5『現代史史料』41「マス・メディア統制2」　昭和50・10　みすず書房　五一六頁）

23　「朝日新聞」（昭和19・10・17　第二一〇四五号　一面）

24　吉田裕『アジア・太平洋戦争』（シリーズ日本近現代史⑥　平成19・8　岩波書店　一八〇頁）

25　中村元『広説佛教語大辞典』下巻（平成13・6　東京書籍　一三一一頁）。笠原一男は『女人往生思想の系譜』（昭和50・9　吉川弘文館　七〜八頁）で「仏道修行において女性を嫌悪すべきことを説いた言葉」として、『智度論』の「女賊のひとを害するは禁ずべきことかたしとなり」を引用する。

26　植木雅俊は『仏教のなかの男女観　原始仏教から法華経に至るジェンダー平等の思想』（平成16・3　岩波書店）で、「『三従』説は紀元前2世紀前後、『五障』説は紀元前1世紀に初めて登場した」（一六六頁）と推測する。

27　『女人《にょにん》愛執《あいしゆう》恠異録《かいいろく》』（元文5・一七四〇年刊　叢書江戸文庫44『仏教説話集成［二］』西田耕三校訂　平成10・1　国書刊行会）「道宣律師《どうぜんりつし》之《の》浄心戒勧《じやうしんかいくわん》云《にいふ》女人《にょにん》之《の》十悪《あく》」には、「十悪」の解説に加えて、「つらつら経論釈《きやうろんしやく》の中《なか》を見侍《みはべ》るに、女人《によにん》の過《とが》をとかせたまふ事、数《かず》かぎりもなき事なり」（四六九頁）という記述が見られる。

28　注5に同じ。

29　注4に同じ。

30　ジュディス・バトラー『権力の心的な生　主体化＝服従化に関する諸理論』（佐藤嘉幸・清水知子訳　平成24・6　月曜社　一〇頁）

# 「粋人」——決戦下の〈虚栄〉

## はじめに

井原西鶴の第一遺稿集『西鶴置土産』（元禄六・一六九三年刊）の序文は、「世界の偽《うそ》かたまつてひとつの美遊《びゆ》となれり。是をおもふに真言《まこと》をかたり揚屋《あげや》に一日は暮がたし」[1]と書き出される。「美遊《びゆ》」とは、「偽《うそ》」が織りなす「遊里の華やかな遊興」のことである。江戸期、芝居町とともに「悪所」と呼ばれ、幾重にも欲望が渦巻く遊里は、すべては金次第という一面を持つ非情な場でもあった。「紀の国屋蜜柑のやうに金をまき」と川柳に詠まれた掛け値なしの大尽ならばともかく、懐具合を気にしながら通う多くの者たちにとって、「美遊《びゆ》」の主導権を握りつづけることは容易なことではない。客がその虚栄心を満たすための無理な演技を強いられる一方で、迎える側の手練手管はいよいよ磨かれる。

『新釈諸国噺』に書き下ろし作品として載る「粋人」は、虚栄心にしがみつく人間の哀しさやおかしさを映し出す滑稽小説である。[2] 浪花の茶屋で裕福な「粋人」として周りから一目置かれたい男が、粋を演じそこね、不本意にも野暮の典型に転げ落ちてしまう。語り手は「美遊《びゆ》」の入り口にも立てない「粋人」気取りの男を冷徹に対象化する。
この小説の原典は、井原西鶴『世間胸算用』(元禄五・一六九二年一月刊)巻二の第二話「訛言《うそ》も只《ただ》は聞《き》かぬ宿《やど》」で、茶屋の「嬶《かか》」と「女」が見せる客あしらいの巧みさと、それに乗せられて醜態をさらす「商人《あきんど》」のみじめさとが鮮やかな対照をなす佳編と評価されている。[3] 太宰はこの作品の大筋を生かしながらも、人物の顔を中心とする身体表現を深化させたり、心の内を描き出したりすることで差異化を図っていた。その手法が「粋人」をどのような小説作品に作り上げているのか、また、描かれた作品世界が時代とどのように関わるのかについて考えてみたい。

一

かつて大晦日は盆前とともに、「掛取」をめぐる攻防が繰り広げられる日であった。江戸中期の川柳に描かれた「大晦日」の風景を少々たどってみよう。借り手は借財の事実に責任を感じてはいる。だが、無い袖は振れない。そこで、ひたすら謝りとおしたり(「掛取が帰つたあとでふといやつ」)、仮病を使ったり(「掛取が来ると作兵衛うなり出し」)、無用の外出をしたり(「にげてつてよそのくいこみこしらへる」)と、難から逃れるための手立てを探すことになる。ときには、「あやまつて居るうち春にあらたまり」のように、年越しという一時的な時効の成立に救われることもあったのだろう。落語の「にらみ返し」では、家主に雇われた男が無言を貫き、睨みをきかせるだけで掛取を次々に追い払うという大晦日の一場面が演じられる。

返済を迫る側も必死だ。常套手段である居留守への対策として、「つかはれぬやうにかけ取りひよつくら来」というような意表を衝く訪問はもとより、助っ人の助力に頼る威圧行為も辞さない（「大三十日かけ取りとらをつれて来る」）。その執念はすさまじく（「大三十日首でも取つて来る気也」）、しまいには、「ふつけして上る掛け取りすばらしい」と巧みな戦術に降参する者も出てくるだろう。

古語の「出違ふ」は、「入れ違いに出る」という基本的な意味から派生して、「借金取に掴まらぬよう外出すること」を指すようになった動詞である。「粋人」の「男」が思いついた大晦日の難逃れの法こそ、この「出違ふ」ことだった。

「ものには堪忍といふ事がある。この心掛けを忘れてはいけない。ちつとは、つらいだらうが我慢をするさ。夜の次には、朝が来るんだ。冬の次には春が来るさ。きまり切つてゐるんだ。世の中は、陰陽、陰陽、陰陽と続いて行くんだ。仕合せと不仕合せとは軒続きさ。ひでえ不仕合せのすぐお隣りは一陽来復の大吉さ。ここの道理を忘れちやいけない。来年は、これあ何としても大吉にきまつた。その時にはお前も、芝居の変り目ごとに駕籠で出掛けるさ。それくらゐの贅沢は、ゆるしてあげます。かまはないから出掛けなさい。」などと、朝飯を軽くすましてすぐ立ち上り、つまらぬ事をもつともらしい顔して言ひながら、そそくさと羽織をひつかけ、脇差さし込み、けふは、いよいよ大晦日、借金だらけのわが家から一刻も早くのがれ出るふんべつ。家に一銭でも大事の日なのに、手箱の底を掻いて一歩金二つ三つ、小粒銀三十ばかり財布に入れて懐中にねぢ込み、「お金は少し残して置いた。この中から、お前の正月のお小遣ひをのけて、あとは借金取りに少しづつばらまいてやつて、無くなつたら寝ちまへ。借金取りの顔が見えないやうに、あちら向きに寝ると少しは気が楽だよ。ものには堪忍といふ事がある。けふ一日の我慢だ。あちら向きに寝て、死んだ振りでもしてゐるさ。世の中は、陰陽、陰陽。」と言ひ捨てて、小走りに走つて家を出た。

上調子な語りが招き寄せる言葉の軽薄さは、男の逃げ腰と見合っている。「心掛け」や「道理」を説くことも、「贅沢」や「正月のお小遣い」という甘言をちらつかせることも、「借金だらけのわが家から一刻も早くのがれ出る」ための口実にすぎないことは明白であろう。斎藤理生が指摘するように、「女房の沈黙」が男の「言葉の空疎さ、論理の脆弱さ」を「際立たせ」[4] ている。「詭言《うそ》も只《ただ》は聞《き》かぬ宿《やど》」には「機嫌の悪るい内儀」と書かれた妻の様子に触れることなく、「粋人」の語り手は男の見え透いた空言と、応答を拒むかのような焦りを冷笑的に捉える。その焦りようは、「懸乞《かけごひ》の皃《かほ》を見ぬやうに、此方《こちら》向きて寝て居やれ」という原典の一節が、「借金取りの顔が見えないやうに、あちら向きに寝ると少しは気が楽だよ」と置き換えられたことで強調された。「此方《こちら》」ではなく「あちら」を向くよう勧めた「粋人」の男は、すでに戸口近くにいて、気もそぞろに物の道理を説いていることになるのである。

大晦日にあって、債務の履行は世間への義理を果たすことでもあった。貨幣経済の成立後、「元日《ぐわんじつ》より胸算用《むねざんよう》油断《ゆだん》無く、一日千金《いちにちせんきん》の大晦日《おほつごもり》を知《し》るべし」（『世間胸算用』序）という訓戒は、誰もが頭では理解している鉄則にほかならなかった。掛け買いという信用を基盤としたやりとりは、後払いの約束への裏切りを許さない共同社会の掟によって支えられていた。したがって、ひとたびその義理を欠けば、共同社会から何らかの制裁を受けなければならない。「義理詰め」と呼ばれていた引くに引かれぬ状況を想定しつつ、「油断無く」経済活動を続けることが求められていたのである。しかし、理念はそのまま現実とはならないこともある。借財に追われるつらい現実から逃れることが「粋人」の男のねらいだった。妻には「我慢」を強いながら、男は出違いついでに茶屋遊びをもくろむ。分別のない者が分別顔を装い、内証の怪しい者が長者のふりをするおかしさ、哀しさがこの小説の枠組みを形作っている。

分別にせよ金にせよ、ないものをあるように見せるには嘘をつくほかない。家を出た男が「急にむづかしき顔して衣紋をつくろひ、そり身になつてそろりそろりと歩いて、物持の大旦那がしもじもの景気、世のうつりかはりなど見て廻つてゐるみたいな余裕ありげな様子」を演じるのはすべて、花街での遊興に気分よく「うつつを抜かす」ためであった。心の内では見境もなく、「あはれけふ一日の大難のがれさせ給へ、たすけ給へ」と「あらゆる神仏」に祈りを捧げる男が恐れているのは、内証が明るみとなり、不義理の者と見なされ、なじられることなのだろう。その意味で、「関係にからめとられてついに自尊心を放擲出来ぬ男」[5]という木村小夜の評言は正鵠を射ている。他者の眼差しが気になるからこそ、借金で首が回らない自己を粉飾し、人がましさをことさらに誇示しなければならない。危機に臨んで居直るだけの剛胆な気質を、「粋人」の男は持ち合わせていないのだ。

仮にこの読み物が商人としての正道を主題とする立志伝や孝子伝であれば、ここでこの男に、現実を直視し、他者からの合理的な非難を受け容れて、信用の回復に努めるきっかけを与えるはずである。致富という目標を見定めるための教訓譚に転じる余地は十分にあった。だが、西鶴は「一日一日物の足らぬ拵《こしら》へ、己《おの》れも合点《がつてん》ながら俄かに分別も成り難し」と、このままでは立ちゆかないとわかっていても改められない「人間」の姿を描き出した。そして太宰も、そのような心弱い「人間」のおかしさを増幅させたのだった。

二

一見の客として「薄汚い茶屋の台所口からぬつとはひり」込んだ男は、居丈高な態度を演技の基調に据えた。ここから読者はしばらく、作中の「婆」とともに、「粋人」の能弁な自己顕示に付き合わされることになる。男がくどくどと述べるのは、長者ゆえの意外な気苦労についてであった。茶屋の台所に「取りちらかしてある書附け」を目ざとく見つけた男は、その総額を「三、四十両」と見積もる。

世はさまざま、〆《しめ》て三、四十両の支払ひをすます事も出来ずに大晦日を迎へる家もあり、また、わしの家のやうに、呉服屋の支払ひだけでも百両、お金は惜しいと思はぬが、奥方のあんな衣裳道楽は、大勢の使用人たちの手前、しめしのつかぬ事もあり、こんどは少しひかへてもらはなくては困るです。

金に飽かして「奥方」は「衣裳道楽」に耽っているという。それが「困る」のは、倹約を旨とする商家の風儀に合わないからだ、という男の愚痴は、「〆《しめ》て三、四十両の支払ひをすます事も出来ずに大晦日を迎へる家」との差を見せつけるための自慢話となる。『世間胸算用』の「商人《あきんど》」は「取り乱したる書出《かきだ》し、千束《ちづか》の如し」と、「千束《ちづか》」から連想される恋文と目の前の請求書（「書出し」）という取り合わせをおもしろがっていた[6]。一方、「粋人」の男はそのような修辞に遊ぶことなく、金だけを量りにして、格の違いを印象づけることに懸命だった。

　男は大晦日に外出した理由を、「奥方」が「産気づいて、早朝から家中が上を下への大混雑」となり、「旦那様は、こんな時には家にゐぬものだと言はれ」たからだと語る。ここでもさらに身代の大きさをほのめかす誇示が続く。「生れぬさきから乳母を連れて来るやら、取揚婆を三人も四人も集め」るだけでなく、「山伏」には「祈禱」をさせ、「医者」には「早め薬」を煎じさせたうえに、「子安貝《こやすがひ》、海馬《かいば》、松茸の石づき」など「安産のまじなひ」を「四方八方に使ひを走らせて取寄せ」る。これらの叙述はほぼ原典に拠っているが、「粋人」の男はそうした過剰な支度を見て、「つくづく金持の大袈裟な騒ぎ方にあいそがつきました」と嘆き、「だいたい、大長者から嫁をもらつたのが、わしの不覚」と反省してみせるのだった。後ろ楯となり得る「奥方」の実家まで「大長者」とあっては、それが事実だとすれば、男の経済的信用は揺るぎないかに思われる。こうして、架空の身代をめぐる長話は、その証拠としての気前のよさを示すことで仕上げに入る。

　まるでこれでは、借金取りに追はれて逃げて来たやうな形です。けふは大晦日だから、そんな男もあるでせうね。気の毒なものだ。いつたいどんな気持だらう。酒を飲んでも酔へないでせうね。いやもう、人さまざま、あはははは。」と力の無い笑声を発し、「時にどうです。言ふも野暮だが、もちろん大晦日の現金払ひで、子供の生れるまで、ここで一日あそばせてくれませんか。たまには、こんな小さい家で、こつそり遊ぶのも悪くない。おや、正月の鯛を買ひましたね。小さい。家が小さいからつて遠慮しなくたつていいでせう。何も縁起ものだ。もつと大きいのを買つたらどう?」と軽く言つて、一歩金一つ、婆の膝の上に投げてやつた。

斎藤理生は引用前半の危惧や憐憫の表明に、「語る内に内情をさらけ出してゆく」という「一篇の基本構造」[7]を読み取る。男の饒舌は自分にとって都合のよい虚構世界を創ることが目的だった。妻や茶屋の人々をそれで籠絡できるならば、大晦日の一日をうまく乗り切ったことになる。しかし、その思惑は外れる。そこには妻の沈黙、「婆」の巧言令色、芸者「蕾」のいやみと、質は異なるものの、出任せの虚言への厳しい応答が待っていた。「酒を飲んでも酔へない」、「気の毒な」男の姿は予見されていたといえよう。

「一角」や「万金丹」という異称もある「一歩金」(「一分金」)は、一両の四分の一の交換価値を持つ金貨だった。「さてもさても替《かは》るは色宿《いろやど》の習ひ、人の情《なさけ》は一分《いちぶ》小判《こばん》ある中《うち》なり」(井原西鶴『好色五人女』巻一「姿姫《すがたはひめ》路《ぢ》清十郎物語《せいじふらうものがたり》」)とばかりに、男は「二つ三つ」しか持ち合わせぬうちの一枚を「婆」に与える。上客として遇されることへのこだわりは、「大尽」気取りの裏づけとして、金に鷹揚な振る舞いを自らに強いることとなるのである。

三木清は『人生論ノート』の一節で、「虚栄心」を「自分があるよりも以上のものであることを示さうとする人間的なパッションである」と定義したうえで、「虚栄は人間的自然における最も普遍的な且つ最も固有な性質である」[8]と言い切る。他者から称賛を受け、優越感に浸りたいという欲求が昂じるとき、実体とは懸け離れた自己像の捏造が始まる。三木清はそうした捏造を「仮装」と呼ぶ。「粋人」の男の「仮装」は、その「パッション」の裏におびえを抱えていたにちがいない。西鶴が活躍した時代からおよそ百年後、アダム・スミスは「虚栄」について次のような見解を示していた。

高慢な人と虚栄的な人は、たえず不満足である。前者は、他の人びとの不当な優越性とかれが考えるものへの、義憤によって苦しめられる。後者は、かれの根拠のない僭称が暴露することにともなうだろうとかれが予見する、恥辱をたえず恐怖している。[9]

分不相応な称賛を得ることを目指しておきながら、素性を見破られることの怖れにおののくという「虚栄的な人」の自己意識は、いつかは訪れるであろう破滅の時を先取りしている点において「高慢な人」のそれと区別される。「虚栄的な人」である「粋人」の男は、「根拠のない僭称が暴露すること」を慎重に避けつつ、権柄ずくな態度のまま、一日かぎりの粋な遊び人を演じ切らなければならない。

## 三

虚栄の芝居に登場する第一の共演者は、茶屋の「婆」である。「粋人」では、原典にはないその内言が詳しく書かれている。男の長台詞のあと、「さてさて馬鹿な男だ、よくもまあそんな大嘘がつけたものだ、お客の口先を真に受けて私たちの商売が出来るものか」と、品定めの玄人としての矜持を見せ登場する婆は、男の嘘を見抜いているという点で読者と同じ位置にいる。ここに、時折批評的に介入する語り手とともに、男の愚かしさを凝視する共犯関係が成立する。つまり、男の「根拠のない僭称」が発覚したところから、この大晦日の芝居は開幕するのである。

心の内とは裏腹に、婆の言葉や振る舞いは、男が思い描く筋立てを先読みするかのように懇切を極める。「男の「粋人」物語を、婆は受け入れるふりをする」ことで「利用する」（斎藤理生）のであるが、それはまさしく近世語で言う「粋転《すいごかし》」にあたる。「遊所のことばで、客を粋人としてあつかい立てたふうをしながら、術中に入れて、みずからの都合のよいようにしてしまうこと」（『角川古語大辞典』第三巻）を意味する「粋転」とは、相手をおだて上げ、下にも置かないもてなしを繰り返す、多くは金目当ての戦略的接待のことだった。

「やれうれしや、」と婆はこぼれるばかりの愛嬌を示して、一歩金を押しいただき、「鯛など買はずに、この金は亭主に隠して置いて、あたしの帯でも買ひませう。おほほほ。ことしの年の暮は、貧乏神と覚悟してゐたのに、このやうな大黒様が舞ひ込んで、これで来年中の仕合せもきまりました。お礼を申し上げますよ、旦那。さあ、まあ、どうぞ。いやですよ、こんな汚い台所などにお坐りになつていらしては。洒落すぎますよ。あんまり恐縮で冷汗が出るぢやありませんか。なんぼ何でも、お人柄にかかはりますよ。どうも、長者のお旦那に限つて、台所口がお好きで、困つてしまひます。貧乏所帯の台所が、よつぽどもの珍らしいと見える。さ、粋《すゐ》にも程度がございます。どうぞ、奥へ。」

世におそろしきものは、茶屋の婆のお世辞である。

婆は長年の経験から、「粋人」もどきの客も自在にあしらうことができる。相手の心底を見通し、時には操る職能者として、茶屋に足を運ぶ客が何を望み、何を喜び、どうすれば金離れがよくなるのかを熟知しているのだ。それゆえ、遊里における玄人たちへの敬意を忘れ、居丈高にその場の主導権を握ろうとする素人を、婆が許すはずはない。「洒落すぎますすよ」、「お人柄にかかはりますよ」、「粋《すゐ》にも程度がございます」という穏やかな叱責が、男の「粋人」気取りをくすぐる効果は大きい。だが、それらは実のところ、「洒落」がわかる、「お人柄」のよい、「粋」を弁えた人に対してのみ通用する言葉であり、男の嘘をさりげなく暴き立てる虚言だともいえる。婆の攻撃は徐々に、男の拠点である「粋人」としてのあり方にまで及ぶだろう。「こぼれるばかりの愛嬌」の裏には、底知れぬ侮蔑が潜んでいたといわねばならない。

食通を気取り、「何しろたべものには、わがままな男ですから、そこは油断なく、たのむ」と「どうにもきざな事を言つた」男に、婆が酒とともに供したのは「うで卵」だった。原典には、「樽の酒の燗するも可笑し」とだけあり、語り手は、樽詰めの酒を汲み出し燗をつけるという「嗅《かか》」の厚遇ぶりを茶化していた。男を上客扱いする演技のさもらしさが笑えるというのであろう。「粋人」の婆の意図とは、「たべものの味がわかる顔かよ」、「料理などは、むだな事だ」という見下す気分を具体化することだった。「樽の酒の燗する」のとは違って、男に真意を悟られかねない、手の込んだ饗応といえる。

男は、へんな顔をして、

「これは、卵ですか。」

「へえ、お口に合ひますか、どうですか。」と婆は平然たるものである。

男は流石に手をつけかね、腕組みして渋面つくり、

「この辺は卵の産地か。何か由緒があらば、聞きたい。」

婆は噴き出したいのを怺へて、

「いいえ、卵に由緒も何も。これは、お産に縁があるかと思つて、婆の志。それにまた、おいしい料理の食べあきたお旦那は、よく、うで卵など、酔興に召し上りますので、おほほ。」

「それで、わかつた。いや、結構。卵の形は、いつ見てもよい。いつその事、これに目鼻をつけてもらひませうか。」と極めてまづい洒落を言つた。


肝の据わった婆の口車に乗せられて、男はただの「うで卵」を肴に杯を重ねるほかない。もちろん婆は「奥方」の出産という男の嘘を見破っていた。そこで、その嘘につけ込み「婆の志」の熨斗を添えたふりをして料理の手間や経費を省き、さらには、舌が肥えた御仁の「酔興」というありがちな巷説も絡めて、男の疑いの芽を摘むのである。

言語学者のエミール・バンヴェニストは、インド＝ヨーロッパ語の「制度語彙」の起源に関する研究の中で、「客人歓待制度」の語彙を取り上げている。[11] それによれば、この制度の土台を成すラテン

語の「hostis とは《互酬関係にある者》」のことであるが、それは「客人」と「敵」(「敵意)という相反する意味を持つという。「《好ましい他所者→客人》、《敵対する他所者→敵》」という現れ方の違いが、英語で言えば、hospitality と hostility への分化をもたらす。

茶屋の側から見れば、そこを訪れる「客人」はもれなく、「他所者」であり「互酬関係にある者」である。「客人」は「歓待」(hospitality)を求めるが、それは無条件にかなえられることではない。常に異人としての不可知性を湛える「客人」は、本源的に「敵意」(hostility)の対象となる可能性を霧消できない。すなわち、「歓待」と「敵意」とは切り離すことができない、一体化した心性と捉えることができよう。「粋人」の男に限ったことではないが、「客人」は両価値的な他者であるからこそ、その「歓待」の有り難さに触れることもあれば、「敵意」の峻烈さに恐怖することもある。婆の表層的な「歓待」が一皮むけば身も蓋もない「敵意」に満たされていることを、男は後に思い知らされることになる。

## 四

婆が男の「極めてまづい洒落」に応えて座敷に呼んだのは、「売れ残り」の「不細工の芸者」だった。この小説のもう一人の登場人物「蕾」である。婆からは、「あれは素性の悪い大馬鹿の客だけれども、お金はまだいくらか持つてゐるやうだから」と「言ひふくめ」られていた。蕾も男と同じく、能弁に自分が置かれている状況を語る。

女は、大晦日の諸支払ひの胸算用をしながらも、うはべは春の如く、ただ矢鱈に笑つて、客に酒をすすめ、

「ああ、いやだ。また一つ、としをとるのよ。ことしのお正月に、十九の春なんて、お客さんにからかはれ、羽根を突いてもたのしく、何かいい事もあるかと思つて、うかうか暮してゐるうちに、あなた、一夜明けると、もう二十《はたち》ぢやないの。はたちなんて、いやねえ。たのしいのは、十代かぎり。こんな派手な振袖も、もう来年からは、をかしいわね。ああ、いやだ。」と帯をたたいて、悶えて見せた。

見せかけとはいえ、苦しい経済状態にもかかわらず「うはべは春の如く」、蕾は「歓待」を演じてみせる。話題は時節柄、年取りに及んだ。「お客さんにからかはれた」厄年も過ぎて、元日を迎えれば二十歳、袖脇を塞ぐ日も近いことを思うと振り袖との別れが惜しまれる、という。ところがここで、蕾にとっては全く意想外な事態が出来することとなる。「馬鹿ではあるが、女に就いての記憶は悪強い男」は、二十年前の宴席で同じ台詞を吐き「帯をたたい」ていた蕾のことを思い出し、「気の詰《つま》る年穿鑿《としせんさく》」（「詭言《うそ》も只《ただ》は聞《き》かぬ宿《やど》」）を始めてしまうのである。嘘がばれた蕾は「思はず野暮の高声になつて攻めつける」男に向かって「何も言はずに、伏目になつて合掌」するほかなかった。

蕾の嘘に「興覚め」た男は、不穏な空気を読み取った婆から再び「あまりと言へば、あまりの歯の浮くやうな見え透いたお世辞」を浴びせられる。

婆は一歩金を押しいただき、

「まあ、どうしませうねえ。暮から、このやうな、うれしい事ばかり。思へば、けふ、あけがたの夢に、千羽の鶴が空に舞ひ、四海波押しわけて万亀が泳ぎ、」と、うつとりと上目使ひして物語をはじめながら、お金を帯の間にしまひ込んで、「あの、本当でございますよ、旦那。眼がさめてから、やれ不思議な有難い夢よ、とひどく気がかりになつてゐたところにあなた、いきなお旦那が、お産のすむまで宿を貸せと台所口から御入来ですものねえ、夢は、やつぱり、正夢、これも、日頃のお不動信心のおかげでございませうか。おほほ。」と、ここを先途と必死のお世辞。

三人の嘘に共通するのは、度を越した具体的描写が稚拙な張りぼてのようにわざとらしく見えることである。傍線を付した箇所などは、気恥ずかしいほどのめでたい取り合わせだが、空に海に「千羽の鶴」と「万亀」とが溢れかえるという図柄はさすがにあくどい。木村小夜はこの場面を境にして、原典とは異なり、「自分の嘘に出鱈目を言って調子を合わせる婆を却って持て余すようにな」り、「嘘をついている自分を自覚せざるを得なくなることによって、その嘘に没頭出来なくなる」[12]男の嘘との向き合い方が変化することに着目する。また、斎藤理生は婆の過剰な「お世辞」のねらいを、「あえて嘘であることが露わな大げさな発言をすることで」、「男の「粋人」物語の虚構性を浮上させてゆく」[13]ことにあったと分析する。どちらもこの小説の重要な転換点を押さえた精確な読解である。つらい現実とは別のところに自己像を立ち上げようとした男と蕾はともに、化け損なった者という点において相同的である。できすぎの「不思議な有難い夢」を語り、男の嘘の水準をまねてみせた婆の攻撃性とは対照的に、二人にとって嘘の発覚は攻撃誘発性（被撃性）を伴っていた。そこで二人に課せられるのは、その弱さをどのように乗り越えるかという問題であった。

共演者であるはずの婆の背信行為にも抗議できない男は、不本意ながら「粋人」の芝居を続ける。婆による「粋転」の演出を黙って追認し、張り合いのない役柄を務めるのである。「もともとこの男の人品骨柄は、いやしくない」と語られていた人柄のよさは、荒事への転換を不可能にする。一方の蕾は、内情を打ち明け、開き直るという道を選んだ。芸者の年齢詐称を咎めるような野暮な男に気遣いは無用とばかりに、単刀直入に要求を突きつける。

旦那は、いよいよ、むづかしい顔をして、

「いまあの婆は、つぼみさん、と言つたが、お前さんの名は、つぼみか。」

「ええ、さうよ。」女は、やぶれかぶれである。つんとして答へる。

「あの、花の蕾の、つぼみか。」

「くどいわねえ。何度言つたつて同じぢやないの。あなただつて、頭の毛が薄いくせに何を言つてるの。ひどいわ、ひどいわ。」と言つて泣き出した。泣きながら、「あなた、お金ある？」と露骨な事を口走つた。

客はおどろき、

「すこしは、ある。」

「あたしに下さい。」色気も何もあつたものでない。

たしかに、いらぬ年穿鑿や名にこだわったことは不粋の極みであるとしても、花街で手練手管抜きの無心をされることを、男は想定していなかったのだろう。「おどろ」くのも無理はない。とはいえ、これからも通い詰めるはずのない男からならば、今ここで有り金をできるだけ多く巻き上げようとするのは、理にかなった目標設定ではあった。蕾は、「人品骨柄は、いやしくない」が「素性の悪い大馬鹿の客」の機先を制し、家の事情を真率に語り出す。四、五日前のこと、嫁ぎ先から赤子を連れて娘が帰ってきた。結婚して「一年経つか経たないうちに、乞食のやうな身なりで」。「俳諧だか何だかお得意」の「のつぺりした顔」の「亭主」はといえば、「銭湯へ出かけて、それつきり他の女のところへ行つてしまつた」らしい。これという特異なところもない、しかしだからこそ現実味のある哀話である。

「それでは、お前さんに孫もあるのだね。」

「あります。」とにこりともせず言ひ切つて、ぐいと振り挙げた顔は、凄かつた。「馬鹿にしないで下さい。あたしだつて、人間のはしくれです。子も出来れば、孫も出来ます。なんの不思議も無いぢやないか。お金を下さいよ。あなた、たいへんなお金持だつていふぢやありませんか。」と言つて、頬をひきつらせて妙に笑つた。

粋人には、その笑ひがこたへた。

男はまたしても、確かめる必要もないことを問い質してしまう。その余計な一言は結果的に、蕾のふてくされた態度に凄みを加えることとなった。傍線部のように、語り手はその表情を精細に追い、気圧される男の心境を想像させる。本来、悪性な「亭主」に捨てられた、乳飲み子を抱える「娘」を救済する責務は、男にはない。それはあくまでも蕾の家の災厄だ。ただ、一見の客であっても、「たいへんなお金持」であれば、その情けでこの窮状を救ってくださるにちがいない、というのが無心の理路である。男の粋人気取りを逆手に取ったこの情絡みの申し入れを、男は断ることができない。一方で、気前のよい長者を演じさせてやるかわりに、その芝居に付き合う手間賃は請求する、という蕾の明示的な底意に「粋人」は晒される。

原典の『世間胸算用』には女の「母親らしき者」が登場し、「是れが顔《かほ》の見納《みをさ》め、十四五匁の事に身を投《な》げる」と泣きつく場面がある。銀「十四五匁」は一歩金一枚（「一角」）とほぼ等価であることから、男に身銭を切らせるためのお決まりの芝居なのだろう。それを嘘と知ってか知らでか「一角取らせて」、「心面白う声高《こゑだか》に物云ふ」男の「痴人《たはけ》」ぶりが描き出される。では、「粋人」における設定変更の意図とは何だろうか。それは蕾の荒れた感情に根拠を持たせるためだったのではないか。「大晦日の諸支払ひの胸算用をしながらも、うはべは春の如く、ただ矢鱈に笑つて、客に酒をすすめ」ていた蕾の表層的な演技は、年齢をごまかしていたことがばれてからは、婆の「見え透いたお世辞」にも後押しされ、「素性の悪い大馬鹿の客」を相手にした真情の吐露へと切り替わる。男に対して、娘や赤子のこれからを案じる母・祖母としての自己を語り出すとき、結局は金が恨みの種であるという怒りは、いつまでも粋人気取りを続ける男への敵意に変わるのである。

## 五

大晦日の朝、「出違ひ」を図り、花街で一日限りの虚栄心を満たそうとした男はこうして、茶屋の女性たちの「粋転」に遭い、その意のままに操られてしまう。「粋人」として振る舞うことは、途中から押しつけられた役柄と化し、うつつを抜かすこともままならなかった。歓待と敵意との間を軽々と越境する婆・蕾の優位は揺るがず、隠然とした支配は続く。

ああ、いまごろは、わが家の女房、借金取りに脊を向けて寝て、死んだ振りをしてゐるであらう、この一歩金一つでもあれば、せめて三、四人の借金取りの笑顔を見る事は出来るのに、思へば、馬鹿な事をした、と後悔やら恐怖やら焦躁やらで、胸がわくわくして、生きて居られぬ気持になり、「ああ、めでたい。婆の占ひが、男の子とは、うれしいね。なかなか話せる婆ではないか。」とかすれた声で言つてはみたが、蕾は、ふんと笑つて、

「お酒でもうんと飲んで騒ぎませうか。」と万事を察してお銚子を取りに立つた。

西鶴は描かなかった男の苦衷を、太宰は執拗に掘り下げる。「仕合せと不仕合せとは軒続き」など、逆境における「堪忍」の大切さを偉そうに説き、「わが家」にひとり残してきた「女房」が不憫に思われてくる。ともに他者を操る／他者に操られるという非対称的な関係を成立させる理念である

点において、「堪忍」と「粋人」とは相似している。男は他者を操る立場を保持しようとして、「粋人」の役柄を降りられず、茶屋では手だれの玄人たちによって逆に操られる。何も言い返さなかった「女房」が襲われていたであろう無力感が初めて、「人品骨柄は、いやしくない」男に共有されるのである。「後悔やら恐怖やら焦躁やら」に囚われる男はこのあと、「暗憺、憂愁、やるかたなく」、「つきもない小唄を口ずさんで見たが一向に気持が浮き立た」ない。これだけ深い反省の只中にも、婆の殊更めいた「畳算《たたみざん》」の結果に喜んでみせたり、蕾に鼻で笑われても素知らぬ振りをしたりと、「粋人」の演技はもはや苦行に近いといえる。

元はといえば、嘘をついたことが発端だった。では、三者三様の嘘が渦巻く「粋人」という小説は、はたしてどのような時代性を帯びていたのだろうか。アジア・太平洋戦争期を、須田喜代治がいう「大嘘《ロマン》」の「世界の存在を許さない」「時局[14]」と捉えるならば、その陰画として『新釈諸国噺』十二篇の虚構空間はあったのかもしれない。嘘を禁じられた時代、「まこと」や「清明心」の美徳が絶讃されていた。

真言《まこと》即ち真事《まこと》である。言と事とはまことに於て一致してゐるのであつて、即ち言はれたことは必ず実現せられねばならぬ。この言となり、事となる根柢にまことがある。[15]

（『国体の本義』）

心直くして恥を知り、正を履んでおそれず、きたなき心を捨てて大和心のををしきに就くは、これ日本人本来の面目の発揮である。[16]

（『師範修身公民』本科用巻一）

言行一致を絶対価値とする時代、嘘は「きたなき心」の現れ以外の何ものでもなかった。真善美のすべてを「生み出す根源にはまことのあることを知るべきである」と、『国体の本義』は述べて、「まこと」とは「清明心であり、それが我が国民精神の根柢となつてゐる」と結論づける。後者の文章は、「青少年学徒に賜はりたる勅語」（昭和十四年五月）の一節「汝等其レ気節ヲ尚ビ廉恥ヲ重ンジ」を敷衍した解説文である。日本人は本来嘘をつかないものだ、という理念は少なくとも「堪忍」や「粋人」と同程度に胡乱ではあった。

太宰治が『新釈諸国噺』の刊行に向け、「警戒警報の日にも書きつづけ[17]」ていた頃、国民の多くは戦局の悪化を実感していた。荻野富士夫は、民心の把握を任務としていた特別高等警察による昭和十九年の資料に記された「圧戦気分」という用語に注目する。特高の通用語だったと考えられる「圧戦気分」とは、「文字通り戦争のもたらすさまざまな重圧に打ちひしがれつつある状態であり、「戦意」の弛緩や低調と通底する気分であろう」と、荻野は推測し、「一九四四年を通じた国民の生活心理を的確に表現している[18]」と論じる。

戦時下にあっては公言できなかった「戦意」の減退という事実は、戦後に発表された当時の日記や手記などで確かめられる。例えば、近衛文麿内閣で内閣書記官長や司法大臣を務めた風見章は、その日記（昭和十九年十月十日）に、「いはゆる必勝の信念の動揺、地方にあつてもいよ〳〵大也」と記し、「後日の参考の為めに」と前書きした同じ月の手記には、「人々は戦争に疲れ出したのである。一戦一敗に心を動かすなとよく呼びかけるが、彼等自身は戦争の成行などはあまり問題にしてゐないのだ。それを問題にするほどの心のゆとりを無くしてしまつてゐるのである」[19]と、現況への批判的見解を述べる。

同じ頃、ジャーナリストの清沢洌も、戦時報道の偏りに憤りを隠せなかった。

ビルマ方面（拉孟、騰越）でまた全滅隊出ず。何人が責任を負わねばならぬか。しかも新聞をして盛んに「作戦の絶妙」とか「神妙の作戦」とかと毎日書かせている。祖国の守りが危うい時にビルマには何のために行っているか。しかも作戦の妙を常に絶讃するのだ。国民の無智も責任あり。[20]

新聞をはじめとする報道機関はもれなく、度重なる「守備隊」の全滅を〈玉砕〉と美化してはばからない。清沢洌は「全滅隊」という客観的表現を使うことで、そうした虚飾を指弾する。「新聞をして」「毎日書かせている」主体は、軍部と一体化した戦時下の権力機関「大本営」にほかならない。大がかりな嘘が常態化していた。現地から報告された「大戦果」を検証もせずに垂れ流し、実質的な敗退を「転進」とすりかえるような情報操作が「戦時」を長引かせた。そして、精神性を孤塁とさせられた「国民の無智」という反知性主義がそれを支えた。国家ぐるみの嘘にうすうす勘づきながらも、「戦意」の低下という心身の反応を示すのが関の山だったことも含めて。戦時体制に即応して書かれ、語られた「グロテスクな嘘[21]」に取り囲まれた時代に「粋人」を置きなおすとき、そこに繰り広げられていた醜悪な嘘の連鎖は、近世の「浪花」における茶屋に仮託した同時代批評という一面を浮かび上がらせるのではなかろうか。だとすれば、「粋人」になりきろうとした男の虚栄は、ナショナリティに依存する決戦下の大義と釣り合うことになるだろう。

## おわりに

上方で生まれた「粋《すい》」という概念はそののち、江戸で「通《つう》」と呼ばれるようになる。近世文学研究者の水野稔は、江戸中期の洒落本の作者たちが書き残した「通」論から析出されるその本質を、「内部に豊かに貯えられ満たされたものを、外部にあらわに流出し表出することを抑制する態度」、「充実したもののつつましやかな発現[22]」と解説している。洒落本の嚆矢とされる江戸版『遊子方言《ゆうしほうげん》』（田舎《いなか》老人《ろうじん》多田爺《ただのじじい》作　明和七・一七七〇年刊）に登場する「通り者」は、吉原遊郭の事情に通暁する通人を気取るものの、しくじりを繰り返す「半可通」だった。「抑制」とは無縁の饒舌とうぬぼれがことごとく裏目に出るおかしさが人気を博し、以後しばらくは、半可通や野暮をからかうことが洒落本の定型的な筋立てとなる。

決戦下に発表された「粋人」は、通人気取りの半可通を笑いのめすという洒落本の趣向を生かした滑稽小説である。そこには、「内部に豊かに貯えられ満たされたもの」を何も持たない男が、虚栄心に突き動かされ、「粋」を精一杯体現しようとする愚かしさ、みじめさが容赦なく描き出されていた。挙げ句の果てには、掛取りに顔を合わせることなく大晦日の一日をやり過ごすという本来の目的も、「丁稚らしき身なりの若い衆二人」に「下着一枚」を除き、すべてを「お勘定」として持って行かれ、遂行できなかった。

現実から逃避するための嘘が、後に重い負債となることもまた、敗戦というそれほど遠くはない現実への予感から目を背け、根拠のない言説で事実を覆い隠していた「決戦」の時代と響き合う。「粋人」は、自ら構想した物語の中でそれに縛られていく男を笑うことで、「時代」を支配する物語に容喙する小説なのである。

〔注〕

1 『西鶴置土産』の本文は、『西鶴全集』第九（正宗敦夫編纂校訂 昭和3・2 日本古典全集刊行会）による。

2 太宰治「粋人」の本文は『太宰治全集』7（平成10・10 筑摩書房）による。原則として、他の引用文も含め、仮名遣いおよびルビは原文のままとし、漢字は新字に統一した。文中の傍線は引用者による。

3 『世間胸算用』の本文は、『西鶴全集』第三（與謝野寛・正宗敦夫・與謝野晶子編纂校訂 大正15・7 日本古典全集刊行会）による。

4 斎藤理生「太宰治『粋人』論――物語・顔・反復」（「太宰治スタディーズ」6 平成28・6）

5 木村小夜「太宰治『新釋諸國噺』試論――「赤い太鼓」と「粋人」――」（「叙説」22 平成7・12『太宰治翻案作品論』第二章『新釋諸國噺』論 第八節「「赤い太鼓」と「粋人」」一九九頁 平成13・2 和泉書院）

6 「思ひかね今日たてそむる錦木の千束も待たであふよしもがな」（『詞花和歌集』巻第七 恋上 大江匡房）と詠まれた「千束」は、男の誠実な恋心の証しとして、女の家の門口に毎日一本ずつ立てられた「錦木」の本数を表す。「錦木」は五色に彩られた一尺ほどの木片で、陸奥地方の求婚をめぐる習俗として伝えられ歌語となった。後に、「いろいろ道ならぬ事を書き口説きて、千束《ちつか》送りけるに、返しも無くて」（井原西鶴『好色一代男』巻二・三「女《をんな》は思《おも》はくの外《ほか》」）のように、恋情を綴った手紙の意味で用いられるに至る。

7 注4に同じ。

8 三木清「虚栄について――人生論ノート」（「文學界」6－3 昭和14・3）

9 アダム・スミス『道徳感情論（下）』（水田洋訳 平成15・4 岩波文庫 二一〇頁）

10　注4に同じ。
11　エミール・バンヴェニスト『インド＝ヨーロッパ諸制度語彙集　I経済・親族・社会』（前田耕作監修　蔵持不三也・田口良司・渋谷利雄・鶴岡真弓・檜枝陽一郎・中村忠男共訳　昭和61・5　言叢社　八〇～九五頁）
12　注5　木村小夜『太宰治翻案作品論』一九二～一九三頁。
13　注4に同じ。
14　須田喜代次「太宰治「粋人」の〈すゐ〉――「粋ほど愚痴なものはなし」――」（「太宰治研究」22　平成26・6）
15　『国体の本義』（文部省編纂　昭和12・5　内閣印刷局　五九～六〇頁）
16　『師範修身公民　本科用　巻二』（文部省著作　昭和18・4　師範学校教科書株式会社）本文は『続・現代史資料（9）教育　御真影と教育勅語』（佐藤秀夫編　平成7・12　みすず書房　四九五頁）による。
17　太宰治『新釈諸国噺』「凡例」（昭和20・1　生活社　三～四頁）
18　荻野富士夫『「戦意」の推移――国民の戦争支持・協力』（平成26・5　校倉書房　一一〇～一一一頁）
19　『風見章日記・関係資料　一九三六－一九四七』（北河賢三・望月雅士・鬼嶋淳編　平成31・3　みすず書房　二五〇頁、二九六頁）
20　清沢洌『暗黒日記』昭和十九年九月二十一日（橋川文三編集・解説　復初文庫『暗黒日記』昭和54・8　評論社　四三三頁）
21　太宰治は「返事」（「東西」1－2　昭和21・5　原題は「返事の手紙」）の中で次のように、過去を十分に省みることなく、新たな価値観にすばやく順応する人々への嫌悪感を表明した。本文は、『太宰治全集』

11（平成11・3　筑摩書房　二〇六頁）による。

私はいまジャーナリズムのヒステリックな叫びの全部に反対であります。戦争中に、あんなにグロテスクな嘘をさかんに書き並べて、こんどはくるりと裏がへしの同様の嘘をまた書き並べてゐます。

22

水野稔『黄表紙・洒落本の世界』（昭和51・12　岩波新書　一〇五頁）

# 「遊興戒」——転位する依存

## はじめに

太宰治の短編小説「遊興戒」[1]は『新釈諸国噺』（昭和20・1、生活社）の中でもとりわけ、井原西鶴による原典との出来映えの差が顕著な作品とされている。

原作が写実的で、又完成度の高いものは、さすがに太宰の書き直しの手腕によっても、原作に及ばないという感が強い。たとえば、「遊興戒」の原話「置土産」の「人には棒振虫同前に思はれ」は、西鶴の全作中でも傑出したものであるが、原作のもつ自然のあわれが、「新釈」で失われている。[2]

吉田精一によるこのような厳しい評言は、その後の太宰研究においても概ね引き継がれることになる。西鶴に位負けする太宰、という見立てである。確かに、「遊興戒」の場合、西鶴作品から設定や筋立てをほぼそのまま借りた結果、太宰が「それにまつはる私の空想を自由に書き綴[3]」った箇所が妙に浮き立って見え、原典の味わいを削いでいることは否めない。

北条団水が編んだ井原西鶴の第一遺稿集『西鶴置土産』（元禄六・一六九三年刊）所収の「人には棒振虫同前に思はれ」[4]（巻二・二）は、田山花袋[5]、正宗白鳥[6]の激賞をはじめ、そこに表現された「陋巷に生きる庶民の哀切な詩情」[7]（檜谷昭彦）や「悲痛な人生諦観者」[8]（臼井吉見）の境地が、西鶴最晩年の到達点を示すものとして高く評価されてきた。梗概をまとめておこう。

上野の桜が時季外れの狂い咲きを見せる頃、金魚屋での豪気な商売に驚いていた男たちは、「小桶」に集めたぼうふら（「棒振虫」）を「銭二十五文」で売りにきた田舎者風情の男に目をとめる。よく見ると、「悪所の友」で、行方知れずとなっていた「伊勢町《いせまち》の月夜の利左衛門」に間違いない。その「見にくい姿」に同情した男たちは「貧楽《ひんらく》に世を渡らすべし」と金銭的支援を申し出る。ところが、利左は現在の窮状について「さのみ恥しき事にもあらず」と述べて、「御合力」をきっぱりと断り、その日の稼ぎで「一盃の茶碗酒」を振る舞う。利左の侘住居には、「父様《ととさま》の銭持つて戻らつしや」るのを待つ四歳になる「男子《むすこ》」と利左に請け出されて「内儀」となったかつての遊女「吉州《きちしう》」がいた。吉州は男たちのうち、「伊豆屋吉郎兵衛」の訪問を涙ながらに拒む。「只一度《ど》仮なる枕物語せし事」が「心に掛」かるからだった。利左は吉州の真心（「誠なる」「やさしきことわり」）に「胸を晴し」、客人たちを迎え入れる。壁に吊り下げた仏壇（「釣仏棚《つりほとけだな》」）の扉を打ち割り茶を入れる気概を見せたものの、着替えがないため蒲団にくるまっている「御秘蔵の男子《むすこ》」の不憫さに利左と吉州は「前後を覚えず涙に成」るのだった。帰り際、男たちは持ち合わせの「一歩三十八、こまがね七十目ばかり」を天目茶碗に入れて立ち去るが、利左は「神《しん》ぞ〳〵筋なき金《かね》を貰ふべき子細なし」と怒り、投げ返す。後日、三人は吉州に金が渡るよう手配する。しかし、利左一家はすでに江戸を離れ、行方もわからなくなっていた。このやるせない再会と別れの後、「女郎狂ひもまよひの種」と悟り、「三人共に」放蕩をやめたので、馴染みの女郎たちは大損をしたという。

表題のとおり、世間からは「棒振虫」のように侮られるとしても、「昔の大尽として男としての面目と誇り、乃至遊女として女としての意気と張りとを生通さうと」[9]（片岡良一）する姿に、自己の尊厳を手放さず、世の中の道理を受け容れる者の潔さが表出されている。一方で、その劇的な効果に着目すれば、広嶋進が論じるように「外聞や面子にこだわる大尽や遊女の「虚栄」の喜劇」[10]とも映るだろう。ある理想の具現化を図るのではなく、「誇り」にも「虚栄」にも囚われる人間の避けがたい現実を描く「人には棒振虫同前に思はれ」は、そのような読みの幅を包蔵する傑作である。

本論は、太宰治が「遊興戒」において「人には棒振虫同前に思はれ」をどのように書き換えようとしたのかという課題を中心に据え、その翻案がもたらした効果の質を見極めることに目標を置く。「遊興戒」ははたして、「原作のもつ自然のあわれ」を台無しにした凡作なのだろうか。[11]

## 一

「遊興戒」は、原典にはない、次のような「三粋人」の描写から始まる。

むかし上方の三粋人、吉郎兵衛、六右衛門、甚太夫とて、としは若《わか》し、家に金あり、親はあまし、男振りもまんざらでなし、しかも、話にならぬ阿呆といふわけでもなし、三人さそひ合つて遊び歩き、そのうちに、上方の遊びもどうも手ぬるく思はれて来て、生き馬の目を抜くとかいふ東国の荒つぽい遊びを風聞してあこがれ、或るとし秋風に吹かれて江戸へ旅立ち、途中、大笑ひの急がぬ旅をつづけて、それにしても世の中に美人は無い、色が白ければ鼻が低く、眉があざやかだと思へば顎が短い、いつそかうなれば女に好かれるよりは、きらはれたい、何とかして思ひ切りむごく振られてみたいものさ、などと天を恐れぬ雑言を吐き散らして江戸へ着き、あちらこちらと遊び廻つてみても、別段、馬の目を抜く殺伐なけしきは見当らず、やはりこの江戸の土地も金次第、どこへ行つても下にも置かずもてなされ、甚だ拍子抜けがして、江戸にもこはいもの無し、どこかに凄い魔性のものはゐないか、と懐手して三人、つまらなさうな様子で、

上方から江戸への遊山の目的とは、「凄い魔性のもの」と出会い、未経験の「荒つぽい遊び」に耽ることだった。それは、「どうも手ぬる」いと感じられる退屈な日常から抜け出すための冒険にほかならなかった[12]。たしかに、何事であれ優遇される彼らは、たいていの欲望を満たすことができるだろう。とりわけ「金次第」で事態が思いのままに変化する様子を「三粋人」は飽きるほど見続けてきたはずだ。咎める者がいないのをよいことにして遊び呆け、その果てにわがままが通り過ぎることにもつまらなさを感じはじめてしまう。したがって、「大笑ひの急がぬ旅」の終着地、江戸に吉郎兵衛たちが期待したのは、常識の外にある、金も効力を発揮しない異界、すなわち「魔性」が支配する世界との遭遇だった。

切れ目のない順境に嫌気が差すという屈折した不遇感は、傍線を付した箇所のふざけた欲望へと姿を変える。常態と化した「女に好かれる」ことよりも、突然の裏切りに打ちひしがれるつらい展開のほうに刺激を求めるのである。ただし、「三粋人」が思い描く「きらはれ」、「思ひ切りむごく振られ」る男の悲劇もまた、「八幡祭《はちまんまつり》小望月《よみやの》賑《にぎわい》」[13]（万延元・一八六〇年七月、江戸市村座初演）の山場、美代吉による〈愛想づかし〉の場面のような、歌舞伎をはじめとする演劇や文芸に取り入れられた趣向をなぞっているのではないか。芝居であれば多くの場合、血なまぐさい結末の発端となる〈愛想づかし〉を夢想する彼らは、既成の物語の枠組みを借りて、猟奇的な成り行きに巻き込まれる自己を想像し面白がっているにすぎない。「遊興戒」の「三粋人」は、色里における悲喜こもごもを、すでに語り終えられた話の変形と見なしている。その傲慢な観念性こそ浮かれの根拠であった。

　こうして、三人の浮かれ者にとっては物足りない旅が終わろうとしていたとき、「月夜の利左といふ浮名を流し、それこそ男振りはよし、金はあり、この三粋人と共に遊んで四天王と呼ばれ、数年前に吉州といふ評判の名妓を請出し、ふつと姿をかくした利左衛門」との思いがけない再会が待っていた。「浮名」の由来は「月夜烏」であろうか。月の美しい夜、浮かれて鳴き騒ぐ烏にたとえて遊び人のことを指すあだ名である。あるいは、暗い色調の着物を粋に着こなす男だったのかもしれない。かつてはその名に浮かれ者の徴《しるし》を負った利左衛門の登場の後、「遊興戒」は「人には棒振虫同前に思はれ」の筋立てに沿って進む。太宰による加筆は主に、「四天王」が見せる抑制を欠いた発言において目立っている。「三粋人」が利左に経済的支援を申し出る場面で、原典が「此後は我々うけとり、貧楽に世を渡らすべし」と控えめな言い回しで利左の負い目にも気遣いを見せるのに対して、「遊興戒」は饒舌に友達甲斐を押しつける。

ここで逢うたが百年目さ。どうだい、これから、わしたちと一緒に上方へ帰つて、また昔のやうに四人で派手に遊ばうぢやないか。お金の事や何かは心配するな。口はばつたいが、わしたち三人が附いてゐる。お前の一生は引受けた。

金に困っている友人を金の力で救おうという友情の誇示は、何ごとであれ、わかりきったこととして片付けるものわかりのよさに裏付けられていた。金離れのよさも含めて、諸事に屈託なく振る舞うことが許されてきた「三粋人」は、友の窮状には相身互い、情に厚いところを発揮して、躊躇なく身銭を切るのが捌けた粋人のならい、とばかりに訳知り顔で反応しているのである。だが、そうした友達甲斐の早のみこみが、他ならぬ友を苦しめることもあるに違いない。

上方で「四天王」が皆、潤沢な資金にものを言わせ、金に糸目をつけない遊び方をしていたころは、仮に相互に貸し借りがあったとしても自ずとその返報が期待できた。そのため、彼らには貸借という一時的な贈与／受領行為の重みはさほど感じられなかったはずだ。しかし、四人の内、利左だけが零落した今、この構造はもはや崩壊している。極貧にあえぐ利左に提示された富裕な三人による「御合力」とは、憐憫を形にした利他行動にほかならず、その行為は、マルセル・モースが見逃さなかったギフト（gift）の両義性、すなわち「贈与という意味と、毒という意味[14]」を帯びることになる。利左は陰に軽侮を潜ませた「三粋人」の同情を拒絶する。もちろん、「三粋人」はそうした潜在的な悪意を自覚してはいない。かつての気の置けない付き合いに起因する善意、「悪所の友の好誼《よしみ》」(「人には棒振虫同前に思はれ」)を示したままでのことだろう。だが、他者のためによかれと思ってすることの副作用を推し量れないところに、これまで金の力によって庇護されてきた「三粋人」の、「話にならぬ阿呆といふわけでもな」いが深慮には欠ける半端な分別の様態が露呈しているのである。

## 二

三人の申し入れを利左が断る場面においても、原典と「遊興戒」との懸隔は大きい。

まだ此身になりても、過ぎにし贅やまずして、女郎買の行末かくなれる習《ならひ》なれば、さのみ恥しき事にもあらず、いかな〳〵おの〳〵の御合力は受けまじ、利左ほどの者なれども、其時にしたがひて、悪所の友の好誼《よしみ》に、けふを送るといはれんも口惜し、面々《めん〳〵》のこゝろざしは千盃《せんばい》なり、久しぶりに逢ふ事、又重ねて出合ふ事も有るまじ、一盃の茶碗酒、しばしの楽みなるべしと先立つて出、

「人には棒振虫同前に思はれ」の利左はまず、「此身」となるに至った原因を自己分析し、「悪所の友」による経済的支援の申し出を断る。その情理を兼ねた固辞の言葉は、端から見れば落魄と映るであろう現状を「さのみ恥しき事にもあらず」と捉える認識に支えられていた。必然としての貧苦の受容と新たに芽生えた家計を支える者の自負が迷いのない態度となって、利左の意気地を表象するのである。

さらに利左は、旧友との再会を祝い、「此後は我々うけとり、貧楽に世を渡らすべし」とまで気遣ってくれた三人の「こゝろざし」への感謝を込めて、ささやかな酒宴を催す。その誘いのうち、傍線部は「盃」の縁語と考えられよう。この上ない（「千盃《せんばい》なり」）ご厚情に「一盃の茶碗酒」とは不釣り合いながら、気持ちだけは盃を「さし」交わし、「重ね」たつもりでお付き合い願いたい、というのが利左の真心であった。「久しぶり」の「ぶり」にも、酒席でのふるまいを意味する「酒《さか》ぶり」が言いかけられているのかもしれない。こうして、それまでの話題の険しさは遊びごころにくるまれて、「粋」のゆとりへと置き換わる。

このような気遣いに溢れた「人には棒振虫同前に思はれ」の理知的な語りとは対照的に、「遊興戒」の利左はひたすら、柄の悪さで三人を寄せ付けまいとする。

利左は、顔を青くしてふんと笑ひ、そつぽを向きながら、「何を言つてゐやがる。人の世話など出来る面《つら》かよ。わざわざこの利左をなぶりに上方からやつて来たのか。御苦労な事だ。こつちは、これが好きでやつてゐるのさ。かまはないでくれ。遊びの果は皆こんなものだ。ふん。いまにお前たちだつて、どんな事になるかわかつたものぢやない。一生引受けたは笑はせやがる。でもまあ昔の馴染甲斐に江戸の茶碗酒でも一ぱい振舞つてやらうか。利左は落ぶれてもお前たちのごちさうにはならんよ。酒を飲みたかつたら附いて来い。あはは。」と空虚な笑ひ方をして、小桶を手にさげてすたすた歩く。

利左は「遊びの果」を一足先に経験した先達の立場から、奈落に沈む者の呪詛にも似た粗野な言葉遣いで荒んだ気分を見せつける。それは、「もはや粋からはほど遠く野暮にさえなっている」「演技になっていない演技」[15]（斎藤理生）であり、「落魄の物語」を「過剰に演じる」ことで「前面に押し出した型の裏に自らを隠」[16]（木村小夜）すことでもあった。倒立した優越の演技が誰の目にも虚勢と映ることは、「空虚な笑ひ方」を揶揄する語り手が代弁している。空威張りのおかしさは、「小桶」に視線を送る語り手の底意地の悪さとともに立ち現れる。

利左が撒き散らすこうした陰湿な笑いは、家族について語る科白にも見られる。再び原典との違いを確かめてみよう。

> 今の内儀は定めて吉州《きちしう》かとよい中をいへば、此女郎ゆゑにこそ、かくはなりぬ、傾城も実《まこと》のある時あらはれて、四年あとより男子《むすこ》をまふけ、父様《ととさま》か、様といふをたよりに、けふまでは暮しけると、夢の如く語るを、うつゝのやうに聞きて、

馴染みの遊女だった吉州を請け出し、利左は所帯を持った。生活は苦しい。しかし、俗諺にいう「傾城《けいせい》に誠なし」どころか、吉州は「実《まこと》のある」女房で、四年前に授かった男の子が「父様か、様」と呼ぶのを生きがいに暮らしている。「此女郎ゆゑにこそ、かくはなりぬ」には過去の行状への自嘲が見られるとはいえ、利左は現在の家庭生活に満足しているのだった。「人には棒振虫同前に思はれ」の語り手は「うつゝ」を「夢」と同義の語として用い、利左たちの日常と遊里との隔絶を印象づける。

この一節に顕著な、語り手と利左とが協働的に形作る詩的な言葉の世界とは異なり、「遊興戒」の利左の物言いはどこまでも騒々しくささくれ立ち、語り手もその荒い語気の陰に「卑屈」さを読み取る。


「時に利左、いまでも、やはり吉州と?」

「いまでも、とは何だ。」と利左は言葉を荒くして聞きとがめ、「粋人らしくもねえ。口のききかたに気をつけろ。」と言つて、すぐまた卑屈ににやりと笑ひ、「その女ゆゑに、御覧のとほりのぼうふら売りさ。悪い事は言はねえ。お前たちもいい加減に茶屋遊びを切り上げたはうがいいぜ。上方一と言はれた女も、手活の花として眺めると、三日経てば萎れる。いまぢや、長屋の、かかになつて、ひとつき風呂へ行かなくても平気でゐる。」

「子供もあるのか。」

「あたりめえよ。間の抜けた事を聞くな。親にも似ねえ猿みたいな顔をした四つの男の子が、根つからの貧乏人の子らしく落ちついて長屋で遊んでゐやがる。見せてやらうか。少しはお前たちのいましめになるかも知れねえ。」


利左にとってこの問答は、教えを授ける／授けられるという非対称的な関係を堅持することに意義があった。相手の問いに難癖をつけてから答え始めるのはそのためである。四人の中で利左だけがこだわりを持つ権力闘争の戦略とは、過剰な卑下で他者の応答を封じることだった。傍線部の身も蓋もない容貌描写は、返す言葉を失わせるための露悪的な暴言にすぎない。貧しさに慣れた様子の妻や子を捉える突き放した視線はそのまま、二十五文の日銭のために働く自分にも向けられる。太宰は、利左に冷笑的な家族紹介をさせることで、「人には棒振虫同前に思はれ」に流露する夫婦、親子の情や平安を覆い隠したのである。[17]

## 三

臼井吉見は、太宰治が世を去って間もなく「遊興戒」を例に挙げ、西鶴作品を「あくまでもコメデイとしてとりあげてゐる」[18]その創作姿勢にこの作家の特徴を指摘した。また、その発展として、「太宰はおそらく西鶴において人間の滑稽を見抜いてゐた笑ひの作家を見出してゐたのではなからうか」という魅力的な仮説を提示している。前節までの考察から「コメデイ」や「滑稽」の要素を探るとすれば、「人には棒振虫同前に思はれ」の利左が見せるゆとりある諦めの境地を、昔の仲間に侮られることを恐れ、零落の先達を演じてみせる苦衷へと変形させたところに求められるだろう。

「遊興戒」の利左は「三粋人」との再会後、一度も欣然と笑うことがない。「顔を青くしてふんと笑ひ」、「空虚な笑ひ方をして」、「口をゆがめて苦笑ひし」、「卑屈ににやりと笑ひ」、「薄気味悪い微笑を頬に浮べ」る。その笑いの基調をなすのは自嘲だが、利左は不満や不安が底を流れる居心地の悪さに気づかれぬよう腐心しているのである。「三粋人」はすでに、「金魚屋の番頭にやたらにお辞儀をしてお追従笑ひなどしてゐ」たり、「小桶に一ぱいのぼうふらを、たつた二十五文で買つてもらつて、それでも嬉しさうに、金魚屋の下男にまで、それではまた、と卑しい愛嬌を振り撒」いたりする利左の姿を目撃していた。原典にある「下男《しもをとこ》どもに軽薄云ひて」が、商売上の都合からお世辞を言う習慣が身についていた利左の内発的な生き方を捉えているのに対して、「お追従笑ひ」や「卑しい愛嬌」は傍目にもつらい演技であることを表している。「遊興戒」の「三粋人」は、利左によるぎこちない芝居の続きを見せられているのだ。

では、「人には棒振虫同前に思はれ」と「遊興戒」とでは、利左のどのようなことの違いが人物形象の差異をもたらしているのだろうか。詳しくは語られていないが、浮かれ者の「月夜の利左衛門」は遊里で放蕩三昧の日々を送っていた。それを可能にしていた最も重要な条件とは、「家に金あり」という裕福さだった。つまり、利左は〈金〉に依存することで、粋人としての習俗に浸ることができた。〈粋人〉という社会的な承認にも利左は依存していられた。〈金〉を物質的依存とすれば、〈粋人〉は理念的依存といえよう。

自分自身の存在に固執することは、基本的に自分自身のものではない他者の世界に服従すること（後の時点では生起しないが、存在したいという欲望を作り上げ、可能にするような服従）を必要とする。他性に固執することによってのみ、人は自分「自身」の存在に固執するのである。人は決して自分が作ったのではない諸関係に対して可傷的であり、社会における原初的で創始的な疎外を徴しづけるカテゴリー、名前、関係、分類を通じて、常に、ある程度「自分自身の存在に」固執する。[19]

ジュディス・バトラーが述べているのは、承認をもたらす可能性がある何かへの服従の後にしか自己の生存はあり得ないということだろう。「自分自身の存在に固執すること」とは、スピノザが『エチカ』でそれぞれの「現実的本質[20]」であるとした「コナトゥス」のことである。それは必ず「他性に固執すること」の後に可能となるため、「可傷的」で搾取されやすい欲望でもある。「基本的に自分自身のものではない他者の世界に服従すること」を外在する何かに物質的または理念的に依存することと置き換え、両作品を分かつ特質について考えてみたい。

まず、「人には棒振虫同前に思はれ」の利左は、〈金〉や〈粋人〉への依存によって「自分自身の存在に固執すること」ができていた。遊興への没頭という人間の欲望に働きかける仕掛けに対する服従によって〈粋人〉という主体は成り立っていた。しかし、「月夜の利左衛門」としての存在に見切りをつけなければならないときが訪れる。勘当や破産などの理由で〈金〉への依存ができなくなり、〈粋人〉という「他性」に依存することもかなわなくなった利左は、それまでの主体性を手放し、妻子とともに生きることに依存しはじめる。「父様《ととさま》かゝ様といふをたよりに、けふまでは暮しける」という吐露に曲解の余地はなく、新たな依存（「たより」）への転位が行われたことをかつての「悪所の友」に告げているのである。

したがって、金魚屋での「軽薄」もやはり、感情労働の一面を持つ「棒振虫」の売り買いという「他者の世界」に服従する、利左の板に付いた商売人気質の表れと見なすことができよう。田山花袋が「世の中の辛酸をなめつくした人でなければ、ちよつと書くことができないやうなもの[21]」と評した「人には棒振虫同前に思はれ」に描かれる諦観とは、他者に依存することではじめて生きていられるという事実を直視し受け容れて、そのときの条件に合った依存を見極めることではなかろうか。「自分自身の存在」に関わっていた依存を断ち切ることは難しい。そのような新たな依存への転位を鈍らせるもののことを〈執着〉と呼ぶのだろう。

太宰治の「遊興戒」は、その〈執着〉に執着する翻案小説である。「金魚屋の番頭にやたらにお辞儀をしてお追従笑ひなどしてゐる」利左は、「三粋人」と一体化した語り手の目に、拙いおべっか使いとして痛々しく映っている。「下男にまで、それではまた、と賤しい愛嬌を振り撒きいそいそと立ち去る」姿も、世馴れぬ利左の屈託を冷ややかに浮かび上がらせる。こうした不自然な言動の背景にあるのは、遊里で下にも置かない歓待を受けた過去への〈執着〉なのではないか。取り巻きからおだての言葉を浴びてきた「粋人」利左は今、反転した立場に居心地の悪さを感じている。斎藤理生が論じるように、「三粋人に再会し、その〈空気〉に巻き込まれると、利左のなかに粋人としての自分が戻ってきてしまった[22]」ことは確かであるが、その前にも「粋人」への〈執着〉は残り火のようにくすぶっていたものと考えられる。

すゐ葉も枯れて生垣に汚くへばりついてゐる朝顔の実一つ一つ取り集めてゐる婆の、この種を植ゑてまた来年のたのしみ、と来年どころか明日知れぬ八十あまりらしい見るかげも無き老軀を忘れて呟いてゐる慾の深さに、三人は思はず顔を見合せて呆れ、利左ひとりは、何ともない顔をして小腰をかがめ、婆さま、その朝顔の実を一つ二つわしの家へもわけて下さいまし、何だか曇つてまゐりましていけませぬ、など近所のよしみ、有合せのつらいお世辞を言ひ、陰干しの煙草をゆはへた細縄の下をくぐつて突き当りのあばらやの、窓から四歳の男の子が、やあれ、ととさまが、ぜぜ持つてもどらしやつた、と叫ぶもふびん、三人の足は一様に立ちすくんだ。利左は平気を装ひ、「ここだ、この家だ。三人はひつたら、坐るところが無いぞ。」と笑ひ、

谷中の陋巷に分け入る場面でも利左はご近所の老婆に「有合せのつらいお世辞を言」う。語り手はほしくもない朝顔の種をねだる不誠実さが気に食わないようだ。「何ともない顔をして」「平気を装」う利左の言動と底意とのずれを咎め立てる。だが、ここに描かれているのはそのような嘘の醜怪さばかりではない。「この種を植ゑてまた来年のたのしみ」という老婆のつぶやきは、「自分自身の存在に固執すること」を支える朝顔という「他性」への依存を鮮やかに照らし出す。「来年どころか明日知れぬ八十あまりらしい見るかげも無き老軀を忘れて呟いてゐる欲の深さ」をそこに見るのは、実のところ的外れなのであって、「存在したいという欲望を作り上げ」る朝顔への飾らない執着すなわち「服従」はむしろ、依存の転位に苦しむ利左や依存の限界に気づかぬ「三粋人」を差異化するだろう。それは、「四歳の男の子」の叫びに割り込んだ、「ぜぜ持つて」という率直な期待の表明にも通じる依存の承認であり、肯定にほかならない。

この小説の語り手がこだわる利左の演技のみじめさは、家産に寄りかかることで成りおおせた粋人から自分で稼ぎ家庭生活を営む者へという必然的な依存の転位が中途半端なままであることに起因している。もはや粋人としての主体を取り戻すことはできないが、かといって専心家計を執る人にもなりきれない宙づりのまま、利左は不慣れな感情労働や社交辞令を強いられ、いらだちを募らせる。しかし、そうした依存の不安定性こそ、「人には棒振虫同前に思はれ」に見られる「人間の実存の誇り」[23]

（白倉一由）とは異なる、「遊興戒」の滑稽さを生み出す要因でもある。利左の依存をめぐる悪あがきは、すぐれて人間的な喜劇の作法にかなっていたのである。

## 四

「遊興戒」の語り手は、原典に沿って利左一家の倹しい暮らしぶりを追いかける。観阿弥作の謡曲「鉢木《はちのき》」[24]を想起させる、「仏壇の戸びら」を薪として茶を淹れる大仰な歓待から、「四歳の男の子」の哀れな様子へと視線は移る。


先刻窓から顔を出してゐた子供はと見れば、いつの間にか部屋の隅の一枚蒲団にこぶ巻になつて寝てゐる。どうやらまつぱだかの様子で、唇を紫にしてがたがた寒さにふるへてゐる。

「坊やは、寒さうだな。」と客のひとりが、つい口をすべらしたら、内儀は坐つたまま子供のはうを振り返つて見て、「着物を着るのがいやなんですつて。妙な癖で、着物を着せてもすぐ脱いで、ああしてはだかで寝るんです。疳の虫のせゐでせうよ。」とさり気なく言つたが、坊やは泣き声を出して、

「うそだ、うそだ。坊は、さつき溝へ落ちて、着るものが無くなつたから、かうして寝かされて、着物のかわくのを待つてゐるのだ。」といふ。内儀も気丈な女ながら、ここに到つてこらへかね、人前もはばからず、泣き伏す。亭主は七輪の煙にむせんだ振りをして眼をこする。

貧苦の実態を明らかにする「坊や」の言葉は、「自分自身の存在に固執すること」の原初的な在り方を示している。客人の眼差しが遊里の記憶とともに「内儀」を苦しめる。突然の訪問を受けなければ、我が子の「妙な癖」を捏造する必要はなかった。子の受苦に堪えられない親の情をさらけ出さずにすんだ。古語の〈思ひ出なり〉という形容動詞は、後々まで思い出す縁《よすが》となるほどの楽しみの経験をふまえて〈享楽的な〉という意味を含む。「内儀」となった吉州にとってその享楽が苦界で演じられた虚飾としての栄華であったとしても、極貧の生活に開き直れないほどには〈思ひ出〉に縛られているのだといえよう。粋人という「思ひ出」に囚われる利左と同じく、吉州も依存の不安定性の中を生きる[25]。

零落ゆえに出来したこの愁嘆場に、「人には棒振虫同前に思はれ」は「扨は彼《あの》子《こ》が一つ著《きる》物かはりもなくてや、親の身として子を悲まざるはなかりしに、よく〳〵不自由なればこそ、斯る憂目を見するなれ」と論評を加える。着替えすら与えられない貧しさと子の愛おしさとに引き裂かれる親心に、語り手は深く共感している。太宰がこの道理を説く箇所を省いたのは、原典との語り方の違いに自覚的だったからだろう。「遊興戒」の語り手は「三粋人」の何事も知り尽くしたかのような思い上がりにも、利左の心底とは異なる苦しい演技にも、冷笑的な観察眼を以て批評する姿勢を保ってきた。利左が見せる笑いの様態を細かく描き分けるのも、そうした嫌みを込めた茶化しや咎めの表れだった。芝居でいう〈実事《じつごと》〉、良識に沿って諭し倫理的に振る舞う登場人物がいないこの小説で、語り手は小言の多い〈うるさ型〉に徹し、できるかぎり非人情を貫こうとしている。利左夫婦の涙をうけて「扨は彼子《あのこ》が」と書き出す〈情〉をめぐる解説は、「遊興戒」の語り手には似つかわしくない。西鶴が創造した語り手に宿る〈徳〉の公共性から目をそらし、気ままな差し出口をたたく無責任さに安住するのである。

そうした道義から距離を置く語り手の態度は、「三粋人」の浅薄さと相同的だった。三人は利左の家を辞去する際、所持金すべてを「門口に捨てられてある小皿の上に積みかさね」た。「一歩金三十八、こまがね七十目ばかり」、およそ十両の大金である。しかし、それは旧友に対する心安立ての施しにすぎなかった。三人を追ってきた利左は散々罵倒した末に、「件の小皿を地べたにたたきつけて、ふつと露地の夕闇に姿を消」す。

「いや、ひどいめに遭つた。」と吉郎兵衛は冷汗をぬぐひ、「それにしても、吉州も、きたない女になりやがつた。」

「色即是空か。」と甚太夫はひやかした。

「ほんたうに、」と吉郎兵衛は、少しも笑はず溜息をつき、「わしはもう、けふから遊びをやめるよ。卒堵婆小町を眼前にありありと見ました。」

「出家でもしたいところだね。」と六右衛門はひとりごとのやうに言ひ、

（中略）

「改心のついでに、その足もとに散らばつてゐるお金を拾ひ集めたらどうだ。」と六右衛門は、八つ当りの不機嫌で、「これだつて天下の宝だ。むかし青砥左衛門尉藤綱さまが、」

「滑川を渡りし時、だらう。わかつた、わかつた。わしは土方人足《どかたにんそく》といふところか。さがしますよ、拾ひますよ。」と吉郎兵衛は尻端折りして薄暗闇の地べたを這ひ一歩金やらこまがねやらを拾ひ集めて、「かうして一つ一つにして拾つてみると、お金のありがたさがわかつて来るよ。お前たちも、少し手伝つてごらん。まじめな気持ちになりますよ。」

傍線を付した箇所が如実に物語るように、何から何まで真面目さに欠ける「三粋人」なのであった。原典にはない、利左宅訪問後の感想を述べ合うこの場面には、先行する芸能や文芸を引用して、巻き添えを食ったかのような不快感を確かめ合う様子が描かれている。謡曲「卒堵婆小町《そとわごまち》[26]」で「百年《ももとせ》の姥《ンば》」となった小野小町になぞらえて、吉郎兵衛は昔の思い人である吉州の容色の衰えを嘆く。それは、曲の後場で小町に憑依し狂乱する「深草の四位の少将」の執心を借りて、かつての懸想の深さをほのめかすことでもあった。六右衛門は、地謡が「悟りの道に入らうよ」と繰り返す「卒堵婆小町」の結びと甚太夫が口にした「色即是空」とをまとめ、発心につなげてみせる。

中略以降の会話にも、古典に依拠した〈ちゃかし〉が見られる。『太平記』にはじまり、『太平記評判秘伝理尽鈔』や『北条九代記』などで発展した滑川における「青砥左衛門尉藤綱」の逸話は、倹約の美徳を説く故事として広く享受されていた。そのため、銭を拾い集めるという行為が青砥藤綱の教えを呼び覚ますという定型化した連想が生じた。ところが、聞き飽きた訓話にいらだちを見せる「遊興戒」の吉郎兵衛にとっては、金はもともと「一つ一つにして」扱うものですらないらしい。ましてや、足下に散乱する十両を上回る金と青砥が捜させたという十文の銭とでは、同じ拾うにしても開き

があ りすぎると言いたいのだろう。三人はこのような型への接近とそこからの逸脱を楽しんでいるのである。それは、「卒堵婆小町」の老い、「青砥左衛門尉藤綱」の倹約という主題の重みを逆手に取り、軽みに反転させた言語的遊戯といえる。〈ちゃかし〉を本領とした「三粋人」の言動は、既成の物語の枠を知り尽くしているかのような驕りに依存することで成り立っていた。有り余る金はその依存を支え続けてきた。斎藤理生が「〈空気〉と呼ぶ、「互いの意見に同調していきがちな雰囲気」、「個々の意志を超えた思惑の立ちこめる環境[27]」とは、同質の依存が通用するかぎり共有され、増幅される自己効力感のことだろう。肥大化した集合的な自己の行方を語り手は冷徹に描く。

さすが放埒の三人も、昔の遊び友達の利左の浅間しい暮しを見ては、うんざりして遊興も何も味気ないものに思はれ、いささか分別ありげな顔になつて宿へ帰り、翌る日から殊勝らしく江戸の神社仏閣をめぐつて拝み、いよいよ明日は上方へ帰らうといふ前夜、宿の者にたのんで少からぬ金子を谷中の利左の家へ持たせてやり、亭主は受け取るまいから、内儀にこつそり、とくどいくらゐに念を押して言ひ含めてやつたのだが、その使ひの者は、しばらくして気の毒さうな顔をして帰り、お言ひつけの家をたづねましたが、昨日、田舎へ立ちのいたとやら、いろいろ近所の者にたづねて廻つても、どこへ行つたのかつひに行先きを突きとめる事が出来ませんでしたといふ口上で、三人はそれを聞いて利左の行末を思ひ、いまさらながら、ぞつとして、わが身の上も省られ、ああ、もう遊びはよさう、と何だかわけのわからぬ涙を流して誓約し、いよいよ寒さのつのる木枯しに吹きまくられて、東海道を急ぎに急ぎ、おのおのわが家に帰りついてからは、人が変つたみたいにけち臭くよろづに油断のない男になり、ために色街は一時さびれたといふ、この章、遊興もほどほどに止むべしとの戒歟。

語り手は改悛を結末とする人情噺や教養小説を快く思っていないらしい。傍線部に散見される「放埓の三人」への共感性を欠いたとげとげしい言葉遣いには、太宰が創造した語り手独特の認識が表現されている。遊興に耽る「粋人」という主体性に依存していた三人が前非を悔い改めて、生業の習慣を身につけることは確かに容易ではない。分別や信心と同様に、心身の両面にわたってそれに適合した生き方の基礎を内面化しなければならないからだ。語り手はそうした依存の転位に伴う困難に敏感だった。利左一家の立ち退きに触発された反省も、「遊び」を絶つという誓いの涙も、にわかな始末も信用してはいないのである。「ために色街は一時さびれたといふ」と語られる伝聞の「一時」という限定は原典には見当たらない。まずは三人に代わる新たな「粋人」の登場までの間と読み取るのが穏当だろうが、依存の転位に失敗した三人が、性懲りもなくまた「色街」に通いはじめたことを示唆しているとも考えられる。

金の力が絶大なものであることを「放埓の三人」はよく知っている。江戸での遊びにおいても、金になびかぬ者がいないことは実証済みだった。したがって、三人が出し合った「少からぬ金子」は、利左たちの当座の窮状を間違いなく救うはずだ。昔なじみの利左とその家族の「浅間しい暮し」は見るに忍びない。その予測や意図自体は筋が通っている。しかし、当の受取人がいなければ、金の力も無効化するほかない。三人が「いまさらながら、ぞつとし」たのは、金が効力を発揮しない状況に再び直面したからである。金への依存にも限界がある。利他的な行動が意外にも暴力となるのは、こうした依存の限界を忘れて、他者の依存を先取りした気になるときであろう。とりあえず金で何とでもなるという見方のおぞましさは、あらゆる欲望の対象は金との等価交換で手に入れられるという思い込みへの依存を、他者も共有していると信じやまないところにある。それこそ依存の絶対化が招く暴力にほかならない。

## おわりに

アジア・太平洋戦争の敗戦から十五年後、広末保は戦時下の日本で太宰治の『新釈諸国噺』が世に出たことの意義についてこう書いた。

確かに読者は『新釈諸国噺』によつて空気らしいものを吸い、人間らしい我にかえつた。そして戦争下の日常的な我との間に一種の戸惑いを感じたかもしれない。それは足がそこへ現実に届かない戸惑いでもあつた。しかし何か、そのときの日本と違つた、もつと別の日本のなか――それはどこかで断たれているし、その原因は戦争といつたものだけのものでもない、その断たれたものに足を届かせてみたくなるような戸惑いであつたかもしれぬ。自分たちのまわりの現実よりも妙に生き生きとした世界――、そういう世界が、前近代のなかから引きだされているという感じ、しかし、それは太宰という作家によつて、太宰的にである。[28]

近代の錯綜する矛盾やゆがみが凝縮した世界大戦の末期、「空気らしいもの」を提供することの困難と希望に、二十代半ばで敗戦を迎えた広末保は思いをはせる。『新釈諸国噺』の十二編の小説を創造する中で、近世の文化的伝統の陰に逃避するのではなく、西鶴の文章を起点として、人間のあまり立派とはいえない生身のおかしさに太宰は魅了されていた。ときに、おかしさを追求するあまり〈どたばた喜劇《スラップスティック》〉と化して、「原文の味を見失ってしまっている」こともある。[29] それは〈うがち〉や〈もどき〉といった近世的な手法を再生させた「太宰的」な滑稽小説の一側面といえよう。「遊興戒」もまた、読者を「妙に生き生きとした世界」へと誘う、人間のどうしようもない至らなさや据わらぬ腹を見つめるユーモア小説であった。

この小説の題名は「不殺生戒」をはじめとする「五戒」や「沙弥十戒」のような仏道の「戒」をもじったものに見える。無論、結びの一文が「この章、遊興もほどほどに止むべしとの戒歟」であることに、「原話以上に内容の教訓色を強めようとする志向」[30]（安藤宏）を読み取ることは至当である。しかし、そのような信仰心と結びつく戒律の装いは、同時に、『戦陣訓』（昭和16・1 陸軍省）の横ずらしでもあったのではないか。「常《つね》に郷党《きやうたう》家門《かもん》の面目《めんぼく》を思《おも》ひ、愈愈奮励《いよいよふんれい》して其《そ》の期待《きたい》に答《こた》ふべし」[31] というような「べし」で結ぶ命令表現は、禁止を表す「べからず」と並んで、『戦陣訓』にも頻出する「訓戒」特有の文体であった。「遊興」における「戒」は、「戦陣」における「訓」と、同時代の道義に反するという意味でいえば、不都合な均衡関係にある。

久保田万太郎が、「昭和十九年十一月一日以降、空襲しきりなり」という前書きを添えて、「國をあげてたゝかふ冬に入りにけり[32]」と詠んだころには、翌年さらに激化する米軍による都市への大規模な空爆という、事実上の無差別殺戮の準備は整いつつあった。一方、国内では同年の暮れ、帝国議会の開院に合わせて発せられた勅語が、「今ヤ戦局愈々危急真ニ億兆一心全力ヲ傾倒シテ敵ヲ撃摧スヘキノ秋ナリ[33]」と、難局の自覚を促し、戦う意志の強化を呼びかけていた。緒戦における戦捷がもたらした熱狂で始まった〈大東亜戦争〉はまもなく終局を迎える。それは、戦時体制にあっては規範として働いていた美徳や価値観から別の何かへという依存の転位が必要となることを意味していた。

人間は何かへの依存なしには生きられない。しかし、多くの場合、その依存は永続せず、時に応じて依存の転位を迫られる。「遊興戒」には、「人には棒振虫同前に思はれ」に形象化された潔い転位に遠く及ばない人間の現実が描かれていた。粋人にも家庭人にもなりきれない利左が抱える居心地の悪さはそのまま、依存の絶頂から断念へと向かう後退戦において、その戦い方に苦しむ日本の姿と重なって映る。新たな主体性を獲得するための新たな服従という依存の転位に伴う困難は、登場人物の底意を探る語り手の懐疑的な焦点化によって表象されていたのである。

［注］

1　太宰治「遊興戒」の本文は『太宰治全集』7（平成10・10　筑摩書房）による。原則として、他の引用文も含め、仮名遣いおよびルビは原文のままとし、漢字は新字に統一した。文中の傍線は引用者による。

2　吉田精一『現代文学と古典』Ⅱ　現代作家と古典　九「太宰治とお伽草子」（昭和36・10　至文堂　本文は、『吉田精一著作集』23　昭和56・6　桜楓社　二七三頁による）

3　太宰治『新釈諸国噺』「凡例」（昭和20・1　生活社　一頁）

4　『西鶴置土産』の本文は、『西鶴全集』第九（正宗敦夫編纂校訂　昭和3・2　日本古典全集刊行会）による。

5　田山花袋「西鶴小論」（「早稲田文学」140　大正6・7）

6　正宗白鳥「西鶴について」（「改造」9－5　昭和2・5）

7　檜谷昭彦「「新釈諸国噺」――作品論」（「国文学　解釈と教材の研究」12－14　昭和42・11）

8　臼井吉見「展望」（「展望」33　昭和23・9）

9　片岡良一『西鶴置土産』解説（昭和12・7　岩波文庫　一〇七頁）

10　広嶋進「町人物の展開と晩年の達成――「失敗」と「苦境」を描く作品の誕生――」（谷脇理史・広嶋進編　西鶴を楽しむ　別巻②『新視点による西鶴への誘《いざな》い』平成23・8　清文堂出版　一七四頁）

11　真山青果「西鶴置土産」（「婦人公論」8－4　大正12・4）、武田麟太郎「井原西鶴」（「文藝」6－7　昭和13・7）、織田作之助「雪の夜」（「文藝」9－6　昭和16・6）はいずれも、翻案の程度に差はあるが、「人には棒振虫同前に思はれ」を原典とする作品である。「遊興戒」との比較に基づく論考に、松田忍「太宰治「貧の意地」「遊興戒」試論――真山青果「小判拾壱両」「西鶴置土産」の比較」(「太宰治研究」16 平成20・6)、後掲斎藤理生論文(注15)がある。

12 小林幸夫は「太宰治「遊興戒」論――「殺伐なけしき」の発見――」(「太宰治研究」22 平成26・6)で、「上方の三粋人」が江戸での遊興に求めた「欲望の倒錯性」を指摘し、快楽主義的な文学の系譜に連なるものとする。

13 黙阿弥作、通称「縮屋新助」の四幕目で、深川の芸者「美代吉」は一度は女房になると約束した命の恩人でもある越後の縮商人「新助」を裏切る。「あい、陸と違つて川中の」と語り出す長台詞は〈愛想づかし〉の傑作とされる。「これが別れの八幡鐘、突きだされたら新助さん、言へば言ふほどお前の恥、はて三月から袷着る嘘は所の習ひぢやわいなあ。」(『忍ぶの惣太・縮屋新助』河竹繁俊校訂 昭和3・8 岩波文庫 一七七頁)

14 マルセル・モース『贈与論』(一九二三~二四年 森山工訳 平成26・7 岩波文庫 三八六頁)

15 斎藤理生「〈西鶴〉の系譜――「人には棒振虫同然に思はれ」をいかに語るか」(斎藤理生・松本和也編『新世紀 太宰治』平成21・6 双文社出版 一四二頁)

16 木村小夜「「吉野山」と「遊興戒」」(『太宰治の虚構』第十三章 平成27・2 和泉書院 二五四~二五五頁 初出原題「太宰治という磁場――「吉野山」を視座として――」山内祥史・笠井秋生・木村一信・浅野洋編『二十世紀旗手・太宰治――その恍惚と不安と』平成17・3 和泉書院)

17 前田秀美は「「遊興戒」「猿塚」論」(「太宰治研究」11 平成15・6)で、利左の発言について「現実を嘆いているのではなく、むしろリアリストの目でもって、現実を三粋人に示しているとも考えられる」とし、

「世の中や人情の機微を知った現実社会での〈粋人〉であろうと」する利左の「道化」だとする。

18 注8に同じ。

19 ジュディス・バトラー『権力の心的な生』（一九九七年 佐藤嘉幸・清水知子訳 月曜社 平成24・6 三九頁）

20 スピノーザ『哲学体系（原名倫理学）』（小尾範治訳 昭和2・12 岩波文庫 一二八頁）

21 注5に同じ。

22 注15 斎藤理生『新世紀 太宰治』一四三頁。

23 白倉一由『西鶴文芸の研究』第三部 第六章「『西鶴置土産』の世界」（平成6・2 明治書院 七四七頁）

24 観阿弥作の「鉢木」で、シテの「佐野源左衛門常世」は「一族どもに横領せられ」零落の身であったが、ある大雪の日、ワキの「諸国一見の修行者」、実は最明寺入道・北条時頼に一夜の宿を貸し、梅・桜・松の「秘蔵せし鉢の木」を薪として暖を取らせる。後日、鎌倉に馳せ参じた常世に時頼は木の名にちなんだ三箇所の所領地を安堵する。（野上豊一郎編『謡曲選集』昭和10・5 岩波文庫 三三五～三五四頁）

25 佐藤義雄は「「わたくしのさいかく」――太宰治「吉野山」」（『昭和文学の位相 1930－45』第五章 平成26・9 雄山閣 三八六頁 初出原題「「わたくしのさいかく」――太宰治「吉野山」覚書」（「京都教育大学紀要A 人文・社会」57 昭和55・9）で、「遊興戒」は「夢も無残に打ち砕かれ「世の中の厳粛な労苦」に呻吟する夫婦像」に「焦点」を合わせているとする。「世の中の厳粛な労苦」は『新釈諸国噺』の「猿塚」の一節である。

26 観阿弥原作、世阿弥改作の「卒堵（都）婆小町」（流派により読み方に異同がある）で年老いた小野小町は「頭《こおべ》には、霜蓬《そおほお》を戴き、嬋娟《せんけん》たりし両鬢《りよおびん》も、膚《はだえ》にかしけて墨乱れ宛転たりし双蛾《そおが》も遠山《ゑざん》の色を失ふ。

27 百年《ももとせ》に、一年《ひととせ》足らぬつくも髪《がみ》」と形容される。（野上豊一郎編『謡曲選集』昭和10・5 岩波文庫 一八七頁）
28 注15 斎藤理生『新世紀太宰治』一三九頁。
29 広末保「新釈諸国噺」（『国文学 解釈と鑑賞』２８８ 昭和35・3）
30 竹野静雄は『近代文学と西鶴』Ⅶ 昭和文学と西鶴（昭和55・5 新典社 三七一頁）で、「西鶴の人物に自己投入すること」によって「太宰化された人物の最たる特徴は何かといえば、大仰な喜怒哀楽、わけても泣き笑いの表出である」とする。
30 安藤宏「翻案とパロディーと――「新釈諸国噺」論」（『太宰治論』第Ⅳ部 第四章 令和3・12 東京大学出版会 八六三頁 初出原題「『新釈諸国噺』論」山梨県立文学館「資料と研究」11 平成18・3）
31 『戦陣訓』の本文は、『解説戦陣訓』（東京日日新聞社・大阪毎日新聞社 昭和16・3「本訓 其の二 第八 名を惜しむ」一〇八頁）による。
32 久保田万太郎「草の丈」（昭和27・11 創元社 恩田侑布子編『久保田万太郎俳句集』令和3・9 岩波文庫 六五頁）
33 「朝日新聞」（昭和19・12・27 二一一一七号 一面）「億兆一心 全力を傾倒」

# 「吉野山」——期待はずれの連鎖

## はじめに

歌枕として名高い大和の吉野山に「物好《ものずき》の発心《ほっしん》」を遂げたひとりの男が暮らしていた。井原西鶴『万《よろづ》の文反古《ふみほうぐ》』（元禄九・一六九六年一月刊）巻五・四「桜よし野山難義《なんぎ》の冬」[1]は、その男が知人にしたためた書簡と作者による短い批評とからなる浮世草子である。太宰治はこの西鶴作品を「吉野山」[2]という短編小説に編み直し、『新釈諸国噺』に収めた。

アジア・太平洋戦争の末期に書かれ刊行された小説集『新釈諸国噺』には、前非を深く悔いる者の姿が繰り返し描かれている。宗旨の違いを理由に結婚を許されなかった男女が駆け落ちをし、貧しい暮らしの中、一子を授かるが、飼っていた猿の過失によってその愛児を喪う。儲け話に誘われて家を留守にしていなければ防げたかもしれない悲劇であった（「猿塚」）。ある武士が同僚の子息を伴っての旅の途中その子を事故で死なせてしまう。咎は若殿と本人にあったのだが、その代償として自死を促すほかなかったのは、やはり同行していた実のひとり息子だった（「義理」）。父親譲りの非道ぶりを発揮していた追いはぎを業とする姉妹が、強奪した反物の所有権をめぐって互いに殺意を抱く。だが、その直後に火葬の現場を目撃して無常を観じた二人は、自らの悪心を告白し、深く詫び合う（「女賊」）。いずれの悲話にも、当事者やその周囲の人々がその後出家するという発心譚の枠組みが与えられていた。悔恨の念が仏道に入る契機となるのである。とすれば、これらの諸編は命の儚さを後景とする結縁の物語でもあった。

『新釈諸国噺』の掉尾を飾る「吉野山」は、「無用の発心」から僧形の身となった「眼夢」がその決断そのものを悔い、寂しさ極まって「更にまた出家遁世したくなつて」しまうという、自らが招いた憂き目に焦点を当てた作品である。「発心」後を描くこの小説の内実は、前述した三編がたどり着いた結末の意義を変容させ、あわせて「諸国噺」という枠組みにも影を落とすことになるだろう。

先行研究を概観すると、『新釈諸国噺』の他の作品と同様に、典拠調査から比較研究、主題論、語りの構造分析へという移りゆきが確かめられる。まず、山田晃、田中伸、寺西朋子の論考[3]によって、「桜よし野山難義《なんぎ》の冬」のほか『万の文反古』巻二・三「京にも思ふやうなる事なし」、巻四・三「人のしらぬ祖母《ばゝ》の埋《うづ》み金《がね》」の一部も典拠であることが判明した。津島美知子が回想したとおり、「題材も西鶴本のあちこちからとり、実朝や西行の歌を入れているかと思えば、でたらめ歌を入れ」、「自由奔放に太宰流を発揮している」[4]作品であることは疑いようがない。

そのような錯綜する典拠群と「吉野山」本文との比較研究は、田中伸、佐藤義雄が道を開いた。田中伸は、「桜よし野山難義の冬」に見られる「男色の狙いをもつ内容のほとんどを切り捨てた」創作態度に注目し、太宰は西鶴から「人間の裏面のコメディー」[5]を継承したとする。また、「色欲の世界」

に代わる「醒めた生活者の視点」の導入を指摘した佐藤義雄は、典拠から逸脱する叙述を洗い出し、「パロディーに任せて思うままに冗舌を揮う」ことに「太宰の意図」[6]があったと論じた。一方、杉本好伸はそれまでの研究史を批判し、『万の文反古』の特質といえる「評文」を「吉野山」では省いたことで「作者の直接的な言葉」の表出が避けられ、典拠との差異からそこに読者が「〈作者の存在〉そのものを消しがたくかんじてしまう」[7]仕掛けがあると述べる。これらの研究を基盤として、後に取り上げる木村小夜、斎藤理生らの精緻な作品論が書き継がれ、小編とはいえ「吉野山」は太宰の創作方法を探るうえで見逃せない小説であることが明らかになりつつある。本稿は、それらの研究をふまえ、「吉野山」を歴史的・社会的な諸文脈の中で捉えなおし、再評価しようとする試みである。

## 一

「吉野山」はその〈笑い〉に焦点を当て論じられることが多い小説である。主人公の言動に「哀れな滑稽」を見る田中伸は、「これこそ西鶴の町人物に見られる人間喜劇の世界であった」[8]と評価する。また、斎藤理生は「西鶴作品の物語の筋や設定だけではなく、滑稽な語りの構造を積極的に生かしている」[9]点に注目する。

吉野山の麓に住む里人たちが僧形の眼夢のもとを訪ねるのは、もれなく金目当てであった。眼夢は衣食住の支えとなる物品の多くを里人から言い値で買い取らねばならない。「本当に、この山の下の里人は、たちが悪くて」と嘆いてみても、「この品が無ければ餓死するより他は無い」からには、取引の主導権が里人側にあることは明らかだった。「山を降りて他の里人にたのんでも同じくらゐの値段を言ひ出すのはわかり切つてゐます」という眼夢の推測はおそらく正しい。里人たちは山中に住む者を共有の上得意とすることで、最大の利益を持続的に得ることができるからである。したがって、この状況において憎形であることは潜在的な被虐性の徴《しるし》でもあった。翻って、里人にしても、山居の人々それぞれの性情や支払い能力を見誤ることは許されない。彼らの欲求の傾向と懐具合を分析し、表面上は真っ当な商取引を続ける必要があった。そこに駆け引きの必要が生じ、その妙味やおかしさも生成する。

この犬の毛皮は、この山の下に住む里人から熊の皮だとだまされて、馬鹿高い値段で買はされたのですが、尻尾がへんに長くてその辺に白い毛もまじつてゐますので、これは、白と黒のぶちの犬の皮ではないか、と後で里人に申しますと、その白いところは熊の月の輪といふ部分で、熊に依つては月の輪がお尻のはうについてゐる、との返事で、あまりの事に私も何とも言葉が出ませんでした。また先日は、すりばちをさかさにして持つて来て、これは富士山の置き物で、御出家の床の間にふさはしい、安くします、と言ひ、あまりに人をなめた仕打ち故、私はくやし涙にむせかへりました。

相手の足下を見る里人たちの狡智は、取れるところからは取るという生活者のたくましさを映し出してもいる。正当な商取引の、あるいは「御出家」への気遣いという装いの中で、法外な売りつけ行為をできるだけ継続することがその目的であった。「熊に依つては月の輪がお尻のはうについてゐる」という見え透いた嘘も、「御出家の床の間にふさはしい、安くします」という厚かましい媚びも、眼夢にならば通用するという成算があればこそ発せられる。里人の遣り口の汚さを問題にしたとたんに、眼夢には多くの生活必需品が手に入らなくなるという事態が訪れることを、両者ともに理解しているのである。それゆえ、眼夢にとってはこの実態を直写する〈詐欺〉や〈強請《ゆすり》〉という言葉は禁句であった。「あまりの事」、「あまりに人をなめた仕打ち」とくやしがるのが関の山なのだ。

眼夢は自ら選んだ吉野山での遁世の結果として、率直な物言いを自制し、里人に買わされる物資を頼りに生きるほかない現実を不承不承受け容れている。眼夢の執着を見抜いている里人たちは、そこにつけ込むための工夫をこらす。ここに、不遇をかこつ者への共感が入り交じる、哀感を伴った笑いが生まれる。いわば、悔し涙のユーモアである。

里人が持つて来る米、味噌の値段の高い事、高いと言へば、むつと怒つたやうな顔をして、すぐに品物を持帰るやうな素振りを見せて、お出家様が御不自由していらつしやるかと思つて一日ひまをつぶしてこんな山の中に重いものを持ち運んで来るだ、いやなら仕方が無い、とひとりごとのやうに言ひ、

「いやなら仕方が無い」という「ひとりごと」はこうした場の決めぜりふであっただろう。笑劇の基礎となる非対称的な人間関係の中で、一方的な実効支配の事実は隠蔽される。いきおい、本来は尊

敬表現であるはずの「お出家様」の「御不自由」は軽侮を表す皮肉に転じるほかない。社会通念としての僧侶への敬意を逆手に取る、したたかな言語運用である。堂に入っていたであろう帰り支度の「素振り」とともに、このやりとりには笑いをもたらす演劇的要素がちりばめられている。そこに主調音として響きつづけるのが、眼夢の抱く不遇感であった。「吉野山」は〈当てが外れた〉男のひとり語りによる喜劇だったのである。

## 二

そもそも、眼夢の不遇感の始点には、「諸行無常を観じて世を捨てた人には、金銭など不要のものと思ひ」、「山には木の実、草の実が一ぱいあつて、それを気ままにとつて食べてのんきに暮すのが山居の楽しみと心得てゐ」たという先入観があった。出家遁世をめぐる仏教説話の定型が眼夢の抱いていた夢のよすがだったのだろう。名利を厭い、修行に専念した玄賓や僧賀（増賀）をはじめとする高僧たちの逸話は、「及び難くとも、こひねがふ縁とし」（鴨長明『発心集』序）て、僧俗を問わず広く知られていた。「諸行無常を観じ出家遁世するのは、上品な事で、昔の偉い人はたいていこれをやつてゐるのです」という眼夢の訴えかけは、素朴な言い回しながら、そのような逸話をふまえた虚勢といえよう。

例えば、『閑居友』（承久四・一二二二年頃成立）を著したとされる慶政（証月房）の場合はこうであった。「松尾の奥」に入山する際用意していた七日分の食料が尽き、慶政が「芋の茎の干たる」を煮ていたところ、「薪取る山人見あひて、其日の食は供養して[10]」くれた。その後も「山人」の布施で「芋の茎」を食さなくてもすむようになり、ついにはそこに寺（法華山寺）が建立されたという（無住『沙石集』）。仮に山人の厚情が何らかの功徳を期待するものであったとしても、名利に背を向ける出家者への崇敬の念が喜捨という行動を促したにちがいない。こうした果報譚の前提になるのは、信仰を媒介とした僧と俗との交流である。無住は、「真実に仏道に身を入れて如説に修行せん人、衣食の二事欠くべからず[11]」と、仏教者の心構えさえ正しければ衣食の心配は無用だと説く。「吉野山」の眼夢が心に描いていたのは、このような閑居の幻想だったのだろう。しかし、それが仮象にすぎないことは、「ことしの秋に私がうつかり松茸を二、三本取つて、山の番人からもう少しで殴り殺されるやうなひどい目に遭」ったときに悟らねばならなかった。杉本好伸が的確に評した「一向に目覚めぬ男[12]」は自分に都合のよい幻想にいつまでも寄りすがるのである。

この山里の人は、何かと慾が深く、この下の渓流には鮎がうようよゐて、私は出家の身ながら、なまぐさを時たま食べないと骨ばなれして五体がだるくてたまらなくなりますので、とつて食はうと思ひ、さまざま工夫してみましたが、鮎もやはり生類、なかなかすばしこく、不器用な私にはとても捕獲出来ず、そのやうな私のむだな努力の姿を里人に見つけられ、里人は私のなまぐさ坊主たる事を看破致し、それにつけ込んで、にやにや笑ひながら鮎の串焼など持つて来て、おどろくほど高いお金を請求いたします。

『沙石集』に登場する山人は、慶政の食へのこだわりのなさ、つまり、命を保つということ以外に食べることへの執着から脱した姿に心打たれたのだろう。「芋の茎の干たる」ものとは解脱の象徴なのだった。それにひきかえ、眼夢が記す「鮎」の顚末は煩悩にまみれた毎日を諧謔的に暴露する結果となっている。「この山里の人」がとりたてて欲深なのだとはいえまい。彼らは「なまぐさ坊主」の欲望を満たす商売の機会を探っているまでのことだ。里人にとって眼夢は、割のよい商売ができる常客にすぎない。このような暗黙の相互依存によって、眼夢の遁世はかろうじて成り立つ。ここにも、高僧たちの遁世説話を反転させた笑劇が展開されている。出家者が里人との煩悩を媒介にした駆け引きに巻き込まれるという設定は、典拠である「桜よし野山難義《なんぎ》の冬」には見られない。「吉野山」に繰り返し描かれる、権威を持ち得ない聖職者のおかしさは、太宰独自の構想から生まれた。

「私は、もうここの里人から、すつかり馬鹿にされて、どしどしお金を捲き上げられ」とぼやくばかりで「私のなまぐさ坊主たる事」への反省が見られない眼夢は、被害者意識に囚われている。その矛先は里人だけではなく、書中、「あなた様たち」または「皆さま」と呼ぶ、茶屋通いに明け暮れていた頃の遊び仲間や「どこへ行くにも私のお供」をし、「若旦那が死ねばおらも死にますなどと言つてゐた」という「駕籠かきの九郎助」にも向けられる。

九郎助に限らず、以前あんなに私を気前がいいの、正直だの、たのもしいだのと褒めてゐた遊び仲間たちも、どうした事でせう、私が出家したら、ぱつたり何もお便りを下さらず、もう私が何もあの人たちのお役に立たない身の上になつたから、それでくるりと脊を向けたといふわけなのでせうか、それにしても、あまり露骨でむごいぢやありませんか。こんなに皆から爪はじきされるとは心外です。私はいつたいどんな悪い事をしたのでせう。

彼らからは全く音信がないという。「店の金をごまかし血の出るやうな無理算段して」茶屋の「お勘定はいつも私が払」っていたこと、「裏の絹もずゐぶん上等」な「縞の羽織」を貸してやった九郎助に「あれほどたくさん酒手」、すなわち心付けを渡していたことなどがしきりに思い出されるのだろう。〈金の切れ目が縁の切れ目〉を地で行く知人たちの豹変ぶりに対して、眼夢は恨み言を連ねる。他人の薄情をなじることに気が取られ、執着からの超脱を目指すはずの出家という己の立場も忘れられている。知己からの便りを待つこと自体、人間関係への執着の表れにほかならない。

実のところ、眼夢は自らの交友関係が金離れのよさによって成立していたということを直視しないようにしているのではないか。「遊び仲間」が「露骨でむごい」のではない。金で結びつく以外にないそうした間柄を形作ってきた責任は、ほかならぬ眼夢自身にある。「破産」や「粋人」にも描かれていた遊里における金・欲望・言葉をめぐる応酬は、これらへのこだわりの全てが遊興の阻害となることを刻みつけていた。「お勘定はいつも私が払」っていたことにふれてしまった時点で、「遊び仲間たち」にとって眼夢こと俗名「九平太」は無縁の者となるのである。

「駕籠かきの九郎助」は、音韻の近似から〈雲助〉を連想させる名を与えられている。〈雲助〉とは「駅路ニ漂泊シテ、到ル所、継立ノ人夫トナルヲ生活《スギハヒ》トスル賤シキ者ヲ呼ブ卑語」（『言海』）であった。宿駅の駕籠かきや渡し場の人足を務め、時に旅人の弱みにつけ込み、法外な支払いを要求したり伝法な振る舞いに及んだりすることもあったとされる。九平太に取り入っていた「駕籠かきの九郎助」は、〈雲助〉の無法を体現するかのように、「若旦那」の出家後は手の裏を反し、つれない態度を取ることが暗示されていたのだろう。

また、「九郎助」といえばその名のとおり、江戸・新吉原に鎮座していた〈九郎助稲荷〉の略称でもある。「九郎助は稲荷仲間の色男」、「化かせ化かせと九郎助の御信託」などと川柳にも詠まれ、主に縁結びの祈りを聞き入れてくれる神社として、新吉原では廓内四隅にあった稲荷の中で最も厚い信仰を集めていたという。[13] 九平太が眼夢となる「出家遁世の動機」は、茶屋で「つひに一度も、もてた事はなく」、それがもとで「女を力まかせに殴り、諸行無常を観じ」たことだった。したがって、原典には登場しないこの人物の命名には、「どこへ行くにも私のお供」をし、縁を引き寄せてくれるはずの九郎助がいようとも、「私だけもてず」じまいに終わるという皮肉が込められていたものと考えられる。

## 三

古来、吉野山という空間はどのように表象されてきたのだろうか。「隠れ家はよし野と見定め」（「桜よし野山難義《なんぎ》の冬」）と眼夢が述べた、隠遁の地としての「吉野山」の位置づけは、既に『古今和歌集』[14]（延喜五・九〇五年）所載の歌にその祖型を見ることができる。

みよしのの山の白雪ふみわけて入《（いり）》にし人のを《（お）》とづれもせぬ[15]（壬生忠岑）

み吉野《よしの》の山のあなたに宿《やど》もがな（哉）世のうき時のかくれがにせむ[16]（よみ人しらず）
世にふれば憂《う》さこそまされみ吉野《よしの》の岩《いは》のかけ道《みち》ふみならしてむ[17]（よみ人しらず）

きっかけは様々ながら、現世の煩わしさから距離を置きたいと願う人々にとって、大和の仙境・吉野山は憧憬の対象だった。日々の暮らしにつきまとう「憂きこと」を振り払うには「山のあなた」という隔絶された山里は恰好の「かくれが」となる。おそらくそれはまず、「趣味的な隠遁生活の場を求めた文人貴族たち[18]」（小島孝之）が見出した仮想空間としてあったのだろう。「世のうき時の」と条件が限定されるのは、吉野山があくまでも想念上の奥山だからである。もちろん、独りひそかに隠れ住むことが、世俗の煩悩から解き放たれるという仏教の基本理念と合致することはいうまでもない。そこには吉野山への山岳信仰も重なってこよう。それゆえ、真摯に仏の悟りを得ようとする者からは濁世への「をとづれもせぬ」こと、つまり音信が途絶えるのは当然であり、むしろそうした安らかな脱俗の境地は望ましい在り方として称賛されたにちがいない。

このように吉野山を仏教的空間として表象する根拠は、『新古今和歌集[19]』（元久二・一二〇五年）において確定した感がある。

題知《し》らず
世をいとふ吉野《よしの》の奥《おく》のよぶこ鳥ふかき心のほどや知《し》るらん[20]（法印幸清）

五十首歌たてまつりし時
花ならでたゞ柴《しば》の戸《と》をさして思《（おもふ）》こゝろの奥《おく》もみよしのの山[21]（前大僧正慈円）

吉野山の山深さが己の仏心の深さと響き合う。ひたすら仏果を求める〈深心《じんしん》〉（「ふかき心」）〉や「柴の戸」を鎖《とざ》して（「さして」）まで修行に専念しようとする覚悟は吉野山に捧げる誓言となる。とりわけ、生涯にわたってこの地への深い思い入れを持ち続けた西行の歌には、その後の吉野山表象の一典型が示されている。

山《やま》人よ吉野の奥《おく》のしるべせよ花《はな》も尋《たづ》ねんまた思《おも》ひあり[22]（山家集）
吉野《よしの》山奥《おく》をもわれぞ知《し》りぬべき花ゆゑ《へ》深《ふか》く入《い》りならひつゝ（聞書集）
世を憂《う》しと思《（おもひ）》けるにぞ成《（なり）》ぬべき吉野《よしの》の奥《おく》へ深く入《（いり）》りなば（御《み》裳《も》濯河《すそがは》歌合）

久保田淳は、「山人よ」の歌に詠まれた「吉野の奥」を嚆矢として、慈円・藤原家隆・藤原定家ら西行の次の世代がこの言葉を用いるようになったことに着目し、「新古今時代、一種の流行的な歌句だったか[23]」と推定している。花の導きに招かれいくたびも吉野山の奥まで分け入った西行には、誰よりも深くこの山里に親しんでいるという矜持があるのだろう。そのよりどころとは、自らの脚で奥山を踏みしめ、「吉野《よしの》山去年《こぞ》の枝折《しほり》の道《みち》かへてまだ見《み》ぬかたの花《はな》を尋《たづ》ねん[24]」（聞書集・御裳濯河歌合）と詠うことができるその確かな身体性にあった。思い描く、または遠望する場合とは異なる、吉野山との生き生きとした交感が西行の歌の特異性を支えている。こうして吉野山は花に象徴される魅惑的な自然美に彩られた隠遁の聖地となったのである。

『古今和歌集』から『新古今和歌集』までの〈八代集〉に散見される吉野山（「みよしのの山」）を詠み込んだ歌には、「花」、「桜」以外にもいくつかの定型的な自然の風物が描かれていた。その代表的な風物として、「白雲」、「（白）雪」が挙げられる。

題知《し》らず
吉野山消《き》えせぬ雪と見えつるは峰続《つづ》き咲《さ》く桜《さくら》なりけり[25]（よみ人しらず）
白雲とみゆるにしるしみ吉野《よしの》の吉野《よしの》の山《やま》の花《はな》ざかりかも[26]（大蔵卿匡房）

類歌は多く、誤認への気づきが見立ての妙を浮かび上がらせる仕掛けとなっている。遠山であるがゆえに、吉野の里からは雪・桜・雲がいずれにも見紛うという捉え方は、吉野山への崇敬の念に根ざした趣向といえよう。自然の変幻を注視することには、不可知な存在への畏れが伴う。

世をのがれてのち百首歌よみ侍《はべり》けるに、花歌とて
今《いま》はわれ吉野《よしの》の山の花をこそ宿《やど》の物とも見るべかりけれ[27]（皇太后宮大夫俊成）

すでに出家を遂げ、釈阿と称していた藤原俊成が、官職を離れた今ならば吉野の山に入り仏道と季

節の風物に浸る暮らしができるはずだと詠むとき、そこには現し身だけは俗世にとどまり続けることへの諦念が表白されていたのだろう。それほどまでに、吉野山での隠遁こそ出家者としての望ましい到達点であるという認識が「新古今時代」には広く浸透していたのだった。

## 四

さて、以上のような吉野山表象の伝統の中に、「吉野山」の眼夢の在りようを据えなおし、その特質について考察してみたい。

立ち上つて吉野山の冬景色を見渡しても、都の人たちが、花と見るまで雪ぞ降りけるだの、春に知られぬ花ぞ咲きけるだの、いい気持ちで歌つてゐるのとは事違ひ、雪はやつぱり雪、ただ寒いばかりで、あの嘘つきの歌人めが、とむらむら腹が立つて来ます。

全編にわたって、眼夢は吉野山を徹底的に俗化する。紀貫之や橘諸兄が詠んだ和歌の一部を引用しながらも、それらの叙景に「いい気持ちで歌つてゐる」と難癖をつけ、あてつけがましく冬の吉野山の耐えがたい寒さを対置させる。佐藤義雄が指摘する「醒めた生活者の視点」[28]を持ち込むことで、腹いせに虚構性や観念性という和歌の修辞法の価値を斬り捨てるのである。眼夢の書簡中、古歌をふまえた表現は七箇所に及ぶ。和歌のたしなみを顕示したいという欲求と、その雅味と現実との落差を伝え、苦衷を知ってもらいたいという欲求とが眼夢の「そこかしこに齟齬を生み出しながら突き進む語り」[29]（斎藤理生）の亀裂を表象している。それは吉野山という歌語の力に依存したすさみであり、わけもなく〈雅〉に当たり散らす〈俗〉のおかしさを生み出すのである。

この方丈の庵も、すぐ近くの栗林の番小屋であつたのを、私が少からぬ家賃で借りて、庵の裏の五坪ばかりの畑だけが、まあ、わづかに私の自由になるくらゐのもので、野菜も買ふとなるとなかなか高いので、大根人参の種を安くゆづつてもらつてこの裏の五坪の畑に播き、まことに興覚めな話で恐縮ですが、出家も尻端折りで肥柄杓を振りまはさなければならぬ事もあり、その収穫は冬に備へて、縁の下に大きい穴を掘つて埋めて置かなければならず、目前に一目千本の樹海を見ながら、薪はやつぱり里人から買はないと、いやな顔をされるし、ここへ来てにはかに浮世の辛酸を嘗め、何のための遁世やら、さつぱりわけがわからなくなりました。

露悪的な現実描写の果てには、執拗なまでの煩悩の対象化が待っていた。傍線部はいずれも金銭に関わるこだわりを示す表現である。遁世の換喩ともいえる「方丈の庵」は、家賃・菜園・肥柄杓の話題で生活臭に包まれる。慈円が「柴の戸」と詠んだような簡素にして清閑なたたずまいはどこにもない。歌語とはなり得ぬ「大根人参」は〈俗〉を代表する野菜だが、それをわざわざ吉野山で育てなければならないという設定にこそ太宰のねらいはあった。〈雅〉の聖地・吉野山の戯画化である。「出家も尻端折りで肥柄杓を振りまはさなければならぬ」という現実は、眼夢の語りに遁世者の超脱した境地を聞きたい者にとっては確かに「まことに興覚めな話」ではある。しかし、この手紙の受け手には、はたしてそのような期待はあるのだろうか。茶屋遊びの「お仲間たち」は、眼夢こと九平太の苦境を訴えるための饒舌に、「野暮で物欲しげで理窟っぽい」人となりを思い出し、苦笑するほかなかろう。これまで「浮世の辛酸を嘗め」たことがなかった九平太にはふさわしい修行だと嘲るかもしれない。眼夢は読み手の期待を読み違えているのである。当てが外れた男に向けられるもの悲しい笑いがそこには漂う。

とにかく名前を思ひ出し次第、知つてゐる人全部に、吉野山の桜花の見事さを書き送り、おしなべて花の盛りになりにけり山の端《は》毎《こと》にかかる白雲、などと古人の歌を誰の歌とも言はず、ちよつと私の歌みたいに無雑作らしく書き流し、遊びに来て下さい、と必ず書き添へて、またも古人の歌「吉野山やがて出でじと思ふ身を花散りなばと人や待つらむ[30]」と思はせぶりに書き結び、日に二通も三通も里人に頼んで都に送り、わがまことの心境は「吉野山やがて出でんと思ふ身を花散る頃はお迎へたのむ」といふやうな馬鹿げたものにて、みづから省みて苦笑の他なく、けれども、かかるせつなき真赤な嘘もまた出家の我慢忍辱と心得、吉野山のどかに住み易げに四方八方へ書き送り、さて、待てども待てども人ひとり訪ねて来るどころか、返事さへ無く、

やみがたい人間関係への執着が眼夢に手紙を書かせる。波線部に反復される「書」くことへのこだわりは、それ以外に外部とつながる手段がない眼夢の焦りを物語る。しかし、「四方八方」、「知つて

ゐる人全部」に「書き送」るという無節操さの吐露は、寂しさの極限を示す一方で、この手紙の価値をも引き下げかねない危うさを内包していた。これまでの手の内を明かし、読み手の〈あなた〉にだけは「わがまことの心境」を明かすのだ、という言外の訴えを真に受けるかどうかは〈あなた〉次第なのである。読者が意識するはずの「手紙の戦略性」を分析する斎藤理生は「戦略性を意識すると、手紙の叙述には、建前と本音が交錯していることが読めてくるはずだ」[31]と述べる。錯乱とも映るこの「交錯」を「建前と本音」とに腑分けすることで、読み手は「戦略」の意図を推察しようとする。送り手の底意は、受け手の判断によって変転を遂げる。「建前と本音」は初めから実体としてあるのではない。その意味で、手紙のやりとりは送り手と受け手との虚々実々の読み合いとならざるを得ないのである。

意のままに他者を操ることができてはじめて、そのために仕掛けた工夫のことを手管と呼ぶのだろう。「待てども待てども人ひとり訪ねて来るどころか、返事さへ無」いとあっては、眼夢の「戦略」は手管とはなり得なかったことになる。西行の歌二首を作者も明かさず、「無造作らしく」、「思はせぶりに」書くところに、未完の「戦略」はあった。「ちよつと私の歌みたいに」引用しても、盗用とは気づかれないだろうという見込みもあったにちがいない。こうした他の受け手に対する過小評価を示唆することが、この手紙に記された「わがまことの心境」の信憑性を高めることにつながるとすれば、未完の「戦略」は手管になる。

「吉野山やがて出でじと」の歌は、『御裳濯河歌合』で判者の藤原俊成が「こともなくよろし」と絶賛し、『新古今和歌集』（巻一七・雑中・一六一九）にも採られた名歌である。俗世とのひそかな別れの決意が、「花ちりなばと人や待つらん」と帰還を心当てに待つ「人」への想像と対置されている。無論、眼夢が抱える現実との隔たりは大きい。「待つ」人がいないからこそ「返事さへ無」いのである。そこで修行者としての自覚に溢れる西行の歌を、「吉野山」の眼夢はパロディー化し「本音」を託したのだった。「吉野山やがて出でんと」と、本歌の打ち消し表現を還俗の意志表明に反転させることで、「やがて」の意味は「そのまま」から「すぐに」へと変わる。下の句では「待つ」主体も入れ替わり、「こともなくよろし」き情感は跡形もなく霧消する。「吉野山やがて出でじと」の歌は「桜よし野山難義《なんぎ》の冬」にはなく、「先行テクストを持つ翻案作品の中で、作中人物がさらに別のテクストを取り込んで語るという入れ子構造[32]」（木村小夜）となっているが、ここには「別のテクスト」すなわち西行の名歌を「取り込んで」変質させるという三重の「入れ子構造」が見られるのである。ここでも、歌枕・吉野山の文化的な枠組みは存分に利用されている。

## 五

日本仏教には古くから〈真俗《しんぞく》二《に》諦論《たいろん》〉という現実主義的な考え方があったとされる。「仏教の教えである真諦（仏法）と世俗の法や規範を指す俗諦（王法）とを峻別する思想[33]」のことである。真俗の並存を容認するこの伝統はしかし、戦時下にあっては〈皇道〉を仰ぐ〈臣民道〉と同一視された〈俗諦〉の優位を説く論調へと傾いてゆく。その結果、仏教が説く五戒のひとつである不殺生戒にも例外が設けられることになる。正義の遂行のために、それに背く邪悪な者の〈膺懲〉を是認する〈一殺多生〉という方便が力を持った。他の宗教とともに、仏教界も戦時下の〈絶対善〉なるものを可視化する装置として自己を演出していたのである。こうした〈皇道仏教〉の在り方に異を唱えた仏教者はきわめて稀であった[34]。国策としての〈戦時教学〉の一端を担う〈皇道仏教〉は、護国という大義の下、宗派を問わず〈大東亜共栄圏〉の建設に寄与しようとした。「政府・軍部との協働により」、「連合組織の大日本仏教会」が中心となり、「東アジアの植民地」では主に「布教活動や社会事業」を、「南方地域」では「文化と学術を通して関与を行った」[35]。仏教も〈皇軍〉が保有する戦力の一部にほかならなかった。

かかる戦時下の仏教の役割をふまえると、「吉野山」の眼夢が〈戦力〉の対蹠にある〈無力〉をしるしづけられた者であることの特異性がわかる。昭和十九年九月、大日本仏教会は神道教派聯合会や日本キリスト教聯合会など宗教諸団体とともに、〈大日本戦時宗教報国会〉に統合された。「宗教派教団の協力一致によつて我が国宗教の本義の発揚に努め国策に即応[36]」することが発会の目的だった。それを「各宗教独自の使命伝統を鮮明ならしめ一段とそれぞれ特色を輝かせつ、ただ一筋に「皇国護持」の彼岸を目指す」ことと敷衍した「朝日新聞」は、十三項にのぼる「事業目標」の核心を「醇乎な信仰心を通じて溌剌たる国策の浸透を期す」ることと要約する。宗教界の戦時協力もまた最終段階に入っていた。

「吉野山」は〈大日本戦時宗教報国会〉発会の翌月中旬には脱稿されたと推定される[37]。しかるに、そこに描かれた眼夢には肝腎の「醇乎な信仰心」がないのだ。それどころか、「殊勝らしくお経をあげてみても、このお経といふものも、聞いてゐる人がゐないとさつぱり張合ひの無いもので、すぐ馬鹿らしくなつて、ひとりで噴き出したりして、やめてしまひます」と告白する眼夢は、ほかならぬ「醇乎な信仰心」を茶化すことで孤愁を前景化するのである。こうして、戦時体制が信仰に期待するところをはぐらかす、角立つ笑いが立ち現れる。

戦時においては、忌まわしいことに、殺生の罪深さを自覚することが逆に罪となり得る。戦争遂行の大義を疑うことは許されず、命を奪い、奪われるという日常への反省や悔いは禁じられる。仏法を仰ぐ発心という本来は「醇乎な信仰心」も、〈皇道仏教〉の理念に沿って、王法としての戦時体制が命じる敵国・敵兵に対する呪詛への変換を迫られるだろう。仏法（真諦）はその権威だけを利用する王法（俗諦）に従属せざるを得ない。とすれば、『新釈諸国噺』における発心に至る作品群（「猿塚」・「義理」・「女賊」）は、戦時という特異な時代の骨格を透視するように仕掛けられていたことになるのではないか。発心に到達するまでの欲望や義理にまみれた日常生活を振り返ることがすでに、時局から逸脱する対象化だといえよう。そして、そこに「吉野山」が加わり、『新釈諸国噺』は閉じられる。

仏教に国策への即応が求められた時代、「無用の発心」から出家遁世した男の、断ち切れぬどころか昂じる執着心に翻弄される物語がもたらす効果とは何か。それまで様々な発心の姿を描いてきた『新釈諸国噺』の最後に置かれたのは、発心の不可能性、「醇乎な信仰心」の欠如だった。

ここで、改めて発心のきっかけを原典との比較で確認しておこう。「桜よし野山難義《なんぎ》の冬」では、「愚僧事は一生に妻子持てころし、遊女の野郎《やらう》のたはぶれに身をなし、世に思ひ残すこともなく、無常を見ての発心《ほつしん》」と、妻子に死に別れ、性的放逸に耽った後に無常を観じての出家であることが明かされていた。[38] かたや「吉野山」には、茶屋遊びでの不首尾の連続が導因として語られる。

　或る夜やぶれかぶれになつて、女に向ひ、「男は女にふられるくらゐでなくちや駄目なものだ」と言つたら、その女は素直に首肯き、「本当に、そのお心掛けが大事ですわね」と真面目に感心したやうな口調で申しますので、立つ瀬が無く、「無礼者！」と大喝して女を力まかせに殴り、諸行無常を観じ、出家にならねばならぬと覚悟を極めた次第で、

逆説として語ったつもりの負け惜しみに、またもや当てはずれの応答が追い打ちを掛ける。「吉野山」の九平太は、連鎖する期待はずれの恨みを一気に晴らすため、その代補として、出家することで社会的承認を得ようとしたのだろう。ところが、期待はずれの連鎖は終わらない。里人には「すつかり馬鹿にされて、どしどしお金を捲き上げられ」、知人たちからは「返事さへ無」いという「浮世の辛酸を嘗め」る。「桜よし野山難義《なんぎ》の冬」の眼夢が「随分世は捨て候へども、はなれがたき物は色欲《しきよく》に極《きは》まり申候」と「色慾」という煩悩の「はなれがた」さを懺悔していたのに対して、「吉野山」には「世は捨て」たところが見られず、被害者意識に囚われた、人間関係・食・金銭への執着、言い換えれば期待だけが横溢している。西鶴の表現から破戒僧たちの乱行や男色の暗示を引き継がなかった「吉野山」は、質・量ともに原典とは異質な煩悩に眼夢をまみれさせる。

墨染の衣だけでも似合ふかと思ひの他、私は肩幅が広いので弁慶のやうな荒法師の姿で、狼に衣の例に漏れず、何もかも面白くなく、既に出家してゐながら、更にまた出家遁世したくなつて何が何やらわからず、ただもう死ぬるばかり退屈で、

歎きわび世をそむくべき方知らず、吉野の奥も住み憂しと言へり

といふ歌の心、お察しねがひたく、実はこれとて私の作つた歌ではなく、人の物もわが物もこの頃は差別がつかず、出家遁世して以来、ひどく私はすれました。

僧形ながら内心は虚偽不実の出家を罵る「狼に衣」という諺を持ち出して、眼夢は外形へのこだわりを吐露する。解決を要する問題はその煩悩にあるのではなく、「退屈」のほうにあった。知人の来訪によって無聊を慰めようとする眼夢は、源実朝の愁いを方便にしようとする。[39]しかし、和歌の借用も、「出家遁世して以来、ひどく私はすれました」という自己憐憫の根拠となるほかなかった。木村小夜が論じたように、眼夢には、「ある種のお手本、流通している型とでも呼ばれるべきものに裏切られ、にもかかわらず再びその型に帰って行こうとする傾向[40]」がある。「既に出家してゐながら、更にまた出家したくな」るのは失笑を誘う論理矛盾だが、依然として出家という「流通している型」への依存に縛られていることがわかる。

「頓首」と結ばれるこの書簡には、『万の文反古』であれば「伊丹屋茂兵衛様　人々御中」と書かれていた宛名がない。宛名とは文字どおり、手紙の送り手が受け手として当てにする人の名前のことだ。つまり、「吉野山」には皮肉なことに、初めから当てにするべき他者が消し去られていたのである。

## おわりに

再び「吉野山」にまつわる文化的な背景に目を転じるならば、源義経をめぐる劇的な空間としての記憶を逸するわけにはいかない。『義経記《ぎけいき》』（十五世紀初頭成立か）に収斂することとなる義経伝説をふまえた謡曲・観阿弥作「吉野静」や世阿弥作「二人静」・「忠信」、近松門左衛門の浄瑠璃「吉野忠信」（元禄十・一六九七年七月以前、大坂竹本座初演）、竹田出雲・三好松洛・並木千柳（宗輔）の合作による浄瑠璃「義経千本桜」（延享四・一七四七年十一月、大坂竹本座初演）などに描かれた吉野山では、悲運の英雄・義経を慕う者たちの哀情と苦闘のドラマが展開されていた。例えば、「都に春は来たれども、吉野は未だ冬籠《ごも》る」[41]と律動的に書き出される『義経記』巻第五で、吉野山中に捨てられた静は尽きせぬ恋情を歌舞に托し、佐藤忠信は知恵を絞り、主君・義経を吉野山から脱出させるために奮戦する。史実はともかく、終焉の地・平泉にたどり着くまで義経主従が繰り広げた数々の逃走劇の中でも、屈指の名場面の舞台となった吉野山は、様々な芸能で抒情豊かに語り継がれてきたのである。歌枕・吉野山はこうして、情と義という近世的規範とも交わることでさらに聖化されたのだった。

「昭和一〇年代の吉野にまつわる言説」を分析した小泉京美の論考に拠れば、「吉野というトポス」は、「勤皇精神を民族的伝統として称揚する「ローマンス」の舞台として機能している」[42]という。また、亀田俊和が批判する「内紛まみれで不忠の足利氏、一致団結した忠義に厚い南朝」という「南朝忠臣史観」[43]は、敗戦までの〈皇国史観〉を支えつづけた。『太平記』が、吉野を焼き払った高師直の軍略を「此悪行《このあくぎやう》身《み》に留《とま》らば、師直《もろなほ》忽《たちまち》に亡《ほろ》びなんと、思《おも》はぬ人《ひと》はなかりけり」[44]と断じたように、戦時下、〈皇国〉を脅かす敵国の「悪行」は、高師直の暴戻とのアナロジーで捉えられていたのだろう。悪は亡びてしまうだろうという根拠のない推量だけが、「吉野山」が書かれた頃の敗色漂う戦況を照らす光明だったのかもしれない。〈忠臣〉の物語を必要とした時代に、吉野山は〈皇国〉の理念を表象する特別な空間のひとつとなっていた。

「吉野山」は、この地に集積された聖性の全てを俗化によって反転させる滑稽小説である。信仰との深い関わりを保ちつつ、歌枕としてその自然美が詠み継がれた〈雅〉の側面も、戦《いくさ》を後景として語られてきた〈情・義・忠〉の規範も、「吉野山」からは排除され、眼夢の執着を映し出す反・劇的挿話の中で、万事〈期待はずれ〉に終わるおかしさだけが連鎖する。手紙の終わり近くで、「それにつけても、お金が欲しく」と述べた眼夢は、実家の「私の寝間、床柱の根もとの節穴に隠して」ある「富籤」の番号を知らせ、「当つてゐるかどうか、調べてみて下さい」と懇願する。読者は、受け手の協力、富籤の当選をともに当てにすることの空しい結末を思い描かざるを得ないだろう。

そうした当てがはずれることの彼方には、〈聖戦〉への期待が空に帰する予感が遠望されるのではないか。昭和十九年七月にサイパン島が、八月にグアム島及びテニアン島が陥落し、戦局は「絶望的抗戦の段階[45]」に移行していた。とすれば、「吉野山」は先触れとして戦後を透視させる小説でもあったのではないか。美しさ、気高さ、潔さといった戦時下に礼賛された〈聖〉なるものの多くが、少なくともひとまず当てにならなくなる時代は、すぐそこまで来ていた。『新釈諸国噺』に描かれた十二の〈クニ〉の物語はその意味で、戦争遂行の要件となる〈皇国〉の均質性を相対化する可能性を秘めていたといえるだろう。〈クニ〉を異にする十二の「噺」には、戦時体制にはなじまない雑種性が宿っている。とりわけ「吉野山」は、〈俗〉を以て〈聖性〉に半畳を入れ、危局のさなか〈期待はずれ〉というきわどい笑いを創造する小説だったのである。

［注］

1　『万の文反古』の本文は、『西鶴全集』第十（正宗敦夫編纂校訂　昭和3・3　日本古典全集刊行会）による。原則として、他の引用文も含め、仮名遣いおよびルビは原文のままとし、漢字は新字に統一した。文中の傍線は引用者による。

2　太宰治『新釈諸国噺』の本文は『太宰治全集』7（平成10・10　筑摩書房）による。

3　山田晃「西鶴と現代作家　治」（「国文学解釈と鑑賞」22－6　昭和32・6）、田中伸「太宰治と井原西鶴──「吉野山」を中心に」（「国文学解釈と鑑賞」37－12　昭和47・10）、寺西朋子「太宰治『新釈諸国噺』出典考」（「近代文学試論」11　昭和48・6）

4　津島美知子『回想の太宰治』（昭和53・5　人文書院　二〇三頁）

5　注3田中論文

6　佐藤義雄「わたくしのさいかく──太宰治「吉野山」覚え書」（「京都教育大学紀要A人文・社会」57－2　昭和55・9）

7　杉本好伸「〈空白〉の語り「吉野山」の作品構造」（「太宰治研究」11　平成15・6　和泉書院）

8　注3田中論文

9　斎藤理生「本音の露呈──『吉野山』論」（『太宰治の小説の〈笑い〉』平成25・5　双文社出版　一〇六頁　初出：「太宰治「吉野山」論」「解釈」48－1・2　平成14・2）

10　『沙石集』巻第九・六「証月房の上人の遁世の事」（『沙石集』下巻　筑土鈴寛校訂　昭和18・11　岩波文庫

一二二頁）

11 同前

12 注7に同じ。

13 三谷一馬『江戸吉原図聚』「九郎助稲荷縁日の賑わい」（平成4・2 中央公論社 五二九頁）

14 本文は『古今和歌集』（小島憲之・新井栄蔵校注新日本古典文学大系5 平成1・2 岩波書店）による。

15 『古今和歌集』巻第七・冬（三二七 注14 一〇八頁）

16 『古今和歌集』巻第十九・雑下（九五〇 注14 二八五頁）

17 『古今和歌集』巻第十九・雑下（九五一 注14 二八六頁）

18 小島孝之「草庵文学の展開」（『岩波講座 日本文学史 第5巻 一三・一四 世紀の文学』平成7・11 岩波書店 一九〇頁）

19 本文は『新古今和歌集』（田中裕・赤瀬信吾校注新日本古典文学大系11 平成4・1 岩波書店）による。

20 『新古今和歌集』巻第十六・雑上（一四七六 注19 四三二頁）

21 『新古今和歌集』巻第十七・雑中（一六一八 注19 四七二頁）

22 以下三首の本文は『西行全歌集』（久保田淳・吉野朋美校注 平成25・12 岩波文庫「山人《やま》よ」一六五頁、「吉野《よしの》山」二八四頁、「世を憂《う》しと」三三四頁）による。

23 久保田淳『新古今和歌集全注釈 五』（平成24・2 角川学芸出版 一七三頁）

24 本文は、注22『西行全歌集』「聞書集」二九五頁による。

25 『拾遺和歌集』巻第一・春（四一）。本文は『拾遺和歌集』（小町谷照彦校注新日本古典文学大系7 平成

2・1 岩波書店 一四頁）による。

26 『詞花和歌集』巻第一・春（二二）。本文は『金葉和歌集・詞花和歌集』（川村晃生・柏木由夫・工藤重矩 校注新日本古典文学大系9 平成1・9 岩波書店 二二六頁）による。

27 『新古今和歌集』巻第十六・雑上（一四六六 注19 四二七頁）

28 注6に同じ。

29 注9 斎藤理生『太宰治の小説の〈笑い〉』一〇〇頁。

30 『新釈諸国噺』（生活社）本文では、初版（昭和20・1）から第五版（昭和23・8）に至るまで、未見の再版本を除き、第四句が「花散りならば」となっていることが確認できる。また、創藝社の近代文庫版『お伽草紙・新釈諸国噺』（太宰治全集第十一巻、昭和28・12）においても同様である。誤記・誤植を見逃しつづけたのか、眼夢による引用の誤りを意図的に表現したのかは推断しがたいが、仮に後者だったとするならば、眼夢の教養の質を露呈させる記憶違いであり、手紙を受け取る京の知人の冷ややかな反応が想像される。斎藤理生が明らかにした第四版（昭和22・1）における改稿の実態と「被占領期における検閲の現場の空気」（安藤宏・斎藤理生編著 小澤純・吉岡真緒著『太宰治 単行本にたどる検閲の影』令和2・10 秀明大学出版会 六九頁）に見られる緊迫感の中で、「吉野山」の西行歌が訂正されなかったのはなぜだろうか。改版のめあてから外れた誤植としてたまたま捨て置かれたのか、眼夢の衒学的な気取りの陰にのぞく教養の綻びを表していたのか。後者の可能性があることに加えて、「吉野山」では、眼夢がそのような隙を見せる人物に仕立て上げられていることを指摘しておきたい。なお、第一次筑摩書房版『太宰治全集』第六巻（昭和31・3）本文は「花散りなば」となっている。同書の「後記」には「本全集の校訂は初版本に拠り」とあるが、「ら」一字を削除したことの根拠は示されていない。
31 注9 斎藤理生『太宰治の小説の〈笑い〉』一〇〇頁。
32 木村小夜「「吉野山」と「遊興戒」——型への〈回帰〉」(『太宰治の虚構』平成27・2 和泉書院 二四八頁 初出:「太宰治という磁場——「吉野山」を視座として——」山内祥史・笠井秋生・木村一信・浅野洋偏『二十世紀旗手・太宰治——その恍惚と不安と——』平成17・3 和泉書院)
33 新野和暢『皇道仏教と大陸布教 十五年戦争期の宗教と国家』(平成26・2 社会評論社 五九頁)
34 小川原正道『日本の戦争と宗教 1899-1945』(平成26・1 講談社選書メチエ)、ブライアン・アンドレー・ヴィクトリア『〈新装版〉禅と戦争 禅仏教の戦争協力』(エイミー・ルイーズ・ツジモト訳 平成27・12 えにし書房)
35 大澤広嗣『戦時下の日本仏教と南方地域』(平成27・12 法藏館 三六九~三七〇頁)
36 「朝日新聞」(昭和19・9・23 第二一〇二一号 三面)「「宗教常会」で必勝へ 信仰を通じ全国民結束」
37 山内祥史『太宰治の年譜』(平成24・12 大修館書店 二七三頁)
38 岡田純枝「『万の文反古』巻五の四「桜よし野山難義の冬」についての一考察——「銀の世の中」をキーワードとして」(「二松学舎大学人文論叢」69 平成14・10)は、「桜よし野山難義の冬」を「僧の男色を通して「銀の世の中」の仕組みを描き出そうとした作品である」とし、そこに「男色物としての異質性」を見る。男色の話題は消去したが、「吉野山」にも詩的な精神性を相対化する〈俗〉という基調は引き継がれている。
39 『右大臣実朝』(昭和18・9 錦城出版社 一五五頁)には、この歌(『金槐和歌集』下・雑部・六八八)を和田朝盛に「お下渡しにな」る実朝が描かれている。

40 注32 木村小夜『太宰治の虚構』二五一頁

41 『義経記』巻第五（島津久基校訂 昭和14・3 岩波文庫 一三六頁）

42 小泉京美「空洞化された〈吉野山〉――太宰治「吉野山」論」（「東洋大学大学院紀要 文学研究科国文学」45 平成21・3）

43 亀田俊和『南朝の真実 忠臣という幻想』（平成26・6 吉川弘文館 五頁）

44 『太平記』巻第二十六（『太平記』中巻 昭和14・7 博文館文庫 三六六頁）

45 吉田裕・森茂樹『アジア・太平洋戦争』（戦争の日本史23 平成19・8 吉川弘文館 二四五頁）

# 第三章

# 作家／読者の相互依存

# 「水仙」――〈徳〉の不在証明

## はじめに

太宰治の短編小説「水仙」（「改造」24－5　昭和17・5）は、掲載誌の巻頭言が「戦果に応へ国内体制を整備せよ」と訴えかける戦時下に発表された。上流家庭の夫人が自らを芸術の天才と信じ込み、夫や娘との家庭生活を捨てたのち破滅に至るという筋立ては、前年十二月に始まった〈大東亜戦争〉の「相次ぐ戦捷」[1]に酔う世の中の気運には甚だしく逆行していた。〈皇国〉がまさしく得意の絶頂にあったとき、太宰治は「水仙」という陰惨にして「完成度の高い佳作」[2]（安藤宏）を世に問うていたのだった。同時代の文芸批評では、上林暁がこの小説に「逆説の面白さ」[3]を見出している。菊池寛が「忠直卿行状記」（「中央公論」33－9　大正7・9）で試みた逆説を生かし、それを「もう一度ひつくりかへしてゐる」ところに、「斬新な逆説を樹てた」太宰の「心理的な、知的な冒険」を見るのである。上林はまた、太宰治を「固定した観念を揉みほぐし、常識を解体しつつある」「新しいモラルの探求者」であると高く評価する。多くの作家が「標準に則つて仕事をしてゐる」文壇の「微温的な空気」に違和感を覚える上林にとって、太宰治の表現は「現代文学の非個性的な風潮」を打破しようとする「文学的冒険」と映ったのだろう。「三田文学」の時評が「水仙」を「裏に何かのサチールを含んだ虚妄の構成をもつた小説」[4]であるとし、その皮肉や嫌味を生成する「話術のうまさ」や「素材のつかみ方が地を抜いてゐる」点に言及したことからもわかるように、太宰治はすでに、虚構の創造手法を模索する小説家として文壇に登録されていたといえよう。

その後「水仙」は、太宰治の抱える、「作家とは妄想と妄執の犠牲者なのか」という「不安」[5]（亀井勝一郎）や生活人としての安定と引き換えに失った過去に対する「烈しい後悔をともなった内心の声の表現」[6]（奥野健男）といった、私小説の一種と見なす読み方のなかで論じられるようになる。作家論的評論にとって、「水仙」に書き込まれた「芸術家」、「天才」、「俗物」、「疑念」、「不安」といった語群は、小説家・太宰治の表現活動と実生活上の〈困難〉や〈格闘〉を抽出するための恰好の素材となり得る。作中の「僕」を太宰治の分身とするそうした見方は、「僕」の語りを作家・太宰治の内面の変形と読むことによって成り立っていた。「水仙」にかぎらず、私小説をめぐる作者・読者という共軛的な関係のなかで、表現者の隠された〈真実〉は編成されつづけるのだろう。〈太宰治〉という虚像に依拠する共犯的な読み込みの果てには、〈苦悩〉や〈絶望〉という内に閉じた、あまりにも主情的な結論が待ち構えているのである。

しかし、近年、そうした読解の枠組みを相対化する研究が「水仙」に新たな光を当てつつある。例えば、大國真希は題名に着目する。ギリシア神話に登場する、水仙に姿を変える少年「ナルキッソス」（ナルシス）と妖精「エコー」をそれぞれ、視覚と聴覚の「犠牲者」と見て、「水仙」の「僕」と

「草田夫人」のすれ違いをそれに重ね合わせる。[7] また、長野秀樹はこの作品を「様々な「疑念」の束」であるとして、「天才」という言葉にこだわりを持っていた太宰治と、天才と狂気の心理的な近さを証明したロンブロオゾオ『天才論』（大正3・12 植竹書院）を背景として取り出した。[8] さらに、滝口明祥は「水仙」において手紙が果たしている役割について掘り下げ、読者が作中の手紙を読んでいるとき、自らが受け手でもあれば送り手でもあるかのような享受の作用が生まれ、「作者と読者の交歓という（不可能な）夢」[9] が成立するのだとする。「千代女」（『改造』23－11 昭和16・6）に「国策と文学者という問題」[10] を見出した石田忠彦の論点を引き継ぎ、勝田真由子は「水仙」における菊池寛の文化史的な意味を確かめたうえで、太宰の執筆意図が「戦力のアナロジー」に甘んじる「同時代の閉塞した芸術観を暴露・否定すること」[11] にあったと論じる。いずれも小説の鍵となる言葉やテクストを貫流する社会的・文化的文脈を手がかりに、豊かな読み換えの可能性を探ろうとしている。ここでは、それらの刺激的な論考を参照しながら、別の角度からこの短編小説の魅力と仕掛けについて考えてみたい。

## 一

まず、小説の冒頭で回想される「僕」の読書体験に着目しよう。「僕が十三か、四のとき」に読んで以来、「二十年後のいまもなほ、忘れずに記憶してゐる」「「忠直卿行状記」といふ」「奇妙にかなしい物語」の「筋書」は次のように語り出される。

剣術の上手な若い殿様が、家来たちと試合をして片つ端から打ち破つて、大いに得意で庭園を散歩してゐたら、いやな囁きが庭の暗闇の奥から聞えた。

「殿様もこのごろは、なかなかの御上達だ。負けてあげるはうも楽になつた。」

「あははは。」

家来たちの不用心な私語である。[12]

これを境に「真実を見たくて」、「家来たちに真剣勝負を挑」むようになった「殿様は、狂ひまは」り、「おそるべき暴君」と化してしまうのだが、「つひには家も断絶せられ、その身も監禁せられる」に至る「その殿様を僕は忘れる事が出来なかつた」という。「その殿様は、本当に剣術の素晴らしい名人だつたのではあるまいか」という「気味の悪い疑念」が「僕」を捕らえて放さないからだ。

菊池寛の「忠直卿行状記」は、〈立ち聞き〉という趣向がもたらす劇的効果を巧みに生かした短編小説である。祖父である徳川家康から大坂夏の陣での功績により「日本樊噲」というほめ言葉をもらった「忠直卿」は、自らを天下に比類なき万能の持ち主と思い込む。だがその一方で、絶対的な権威からの転落を恐れるあまり、実は周囲の者たちが「追従負け」をしているのではないかと疑いはじめ、すべての人間に不信の目を向けるようになる。大坂城攻略の大功と徳川家直系の血筋ゆえに切腹を免れたのであろう忠直は、形が定まらない自己像に苛まれ、罪もない人々を災いに巻き込む暴君として描かれる。配所での「晩年をこともなく過ごし」た忠直は、他者の評価に心を悩ませた強迫観念から解かれ、「洸山老衲」の辛辣な冗談にも「笑はせ給ふ」までに心を開く。つまり、「忠直卿行状記」は自己像の画定という難題を前にして他者との関係のもつれに懊悩する人間の姿を、江戸期の史実を借りて描いた〈テーマ小説〉なのだった。したがって、「水仙」の「僕」のように「殿様は、事実、剣術の名人だつたのだ」という断定を導き出すことは、誤読に近い過度の深読みといわねばならない。「水仙」は「僕」のそうした独り決めを外枠として持つ小説であることを確かめておきたい。

　不用意な一言が人の心を深く傷つけ、その傷が他者に対する構えを一変させてしまう。「水仙」において繰り返し描かれるディスコミュニケーションの過酷さは、そうした〈口の過《とが》[13]〉に起因していた。「僕」が「眉間をざくりと割られる程の大恥辱を受け」たエピソードとして語ったのは、「主人も私も、あなたの小説の読者です」という「招待状」の「最後の一句」に「浮かれて」、「三年前のお正月」に「草田の家」を訪問した際の「静子夫人」の応答をめぐるものだった。

「ひとつ、奥さん、」と僕は図に乗つて、夫人へ盃をさした。「いかがです。」
「いただきません。」夫人は冷く答へた。それが、なんとも言へず、骨のずゐに徹するくらゐの冷厳な語調であつた。底知れぬ軽蔑感が、そのたつた一語に、こめられて在つた。僕は、まゐつた。酔ひもさめた。けれども苦笑して、
「あ、失礼。つい酔ひすぎて。」と軽く言つてその場をごまかしたが、腸が煮えくりかへつた。さらに一つ。僕は、もうそれ以上お酒を飲む気もせず、ごはんを食べる事にした。蜆汁がおいしかつた。せつせと貝の肉を箸でほじくり出して食べてゐたら、

「あら、」夫人は小さい驚きの声を挙げた。「そんなもの食べて、なんともありません？」無心な質問である。

思はず箸とおわんを取り落しさうだつた。

語り手は冷酷な「夫人」像を描くために「僕」の狼狽ぶりを対比的に強調する。自らの隠しきれぬ卑しさを見抜かれたと感じた「僕」は、「夫人」の言葉に悪意や軽蔑を読み取る「ひがみ根性の強い男」だった。「ひとに侮辱をされはせぬかと、散りかけてゐる枯葉のやうに絶えずぷるぷる命を賭けて緊張してゐる」のである。「僕」自身それが「やり切れない悪徳」であると分かってはいても、「いちど受けた侮辱を、どうしても忘れる事が出来ない」。滝口明祥が「〈僕〉と静子は実によく似ているのである」[14]と看破したように、そのような傷つきやすさを「夫人」すなわち「静子」も抱えていた。「数年前に、夫人の実家が倒産し」たことを「非常な恥辱と考へてしまつたらし」く、以後「静子」は、夫が慰めても「いよいよ、ひがむばかり」の「妙に冷く取りすました女になつた」という。

ひがむことの根底には、自己が他者によって否定されてしまうという確信に近い予感があるのだろう。やがて、他者に受け容れられない自己を探しはじめ、しまいには、その予感に反する他者の言動のなかにも偽りを察知することが常態化し、不必要な深読みまでしてさらに疑念を募らせる。出口を失った循環的思考である。「殿様」―「僕」―「静子夫人」というひがむことで通底する三者は、他者から受ける屈辱に過敏な反応を見せる。いずれも、「一体自分はどのような人間なのか」という難題に囚われていたのである。

酒井直樹は「国民統合の普遍主義的な論理の中で機能する人種主義」の問題を追究する論考の最後に、自尊心（self-respect）と自己評価（self-esteem）の概念上の差異を明確化するアヴィシャイ・マルガリトの所説を次のように紹介していた。

人々に屈辱を与えない社会制度を考える上で、両方ともに私自身の他人による肯定・尊敬に由来するにもかかわらず、自尊心と自己評価のあいだには根本的な違いがある。自尊心は私が他人によって平等に扱われることを要求するが、自己評価は他人によって自分が高く評価されることを意味している。私の成し遂げたことが比較された上で、私は自己評価を獲得するのである。自尊心はいわば自信に根ざし、自己の業績の評価に基づくものではないから私と他人との比較によって動揺されないのに対し、自己評価は、業績を評価者に見せるかたちで達成しなければならないから、人を人の上に置きまた人を人の下に置く。勝者と敗者、優者と劣者を絶えず産み出していないと自己評価は定まらない。これに対して、自尊心は、ある個人の資格や業績といった観察可能な特徴や資質に基づくのではなく、他人が自分を人間として平等に扱い自分もまた他人を平等に扱うという確信あるいは自信にあるから、それは未来にかかわる態度の問題である。[15]

酒井直樹は〈アジア・太平洋戦争〉期にあって、国民統合の過程で屈辱の体験をさせられた少数派《マイノリティ》が、奪われた「自尊心」を「自己評価」によって補填するよう迫られる事態を活写する。だが、「自尊心」は「自己評価」の高まりによっても取り戻すことはできない。「自己評価」の存立機制のなかには、終わりのない他者評価との闘いのプログラムが組み込まれている。それは、ある外在する基準への従属を自明のこととして受け容れる、いわば植民地化された自己を生きることでもある。

こうした戦時下における少数派が追い込まれた心性は、特定の権力関係の中でだけ出来する様態ではない。「御自分の腕前に確乎不動の自信を持つてゐたならば、なんの異変も起らず、すべてが平和であつたのかも知れぬが」、「殿様」は家来の陰口を立ち聞きして以来、他者との技量を比べ合う真剣勝負に毎回勝利することでしか、「自己評価」を保つことはできなかった。「僕」も「俗人の凡才」と謙遜しながらも、招かれた「草田の家」で歓待され、「他の年始のお客にも」、「流行作家」として紹介されてみると、「ひよつとしたら僕はもう、流行作家なのかも知れないと考へ直してみたりなどし」てしまう。その「自己評価」の高まりから、「夫人」が見せた「底知れぬ軽蔑感」の感受によって一気に「僕」は「ひがみ根性」の塊に転落し、「手ひどい恥辱」を苦い経験として心底に沈めるのである。

実家の破産という「非常な恥辱」の後、「ひがむばかり」となった「静子」に、「洋画を習はせた」のは「一流の紳士である」夫の「草田惣兵衛氏」だった。それは本来、「夫人を慰める一手段」にすぎなかった。ところが、この勧めが「静子」の喪失した「自尊心」に代わって、周囲のすべてのひとから絵の才能を「褒めちぎ」られるという「自己評価」の急上昇を招来する。「自尊心」の核心にあったであろう、実家の家格や裕福さに支えられた生き方が揺らいでいたとき、思いがけない「自己評価」の高みに立たされた「静子」の視界に芸術家という新たな生き方が開けてくる。悲劇は、他者の評価に依存する自己画定が、「自己評価」への冷静な査定を欠いたまま、疑念を潜在させつつも一方向に増殖していくことから始まっていた。

## 二

ここで、同時代の太宰作品の中から、自己画定の問題に執着した短編小説「誰」（「知性」4－12昭和16・12）の作品世界を見ておこう。中丸宣明が「小品であるが、太宰とキリスト教の関係を考えるとき存外重要な位置にある作品と言えるのかもしれない」[16]と述べるように、『マルコ福音書』や内村鑑三に学んだ塚本虎二が編集していた月刊誌「聖書知識」との関連が論究の中心となる小説である。その一方で、「黄村先生言行録」（「文学界」10－1 昭和18・1）と同様に、ある言述にすぐさま括弧書きでちゃかしの言葉を挿入する手法を用いた滑稽小説としての一面もある。「なんぢらは我を誰と言ふか」とイエスが弟子たちに問い、ペテロが「なんぢはキリスト、神の子なり」と答えたという『マルコ福音書』の一節を引用したあと、ある「二十世紀のばかな作家」が同じ質問を「学生たち」に投げかける。

ひとりの落第生答へて言ふ「なんぢはサタン、悪の子なり」かれ驚きたまひ「さらば、これにて別れん」

私は学生たちと別れて家に帰り、ひどい事を言ひやがる、と心中はなはだ穏かでなかつた。けれども私には、かの落第生の恐るべき言葉を全く否定し去る事も出来なかつた。その時期に於いて私は、自分を完全に見失つてゐたのだ。自分が誰だかわからなかつた。何が何やら、まるでわからなくなつてしまつてゐたのである。[17]

「かの落第生伊村君の説」が気になって仕方がない「私」は「サタンに就いての諸家の説を、いろいろ調べてみた」結果、「私は、サタンほど偉くはない」ことがわかる。「ほつと安堵の吐息をもらした」のも束の間、今度は、サタンに阿る「悪鬼」に「どうも似てゐる」ことに気づき、「或る先輩のお宅へ駈けつけた」。「五、六年前に」出した「借金申込みの手紙」を見せてもらい、そのなかの「ウソが、どの程度に巧妙なウソか」を確かめるためである。その手紙を再読した先輩から「君も馬鹿だねえ」と言われて、「私は救はれ」る。「私は、サタンではなかつた。悪鬼でもなかつた。馬鹿であつた。バカといふものであつた」からだ。太宰の独擅場ともいうべき諧謔的な語りが冴えわたる。乱高下する「私」の気分に読者は引き込まれる。

ところが、この小説にはもう一つの陥穽（＝〈落ち〉）が用意されていた。「私」は「或るひとりの女のひとから、毎日のやうに手紙をもらふやうになつた」。入院中の女性で、「私に逢ひたい」「病院へ来て下さい」としきりに訴える。「家の者」の勧めもあり、「たうとう先日、私は一ばんいい着物を着て、病院をおとづれた」。「正直に言へば、私はいつのまにか、その人に愛情を感じてゐた」のだった。「それが一ばん綺麗な印象を与へるだらう」と考えて「私」は、「病室の戸口に立」ち、「『お大事に。』と言つて、精一ぱい」「美しく笑」い、「素早く別れ」る。翌日、女性からの手紙が届いた。

「生れて、二十三年になりますけれども、今日ほどの恥辱を受けた事はございません。私がどんな思ひであなたをお待ちしてゐたか、ご存じでせうか。あなたは私の顔を見るなり、くるりと背を向けてお帰りになりました。私のまづしい病室と、よごれて醜い病人の姿に幻滅して、閉口してお帰りになりました。あなたは私を雑巾みたいに軽蔑なさつた。（中略）あなたは、悪魔です。」

後日談は無い。　〈（中略）は原文のまま〉

ひとりの作家が熟慮の末に、病床にある一読者の求めに応じて見舞いに訪れる。そのような麗しい物語が一瞬にして瓦解する。このディスコミュニケーションの典型例が示すこととは、「自分はどのような人間なのか」という自己画定をめぐる問い自体が、他者による評価の非合理性と向き合わざるを得ない難題なのだ、ということだろう。「私」は再び「悪魔《サタン》」から自己画定をやり直さなければならない。注意すべきは、「今日ほどの恥辱を受けた事はございません」と書いた女性のあまりに低い「自己評価」もまた、「私を雑巾みたいに軽蔑なさつた」と感じさせた「あなた」、つまり作家の「私」の言動に支配されてしまっていることである。

太宰治はこの時期、自分が誰であるのかという問いに答えを見出そうとして失敗する経験を対象化していた。「誰」から「水仙」へと流れ込む自己画定の困難という問題は、時代の状況とも関わる難題だったのではないか。その点については、「水仙」の読解を進めながら、後述したい。

## 三

洋画を習い始めるや、周囲の絶讃の声を浴びた「静子夫人」は、「『あたしは天才だ』と口走つて家出し」、「絵具箱をひつさげて、僕の陋屋に出現」する。

「おあがりなさい。」僕はことさらに乱暴な口をきいた。「どこへ行つてゐたのですか。草田さんがとても心配してゐましたよ。」

「あなたは、芸術家ですか。」玄関のたたきにつつ立つたまま、そつぽを向いてさう呟いた。れいの冷い、高慢な口調である。

「何を言つてゐるのです。きざな事を言つてはいけません。草田さんも閉口してゐましたよ。玻璃子ちやんのゐるのをお忘れですか？」

「アパートを捜してゐるのですけど、」夫人は、僕の言葉を全然黙殺してゐる。「このへんにありませんか。」

「奥さん、どうかしてゐますね。もの笑ひの種ですよ。およしになつて下さい。」

「ひとりで仕事をしたいのです。」夫人は、ちつとも悪びれない。「家を一軒借りても、いいんですけど。」

「薬がききすぎたと、草田さんも後悔してゐましたよ。二十世紀には、芸術家も天才もないんです。」

「あなたは俗物ね。」平気な顔をして言つた。「草田のはうが、まだ理解があります。」

「僕」と「夫人」のかみ合わない会話から見えてくることを整理してみよう。「夫人」の目を覚まさせる目的で放った「僕」の言葉に注目すれば、理性の喪失、家庭の危機、世間の嘲笑という、個人から家庭、世間へと連なる、多方向からの的確な話題提示がなされていることがわかる。その語り口にも、「ことさらに乱暴な口をきき」いたかと思うと、丁寧な言葉遣いのなかに嫌味をこめて諄々と諭しはじめる、という周到な演技を見出すことができよう。文脈次第では喜劇の一場面ともなり得るほど、「僕」の演出（過剰な対他意識）と「夫人」の陶酔（対他意識の欠落）は鮮やかな対照関係を形成しているのである。

「夫人」が初めてまともな応答をしたのは、「二十世紀には、芸術家も天才もない」と「僕」が言い放った直後だった。「あなたは俗物ね」という言葉はおそらく、トーマス・マンの小説『トニオ・クレエゲル』で「リザヱタ」が「トニオ」に投げかけた「あなたは横道にそれた俗人なのよ、トニオ・クレエゲルさん——踏み迷つてゐる俗人ね[18]」という辛辣な一言を思い描きながら発せられたものであろう。「夫人」は自らが芸術家であるという疑いない〈事実〉を背景に、『トニオ・クレエゲル』の〈さわり〉を引用して「私」をなじるのである。「夫人」の自己陶酔は続いている。

従来、「水仙」について論じる際には、「僕には、信じてゐる一事があるのだ」という一文を取り上げ、「信じてゐる一事」とは何なのかを明らかにすることが課題であるとされてきた。安藤宏はそれを、「僕」の「まづしくとも気楽な、芸術家の生活」や「虚飾も世辞もなく、さうしてひとり誇りを高くして生きてゐる」ことへの「夫人」の共鳴を通して「浮き彫りにされ」た「小説家としての強固なプライド[19]」であるとする。また、大國眞希は「一事」について「彼を作家として存在させる〈核〉となるもの」、「彼の言葉の世界における消失点[20]」と推定する。その読みを継承しながら滝口明祥は、「〈僕〉は静子の〈底知れぬ軽蔑感〉を受けて以来」、「一事」を「失ってしまっていた[21]」という点に留目する。

一方、長野秀樹は「自分は天才でないという自覚の元にこつこつと修行に励む、そうした「僕」の「信じてゐる」もの」であり、「「狂気」をくぐり抜けて、自分の才能に対する謙虚さを持」ってこそ「「天才」と呼ばれる資格がある」[22]という信念だと解釈した。

いずれの論者も「信じてゐる一事」を「僕」という表現者の矜恃と関わる、芸術（家）論・天才論として対象化している。確かに、作家として譲れない何かをそこに見ることは至当であろう。しかし、「僕」が「夫人」と相対するにあたり、努めて世俗的な常識を持ち出して市井の人を演じようとしたことに注意すれば、この一句もその文脈で捉えることが可能ではないかと考える。つまり、相手が作家であることを知ったうえで、あえて「俗物」という言葉を攻撃の具とする数多くの「失敬な」人物に辟易としてきた経験から、そうした人物こそ信ずるに足りぬ「俗物」にほかならないという定見が生まれる。「芸術家」を僭称する者の卑しさが「僕」の記憶に蓄積されていたのだろう。無論、大國眞希が指摘するように「「一事」は対象化し得ず、言葉の世界の外側にある」のだが、「信じてゐる一事」は、こうした世俗的な経験則としてあったのではなかろうか。

その仮定にしたがえば、この小説の終わりで、一枚だけ残っていた「静子さんの絵」を「引き裂いて、ストーヴにくべた」理由を「読者の推量にまかせる」とした「僕」の言葉もこれまでとは別様に読むことができるだろう。そこに、「平穏で幸福な生活を送っていた草田夫人を「不幸」へと追い落としたものへの憎悪」[23]（長野秀樹）、「彼女の絵を破ることによって」示される「日常のいわゆる交流とは異なる、ある特殊な交流を果たすという、ふたりの逆説的《パラドキシカル》な関係」[24]（大國眞希）というような、天才であったかもしれない「静子夫人」への共感を前提とした読みに固執する必要はないのである。

滝口明祥が提示した、「「忠直卿行状記」の読者としての〈僕〉」のように「作品の枠組みを取り払って読み替えていく、そのような読み方を書き手である〈僕〉自身が望んでいたとしたら？」[25]という魅力的な仮定を敷衍すれば、次のようなことも考えられる。「中泉画伯」が「僕」の求めに応じて、「奥へ行つて、やがてにこにこ笑ひながら」「持つて出て来」た「バケツに投げ入れられた二十本程の水仙の絵」を「静子さんの絵」だとする確証はどこにもない。「「私は、もう、一万円でも手放しませんよ」」という商売気を見せ、「僕」が水仙の絵を引き裂いたあと、「「そんなに、つまらない絵でもないでせう」」と「急に自信を失つた様子で」、「「私には、いまの新しい人たちの画は、よくわかりませんけど」」と漏らした「老画伯」には、いかがわしさがつきまとう。「水仙の絵は、断じて、つまらない絵ではなかつた。美事だつた」という「僕」の論評もまた、その正当性を証明するものは何ひとつない。「天才」や「不安」という落着点へと誘う「僕」の語りに疑問を抱く読者は、「読者の推量にまかせる」という謎めいた一言が、ことのほか月並みな表現であることに気づくはずである。二つの一見深刻な問いを残す「水仙」を悲劇に仕立て上げたのは、「僕」のきわめて世俗的な語りを芸術家論・天才論へと引き込んで読もうとした読者だったのかもしれない。それは、「忠直卿行状記」という「奇妙にかなしい物語」の「殿様」を「事実、剣術の名人だつたのだ」と臆断した「僕」の過度な深読みと相同的なのではないか。

## 四

「忠直卿行状記」における家臣たちにとって、主君の乱行は災厄にほかならなかった。主君と家臣という越えがたい上下関係が厳然としてあったからである。「水仙」に繰り返し描出されるのも、そうした対等とはいえない関係への過剰な意識だった。草田家と「僕」の生家、「一流の紳士」である「草田物兵衛氏」、「一流の貴婦人の品位」を保つ「静子夫人」と「なりあがり者の「流行作家」」の「僕」、というように非対称的な人間関係が幾組も絡み合っていることがわかる。「水仙」のなかでこの落差を解消しようとしていたのが「静子夫人」であった。「主人も私も、あなたの小説の読者です。」という口説き文句で「僕」を家に招いた彼女は、家出後「僕」に送った手紙で心の内をこう語っていた。

私の家は破産して、母も間もなく死んで、父は北海道へ逃げて行きました。私は、草田の家にゐるのが、つらくなりました。その頃から、あなたの小説を読みはじめて、こんな生きかたもあるか、と生きる目標が一つ見つかつたやうな気がしてゐました。私も、あなたと同じ、まづしい子です。あなたにお逢ひしたくなりました。三年前のお正月に、本当に久し振りにお目にかかる事が出来て、うれしゆうございました。私は、あなたの気ままな酔ひかたを見て、ねたましいくらゐ、うらやましく思ひました。これが本当の生きかただ。虚飾も世辞もなく、さうしてひとり誇りを高くして生きてゐる。こんな生きかたが、いいなあと思ひました。（中略）その間に、ちよつと気にいつた絵が出来ましたので、まづ、あなたに見ていただきたくて、いさんであなたのお家へまゐりましたのに、思ひがけず、さんざんな目に逢ひました。私は恥づかしゆうございました。あなたに絵を見てもらつて、ほめられて、さうして、あなたのお家の近くに間借りでもして、お互ひまづしい芸術家としてお友だちになりたいと思つてゐました。私は狂つてゐたのです。あなたに面罵せられて、はじめて私は、正気になりました。自分の馬鹿を知りました。

「僕」が「眉間をざくりと割られる程の大恥辱」を受けたと語る年始での酔態が意外にも好ましい「本当の生きかた」として感じ取られていた事実に加えて、「底知れぬ軽蔑感」を投げつけられたと思った「僕」の印象とは裏腹に、「あなたと同じ、まづしい子」であることを自覚し、対等の位置に立とうとしていた静子の内面が明かされる。ここにも「僕」の誤読・誤解はあったのだ。

そもそも、失意のなかで「私」が別の「生きかた」を発見したのは、「僕」の小説を読むことによってだった。そこには、小説という虚構世界を「僕」を取り巻く現実の反映として受け容れ、それを「私」のために書いてくれているかのように感受する、忠実かつ素直な読者がいる。「主人も私も、あなたの小説の読者です」という言葉に偽りはなかったどころか、むしろ、自信作を「主人」にではなく「まづ、あなたに見ていただきたくて、いさんで」駆けつけたことから考えれば、その「生きかた」は「主人」のそれを差異化するものだったとすらいえる。

しかし、そうした「本当の生きかた」が、「気ままな」、「虚飾も世辞もな」い、「ひとり誇りを高く」保ちつづける、「まづしい」暮らしぶりや在り方だけを指すとするならば、それは幻想としてある芸術家の属性にすぎない。「芸術家として自由な生活がしたい」と「主人」に伝えた「静子夫人」は、上流階級の貴婦人から芸術家へと転じることで得られる〈やつし〉[26]の快感を求めていたのだろう。わざわざ「菜葉服《なつぱふく》のやうな粗末な洋服を着て」、「僕」の前に現れたのも、芸術家を気取る自己演出だったといわねばならない。その姿や言動に「静子夫人」の心底を見抜いた「僕」は、「さんざんな目に逢わせるべく、冷ややかに市井の人の演技で応じたのである。彼女の望みに反して、見抜く・見抜かれるという非対称的な関係は、「蜆汁」のエピソードを反転させた図式としてあった。

かくも残酷な応答関係のなかにあっても、「あなたに絵を見てもらつて、ほめられて、さうして、あなたのお家の近くに間借りでもして、お互ひまづしい芸術家としてお友だちになりたい」という「静子夫人」の願いには、打ち消しがたい現実感が籠もっている。この「お友だち」の一語に託された切実な思いは、キケロの『友情について』を視野に入れて考えるとき、「水仙」を貫く読み違いと思いこみが支配する人間関係の問題へとつなげることができるのではないか。キケロが死の前年、紀元前四四年に書いたとされる『友情について』で、「ラエリウス」は二人の娘婿に「友情をあらゆる世上の万事にこえて重んぜられるやう[27]」勧める。

（七）

固より友情は極めて多種多様にかつ大なる便益を齎らすものではあるが、とりわけて実際にそれがあらゆるものに優るとされるのは、将来に対して明るい希望を輝かせ、気力の衰滅を防ぐ点にある。さらに真の友と目前に対し得る者は、恰も今一人別な自分自身の似姿といつたものを見てゐると云へよう。[28]

「ラエリウス」が語る「今一人別な自分自身の似姿」とは、アリストテレスが『ニコマコス倫理学』で説いた「友は『第二の自己』である」[29]という洞見を引き継いだものだろう。キケロの友人論は、「水仙」の「静子夫人」が「僕」に求めていた「お友だち」の実相と重なる。実家の破産に起因する「気力の衰滅を防」ぎ、「将来に対して明るい希望を輝かせ」、芸術家としての生き方を共有できる「今一人別な自分自身の似姿」を「僕」に見出していたのである。だが、「思ひがけず、さんざんな目に逢った「夫人」には、その希望が絶たれてしまう。

そこで友情に就いて確守したいと思ふ掟の第一は、即ち友人から求めるのにも正しいことを、友人の為にするにも正しいことを、それも要求されるのを待つまでもなく、常に努めて怠らずまた躊躇せず、真誠な忠言を吝むところなく進んで致さなければならない。かつまた交友の間にあつては、善い勧告をしてくれる友達の権威を最も重視すべきであつて、なほそれ（権威）を忠告のために使ふにしても、たゞあからさまといふのみでなく、事態の必要に応じてまた峻厳になさるべきであつて、他方これを受けた場合には、よくそれに聴従せねばならない。[30]（一三）

「静子夫人」には、多分に演技を含んだ「僕」の「あからさま」で「峻厳」な言葉を「真誠な忠言」、「善い勧告」として受け止め、「よくそれに聴従」することができない。「その時には、もう、私の生活が取りかへしのつかぬところまで落ちてゐ」たからである。「落ちるところまで落ちて見ませう」と諦めて、自堕落な生活を送った「静子夫人」はここでも、幻想としてある芸術家のデカダンという枠組みに囚われてしまっていたのだった。「天才」ともてはやしてくれる「わかい研究生たち」に囲まれて「徹夜で騒」いでいるとき、彼女はさながら「忠直卿」のごとく、ひとりの暴君でいられた。

これが即ち僭主等の生活であつて、とりもなほさず其の間には忠信とか愛情とか、人の親切への渝らない信頼といつたものは全く存せずして、たゞ只管にあらゆるものを疑ひかつ心を悩まし、友情を容れる余地などはてんでないといふ次第である。[31]（一五）

追従はなほさらにずつと厄介なしろものだといふ訳は、その犯した罪過を甘く見すごすことによつて、我々は友人を奈落の底に陥らせるからである。然しながら一番にその責を負ふべきは、真実をないがしろにして斥けた揚句、追従によつて災禍の中へ追ひ込まれてゆくその本人であらう。[32]（二四）

「ラエリウス」はさらに、「友達の語る本当のことが聞きとれぬほど、真実に対して耳の塞がれてゐる人は、既に保身の望みが絶えてゐるものと見てよろしい[33]」（二四）とも述べる。その比喩のとおり、彼女は聴力を失い、「耳の塞がれてゐる人」となってしまう。「静子夫人」への説得を依頼された「僕」が「草田氏」に思わず口走りそうになった「敵」という一語も、「カトー」の言葉として引用される「敵はよく真実を聞かせてくれる[34]」（二四）という一節に呼応するのだろう。

「水仙」と『友情について』の偶然とは思われぬ数々の符合から推量されることとは何だろうか。「お友だちになりたい」という願いがいかに深く、切実なものであろうとも、「優れた人物の間以外には友情が存し得ない」[35]（五）とすれば、他者からの侮辱に過敏な「ひがみ根性」という「やり切れない悪徳」を持つ「僕」と、「僭主」と見紛うばかりの思い上がりと放縦から抜け出せなかった「静子夫人」との間には、友情など成り立つはずがない。「水仙」は『友情について』に依拠しながら、キケロが「友情をかつ結びかつ保持してゆく」とする「徳」[36]という倫理性からは遠く離れた人々の友情の不成立を表象していたのである。[37]

おわりに

昭和十年、愛国婦人会は『愛国婦人読本』を発刊し、戦時下における〈家庭婦人〉の在るべき姿を示した。

婦人は男子を扶《たす》けて内助《ないじよ》の責を果すと共に一面又常に家庭を道場《だうぢやう》として、徳操《とくさう》の涵養に努め、純《じゆん》良《りやう》な家を成すことに専心《せんしん》しなければなりません。純良《じゆんりやう》な家庭こそは、純良な国家の因子《いんし》でありま す。従つて、小さい私達個人の徳操如何《いかん》が、又大きな国家の強弱《きやうじやく》を左右《さいう》することを深く考へなければなりません。[38]

〈婦徳〉という言葉が盛んに使われた時代であった。「家庭は躾けの場所、修練の道場である」[39]（『臣民の道』）とされ、子どもたちの「徳操の涵養」に心を尽くし、「純良な家」を維持することが〈婦徳〉の第一と考えられた。『愛国婦人読本』が時局をよく感知して、重大な「婦人」の務めを〈日本〉という国民国家の帰趨と関連づけていた戦時下に、「水仙」の「静子夫人」は描き出されたのである。その反時代性を改めて確認しておこう。ただし、太宰治の反戦思想を言挙げすることがその目的ではない。戦争と向き合った文学者たちの態度は、正・反の二項対立の構図に収まることはないだろう。問題にしたいのは、「私とは何者なのか」という自己画定をめぐる問いへの執着である。『臣民の道』が公認する〈人〉とは、「孤立せる個人でもなければ、普遍的な世界人でもなく、まさしく具体的な歴史人であり、国民であ」り、「皇国の道に則とり臣民の道を行ずる」「皇国臣民」[40]以外の何ものでもなかった。「水仙」が書かれた時代には、「私とは何者なのか」という問い自体、立ち現れようがない疑問だったのである。

したがって、「静子夫人」が発見した「本当の生きかた」など、戦時体制の下では到底容認されるはずもなかった。かたや、〈婦徳〉にもとる、個人主義・自由主義の希求を彼女に促したことになる「僕」の自己画定も迷走してやまない。他者からの一言で乱高下する「自己評価」に右往左往し、「時々自分でもぞつとするほど」の「執念深」さから、受けた「大恥辱」の意趣返しとばかりに「草田夫妻」を冷笑したものの、聴力を失い、落魄した「静子夫人」の姿に「ホントニ、天才カモ知レナイ」と感じはじめる。ついには、「静子夫人」という世に出ることのなかった「天才」に、自分が誤った引導を渡してしまったのではないかという〈口の過《とが》〉に怯えて、「夜も眠られぬくらゐに不安」になる。その「不安」という感情こそ、「相次ぐ戦捷」の直中、暗黙裏に封印することを強要された禁忌としてあったのではないか。

「忠直卿行状記」に対する過度の深読みから始まったこの小説においては、「草田惣兵衛氏」の「静子夫人」への激励があだとなる読み違えも含め、数々の思い違い、独り決めが交錯していた。「自己評価」の潜在的な低さを気にかける「僕」と「静子夫人」にあっては特にその傾向が顕著だった。他者からの肯定的な評価に依存するあまり、過剰な自意識に囚われ、些細な言葉の背後に不都合な権力関係を察知してしまう。永続的に「僭主」の座を固守できない彼らは、蟄居を命じられた後の「忠直卿」のように、あらゆる権力関係に潜む植民地主義から距離を置き、それと折り合いをつけながら「自尊心」を回復していくほかには、「自己評価」の呪縛から解放される道はなかったのだろう。

「私とは何者なのか」という反時代的な問いはこうして、「他者とは何者なのか」という別の問いに接続され、友情の不可能性という「徳」の不在を証明することになる。反時代的であるがゆえに時代を超越する「水仙」の作品世界は、自己画定の過程で逢着する普遍的な難題を照らしだしていた。個々の人間が「皇国臣民」として束ねられ、集合的一主体となることを要請された時代のなかに、〈徳〉というほかならぬ個人の倫理的な生き方をはるか遠くに望みながら、引き裂かれた水仙の絵と同じく、「僕」と「静子夫人」の真意は相互に不通のまま消え去るのである。

［注］

1 「改造」24―5（昭和17・5）本編一五一頁には、「この感激を増産へ！」とタイトルが付いた「東京電気株式会社」の広告が掲載されている。機械を操作する労働者のイラストの下に次のような文言が書き込まれる。「この赫々たる大戦果は前線の皇軍将士にいかに感謝してもしつくせぬが、相次ぐ戦捷に奢つてはならない胸の底から湧き上つて来る感激と歓喜を……我々は無線機の質的向上と生産拡充にそゝいで銃後の国民の務を果さねばならぬ」。

2 安藤宏『水仙』（神谷忠孝・安藤宏編『太宰治全作品研究事典』平成7・11 勉誠社 一五六頁）

3 上林暁「文学的冒険者（文藝時評）」（「文藝」10―6 昭和17・6）

4 鶴三吉「中央公論・改造」（「三田文学」17―6 昭和17・6）

5 亀井勝一郎「解説」（『太宰治全集』6 昭和35・3 筑摩書房 本文は、『龜井勝一郎全集』第五巻 昭和47・9 講談社 三〇七頁による）

6 奥野健男「解説」（『定本太宰治全集』5 昭和37・7 筑摩書房 本文は、奥野健男『太宰治論〈増補決定版〉』昭和43・11 春秋社 一六六頁による）

7 大國眞希「太宰治『水仙』論」（「学芸国語国文学」34 平成14・3『虹と水平線――太宰文学における透視図法と色彩』「水仙」（昭和17年）平成21・11 おうふう 一三二～一五一頁）

8 長野秀樹「「水仙」論」（「太宰治研究」10 平成14・6）

9 滝口明祥「読者からの手紙／作者からの手紙――太宰治『水仙』を中心に」（「学習院大学国語国文学会誌」

50 平成19・3）

10 石田忠彦「補助線の問題――「千代女」「燈籠」「満願」――」（『国語国文薩摩路』40 平成8・3）

11 勝田真由子「国策と文学者――太宰治「水仙」試論」（『国文論叢』42 平成22・3）

12 太宰治「水仙」の本文は『太宰治全集』6（平成10・9 筑摩書房）による。他の引用文も含め、仮名遣いは原文のままとし、漢字は原則として新字に統一した。

13 曲亭馬琴は『南総里見八犬伝』肇輯巻之五 第九回で、飼い犬の「八房《やつふさ》」に向かって「戯言《けげん》」を発したことを悔やむ里見《さとみ》義実《よしさね》に「われ実《じつ》に八房《やつふさ》に、姫を給ふの心なし。なしといへども云云《しか〱》と、いひつることは彼と我《わが》、口より出《いで》て耳に入る。藺相如《りんせうぢよ》が勇をもて、夜光珠《やくわうのたま》はとりかへすとも、返しがたきは口の過《とが》、現《げに》禍《わざはひ》の門《かど》に臥す、犬はわが身の仇《あた》なりき」と語らせた。本文は、『南総里見八犬伝』一（小池藤五郎校訂 昭和59・11 岩波書店 一六三～一六六頁）による。

14 注9に同じ。

15 酒井直樹「多民族国家における国民的主体の制作と少数者《マイノリティ》の統合」（『岩波講座 近代日本の文化史7 総力戦下の知と制度 1935―55年 1』平成14・9 岩波書店 五二～五三頁）

16 中丸宣明『誰』（神谷忠孝・安藤宏編『太宰治全作品研究事典』平成7・11 勉誠社 一七八頁）

17 太宰治「誰」の本文は『太宰治全集』5（平成10・8 筑摩書房）による。

18 トオマス・マン「トニオ・クレエゲル」（『トオマス・マン短篇集Ⅰ』實吉捷郎訳 昭和5・3 岩波文庫 八八頁）

19 注2に同じ。

20 注7 大國眞希『虹と水平線――太宰文学における透視図法と色彩』一三八頁。

21　注9に同じ。
22　注8に同じ。
23　同前
24　注7　大國眞希『虹と水平線――太宰文学における透視図法と色彩』一四五頁。
25　注9に同じ。
26　諏訪春雄は、『江戸文学の方法』（平成9・4　勉誠社　七三頁）で〈やつし〉を「身分の高い者が種々の事情のために、または手段として卑賤な者に身をおとすこと、または身をおとした者を、この名でよんだ。ここからさらに転じて、先行の演技形態をくずして演じることをもやつしといった」と解説している。〈やつし〉は、過去の「自尊心」に依存したくずれの演技だといえよう。
27　キケロ『友情について』（水谷九郎・呉茂一訳　昭和16・11　岩波文庫　二五頁）
28　同前二九頁
29　アリストテレス『ニコマコス倫理学』下（高田三郎訳　昭和48・2　岩波文庫　一二一頁）
30　注27に同じ。四五～四六頁
31　同前。五二頁
32　同前。七七頁
33　同前。七七頁
34　同前。七八頁
35　同前。二五頁

36　同前。八四頁

37　『ニコマコス倫理学』、『友情について』のほかにも、「水仙」が発表された時代には、友情について論じた文献は多い。アンドレ・モロワ『結婚・友情・幸福』（河盛好蔵訳　昭和14・11　岩波新書48）、アベル・ボナール『友情論』（大塚幸男・矢野常有共訳　昭和15・10　白水社）はその代表的なものである。また、上田辰之助『聖トマス経済学　中世経済学史の一文献』（昭和8・9　刀江書院）には、トマス・アクィナスの『キプルス国王に上がり「君主の統治」を論ずるの書』が訳出されている。「旧シラキュースの専政者ディオニシウスがダモン及びピティアスと呼ぶ二人の友の一人を殺さうと欲した時、殺されるはずであつた男が「家に戻って、用事を片付けたいから、御猶予を願います」と願った。そうすると、もう一人の友人はかれの戻るための人質として専政者に身を托した。しかるに、約束の日が近づいても、その男は帰って来ないので、誰もかれも証人の愚を取沙汰した。しかし、その人は友人の信義について少しの危惧も抱かぬと言い放った。すると、ちょうど、その殺されるはずの時刻に、かれは戻って来た。そこで、専政者は両人の心持を賞讃し、友情の信義のために、刑を免じ、その上、自分を朋友関係の第三者として受け入れてくれと願った」（本文は、『上田辰之助著作集1　聖トマス経済学　中世経済学史の一文献』平成3・8　みすず書房　二七一頁による）。「走れメロス」（『新潮』37－5　昭和15・5）の典拠であるシラー（シルレル）の譚詩よりも前に、トマス・アクィナスはこの友情をめぐる逸話を統治論の教訓として援用していたことになる。西洋において友情・友愛は、人間の倫理性を証明する〈徳〉として重視されていた。戦時下における日本の諸言説が、西洋から移入された〈友情〉観と東洋的なそれとをどのように区別し、表象していたのか、という問題は残る。「水仙」の「お友だち」という言葉の後景にある〈友情〉観も、そのような観点からさらに吟味する必要があるだろう。

38 『愛国婦人読本』（愛国婦人会編纂 昭和10・9 三省堂 一三四～一三五頁）

39 『臣民の道』（文部省教学局編纂 昭和16・7 内閣印刷局 七八頁）

40 同前。六一頁

# 「トカトントン」——贈与としての〈かたり〉

## はじめに

太宰治の短編小説「トカトントン」（「群像」2－1 昭和22・1）は、戦時体制を支えた価値観の多くが無効となり、新たな標準が設定されつつあった時代を映し出すテクストとして読まれてきた。「トカトントン」という幻聴が「ことし二十六歳」の「私」の抱く高揚感をことごとく霧消させるところに、あらゆることに不信の念を抱いてしまう、戦中から戦後を生きる若者の苦悩が表象されている、とする見方は根強い[1]。

何か物事に感激し、奮ひ立たうとすると、どこからとも無く、幽かに、トカトントンとあの金槌の音が聞えて来て、とたんに私はきよろりとなり、眼前の風景がまるでもう一変してしまつて、映写がふつと中絶してあとにはただ純白のスクリンだけが残り、それをまじまじと眺めてゐるやうな、何ともはかない、ばからしい気持になるのです[2]。

「誰の耳にもトカトントンは聞こえて来るのである」[3]と書いた外村繁の同時代評は、戦後の「配給された自由」[4]（河上徹太郎）のなかで〈新日本〉の再生が図られる途上、その建設の意気と併行して多くの人々を覆っていた白々しい感覚を言いあてているのだろう。〈臣民の道〉を一筋に生き抜き、〈皇国〉のために命を捧げることを自明の理と信じるよう強要された人々のなかには、〈民主主義〉や〈自由〉という新たな理想の現出を、実感の伴わぬ、お仕着せの模様替えといぶかしがる向きもあったはずだ。そこには、ある特定の理念への絶対的な信憑に危うさを察知するという、きわめて健全な批判的応答の構えがあったといえよう。したがって、「トカトントン」をそのような「戦後の或る一つの共通な心理的の断層を触り当て」[5]（青野季吉）た小説と見なす根拠は十分にあるといわねばならない。

さらに、津島美知子が太宰から聞き取った、「あの人の手紙からヒントを得て、「トカトントン」を書いたのだ」[6]という「ヒント」の提供者、保知勇二郎に宛てた、「トンカチの音を貸して下さるやうお願ひします。若い人たちのげんざいの苦悩を書いてみたいと思つてゐるのです」[7]という葉書の一節も、戦後の混沌を生きる「若い人たちのげんざいの苦悩」に主題を見定める見解を補完することになる。

しかし、ジャンルを問わず、一つの表現をそれが制作された同時代における諸様態の形象化と考えることが、作品世界を時代の状況に縛りつけ、時代の制約を超越して見出し得る読解の可能性やテクストの魅力を覆い隠してしまうこともある。また、作者による自作への言及は、必ずしもテクストが開示する実相と一致するとはかぎらない。では、どうすれば戦後小説としての「トカトントン」を、時代や作家主体との相即関係を前提とせずに読むことが可能となるのだろうか。従来、〈主題〉に関わるとされてきた「トカトントン」という「私」の幻聴も、「無学無思想の男」による短い返信に記された「マタイ十章、二八」の章句の解釈も可能なかぎり中心化せずに、この小説のおもしろさに迫ることが、本稿のねらいである。

## 一

まず、語り手の在り方に着目してみたい。この小説には三人の語り手が内在する。すなわち、「拝啓。／一つだけ教へて下さい。困つてゐるのです。」と書き出す、長文の手紙の語り手「私」、「拝復。気取つた苦悩ですね。僕は、あまり同情してはゐないんですよ。」にはじまる短い返信を書く「僕」、それに、「私」と「僕」の両者を相対化する語り手の三者である。第三の語り手はこう述べる。

この奇異なる手紙を受け取つた某作家は、むざんにも無学無思想の男であつたが、次の如き返答を与へた。

「私」の手紙を「奇異」なものと捉え、それに返信した「僕」を「無学無思想の男」と批評している。「むざんにも」という評価は、「教へ」を請うている「私」の期待に応えられるだけの素養や資質を「僕」が備えていないことに対する嘲りではあるが、[8]それは同時に、「僕」の「無学無思想」を見抜けず、「教へて下さい」と懇願する「私」の浅はかさにも向けられているのだろう。つまり、第三の語り手は「私」と「僕」との双方を批判する特権的な位置に立つのである。この特権的な語り口は、「トカトントン」

を高みから統御する、超越者としての万能感に支えられている。他の語り手または語りとの係争などあり得ない。だが、この語り手の安泰は仮象にすぎなかった。その理由については後に述べることとする。

「奇異なる手紙」を送る「私」の語りの特徴は、「いかに書くか」という対他的な創作意識の明示と、読み手を飽きさせまいとする滑稽な描写の工夫にある。その二つの要素は、虚構としての言語作品を書き上げようとする意欲の表れと考えられよう。「銭湯」の「薄暗い湯槽の隅で」、「トカトントン」の音を聞き、それまで「書きすすめて」いた「軍隊生活の追憶」を素材にした「百枚ちかくの原稿」を、「あまりのばかばかしさに呆れ、うんざりして、破る気力も無く、それ以後の毎日の鼻紙に」してから、「けふまで、小説らしいものは一行も書きません」と「私」は語る。ところが、そのように綴られるこの手紙こそまさしく、「小説らしいもの」にほかならなかった。

さうしてそれから、（私の文章には、ずゐぶん、さうしてそれからが多いでせう？　これもやはり頭の悪い男の文章の特色でせうかしら。自分でも大いに気になるのですが、でも、つい自然に出てしまふので、泣寝入りです）さうしてそれから、私は、コヒをはじめたのです。お笑ひになつてはいけません。いや、笑はれたつて、どう仕様も無いんです。金魚鉢のメダカが、鉢の底から二寸くらゐの個所にうかんで、じつと静止して、さうしておのづから身ごもつてゐるやうに、私も、ぼんやり暮しながら、いつとはなしに、どうやら、羞づかしい恋をはじめてゐたのでした。

恋をはじめると、とても音楽が身にしみて来ますね。あれがコヒのヤマヒの一ばんたしかな兆候だと思ひます。
（傍点は本文による）

「コヒのヤマヒ」などということさらめいた用字法に、自嘲をほのめかす対他意識の現れを見ることができる。「さうしてそれから」という表現の多用が読み手にとって目障りであろうことを知りつつも、「自然に出てしまふ」ことを言い訳にして「私」はその言辞を手放さない。この括弧内の注釈から浮かび上がってくるのは、自らの書き癖に自覚的な「私」が、その素人臭さを利用して、プロ作家の批判的な眼差しを惹きつけようとする挑発的な態度である。あまりにもありきたりな、「恋をはじめると、とても音楽が身にしみて来ますね」という感想も、素人の新味に欠ける発想を臆面もなく記して、読み手の冷笑を誘うアイロニカルな挑発表現と考えられよう。「時たま明治大正の傑作小説集など借りて読み、感心したり、感心しなかつたり」する「私」は、「鼻紙」にした原稿のエピソードに、「いよいよ今明日のうちに完成だといふ秋の夕暮」などと、いささか陳腐というほかない詩的情趣を添えてしまうような、〈文学〉の半可通を演じているのである。

加えて、この一節が示す「私」の語りが持つもう一つの特徴は、過度の具体化がもたらすおかしみに気づいているということだろう。「金魚鉢のメダカが、鉢の底から二寸くらゐの個所にうかんで、じつと静止して、さうしておのづから身ごもつてゐるやうに」と喩えられた恋のはじまりは、「鉢の底から二寸くらゐの個所」という、それ自体には何の合理性もない定量化によって奇妙な現実感と滑稽味に包まれる。過剰な叙述によっておかしみを生じさせることは、この手紙の冒頭から顔をのぞかせていた「私」の語りの戦略であった。

呉服屋の豊田さんなら、私の家と同じ町内でしたから、私はよく知つてゐるのです。先代の太左衛門さんは、ふとつていらつしやいましたから、太左衛門といふお名前もよく似合つてゐましたが、当代の太左衛門さんは、痩せてさうしてイキでいらつしやるから、羽左衛門さんとでもお呼びしたいやうでした。

引用した第一文で、「私」が伝達すべきことは尽きている。そこに累加される情報は手紙を受け取る読み手にとっては駄弁以外の何ものでもない。「火急の用事」だというこの手紙の緊急性は、こうした暢気な世間話の挿入で相対化される。「私」はここで「太左衛門」から「羽左衛門」に話柄を転じて、敗戦の年に世を去った歌舞伎役者・十五世市村羽左衛門にふれてみたかっただけのことである。類似する音の連想から「美男の典型人」[9]である「羽左衛門」に移行する機知をちらつかせ、「明快で、爽やかで、さっぱりとして屈託がない、それにみずみずしさ溢れる色気と無類の男っ振りのよさ」[10]を備えていたという名優の面影になぞらえ、「当代の太左衛門さん」を持ち上げるかに見せて、実はそうした他者の「イキ」を見逃さない「私」が、いかに〈野暮〉とは隔たった趣味人であるかを披露していることにもなる。〈過剰〉であることはまた、自己顕示の方法でもあった。

「コヒ」の場面に戻ろう。「はたち前のやう」だという「時田花江」は、「遠い血筋」にあたる「旅館のおかみさん」を頼り、敗戦直前に疎開して来たが、「土地の者たちの評判」では「なかなかの凄腕」と噂される女性だった。郵便局員の「私」は、「花江」が「一週間にいちどくらゐは二百円か三百円の新円を貯金しに来」るたびに「あんまり苦しくて顔が蒼くなり額に油汗のにじみ出るやうな気持」になる。「花江さんの取り澄まして差出す証紙を貼つた汚い十円紙幣」に、「花江さんをねらつて、お金なんかをやつて、さうして、花江さんをダメにしてしま」おうとする男たちの「汚い」欲望の痕を夢想してしまうのである。「踊子の今夜が汚れるのであらうか」と苦悶した、川端康成「伊豆の踊子」（「文藝時代」3－1・2大正15・1、2）に登場する「高等学校」の学生・「私」と同様に、恋心に起因する妄想が「トカトントン」の「私」を襲う。

ところが、「五月の、なかば過ぎの頃」、事態は意外な進展をみせる。「局の窓口」で「花江さん」から「五時頃、おひまですか？」と誘いを受けたのである。ここからまた、「私」の語りには過度の具体的叙述が目立つようになる。「五時、七、八分まへに」家を出た「私」は、「海のはうへ行きませう」という「花江さん」の言葉に従い、「花江さんがさきに、それから五、六歩はなれて私が」歩き出す。「それくらゐ離れて歩いてゐるのに、二人の歩調が、いつのまにか、ぴつたり合つてしま」うのは、軍隊で刻み込まれた規範が、緊張する「私」の身体に回帰しているからだろう。「五時、七、八分まへに」という時刻へのこだわりも、軍事行動には欠かせない、時間についての厳密な態度を体現している。観念としての「ミリタリズムの幻影」からは「不思議なくらゐ綺麗に」脱出した「私」も、身体の規範のなかにその残滓を抱えているところに、苦いおかしみがある。

「ここが、いいわ」と「花江さん」は「岸にあがつてゐる大きい漁船と漁船のあひだ」の「砂地」に「はひつて行」く。「私は花江さんが両脚を前に投げ出して坐つてゐる個所から、二メートルくらゐ離れたところに腰をおろ」した。ここも〈私は花江さんの傍らに腰をおろしました。〉と簡潔に表現してもおかしくはないところだ。「長いはだかの脚」を投げ出す「花江さん」の姿態に惹かれつつも、「一メートルくらゐ離れたところ」に坐った「私」と、「汚い十円紙幣」の陰に潜む男たちとの倫理的な差異が、こうした微妙な距離感覚をとおして表出されているのである。第三者から見れば余計な気づかいにすぎない過度の具体化は、他者に向けてどのような自己を描き出すのかという切実な課題への、あまりにも真摯な、それゆえに滑稽な言及となる。

貯金のことを切り出した「花江さん」は、涙を浮かべながら、それが「おかみさんのもの」であるという「秘密」を「私」に明かす。

私は花江さんにキスしてやりたくて、仕様がありませんでした。花江さんとなら、どんな苦労をしてもいいと思ひました。

「この辺のひとたちは、みんな駄目ねえ。あたし、あなたに、誤解されてやしないかと思つて、あなたに一こと言ひたくつて、それでけふね、思ひ切つて。」

その時、実際ちかくの小屋から、トカトントンといふ釘打つ音が聞えたのです。この時の音は、私の幻聴ではなかつたのです。海岸の佐々木さんの納屋で、事実、音高く釘を打ちはじめたのです。トカトントン、トントントカトン、とさかんに打ちます。私は、身ぶるひして立ち上りました。「わかりました。誰にも言ひません。」花江さんのすぐうしろに、かなり多量の犬の糞があるのをそのとき見つけて、よつぽどそれを花江さんに注意してやらうかと思ひました。

ここでも、「海岸の佐々木さんの納屋」、「かなり多量の犬の糞」と書き込まれる過剰な具体性が、非合理な熱情としての恋愛を無効化する劇的な効果を上げていることがわかる。情動への陶酔は生々しい現実感の前に萎え果てて、祭りのあとの白々しさが、笑いを伴って溢れ出す。とりわけ、人目を避けて、「ここが、いいわ」と「花江さん」が選んだ場所が、あろうことか、「かなり多量の犬の糞」のそばであったという〈落ち〉は、図と地の入れ替えも鮮やかな反転図像を思わせる技巧的叙法といえよう。

恋愛感情の漸進的な高まりは、「トカトントンといふ釘打つ音」で一気に消滅する。恋愛／失恋を題材とした小説であればこのあと、健気な訴えかけとは裏腹な「花江さん」の「凄腕」ぶりを「私」が感知してしまう出来事や、家や病などの障壁が二人の運命を翻弄する展開が用意されることだろう。少なくとも、〈恋愛〉はそれからの変質を描くことを促す素材だからである。関わった者が無傷のまま、恋愛以前に戻ることは許されない。とすれば、そのような〈期待の地平〉を裏切る「トカトントン」は、既成の小説の型に回収されないための仕掛けだったということになる。「私」が「よつぽど変つた失恋の仕方」と振り返る「コヒ」の筋立てには、恋愛という祝祭的な時間の流れを追い越して、気がつけば祭りのあとに突き抜けてしまう男の放心が描かれていた。アンリ・ベルクソンがいうように「すべて放心は滑稽である」[11]とすれば、この「コヒ」のエピソードこそ、突然の放心がもたらす、手の込んだ滑稽譚にほかならないのである。

## 二

読み手を意識する書き手の関心は、どうすれば一つの話題をより魅力的に形作ることができるかという、〈かたり〉の手法の工夫となって現れる。「奇異なる手紙」の語り手「私」の〈書くこと〉に対するこだわりは、「トカトントン」の音を聞くに至る各エピソードにはっきりと刻み込まれている。それは、表現という他者への〈贈与〉をめぐる腐心であった。

「六月にはひつてから、私は用事があつて青森へ行き、偶然、労働者のデモを見」た。それまで「私」が抱いていた「社会運動または政治運動といふやうなもの」の「指導者たち」の印象はこう語られる。

何の疑ふところも無く堂々と所信を述べ、わが言に従へば必ずや汝自身ならびに汝の家庭、汝の村、汝の国、否全世界が救はれるであらうと、大見得を切つて、救はれないのは汝等がわが言に従はないからだとうそぶき、さうして一人のおいらんに、振られて振られて振られとほして、やけになつて公娼廃止を叫び、憤然として美男の同志を殴り、あばれて、うるさがられて、たまたま勲章をもらひ、沖天の意気を以てわが家に駆け込み、かあちやんこれだ、と得意満面、その勲章の小箱をそつとあけて女房に見せると、女房は冷たく、あら、勲五等ぢやないの、せめて勲二等くらゐでなくちやねえ、と言ひ、亭主がつかり、などといふ何が何やらまるで半気狂ひのやうな男が、その政治運動だの社会運動だのに没頭してゐるものとばかり思ひ込んでゐたのです。

（傍線は引用者による）

小心翼々ながら厚顔無恥を決め込む男、「指導者たち」の特徴はそのような分裂した欲動の表象として戯画化される。実線部に顕著な演説調・漢文調の文体が伝える武張った外貌と、波線部の俗言調で揶揄される幼く、被撃的な内面とが鮮やかに描き分けられている。両者の分裂を捉えた「私」は、それを文体の差異によって語ろうとしているのである。「一人のおいらん」への執心は、歌舞伎『伽《めい》羅先代萩《ぼくせんだいはぎ》』（奈河亀輔《ながわかめすけ》作　安永六・一七七七年初演）をはじめとする伊達騒動に材を採った〈御家物〉の記憶を呼び覚ますことだろう。一方、「沖天の意気」は戦時下における行軍の形容を想起させる漢語表現である。「私」は巧妙にも、こうした言葉の陰に潜む別の文脈を手紙文に引き入れていたのだった。[12]そこには、〈語ること〉と〈騙ること〉という〈かたり〉の両義性を存分に愉しむ表現主体がいる。坂部恵がいう「〈かたり〉の主体一般のもつ根本的な二重構造[13]」とは、このような対他的意識のなかに生成するものであろう。したがって、この手紙は、「あなたの作品を捜して読む癖がついて」いるという「私」が、「某作家」に送りつけた〈謎かけ〉でもあったと考えられる。「さうしてそれから」を意図的に多用して初心の者を装いながら、手練《てだ》れの語り手「私」は、語り口の変化で読む行為への意欲を賦活しつづける。

生々潑剌、とでも言つたらいいのでせうか。なんとまあ、楽しさうな行進なのでせう。憂鬱の影も卑屈の皺も、私は一つも見出す事が出来ませんでした。伸びて行く活力だけです。若い女のひとたちも、手に旗を持つて労働歌を歌ひ、私は胸が一ぱいになり、涙が出ました。ああ、日本が戦争に負けて、よかつたのだと思ひました。生れてはじめて、真の自由といふものの姿を見た、と思ひました。もしこれが、政治運動や社会運動から生れた子だとしたなら、人間はまづ政治思想、社会思想をこそ第一に学ぶべきだと思ひました。
なほも行進を見てゐるうちに、自分の行くべき一条の光りの路がいよいよ間違ひ無しに触知せられたやうな大歓喜の気分になり、涙が気持よく頬を流れて、さうして水にもぐつて眼をひらいてみた時のやうに、あたりの風景がぼんやり緑色に烟つて、さうしてその薄明の漾々と動いてゐる中を、真紅の旗が燃えてゐる有様を、ああその色を、私はめそめそ泣きながら、死んでも忘れまいと思つたら、トカトントンと遠く幽かに聞えて、もうそれつきりになりました。

感動詞の頻出と「思ひました」の反復が「私」の高ぶる感情に照応している。かつて思い描いていた「政治運動だの社会運動だのに没頭してゐる」男たちの醜怪さとは対比的に、「若い女のひとたち」の「生々潑剌」とした「伸びて行く活力」が前景化され、「楽しさうな行進」、「労働歌」、「真の自由」、「自分の行くべき一条の光りの路」、「真紅の旗」といった、具象・抽象を織り交ぜた〈戦後デモクラシー〉の表徴が散りばめられる。それはあたかも、新たな信仰の対象に出会った宗教的経験を語るかのようである。ウィリアム・ジェイムズは、回心という「感情的経験」の特徴として、「すべての苦悩がなくなったということ、結局は自分には万事が申し分なくいっているのだという感じ、平安、調和、生きようとする意志」、「いままで知らなかった真理を悟ったという感じ」、「内面も外面もともに新しく清く美しいものになったという感じ」[14]を挙げていた。「トカトントン」の「私」はそうした「回心」に近似する、

〈聖なるもの〉としての「自分の行くべき一条の光りの路」の「触知」という神秘性を帯びた経験に浸り、自己の新たな生まれ変わりを予感する。しかし、この大袈裟な演出が目立つ人生の一大転機もまた、祭りのあとに到達するための一時的な興奮状態に転化することが約束されていた。「奇異なる手紙」の読み手は徐々に、「私」の語りの文法にも馴染みはじめ、「トカトントン」の音を先取りするようになる。

「私」の手紙の〈虚構性〉を分析した清水秀美は、それが「悩み相談の手紙の体裁をとった「私の作品」というべき「作りもの（虚構の手紙）」である[15]」と論じる。その指摘は、「私」が抱える〈苦悩〉の深さの測定に拘泥していた従来の「トカトントン」論を鮮やかに相対化するものといえよう。あれこれと思い詰める「私」の生真面目さはその都度劇化され、その感情が最高潮となるのを待って「トカトントン」は召喚される。このような〈終わり〉がわかっているエピソードの連鎖を単純な繰り返しと感じさせない語りの工夫に、虚構の愉悦を知る「私」の密かな戯れの痕を見ることができるのである。この手紙は、清水秀美が述べるように、「小説家志望の「私」が某作家へと一つの作品として提示し、手放しで委ねた[16]」虚構作品であると考えられる。無論、そのことによって、〈苦悩〉自体が無効化されるというわけではない[17]。〈愉悦〉は〈苦悩〉を覆い隠すための演技なのだ、という立論も可能ではある。だが、ここではひとまず、そうした主題論を考察の対象から外して、「私」の〈かたり〉に即した読解を続けてみたい。

　教へて下さい。この音は、なんでせう。さうして、この音からのがれるには、どうしたらいいのでせう。私はいま、実際、この音のために身動きが出来なくなつてゐます。どうか、ご返事を下さい。

なほ最後にもう一言つけ加へさせていただくなら、私はこの手紙を半分も書かぬうちに、もう、トカトントンが、さかんに聞えて来てゐたのです。こんな手紙を書く、つまらなさ。それでも、我慢してとにかく、これだけ書きました。さうして、あんまりつまらないから、やけになつて、ウソばつかり書いたやうな気がします。花江さんなんて女もゐないし、デモも見たのぢやないんです。その他の事も、たいがいウソのやうです。

しかし、トカトントンだけは、ウソでないやうです。読みかへさず、このままお送り致します。敬具。


「なほ最後に」以下の追記が、「私」の〈かたり〉の真意を測りがたいものに見せる。遠藤祐は、「ほんとうに〈つまらない〉なら、止めればいいのである。それでこそ、〈トカトントン〉は〈ウソ〉ではなく、青年の苦悩は真実のものであることが、証明されるだろう」[18]と、〈苦悩〉をよそに、創作への意欲に駆られている「私」の真情を剔抉する。確かに、誰のために「我慢し」、何に対して「やけになつて」いるのかを問うとき、「私」の独善性は顕わになるだろう。「たいがいウソのやう」だという言述に引き続いて付加される、「トカトントンだけは、ウソでないやうです」という他人事のような一言を、はたして真に受けてよいものかどうか。〈嘘つきのパラドクス〉を前に、読み手は当惑せざるを得ない。

しかし、もしもこの当惑を誘発することが「私」の戦略だったとしたら、ここまで、「トカトントン」で区切られた連作の小話を読んできた読み手は、〈苦悩〉への応答義務から解放されることになるのだ。遠藤祐の言葉を敷衍するならば、「青年の苦悩」が「真実のものであること」を否定するために「つまらない」手紙は書きつづけられ、その終わりまで「私」の独白という虚構に付き合った者――「私」からの贈与を受け取った者――にだけ、そのからくりは明かされる。「教へて下さい」という懇願の真意はもとより、「ことし二十六歳」という「私」の自己言及のすべてにおいて、その真偽は確かめようがない。「片田舎のデイレツタント」を自称する「私」が、「精神生活」からの「堕落」により、「日ましに自分がくだらないものになつて行くやうな気がして」ならない、と訴えかける「よろこびの少い内容の」手紙は、そうした〈苦悩〉を方便とすることで、理想とはかけ離れた自己の〈物語＝虚構〉を形作ることができた。当惑や疑念を惹起させたまま閉じられ、「読みかへさず」送られた手紙には、実のところ、素人に身をやつす「私」を魅了してやまない、〈かたること〉の愉しさが表象されていたのである。

## 三

「無学無思想の男」が書いた返信は、「私」の手紙に比べて、実に短く、独断的なものだった。

拝復。気取つた苦悩ですね。僕は、あまり同情してはゐないんですよ。十指の指差すところ、十目の見るところの、いかなる弁明も成立しない醜態を、君はまだ避けてゐるやうですね。真の思想は、叡智よりも勇気を必要とするものです。マタイ十章、二八、「身を殺して霊魂《たましひ》をころし得ぬ者

ども を懼《おそ》るな、身と霊魂《たましひ》とをゲヘナにて滅《ほろぼ》し得る者をおそれよ。」この場合の「懼る」は、「畏敬」の意にちかいやうです。このイエスの言に、霹靂を感ずる事が出来たら、君の幻聴は止む筈です。不尽。

「某作家」はまず、「君」の「気取つた苦悩」への違和感を表明する。「いかなる弁明も成立しない醜態」を演じるだけの「勇気」がまだ欠けているようだ、それでは「真の思想」には到達できない、というのである。あたかも自らが「真の思想」の持ち主であるかのような口ぶりである。第三の語り手が「無学無思想の男」と紹介したこととの〈ずれ〉がここに生じている。どちらの認識が正しいのかという問題ではない。「無学無思想の男」であっても「真の思想」について語り得るという皮肉、言い換えれば、「思想」の何たるかを論じることの価値自体が宙に浮き、後半の『聖書』からの引用にも、そのいかがわしさがまとわりついてしまうことが重要なのである。そもそも、「私」は「真の思想」を得るための方法を訊ねていたわけではない。「某作家」による課題の横ずらしは、「私」の手紙から、「幻聴」の原因や正体を追究することの緊急性よりもむしろ、「私」を夢中にさせている〈かたること〉の愉悦の表象を読み取り、それに対して的外れな〈かたり〉で応じようとする反撃の構えを意味していたのではないか。

多くの先行研究は、「マタイ十章、二八」を引用した「某作家」の意図を、太宰治の〈思想〉とのつながりで読み解こうとしてきた。「斜陽」（「新潮」44－7～10 昭和22・7～10）にも、「かず子」の語りのなかに「何だかわからぬ愛のために、恋のために、その悲しさのために、身《み》と霊魂《たましひ》とをゲヘナにて滅《ほろぼ》し得《う》る者《もの》、ああ、私は自分こそ、それだと言ひ張りたいのだ」という一節があり、太宰治にとっては特別の思い入れがある聖句であったことが確かめられる。田中良彦は先行論文における解釈の分岐を、「畏敬」と「勇気」という言葉のどちらを「キイ・ワード」としたかによる差異であるとする。すなわち、「畏敬」を重んじた場合は、「身を殺して霊魂《たましひ》をころし得ぬ者ども」と「身と霊魂《たましひ》とをゲヘナにて滅《ほろぼ》し得る者」との間には、「超えることのできない断絶がある」のに対して、「勇気」に焦点を当てると、前者から後者への「転換ができるとの解釈が可能になる」[19]ことを指摘したのである。さらに田中良彦は、この聖句が「幻滅、失望、違和の思いを抱いた戦後において、いかに生き切るかを太宰に問いかけてくる〈二つの道〉であった」[20]と結論づける。「身と霊魂《たましひ》とをゲヘナにて滅《ほろぼ》し得る者」とは〈神〉なのか〈人間〉なのかという解釈の違いによって、「トカトントン」の「某作家」が「私」に伝えようとしたことの意味も二つに分かれる。田中良彦の論はその両義性に引き裂かれる太宰治という作家主体の在り方から目を離さない。

太宰治が塚本虎二の主宰する月刊誌「聖書知識」を読み込み、キリスト教に関する造詣を深めていたことは、先行研究が明らかにしてきた事実である。塚本虎二は「某作家」が引用した箇所を次のように訳している。小字となっているのは、「訳者の敷衍」にあたるところである。

また、身体《からだ》を殺しても霊魂を殺すことの出来ぬ者共を恐れるな。彼等の迫害はたかだか君達の肉の生命を絶つだけのことである。それよりは、霊魂も身体も一緒にゲヘナの火で滅ぼすことの出来る者、懼るべき神の審判を君達は恐れなければならぬ。[21]

（ルビと傍点は本文による）

「身と霊魂《たましひ》とをゲヘナにて滅《ほろぼ》し得る者」とは「神」のことだと、塚本虎二は明快に「敷衍」している。「トカトントン」が書かれた当時、参照することが可能だった『マタイ伝福音書』の註解には、ごく一部の例外[22]を除いて、塚本の解釈の枠を逸脱するものはない。したがって、「斜陽」に見られる「かず子」の言葉は、誤読または曲解というほかない。それが意図的なものかどうかは判然としないが、小説という虚構世界にあっては、聖書解釈の正統性がなおざりにされることすら許されるとするならば、「トカトントン」における引用もまた、多義的に捉えられるはずである。先述した「いかがわしさ」は、得々として聖句を引き、神学者のごとく注釈を加えたうえ、「勇気」と「畏敬」との間で揺れ動く「身と霊魂《たましひ》とをゲヘナにて滅《ほろぼ》し得る者」の実像をぼかしたまま、「このイエスの言に、霹靂を感ずる事が出来たら、君の幻聴は止む筈です」と断言する「某作家」の尊大さに露呈している。それは、真情や意図の一元的な読み取りを不可能にする〈虚構〉の本質に依存した「いかがわしさ」であった[23]。「マタイ十章、二八」を引用したきっかけは、その内容とは別の何かであった可能性はないのだろうか。例えば、第二十八節の直前に置かれた次の聖句は、「私」の手紙と符合するいくつかの要素を含んでいる。

暗黒《くらき》にて我《わ》が告《つ》ぐることを光明《あかるき》にて言《い》へ。耳《みみ》をあてて聴《き》くことを屋《や》の上《うへ》にて宣《の》べよ[24]。

塚本虎二の「試訳」では、以下のように書き換えられる。

だから私が暗黒《くらやみ》でこつそり君達に言ふことを、公然と明るみで言へ。そつと君達の耳に囁かれたことを、屋根の上で大声に宣べ伝へよ。[25]（ルビと傍点は本文による）

高松孝治はこの一節に「こつそり聞いたことを公開せよといふ意である」[26]と註解を加えている。「私」が繰り返し書いていた「トカトントン」の音は、「耳をあてて聴くこと」（「そつと君達の耳に囁かれたこと」）そのものであろう。塚本訳の「敷衍」が示すイエスの囁きのように、その音は密やかなしるしとしてある。「幽かに」、「遠くから」聞こえる「トカトントン」は、「光明にて言」うことを促す、表現のはじまりであった。多様な文体を駆使し、過剰な具体化で笑いを誘う〈かたり〉の愉しさは、「某作家」に送られた手紙の形で「公開」されたことになる。しかし、それはまだ「大声に宣べ伝へ」るほどの大胆さを持ってはいなかった。「終まで耐へ忍ぶものは救はるべし」（『マタイ伝福音書』第十章第二十二節）と説かれた、〈迫害〉という批判を恐れない胆力があれば、「私」の表現は「大声に宣べ伝へ」られるものとなり得る。「火急の用事」を装った虚構作品の作り手である「私」は、その作品の最後に「ウソばつかり書いたやうな気がします」と、言い訳がましい種明かしをする。そこには、本来真率であるべき、教えを請うための手紙に「ウソ」を混入させたことへの負い目に耐えきれず、予め読み手の批判を抑制しておこうとする小心と小賢しさが顔をのぞかせていた。「いかなる弁明も成立しない醜態を、君はまだ避けてゐるやうですね」という「某作家」の見立ては、そのような文脈で読み解くことができよう。

他者に向けて送られた手紙は〈贈与〉であると同時に、応答の可能性／不可能性の前に晒された〈賭け〉でもある。「私はいま、実際、この音のために身動きが出来なくなつてゐます」と訴えかけた「私」の言葉は、「この音」を手かがりとして〈かたること〉の愉悦に目覚めたものの、その〈かたり〉を承認する者、つまり読み手がいなければ〈かたること〉が完結しないということを示唆している。「どうか、ご返事を下さい」という切実な願いは、身勝手な「私」の〈贈与〉を受け容れてくれる他者（＝「某作家」）からの応答に賭ける覚悟を物語る。「公然と明るみで」、「大声に宣べ伝へ」るには「勇気」が要る。応答の不可能性という非承認のおそれを気に掛け、「身動きが出来なくな」ることの愚かしさを、「某作家」は引用しなかった聖句に託して、かみ合わぬ応答の形で「私」に暗示していたのである。

## おわりに

榊原理智は、「もし青年が本当に作家志望であるなら、この手紙は「ウソ」すなわち一種の創作であり、これは手紙ではなく作家のもとに届けられた試作品である可能性もある」としたうえで、「相手の作家は作品を手紙としてしか読んでおらず、青年の再出発の計画は明らかに頓挫している[27]」と論じる。「私」の手紙の虚構性、〈かたり〉の横溢は、それを「試作品」と捉えることに根拠を与える。私淑する作家に習作を送った「私」は、それに対する批評を求めていたことになる。しかし、はたして「相手の作家は作品を手紙としてしか読んで」いなかったのだろうか。「某作家」の的外れな返信には、〈かたり〉に〈かたり〉で応える仕掛けを見ることができよう。「教へて下さい。この音は、なんでせう」

と問いながらも、「虚無《ニヒル》などと簡単に片づけられさうもないんです」と月並みな答えを予め禁じていた「私」の〈かたり〉は、答えようのない問いを隠れ蓑として、「ウソ」の出来映えに応えてくれることを求めていた。その両面価値的な呼びかけに「某作家」は、「イエスの言」という〈権威〉を持ち出し、それを盾に、実は表現という〈贈与／賭け〉をめぐる多義的な言説で斬り返していたのである。

さて、第一節でふれておいた〈第三の語り手〉の問題について考えてみよう。「奇異なる手紙」と「某作家」すなわち「むざんにも無学無思想な男」の「返答」をつなぐ役目を果たしていた〈第三の語り手〉は、「トカトントン」のなかで、その超然とした語りの権威を保つことができるのだろうか。[28]「真の思想」について語る「僕」（「某作家」）の哀れな虚栄を揶揄する「無学無思想」という言葉は、思想を論じる資質や教養の有無を問うところから発せられる。ところが、「私」の〈かたり〉に触発された「僕」が、「高尚な精神生活」を求めているかのように装う「私」に、「真の思想」というそれにふさわしい言葉を、返礼として贈ったとすればどうだろうか。とたんに、「真の思想」はただの意匠に過ぎなくなるだろう。前節で述べたように、「僕」の返信は〈第三の語り手〉による酷評を逆手に取るかのような〈いかがわしさ〉に満ちていた。その〈いかがわしさ〉を振りまくことではじめて、「私」への的外れな、もったいぶった断言を〈かたる〉ことができた。とすれば、〈第三の語り手〉の評言もまた、的外れなものであった可能性がある。[29]そのうえ、一筋縄ではいかない、「私」の複層的な〈かたり〉を「奇異」の一語で斬り捨てた短慮も、〈第三の語り手〉の限界を表しているというほかなかろう。こうして、「トカトントン」からは、〈苦悩〉・〈思想〉・〈権威〉といった生真面目な観念的表徴のすべてが後景に退いていく。

小説「トカトントン」のおもしろさとは、〈虚〉と〈実〉とが相補的な関係を持ち、それぞれが〈図〉と〈地〉のはたらきを交替で演じつつ、一元的な読解には還元されない変転を続けるところにあるのではないか。[30] そこに〈戦後〉の刻印を読むとすれば、それは、現実の出来事や作家主体の〈実人生〉に本源的に含まれる〈虚〉から目を背けたまま、既成の〈図〉を象った結果にすぎない。「トカトントン」は、そのような時代の制約に収まることを拒み、〈かたり〉の愉しさを「遠く幽かに」響かせつづける、際限のない〈すれ違い〉を魅力としたテクストといえよう。

［注］

1　小嶋孝三郎は「太宰治「トカトントン」について」（「論究日本文学」23　昭和39・9）で、「一切の美意識を否定しさる雑音の猛威とその障害を越えんとする芸術的苦悩」がこの小説の「テーマ」であると論じる。時代状況をふまえたこうした読解の系譜は、川村湊「トカトントンとピカドン——「復興」の精神と「占領」の記憶」（『岩波講座　近代日本の文化史8　感情・記憶・戦争　1935－55年2』平成14・11　三二四頁）にも、「信じられたもの、あるいは信じ込もうと思ったものが、空しい、空虚なものでしかなかったことの苦い覚醒。太宰治は、巧妙な話体で、坂口安吾が「堕落論」で語った「戦後の精神」を具体的に語ってみせたのである」という形で引き継がれている。

2　太宰治「トカトントン」の本文は『太宰治全集』9（平成10・12　筑摩書房）による。他の引用文も含め、仮名遣いは原文のままとし、漢字は原則として新字に統一した。

3　外村繁「太宰治『トカトントン』」（群像一月号）」（「人間」2－4　昭和22・4）

4　河上徹太郎は「配給された自由（上）」（「東京新聞」昭和20・10・26）の冒頭で、「八月十六日以来、わが国民は、思ひがけず、見馴れぬ配給品にありついて戸惑ひしてゐる。——飢えた我々に「自由」といふ糧が配給されたのだ」と、皮肉交じりに「自由」の素性を対象化している。本文は、『河上徹太郎全集』第五巻（昭和45・7　勁草書房　四四六頁）による。

5　青野季吉・伊藤整・中野好夫「創作合評会(1)」（「群像」2－4　昭和22・4）

6　井伏鱒二「解説」（『太宰治集』上巻　昭和24・10　新潮社。本文は『井伏鱒二全集』第十三巻　平成10・9

筑摩書房 四〇六頁による）

7 太宰治「保知勇二郎宛（はがき）」（昭和21・9・30消印）本文は『太宰治全集』12（平成11・4 筑摩書房 三八九頁）による。

8 西村将洋「戦後思想と太宰治「トカトントン」」（斎藤理生・松本和也編『新世紀 太宰治』平成21・6 双文社出版 二三四頁）は、「第三の視点（語り手）による言明」によって「某作家の優位性を退けることで、小説に〈一つの声〉を聞き取ろうとする欲望を、テクストは宙吊りにしている」と論じる。

9 太宰治「未帰還の友に」（「潮流」1－5 昭和21・5）本文は『太宰治全集』9（平成10・12 筑摩書房 二三四頁）による。

10 志野葉太郎「その芸 切に羽左衛門を憶う」（「演劇界」52－12 平成6・11）

11 ベルグソン『笑』（林達夫訳 昭和13・2 岩波文庫 一四三頁）

12 原田真緒「太宰治「トカトントン」論——〈ことば〉を求める読者——」〈「あいち国文」13 令和4・2〉は「トカトントン」を、戦時下にあって失われていた「〈ことば〉の中身を実感によって埋めていく機能をもった作品である」と捉える。

13 坂部恵『ペルソナの詩学』（平成1・8 岩波書店 二五頁）には、「「誰某をかたる」といった表現の場合には、〈かたり〉の主体は明白に二重化されている。意図的に二重化されている。いうまでもなく、「誰某をかたる」とは、みずからの舌先三寸の〈かたり〉によって、（本当はそうでない）誰某としてみずからを相手に信じこませることにほかならない」と具体例が示されている。

14 ウィリアム・ジェイムズ『宗教的経験の諸相（上）』（桝田啓三郎訳 昭和44・10 岩波文庫 三七二～

三七三頁 傍点は本文による）

15 清水秀美「太宰治「トカトントン」の作品構造の分析――その虚構性について――」（「京都教育大学国文学会誌」33 平成18・6）

16 同前

17 前田角藏「太宰治「トカトントン」論――戦後のうつの〈闇〉――」（「近代文学研究」30 平成29・12）は、「青年の手紙は、〈語ること〉の不可能な地平にありながら、なおも心の〈闇〉からの脱出の方法を「あなた」に必死に求めていた」と、「復員兵士」である「私」の「悩み深さ」の内実を読解の基盤とする。

18 遠藤祐「ふたつの音――「トカトントン」を読む」（「太宰治」4 昭和63・7）

19 田中良彦「『トカトントン』一考――マタイ伝十章二八節の解釈をめぐって――」（『新編太宰治研究叢書』1 平成4・4 近代文藝社 一五五～一五六頁）

20 同前『新編太宰治研究叢書』1 一五七頁。

21 塚本虎二「マタイの福音書 一〇（試訳）」（「聖書知識」58 昭和9・10）

22 内村鑑三は「キリスト伝研究」（「聖書之研究」290 大正13・9）で「身を殺して魂を殺すこと能はざる者は懼るゝに足りない。懼るべき者は、魂と身とを地獄に滅す者である。其者は何である乎、判明《わか》らない。或人は神であると曰ひ、或る他の人は悪魔であると曰ふ。然れども其の何れであるにもせよ恐るべき者は是である。即ち身と共に魂を滅すものである。不義、利欲、怯懦、是れ何れも魂を滅す者である」と、人間を〈ゲヘナ〉に引きずりこむ悪因について語る。また、日高善一は『新約聖書註解 マタイ伝福音書』（昭和6・12 日曜世界社）で、「誘惑者を懼れよ」と解する「ブルウス」の説を紹介している。

23　綾目広治は「『トカトントン』論」（「太宰治研究」14　平成18・6）で、「返書の後半部分」を「青年の悩みに対してピントが外れたアドバイス」、「あるいは説得力のない回答」であるとする。本稿の関心に即して言えば、その〈ずれ〉にこそ「某作家」の〈かたり〉のねらいはあったものと考えられる。

24　本文は、『文語訳 新約聖書 詩篇付』（平成26・1　岩波文庫　三〇頁）による。

25　注21に同じ。

26　高松孝治『マタイ伝――現代新約聖書註解全書第一巻』（昭和10・12　現代新約聖書註解全書刊行会　三一一頁）

27　榊原理智「〈敗戦後〉への想像的読みに向けて 章解説」（『占領期雑誌資料大系 文学編Ⅱ 表現される戦争と占領』平成22・1　岩波書店　六八頁）

28　亀山恭代「小説の躊躇い――太宰治「トカトントン」をめぐって――」（「学芸国語国文」46　平成16・3）は、形式を異にする二通の手紙の書き方に着眼し、第三の語り手による相対化が招来する「敗戦直後の混乱の中で、小説を書くこと、その際の選択における〈躊躇〉」に「積極的な意味」を見出す。

29　平浩一「「幻聴」の行方――太宰治「トカトントン」論――」（「国文学研究」197　令和4・11）は、「「トカトントン」という〈音〉の実音／幻聴自体」、確定できないように、「この小説は〈自己言及の不完全性〉を確信犯的に生成させながら、読書行為を媒介として〈円環構造〉を成す機制をもつ」と解釈する。

30　斎藤理生「太宰治の小説の〈笑い〉――『トカトントン』を中心に」（「キリスト教文学研究」34　平成19・5）は、高橋源一郎の分析を敷衍して、聖書を誤読している可能性がある、要領を得ない「某作家」の手紙が書き加えられることの意味を探る。「肩すかしを食わされ」た「読者」に「「トカトントン」体験を共有」させ、「作品内の喜劇の構造のなかに取りこんでゆく「技巧」」を「太宰の小説の〈笑い〉の特徴」と位置づける。

# 断片の織りなす〈座〉
## ――太宰治・昭和一六年の〔アンケート回答〕四篇

雑誌のアンケート欄は、多くの回答者による断片的な言葉が雑居する特異な空間としてある。それはまた、分量は自ずと制約されるものの、書き手にとっては自由に感想や見解を述べることができる場でもあった。無論、他の書き手がどのように答えるか、また、どのような配列でそれらが置かれるのかは、一回答者には知り得ぬことである。しかし、問いの性質から他者の答えの傾向を想像することは不可能ではない。時には、その予想が自らの表現を規定することもあるだろう。そうした見えざる他者とのやりとりでもあるアンケートの諸相から、太宰治の表現の特質を取り出すことは可能だろうか。昭和一六年に発表された四篇の〔アンケート回答〕をめぐって、その効果について考えてみたい。

「古今の詩歌につき御愛唱のもの一首」（「文芸世紀」3－2　昭和16・2　発行日は一月十二日）を問うアンケートに対する太宰治の回答は、「海ゆかば……」であった。「御愛唱」を字義どおりに「好んで歌われる」と受け取れば、答えは旋律を伴う詩歌に限定されることになる。しかし、太宰を除く二八名の回答の中に、〈歌うこと〉を明確に意識したものは見当たらない[1]。その多くは、『万葉集』や勅撰和歌集所載の歌であるが、俳句や漢詩を挙げた回答者もいる。「御愛唱」を「御愛誦」にまで広げて解釈した結果であろう。確かに、吟誦や朗詠という鑑賞の仕方もあり、「唱」と「誦」とを截然と区別することはできない。太宰もそのような捉え方の幅を承知していたはずである。そこで、特定の旋律を持たない「御愛誦」の詩歌群の中に、太宰はあえて「御愛唱」の国民歌・「海ゆかば……」を置いてみることにしたのではないか。もとより、そこに生じる違和感は想定されていたのだろう。

広く知られているように、「海ゆかば」は、昭和一二年一〇月一三日から始まる国民精神総動員強調週間の講演放送に合わせて作られた国民歌だった。〈大東亜戦争〉の末期、〈玉砕〉と呼ばれた日本軍守備隊の全滅をラジオが報せる際、その直前に決まって放送されたことから、「海ゆかば」を鎮魂歌として記憶し、記述する人々は多い。だが、太宰がアンケートに回答した時期はまだ、「総動員運動への協調の調べ[2]」（竹山昭子）としてあった。

歌詞の出典は、聖武天皇の宣命に感激して詠まれた大伴家持の長歌「陸奥国《みちのくのくに》に金《くがね》を出《い》だす詔書を賀《ほ》く歌一首」（『万葉集』巻第一八・四〇九四）である。「海ゆかば 水漬《づ》く屍《かばね》 山行かば 草むす屍 大君の 辺《へ》にこそ死なめ 顧《かえり》みはせじ」という大伴氏の〈言立《ことだて》〉に、東京音楽学校で教鞭を執っていた信時潔が曲をつけた。[3]谷馨が「天子の為に身命を軽しとする信念を、極めて具象的にしかも簡潔にいひ切つたもので、代表的な忠誠の歌として古来人口に膾炙されてゐる[4]」と評釈したように、「海ゆかば……」という太宰の答えからは、時局への直截な応答という側面が浮かび上がる。[5]他の回答に散見される「古今の詩歌」の風雅や情趣を背景にして、長引く中国大陸での戦闘や徐々に現実味を帯びていた対米英開戦という局面を前景化する効果が生じるのである。とはいえ、その断片性は書き手の意図への遡行を無効化してしまう。「海ゆかば……」から直ちに太宰治の戦時体制に対する構えを割り出すことは避けなければならないだろう。

一方、「新潮」（38－12 昭和16・12）のアンケート「万葉集の好きな歌」には、「常人の恋ふと言ふよりは余りにて我は死ぬべくなりにたらずや」が挙げられている。『万葉集』に女性としては最多の八四首を残した歌人・大伴坂上郎女が越中守・大伴家持に贈った歌二首の第一首（巻第一八・四〇八〇）である。歌意は、「普通の人が恋しいと思うその気持ちよりもさらに恋しくて、そのために私は死にそうになってしまったではないですか」と相手を責める恋歌として理解できよう。だが、大伴坂上郎女は家持の叔母であり、また姑でもあった。したがって、「孤閨の堪えがたい侘しさをうたい、そして贈る」[6]という装いを借りることで家持の無音をなじる、「戯歌めいていて坂上郎女の本領復活の趣きがある」[7]とも評される一首である。

問題はこの歌がよく知られた、定評のある作品とはいえないことにある。類歌を指摘することも容易であろう。ところが、「身も心もひかれて」、「しきりに逢いたい気持ちがつの」[8]り、もはや「死ぬべくなりにたらずや」と訴えかけるほかない、その真率な熱情が太宰の心を捉えて放さなかったものと考えられる。昭和二二年三月初旬、伊豆で『斜陽』の執筆に取り組んでいた太宰が下曽我の太田静子に送った手紙の中には、原稿用紙に書かれたこの歌があったという。[9]太宰治が「常人の」の歌に特別な愛着を持ちつづけていたことを示す逸話である。

そのような愛着の深さとは対照的な応答を、「読み落した古典作品」（「現代文學」4－7 昭和16・9 発行日は八月二一日）への言及に見ることができる。「現代文學」は「一、東西の古典中で読み落してゐる作品」、「二、読み落した理由」という二項への回答を求めていた。太宰の回答は、「一、金色夜叉。（紅葉著）二、どうも、なんとしても読めませんでした。」であった。他の回答者三六名は、「読み落してゐるもの余りに多い」（宇野浩二）ことに恥じ入る者が続出する中、『源氏物語』が九名、『ドン・キホーテ』、『戦争と平和』がそれぞれ三名、『万葉集』、『神曲』、『八犬伝』各二名と、誰もが「古典」と認める作品に目を向けている。

太宰の回答の特異性は、「古典作品」の意味範囲を拡張し、尾崎紅葉の『金色夜叉』を取り上げ、「読み落した理由」については言葉を濁している点にある。「どうも、なんとしても読めませんでした」という「理由」は言い訳にもなっていない。しかし、それこそがこの答えの戦略だった。自らの非を詫びるかに見せかけて、その原因は作品そのものにあることを匂わせる。通読を妨げるのは大仰な美文や台詞回しだろうか、類型的な人物の描き方だろうか。いずれにせよそこには、文芸の範疇を超越して、演劇、映画等の他ジャンルにも広がりを持つ『金色夜叉』のドラマとしての多産性（再生産性）を意識し、この明治期の長編小説を「古典作品」に祭り上げながらも、それを読むことの困難を苦しげに告白してみせる、という含羞の演技を読み取ることができよう。

最後に、「本年度の文学作品で好かれ悪かれ貴下の関心を惹いたものは何か？（アンケート）一、著者と題名 二、その理由」（「現代文學」4－10 昭和16・12 発行日は一一月三〇日）への太宰の回答に注目する。「一、御誌「現代文學」に於いては、杉山英樹氏のバルザック研究を毎号拝読いたしました。」とあって、「二、その理由」の記載はない。「御誌「現代文學」に於いては」という前置きと文末の謙譲表現は、「現代文學」への〈挨拶〉という印象も与える。しかし翌年、「机辺の書」という表題で「最近の愛読書」を聞くアンケート（「藝術新聞」559昭和17・3・28）に、「杉山英樹著 バルザックの世界 好著と存じます。」と答えていることからも、太宰が杉山英樹によるバルザック研究に興味を持ち、それを高く評価していたことがうかがえる。

昭和一五年一月号の「現代文學」（3－1）に初めて載った「バルザックの世界」は、その後昭和一六年八月号まで通算十四回にわたって連載され、さらに新たな三章が書き加えられて、昭和一七年一月、中央公論社から単行本として出版された。バルザックの生涯に即してその作品、とりわけ『人間喜劇』の諸編を丁寧に読み解き、現代的意義を掬い上げた長編評論である。平野謙は後に、「まことに筆力旺盛、堂々たる貫禄を示した雄篇」[10]と讃えた。

「バルザックの世界」のどのようなところが太宰の「関心を惹いた」のかは判然としない。アンケートへの回答という断片性につきまとうもどかしさはここにも残る。ただ、断片の陰にもその効果は及ぶことがあるのではないか。当時の読者の中には、太宰の回答から、バルザック研究とは別の領域における杉山の精力的な活動を想起する人々もいたであろう。同時代に向けられた杉山英樹の眼差しには、その根底に逼塞状態の〈ヒューマニティ〉への渇仰があった。「現代文学」の前身誌「槐《えんじゅ》」同人の頃から、農民の現実をどのように描くかという課題と向きあっていた杉山は、バルザック研究と並行して、昭和一六年、主に北海道・東北の農民や漁民、炭砿労働者などの生活の実態に取材した六本の評論を「中央公論」に発表する。労働・人間・社会を取り巻く問題について、実地踏査に基づいて書き上げた真摯な報告文である。太宰が書いた「杉山英樹氏」という固有名詞には、そうした「本年度の」目覚ましい文筆活動を想起させる作用があったであろう。

尾形仂が「個を中心として展開してきた近代主義[11]」への批判として呼び覚ました〈座〉とは、俳諧における「一座の連衆たちの文芸的対話[12]」の場のことであった。雑誌の〈アンケート〉は、即興的な交響と変転という「文芸的対話」としての要件を満たすものではないが、太宰治はその場を回答という諸断片が相互に響き合う場と捉え、他の回答者や読者にも「一座の連衆《れんじゅ》」と同質の協働を求めていたのかもしれない。多様な応答の連なりが予期せぬ効果をもたらすこともある。それは、断片の未完性や偶然という浮動性にあそぶ、擬似的な応酬だったのである。

〔注〕

1 佐佐木信綱と蔵原伸二郎はともに、『万葉集』巻第六（九九六）の海犬養岡麻呂《あまのいぬかいのおかまろ》の歌「御民《みたみ》われいけるしるしあり天地《あめつち》のさかゆる時にあへらく思へば」を挙げている。大政翼賛会がこの歌「みたみわれ」に曲を付け、日比谷公会堂における「国民音楽会」で発表したのは昭和一八年七月六日のことである（「朝日新聞」昭和18・7・7 第二〇五七九号 三面「防空服姿で国民歌 昨夜「みたみわれ」の発表演奏」）。

2 竹山昭子「「海ゆかば」の軌跡――「協調」から「決意」、「讃仰」、そして「鎮魂」へ」（「メディア史研究」33 平成25・3）

3 新保祐司編『「海ゆかば」の昭和』（平成18・12 イプシロン出版企画）と丸山隆司『海ゆかば――万葉と近代』（平成23・3 491アヴァン札幌）とは、多くの論点において対照的であると同時に相補的な「海ゆかば」論であり、今後の研究の基点となる考察である。

4 窪田空穂・谷馨・都筑省吾『作者別万葉集評釈 第五巻 大伴家持・高橋虫麿篇』（昭和11・3 非凡閣 一三三頁）

5 文部省編纂『国体の本義』「第一 大日本国体三、臣節」（昭和12・5 内閣印刷局 三八～三九頁）は、「実に忠は我が臣民の根本の道であり、我が国民道徳の基本である」として『万葉集』四〇九四番歌の一節を引用し、「この歌は、古より我が国民胸奥の琴線に触れ、今に伝誦せられてゐる」と説く。

6 東茂美『大伴坂上郎女』（平成6・12 笠間書院 六八二頁）

7 小野寺静子『大伴坂上郎女』（平成5・5 翰林書房 二〇六頁）

8 『古典基礎語辞典』（大野晋編 平成23・10 角川学芸出版 五一一頁）「こ・ふ【恋ふ】」執筆者は我妻多賀子。

9　太田治子『明るい方へ——父・太宰治と母・太田静子』（平成21・9　朝日新聞出版）には、「つねひとの」の歌を受け取った太田静子が、太宰の身を案じて伊豆に駆けつけたため、新潮社の編集者・野平健一を伴い、国府津駅で下りて下曽我を訪ねた太宰と行き違いになったことが描かれている。山内祥史『太宰治の年譜』（平成24・12　大修館書店、三〇九頁）によれば、太宰は昭和二一年三月六日に「「斜陽」第一回分、一、二章八十枚を脱稿」後、翌日、「沼津から野平健一と帰京の途中国府津で下車し、国府津館に一泊」している。

10　平野謙「あとがき」（杉山英樹『作家と独断』昭和22・10　中央公論社　二八四頁）

11　尾形仂「座の文学」（『座の文学』昭和48・9　角川書店　二一頁）

12　尾形仂「日本文学と座」（同前　三八頁）

【初出一覧】

序章　太宰治にとっての戦争・滑稽・読者：書き下ろし

第一章　暴力を無効化する笑い

「畜犬談」——ユーモアの陰翳：「釧路工業高等専門学校紀要」42 平成20・12

「十二月八日」——ナショナリティにまみれる／おくれる笑い：「釧路工業高等専門学校紀要」46 平成24・12

第二章　救いとしての綻び——『新釈諸国噺』の方法

「大力」——越境者たちの本懐：「釧路工業高等専門学校紀要」56 令和5・3

「猿塚」——不憫という隠れ家：書き下ろし

「人魚の海」——困難／希望としての「信」：「釧路工業高等専門学校紀要」49 平成28・1

「破産」——〈内証〉の行方：「釧路工業高等専門学校紀要」48 平成27・1

「裸川」——〈うがち〉で開かれる／閉じられる物語：「釧路工業高等専門学校紀要」47 平成25・12

「義理」——反響する〈卑怯〉：「釧路工業高等専門学校紀要」52 平成31・1

「女賊」――承認のための執着：「釧路工業高等専門学校紀要」51 平成30・1
「粋人」――決戦下の〈虚栄〉：「釧路工業高等専門学校紀要」54 令和3・1
「遊興戒」――転位する依存：「釧路工業高等専門学校紀要」55 令和4・3
「吉野山」――期待はずれの連鎖：「釧路工業高等専門学校紀要」50 平成29・1

第三章　作家／読者の相互依存

「水仙」――〈徳〉の不在証明：「釧路工業高等専門学校紀要」43 平成21・12
「トカトントン」――贈与としての〈かたり〉：「釧路工業高等専門学校紀要」44 平成22・12
「断片の織りなす〈座〉」――太宰治・昭和一六年の〔アンケート回答〕四篇：
山内祥史編『太宰治研究』23 平成27・6 和泉書院

※既発表の論考については、その後の研究をふまえ加除訂正した。

# あとがき

本書が取り上げた小説の根底には、人間のおかしさがあった。そこに描き出された滑稽な逸脱の数々は、読む者に人間のどうしようもなさへの共感を呼び覚ます。同様に、誰にとっても不可避なこととして、太宰治は互いに傷つけ合うことから抜け出せない人間の度しがたさを見つめつづけた。概して執着がもとで起こる笑いも、痛みの経験はありながら他者を傷つけてしまう暴力も遍在する。太宰の小説の言葉が古びることなく身近に感じられる一因は、そのような人間の変わらぬ現実が、そのなかで生きる虚構上の誰かの日常をとおして精細に描かれていることにあるのではないか。滑稽と暴力とは隣り合い、ときに融合する。

たとえば「裸川」には、理想と懸け離れた滑稽な人間・青砥がいた。天下の賢才〈青砥藤綱〉の型を律儀に演じようとして力みかえり、つい感情的になる青砥は、「国土の重宝」という理念を後ろ楯として、人足たちに苛酷な作業を強いたかと思うと、浅田の狡智に騙されたことを知り、傷つく。こうして偉人〈青砥藤綱〉は、非合理な一面を抱える人間・青砥に書き換えられた。偉人の言行録に食傷気味だった当時の読者にとって、「裸川」のうがちは〈青砥藤綱〉の型を応用した奇抜で滑稽な変形と映ったにちがいない。その一方で、〈青砥藤綱〉の物語に侵しがたい価値を見出すか、そのように認識することを強要されていた人々は、「倹素」（『幼学綱要』）の美徳を相対化するこの小説の暴力性に戸惑ったことだろう。

太宰治の小説は、読者に多面的な揺さぶりをかける。先行する言説・戦時下の現実・そこで生きている実感が混じり合い、語り手・登場人物・読者にとって落ち着いてはいられない状況が出来すると き、小説内の人間の本性は奔放にはたらきはじめる。そうした本性が活動する場所を創り出すために、太宰治はもどき・うがちという古典的な手法を駆使した。滑稽・暴力という一見相容れない人間の本性は、戦後の太宰文学でも視界の中心にあったものと考えられる。はたしてその創作手法や効果に変化は認められるのだろうか。改めて考察してみたい。

結びに、恩師をはじめ、これまでお世話になった方々に御礼申し上げる。

亀井秀雄先生は言葉の不思議な面白さに目を向け、謙虚に学ぶことの大切さを教えてくださった。すでにある鑑賞の枠組みから自由になることを学生にも求められた。不勉強に厳しかった。晩年、「卒業論文を読むのが好きだった」とおっしゃっていたことが忘れられない。

神谷忠孝先生からはたびたび貴重な資料を拝領し、「横光を研究するなら『上海』と『旅愁』、自分のやり方でやったらいい」と、穏やかで示唆に富む励ましのお言葉をいただいた。先入観を捨てて多様な文章を読み込み総合することの愉しさを常に教授してくださった。

比良輝夫先生にはよく「最近、研究は進んでいますか」とお声がけいただいた。仕事に追われ、ともすると勉強がおろそかになることの戒めとして深く心に響いた。また、研究誌「釧路国文論集」の発刊を呼びかけられ、勉強と論文発表の機会を作ってくださった。

三谷憲正先生には修士論文のご指導を賜り、太宰文学の魅力に気付かせていただいた。初めてお目にかかったとき、煮え切らない研究計画書を一読され、「今、本丸を攻めるべきだ」と、『旅愁』に取り組むことを勧めてくださった。本丸はまだ攻め切れていない。精進を続けたい。

いつでも誠実に研究の支援をしてくださった図書館司書・釧路高専の戸村理津子さん、本への熱い思いを込めて力強く導いていただいた出版コーディネーター・カンナ社の石橋幸子さん、偏屈な原稿に辛抱強く向き合い着実に本の形にしていただいた編集者・青灯社の山田愛さん、謎を秘めた静謐な本の姿を作り上げてくださった装幀家・柴田淳デザイン室の柴田淳さん、そのほか多くの皆さんのおかげで出版できたことに心から感謝申し上げる。

家族には、相当浮世ばなれした夫・父と、寛い心でともに時を重ねてもらっている。気恥ずかしいが、美優貴・芽里・醇真・朝日に、本書を捧げる。

令和七（二〇二五）年二月二三日

舘下徹志

# 索引（人名）

# 索引（書名・作品名）

## ゆ



## よ



## り



## る



## ろ



## わ

［コーディネート］　カンナ社

〔著者〕舘下徹志（たてした・てつし）１９６２年、北海道釧路市生まれ。北海道大学文学部卒業（１９８４年）、佛教大学文学研究科修士課程修了（２００８年）。修士（文学）。大学卒業後、道立高校に勤めた後、釧路工業高等専門学校に勤務。横光利一・太宰治・金子みすゞなど、大正・昭和期の小説や詩を中心に研究を続けている。

太宰治　滑稽と暴力の居場所

2025年3月31日　第1刷発行

著　者　舘下徹志

発行者　辻　一三

発行所　株式会社青灯社

東京都新宿区新宿 1－4－13

郵便番号 160－0022

電話 03－5368－6923（編集）

03－5368－6550（販売）

URL http://www.seitosha-p.co.jp

振替　00120－8－260856

印刷・製本　モリモト印刷株式会社



Printed in Japan

ISBN978－4－86228－134－0 C0095

小社ロゴは、田中恭吉「ろうそく」（和歌山県立近代美術館所蔵）をもとに、菊地信義氏が作成